江 南 莲 语 _上

胡玢 著

作家出版社

图书在版编目（CIP）数据

江南莲语 / 胡玢著. —— 北京：作家出版社，2020.9
ISBN 978-7-5212-1086-6

Ⅰ．①江… Ⅱ．①胡… Ⅲ．①散文集 – 中国 – 当代 Ⅳ.
①I267

中国版本图书馆CIP数据核字（2020）第145963号

江南莲语

作　　者：胡　玢
责任编辑：桑良勇
装帧设计：周思陶
出版发行：作家出版社有限公司
社　　址：北京农展馆南里10号　　　　邮　　编：100125
电话传真：86-10-65067186（发行中心及邮购部）
　　　　　86-10-65004079（总编室）
E-mail:zuojia@zuojia.net.cn
http://www.zuojiachubanshe.com
印　　刷：中煤（北京）印务有限公司
成品尺寸：165×240
字　　数：366千
印　　张：38.5
版　　次：2020年9月第1版
印　　次：2020年9月第1次印刷
ISBN　978-7-5212-1086-6
定　　价：80.00元

目　录

序言　┃┃ 多情的文字，多思的篇章 ／ 001

江南莲语　┃┃ 江南莲语 ／ 002

父母不在　人生只剩归途 ／ 003

别了　老屋 ／ 007

归来 ／ 023

下辈子还做我的母亲 ／ 027

莲花半开　流年细数　┃┃ 莲花半开　流年细数 ／ 033

一个人的河流 ／ 034

才情　是一种疼痛 ／ 037

黑色风衣 ／ 043

如水的温柔 ／ 048

长相依

长相依 / 053

细哥　好样的男子汉 / 054

一辈子陪伴 / 057

离歌

离歌 / 094

无穷无尽是离愁 / 095

父亲的三次婚姻 / 102

爱之祭 / 106

渡口

渡口 / 111

穿越指尖的似水流年 / 112

少女的五月

少女的五月 / 161

亲爱的宝贝，妈妈对你说 / 162

一直想做一个温柔女子 / 168

爱的浅唱 / 176

让我软软地束缚你 / 179

走过爱情的田垄

走过爱情的田垄 / 183

走上廊桥 / 184

至爱 / 189

又是秋天叶落时

又是秋天叶落时 / 241

秋天　等你来牵我的手 / 242

不了了之的爱情 / 252

落花辞

落花辞 / 258

父亲的眼泪 / 259

清明　以女儿的名义祭奠父母 / 263

二十年生死两茫茫 / 267

风吹故乡

风吹故乡 / 274

牵挂 / 275

半生夙愿终得偿 / 278

多情的文字，多思的篇章

石 英

读罢胡玢的散文集稿《江南莲语》，我觉得大致已可识见其内心世界的某些侧面；或者说，从本质上讲已能了解到作者的气质与性情。我这样说其实并没有什么奇怪：如果一位作家的文字人们通读了之后还是丈二和尚摸不着头脑，换言之仍是完全陌生的"对立面"，那才是不可理喻的事。由此我便有理由认为：胡玢是一位真性情的作家；极言之，她应该是一位天生的文人，更具体一点说，是一位天生的诗人。当然，正如她在以下文字中非止一次地提到的：是经过历练的，甚至是一种"修行"——无论是在人生见识还是文字功夫上都是如此。

　　我对她散文作品的印象，总括起来想了两句话：多情的文字，多思的篇章。

　　言其"多情的文字"，是我读胡玢散文时最鲜明最突出的感觉。在许多人的散文中，一般还可以大致分出所谓"叙述性文字""抒情性文字"乃至"议论文字"之类；可我在胡玢的散文文字中就难以区分这类不同的板块。因为，她的散文最大的特征就是"情文"。即使在她纯粹叙事时，情致也流贯其中；甚至就连某些细节的交代，充沛的感情也在如常地润泽；而且这之间没有断层，没有明显的接合痕迹。也就是说，她的散文自始至终都是用感情来说话的。本来，我在读她的文稿时，曾想以某一段话来举例的，但后来我发现，这类能够举证的文字太多了，信手拈来亦不为过。几十年来，我编散文报、刊，读了各种各样的散文作品，深感写散文者固然甚多，作品多得如恒河沙数，但特色鲜明、风神独具者毕竟还嫌太少。那么，胡玢的散文便以深情流贯始终，提笔从不写寡情之文而成为最突出的优势，而且最难得的是这种优势同时也构成为其散文作品最重要的特色。

　　另外不能不指出的是：她的情文又不因流贯自如而"滑扣"。何谓"滑扣"？即太熟了而有时失之于轻巧。有如螺丝少了刻痕则过于顺势而为。也许是作者深悟此道：她的情感流贯自然却不失韧劲，如此便保证了应有的力度与耐得起品咂的韵味。可见，此情感一是要真，二是要富于典型化的具象感。这样的文字便不可能不打动人，也不可能产生"水土流失"之虞。我特别注意到：作者在深情讲述她幼时在农村父母为生计奔走之非同寻常的艰辛，这不禁引发了我少时同在农村感同身受的情景。看来中国幅员再大，东西南北尽管有异，但在基本面貌大致情状上仍有惊人的相似与重合；就连许多物事的称谓上也是如此。如作者文中所云"茅厕"（厕所），农舍之大梁别称为"檩"，与我家乡的叫法一般无二。作者在这类典型的细节上不吝笔墨，是很容易起到以一当十之功效而足能打动人心的。真可谓：情文流贯不轻抛，细处功夫价更高。

情与思是一双孪生兄弟，这方面的道理许多人都懂得。但同样可贵的是：本书作者在行文中没有将二者截然分开，至多是在不同情境下依其需要而有所侧重。总的说来，她还是思由情引发，情因思而更加深挚。她长于思考，却看不出那种冥思苦想的痕迹，也从不以干涩枯燥的文字加以表达，读来仍是浑然一体的感觉。作者对人生的思考既广且深，时有独到的触发。举凡父母、亲友、邻里，乃至恋情、婚姻、从业、职场等触碰到的问题，均不乏多思多情之抒发。一般而言，作者并非那种浅俗的"乐天派"，有时甚至多有艰厄、多舛之感受，我读之反觉十分真实。因为对大多数人而言，人生的道路并非那么一通百通，一顺百顺，春夏秋冬亦然。不可能像唐诗中所述的那样，"大道直如发，春日佳气多"。有佳气，也有雾霾。

作者也许只是实说了自身的某段感受，想在客观上揭示人生中某种本质的东西，对于启迪与警示他人无疑是很有价值的。其实，类似的际遇其他许多人也有，只不过本书作者写了出来亮了出来而已。我认为这是作为一位真正的作家的应有之义。

还有，作者在将自己的思考付诸文字时，表达的方式也不尽同。她有时是运用惯常的散文形式，有时又像散文诗，而个别还近乎小说的形式。在人称上，第三人称也并不排除。当然，只要是会看能意会的读者也不难领略：形式的某种变换，其实骨子里还是作者自己，或者说是作者及其关系紧密的人和事，只要不是完全虚构的就好。

关于散文是否可以虚构的问题，我以为总的骨架从根本上讲还是不应虚构的，还是提倡写真实为好。但在形式的运用上还是容许作者有所变通的，也与"瞎编"有本质上的不同。理由很简单，虚构的"我"那就不是作者自己的事，而是文字作品的第一人称，从惯常的规定而言，那只能是小说（当然还可以是戏剧和影视之类）。但我在读胡玢的散文时，纵然她采取的是变通了的形式，我的直觉仍然是散文或散文诗，而不是完全的小说，因为从根本上说，她的散文"主体性"很强。

最后，我不能不涉及本书作者散文的格调。当我读到她为数不少有关她的家世和个人经历的某个阶段时，由于命运不遂乃至人间灾祸，其笔下时而流露出的间有某种低抑乃至凄然的色调，但细加品呃，散文"主人公"的性格其实是柔中有刚。这就意味着她终能韧性地突出命运的围困而走向充满阳光的天地。给我以深刻印象的是她在后来写到"我馆"（估计是作者本人从业的单位）及本人在事业上的业绩和成功之点时，文字中流露出的是由衷的喜悦与奋然向上的情绪。

如上所述，任何的困厄乃至挫折，在作者看来都是一种修行和必修的功课。还是让我用作者自己的话来结束这篇序言："世界太大，人生太短。把头昂起，将心放低……而当我有了这份广阔的心胸，拥有了这份坦然与自然时，便是真正地踏上了修行之路！"

2020 年 5 月于京

石英，《人民日报》社编审，中国散文学会名誉会长，中国诗歌学会理事，著名诗人、散文家，国家特殊贡献专家。

江南莲语

江南莲语

陌上相逢
山一程水一程
不问烟雨不问清风

一枝玉立水中的青莲
要隐藏多少秘密
才能度过此生

一生有多长
呼吸之间
生命千百次跳动

在江南
奉一炉香
莲语成禅

父母不在　人生只剩归途

七月流火，八月未央，又是一年月半时。

夕阳在山的那边，早已沉睡。而山这边的我，依然伫立在窗前，想念离去的老父母。晚风中，隐约有沥沥细雨从天上飘来。一任思绪一遍遍打湿从小到大与父母相处的点点滴滴。在这些回忆里，有美好也有幸福，但更多的是心酸与愧疚。想到自己，从此再也找不到内心的那份温暖与支撑。而终有一天，我也将像老父母一样，慢慢老去，走向人生的尽头。往事历历，如在昨日，追昔思今，不觉悲从中来。人这一辈子，只有在这样特别的日子，才知道自己从何而来，去往何处。

父母在，人生尚有来处；父母不在，人生只剩归途。

2018 年 9 月 27 日，中国台湾男歌手、主持人费玉清晒出亲笔信，宣布自己将在 2019 年巡回演唱会结束后，正式退出演艺圈。一路走来很是知足，很感恩，人生没有遗憾，但是失去双亲的关注与叮咛，没有了前进的动力与方向，纵有万般不舍，但自己也得停下演出的脚步。他在信中说："当父母亲去世后，我失去了人生的方向，没有了他们的关注与分享，绚丽的舞台让我感到更孤独，掌声也填补不了我的失落。去到任何演出的地点都让我触景伤情，我知道是我该停下来的时候了，停下来我才能学习从容地品味人生。"费玉清这段感人至深、令人动容的话，正是对"父母在，人生尚有来处；父母不在，人生只剩归途"的最好诠释。

人生一世，终须一别。生死轮回的世间宿命，谁也躲不过。当世上最宠着我、由着我，不在乎我怎样回报的最大依靠与依偎不在了，我不知道，满腔的思念，该向谁诉说？蹒跚的归途又是何等的无助与无望？"等到好像终于活明白了，已来不及。他不等你，已来不及。他等过你，已来不及……"每次听李宗盛这首歌曲还不到一半时，我总是泪流满面，然后单曲循环一晚。

曾几何时，看着慢慢变老的父母，从未想过，将来有一天，只能活在梦里，活在记忆中。总以为幸福万年长，以为来日方长，以为有下次，还有下一次。可就是这样一次又一次地拖延，一次又一次地错过，人生便只剩下捶胸顿足，追悔莫及。我也常常在想，等我老了又会怎样？是不是像老母亲一样，长发剪成了短发，黑发淡成了霜白，一口白牙全换成了假牙；又或许像老父亲一样瘦到皮包骨头，脸上蜡黄，没有一点血色，瘦削的脸颊上，两个颧骨一如两座小山。而每个周末总是望眼欲穿、泪湿衫巾；独自一人时，总会抚着泛黄的照片安静地回忆过去，零星地想起些什么。有泪落下来，落下来；有语无从说，无从说。

　　年年七月半，今又七月半。我的老父母，您俩知道吗，每年的这个时候，还有清明时节，您的儿女们更加思念如潮，汹涌在每个想念的夜晚。二十多年前那个冬月初十开始，我们在世上没有了您俩。这二十多年的时间里，我们没有哪天不在想念，丝毫没有因为时间的流逝而变得越来越淡。相反，伴随着对人生更深的感悟及对生命的更加珍惜，对您俩的思念愈发深重。儿女们想您俩了，愿您俩在天堂能听见。

　　我的老父母，您俩最聪慧最出色最骄傲最自豪最懂事最孝顺的儿子，我的小哥，也不知怎的愈来愈感性，今天突然在家庭微信群里发了两张您俩泛黄褪色的黑白老证照，他还用了软件处理，把两张证照做成合影。女儿寂然凝望，不禁泪如雨下。您俩不在，幸福不在。往事已苍老，人生只剩归途。纵然呼唤能够穿透黄土，女儿又怎忍心扰您俩安眠。

　　世上有一种幸福，叫"父母在"。世上有一种美好是我已长大，您还未老。我有能力报答，您依然健康。然而事实上却是随着我慢慢长大，您也在慢慢老去，而且终会有一天永远离开。一直以为，人是慢慢变老的，其实不是。人，是一瞬间变老的。我的老父母，如果时光可以倒流，人生可以重新选择，女儿师范毕业之后断然不会离乡背井，一定毅然决然选择回乡教书，将每月为数不多的工资全部如数交给您俩，日日夜夜寸步不离地守候在您俩的身旁。可如今，只能顿足扼腕，恨懂得太迟，明白太晚。

有人说，父母在，不远游；有人说，生活不只苟且，还有诗和远方；又有人说，父母尚在，谈什么诗和远方；还有人说，上天对你关闭一扇门，就会对你打开一扇窗。曾以为这些只不过是幸运者的说辞罢了。但当您俩最疼爱的外孙女，我的女儿，不声不响主动放弃高薪辞职回乡，只为孝顺陪伴时，我才明白这一切原来是真的。"父母尚在，需要陪伴"，就是您俩最漂亮最懂事最孝顺最聪慧的外孙女毅然放弃北京，回到家乡的唯一理由。她说："百善孝为先，陪伴是最大的孝道。是融入血脉中的眷念，是我的来处。比在北京奋斗更难接受的，是父母在家独自变老。"比起您俩外孙女的大孝顺，女儿自愧不如。真心感谢上苍，安排我如此际遇，能有孝顺懂事、秀外慧中、端庄大气、才情横溢的宝贝女儿日夜陪伴，足矣！

人生天地间，忽如远行客。寂寥一点寒灯在，隐隐青山忆双亲。我的老父母，女儿知道，人生有味是清欢，这一路山水太长，路途太远。请为女儿亮起一盏灯，在每年四月或七月或深冬，寻找您俩的消息。从此，山水之间，晨起暮落，一天一天又一天；天上人间，暑往寒来，一年一年又一年。

别了　老屋

　　当我写下这个名字的时候，我就知道，让我魂牵梦绕的老屋，要在自己的生命中消失了，永远地消失了。尽管它随着我的年龄不断长大，开始慢慢地变得苍老，以至于我不敢过于奢望去回想它、触碰它。人，一生有许多不敢回想与不愿碰触的地方，那些无法替代的过往，那些让人泪流满面的人与事。我怕有一天会失去我的老屋，失去我那幸福而美好、快乐而难忘的童年。然而，这一天，终归还是来了，以迅雷不及掩耳之势，以无法遏制、无法修复、无可挽留之痛，在一个暴雨如注的盛夏傍晚，始料未及地来了。

　　当小哥打电话来说故乡的老屋倒塌了，我的心突兀地生疼，沉沉下坠。那时异乡刚刚下过一场小雨，我正沿着河边散步。听到小哥的电话，我猛然觉得脚下的大理石新路，顷刻变成了故乡那长满苔藓的青石板小路，冰凉至极，似乎要透过鞋帮冰冷全身血液。我的脚竟如灌了铅似的无法前行，我不知道自己是怎么回的家。小哥说，他早晨就收到了手机报："7月17日9时至17时，江西省星子县（现庐山市）华林镇突降暴雨，总降水量达200.4毫米，致使华林镇多地发生内涝灾害。其中，桥北村双港口汤自然村受灾最为严重，村中大部分房屋被淹，300 余名村民被困。据统计，这次特大暴雨，华林镇受灾面积达到 6235 亩，受灾人口 8674 人，紧急转移安置群众 2464 人，被淹房屋 636 栋，倒塌房屋 13 栋。"小哥非常担心老屋，便不断给在老家的大哥打电话，可电话一直无人接听，那一整天小哥都忐忑不安的。傍晚时分，小哥的担心还是变成了现实。老屋，在一场倾盆暴雨的突袭之下，在近八小时大雨的冲刷浸泡之下，轰然坍塌了。那个曾给我们居住空间、给我们温暖的老屋，那个五十年风云巨变饱经沧桑的老屋，在这人间盛夏，落尽所有的辉煌，褪尽所有的铅华，将成为遥远不可追回的历史。

老屋啊，你终归还是逃不过岁月的脚步，敌不过狂风暴雨的无情击打。

那一晚，我无法入眠。我不敢想，暴雨中的老屋那狼藉一片，失去了往日的庄严与古朴。早在几年前，屋顶就出现了大大小小的窟窿，仿佛一个原本丰腴之人，在遭遇一场重病之后，骨瘦如柴、千疮百孔。由于屋顶太高，维修很危险，导致年久失修，加上连日的强降雨以及白蚁的侵袭，于是就出现了坍塌。每次过年回去，一种残损、萧瑟、悲伤之感油然而生，雨中的这种感觉尤甚。难怪老天爷要无情击打它，却又无限悲伤地为它哭泣。

第二天清晨，心急火燎地赶回老家，可眼前发生的一切，太出乎我的想象了。坍塌的屋顶，骨架似的屋脊，房梁也断裂垂在半空中，横七竖八的。父母在世时准备建新楼用的几十根树木，则整捆地掉在了地上。地面上凌乱堆着掉下来的泥土青石瓦砾等。整栋房子倒掉了一大半，包括中间的大客厅、东西两边的四间住房，只有大路上的北墙，完好无损。那一刻，我真切看见整个世界崩溃在我的面前。废墟中那一块块土砖与青石、那一根根房梁与椽子、那一个个瓦罐与水缸，一角一落，一草一木，一尘一埃，一切刻有我鲜活记忆的，如今却安静地贴在大地上，那么无助，那么悲伤，那么破碎。它们，再也无法安放我的童年，无法安放我的灵魂，我成了一个被记忆放逐的人。尽管老屋在空置了十几年后，早已沦落到与荒草野林为伴、与孤风苦雨为伍的境地。长久的风吹日晒，凸起又凹下去的土墙，分明就是一纸沟壑纵横的地形图，上面衍生了无数生命，看不清原来面貌，不知名的野花野草任意恣肆地疯长。门槛上、台阶上、泥墙上，只要有缝隙的地方，就能彰显它们生命力的顽强。可我还是不能相信自己的眼睛。当我从北墙跨过老屋石门槛，扶着门框伤心四顾时，我的心中顿时空旷得犹如荒原。那一刻，时间生锈了。看着曾经的栖身之所，一种深深的悲伤击中我。我喊了一声"老屋啊"，便坐在大门的石门槛上失声恸哭起来。我哭我的老屋，哭我的老父母。我在老屋门前哭着、诉着、摸着、抚着，伤心而绝望的眼泪有如决堤的江水，滔滔而下。村子里的人都劝说："现在谁家还保留老屋，倒了就倒了，正好可以盖新楼。不过也蹊跷，这么破旧的老房子，三面墙都倒了，北边大路上那面墙竟然没有倒，也没有砸着人。真是你们的父母在天有灵，老人家显灵了，保佑你们呢。"

我阴阳两隔二十年的老父母，在天一定有灵，我坚信。听住在老屋旁边的堂哥说，老屋倒塌的那天傍晚，雨下得很大。他正准备吃晚饭，突然听见一声巨响，来不及打伞的他，赶紧跑出去一看，竟然是老屋倒掉了。堂哥急忙骑着摩托车找到了大哥，随后两人仔细查看了老屋倒塌的情况。大哥说，之前他最为担心就是老屋哪天倒了，恐出现难以预测的状况，特别是大路上，人来人往，那后果将不堪设想。大哥每次来电话总要提起板桥徐村的一栋老房子倒了，压死了几个人，赔偿了近百万，等等。我家老屋是几十年无人居住的土砖房子，破败不堪，屋顶与泥墙开裂都非常严重，不管哪一面墙朝外坍塌，都可能砸着行人或是邻居家的房屋。万分庆幸的是，此次老屋坍塌，方向却是朝着屋内，没出现任何安全事故，这不能不说是个奇迹。这也让我们兄弟姐妹更加坚信，老父母在天之灵一定保佑着我们。大家还一致认为，坍塌重心之所以落在屋内，也可能与大厅房梁上悬挂着几十根树木有关。

说起这几十根树木，我忍不住落泪。记得那是二十多年前的夏天。一天清晨，我还在睡梦中，突然听见母亲喊我。开门一看，母亲气喘吁吁地站在门外，肩上扛着一个蛇皮袋。我正诧异着，母亲边进门边说："我来买树，家里想盖新楼，本来是你爹来，可他晕车。"进门后，母亲立刻把门关上，忙不迭地打开蛇反袋，里面放着红薯与红薯粉。只见母亲从红薯粉里取出一个小塑料袋，掸去上面的红薯粉末，又反复地吹了吹，然后小心翼翼地打开包裹了好几层的塑料袋，里面整整齐齐地放着一沓钱。母亲说："这些钱是用来买树的，家里卖了几窝小猪崽。我把钱放在红薯粉里最安全。"母亲得意地笑了笑。看着满头大汗忙碌不止的母亲，我的眼泪夺眶而出。第二天，几十根树木便安全运回了家。我想留母亲住一晚，可母亲不放心父亲一个人在家，当天就赶回去了。那时候弟弟妹妹读书，都住校。父母相依为命几十年，母亲最不放心父亲一个人在家。特别是晚上上厕所，母亲说，没有她做伴，父亲会害怕的。

说起厕所，便是城里人称为卫生间，在老家叫茅厕。它是用四堵墙或篱笆围成。也有房屋式的，里面有一个或数个蹲坑可供人使用，也不分大小便。在农村几乎每户都建一座。我家老屋，因结构问题，室内没有卫生间，而露天厕所搭建在村子西北角较远的地方。到了晚上，我们要上厕所，都要父母陪伴，特别是父亲半夜上厕所，那一定是要母亲做伴的，几十年如一日。如今说起这上厕所，记忆犹新。一年四季，春天与秋天倒没什么，可一到夏天，一边上厕所还要一边用大蒲扇赶蚊子，常常是上完厕所，屁股上便多了几个小红包，蚊子叮咬的。特别是夏天的中午上厕所，头顶炎炎烈日，光着双脚蹲在滚烫的青石板上，难受至极。而冬天上厕所，冷风则把屁股吹得凉飕飕的。于是，父母特意在准备新建的楼房内，设计了卫生间。

几十根树木运回家不久，门框窗子也做好了，青砖亦全部到位，一切准备就绪。父亲便请人选了个黄道吉日，新楼很快动工了。原计划新楼盖两层，可由于墙基上面做了几十厘米的麻石墙，为了能更好地稳固，在麻石墙砌好之后准备停工一年。可就在新楼停工的当年冬天，父亲不幸患绝症离开了我们。于是，新楼再建一事便搁置下来了。如今，二十年过去了，那几十厘米高的麻石墙稳固依然。

石墙很旧，老屋很老。斑驳的时光在老屋的身上留下纵横的线条，但却无损老屋巍然的形象。尽管它已不再轻盈，墙体斑驳，甚至檐角耷拉了，然而，老屋依旧那样立着，顽强地为我们遮风挡雨。生于老屋，长于老屋，老屋给了我快乐而完整的童年，也给我的生命注入了希望之光。那相濡以沫的爱，那抵达永远的情，那善良淳朴的虔诚与祈祷，庇护着我茁壮的躯体，滋养着我自由的灵魂。热闹的世界无边无际，而我，只需要一个安静的地方。游荡的灵魂，无所归依的灵魂，在尘封不住的岁月里，在满场赭黄的暮色里，一寸一寸，苦苦寻觅。这些年，我到底在努力什么、找寻什么、执着什么。人到中年，似水光阴仿佛还在指间停留。半世浮生，朝暮之间，或为生计忙碌，或为前程奔波，或为情爱所累。好在还有老屋。于是，我常常在异乡无人的深夜，怀念老屋，怀念那份土得掉渣的感觉。

老屋，是南方那种常见的，用泥砖砌墙，青石块盖顶的土房子。

十几年前，在南方的一些小镇或者小村落里随处可见，一大片一大片的。在这些平凡的土砖房子里，养育着一代又一代的村民。那个年代的房子都是土木结构。大梁，也叫檩子，是房屋的主要受力物，横于房屋的正中。椽子，密密匝匝地和檩子交叉，像手工编织的鸟巢，构成了一个基本的框架。还有泥土砖、青石块。就是如此简单的几样东西，竟能让老屋岿然不动五十年。若不是百年未遇的特大暴雨，相信至少还能挺个十年二十年的。这让我多少有些好奇与不解，难道钢筋水泥构造比不上黄土橡檩坚固？为什么那么多的高楼大厦如此不堪重负呢？它们，不要说五十年，有的甚至刚刚盖好一半就已经倒掉了。也因此，我愈发地崇拜敬佩我的老父母。

老屋，印证着父母的勤劳与智慧，印证着父母的奋斗与决心。

老屋建于 1962 年，至今整整五十年的历史。听小哥说，老屋的一土一石、一梁一椽都是父母起早贪黑，从丫吉山与梨山陇里运来的。丫吉山生长青石。那时候家里穷得叮当响，吃了上顿没下顿，很多时候是靠野菜与观音土充饥，根本请不起工人。于是，常年做会计兼免费行医看病的父亲，拖着体弱的身躯，拔星戴月去丫吉山，用凿子一块一块地把青石凿出来，再用独轮车运下山，母亲则从山下运回家。青石块运好之后，父母又去几十里之外的梨山陇里运木料。所有的房梁椽子，同样没有请一个工人。还有土砖，也是父母亲手从泥田里一块一块切出来的。一百平方米的土房子，盖了近两年才完工。

老屋是明三暗五结构。窗户是用塑料薄膜遮挡的格子窗。客厅没有隔层，抬头就能看到杉树的房梁。每到春天，燕子都会在房梁上筑巢，我们在桌旁吃饭，燕子在房梁上呢喃。据说燕子只在善良的人家落户。细小的燕子，在房梁上筑巢，新燕啄春泥，吻醒农家人的梦。年复一年，燕子在老屋繁衍生息，冬去春回，告诉我们季节的更替，让我们深深体味那深邃而绵长的历史质感。于是，许多前尘往事，从房梁和泥墙的裂缝流动出来。

当潮湿炎热的夏季来临，我们赶着趟儿挥舞着手里的镰刀，赶在暴风雨之前，将稻子一箩筐又一箩筐运回老屋的怀抱。似乎只有将丰收的粮食放回老屋，心里才能踏实。老屋，也安静地分享着那份丰收的喜悦。而老屋里的人，知足常乐、懂事孝顺、刻苦耐劳、相亲相爱。一日三餐，几个红薯，一碗白米粥或白菜汤，就会吃得津津有味。父母病了，我们会抢着端茶送水，孝顺有加。我们深夜苦读，一盏煤油灯常常是通宵明亮。在老屋，天长地久不是遥远的传说，地老天荒亦不是远古的神话；执子之手，与子偕老，是我们的约定，此生不渝，来世再续。

永远也不敢忘记那些贫困的日子。那个眼巴巴盯着饭菜的黄毛丫头，便是童年的我。那时候的记忆是苦涩的，可细细品味，苦涩中又有一些特别香醇的东西。记忆中卧在厨房的土灶，一如每天跟随父亲下地归来的老黄牛，咀嚼有滋有味的农家生活。两口铁锅、两口鼎罐，将其切割成几何图案。每每学校放假回家，温暖的炊烟就会催促脚步。轻轻推开家门，灯火依稀。厨房里一定有个身影在灶里放着柴，跳动的火花溅了出来，映在脸庞；灶台边也一定放着切好了的蔬菜，齐刷刷地如列兵一般站着，被一只素净的手捧起在锅里翻炒着，烟雾弥漫开来，灯光更加昏暗。也就是这烟雾、这昏暗、这辛劳，让我美丽贤惠勤劳的母亲，过早地衰老，过早地离去。母亲离去后，老屋装着她一生的忙碌、艰辛与苦难。母亲把苦难藏在心里，留下炊烟绕梁不止，久久不肯散去。而我，常常在梦里走进氤氲着泥土味道的家园，清晰地看见母亲久坐在没有父亲的老屋里，目光深陷在老屋看不见的地方，深陷在她和父亲卧室的那扇小窗之上。

　　父亲晚年不幸身患绝症。在与病魔斗争的日子里，父亲每天蜷缩在病床上，几十年的不幸与磨难都映在父亲的眼睛里，那双黯淡无光的眼睛始终望着北边的窗外。窗外是一条人来人往、喧声不断的大路。可我骨瘦如柴的老父亲，却再也走不出那扇小窗。几百个日日夜夜，父亲就那样痛苦不堪地蜷缩着，一直到寒冷的冬天。父亲临终前两天，我和母亲一直守护着他。记得那是无星无月的冬夜，凄厉的寒风在屋外呼啸，沉重木门发出几近断裂的声响。在摇曳的灯光下，我们静静地守护着父亲。突然父亲痛得特别厉害，整个人在床上翻滚。母亲急忙把炒好的中药给父亲热敷，父亲才慢慢缓过来了。父亲出殡的那天，一阵哀乐奏过，哭声顿起。父亲的灵柩被抬出了老屋。黄蝴蝶一样的纸钱满天飞舞，黄铜唢呐低声呜咽。一座纸糊的房子在老屋放了一月余。父亲走了不久，在我们的再三劝说下，母亲离开了老屋，去了小哥家。

那天，母亲把老屋里里外外清扫了一遍又一遍，坐在大门的石门槛上落泪了一阵又一阵。从此，老屋成了一座空屋。父亲走后不久，母亲也永远地离开了我们。老屋就那样空了整整二十年。二十年来，弥漫无限古意与悠远的老屋，弥漫憾恨悲伤与叹息的小窗，在我们兄弟姐妹的仰望中，积蓄着一种无形的力量，那是一种生死相依的坚守，是我们兄弟姐妹的信心、决心与安心。

一直以来，我们兄弟姐妹始终割舍不下对老屋的思念与牵挂。平淡如水的日子，平淡如水的心境，平淡如水的岁月与人生。总有一个方向，一种呼唤，一缕炊烟，是我们魂牵梦绕的皈依。回家，回家！多少个周末和节假日，回家，成了我们兄弟姐妹永远默契相守的主题。一次次归去来兮，一次次看到老屋的身影。她和所有农家的屋子一样，饱经风霜，韶华不再。但只要灶里还有闪烁的火光，门前还有守望的目光，就是我们心灵最温暖最温馨最幸福的归所。

老屋很沉重，也很丰盈；老屋很破旧，也很沛泽。在这个疲于奔命的年头，在这个人心倾轧的今天，她生长在苔痕渐深的岁月里，剥蚀风雨五十载，经历着一个又一个平凡的流年。即便沧海桑田，深巷无人，我们家全部的生活场景，已经清晰地发生过，且以物证的形式留了下来，成为挥之不去的美好回忆与美丽印记。

我的老父母，为了几个养家糊口的工分，为了把九个孩子送出农门，每天起早贪黑，辛勤劳作。天道酬勤，每年年终，母亲都要捧回几张奖状，荣誉名称还特别多。比如"学毛著成绩显著特予表彰""农业学大寨先进个人""三八红旗手"等。每次母亲去县城参加颁奖活动，父亲总会比往常起床更早，帮忙母亲收拾停当。午饭过后，父亲便一趟趟去村东头，看看母亲是否回来。当父亲在村东头小心翼翼地接过母亲神圣无比、荣耀无上的奖状，一路说笑着穿过村子的小巷时，全村人都会投来羡慕的目光，还有连连的啧啧称赞声。一进家门，父亲用早已经准备好的米汤替代胶水，端端正正地把奖状贴在墙上。当我们放学回家，父亲便竖起大拇指对我们说："看看，看看，你娘又得劳模了，了不起！"每次家里来了客人，父亲也免不了又一番夸耀。每年我们学习获奖，父亲同样一张张整齐地贴起来。西墙就是我们家的荣誉墙。

冒着老屋再次坍塌的危险，我们在残破不堪的橱柜里悄悄捡拾泛黄的老照片，潮湿的笔记簿，纪念的搪瓷缸，残损的小酒杯，还有父亲亲手刻下他名字"梅"的瓷饭碗。父亲是几十年的老会计，写得一手好字。

当我抚摸着父亲的名字，抚摸着苍老的门槛，抚摸着剥蚀的泥墙，抚摸着几十年前的记忆掌纹，禁不住潸然泪下。坍塌的老屋，处处弥漫着哀者的叹息，怅惘着流离的残梦。往日行迹早已淹没在废墟中。纵横交错的蜘蛛网，把北墙上的唯一小窗，还有那扇破烂不堪的旧木门牢牢粘住。我不知道，那把父母留下的钥匙，究竟埋藏在哪里？这真的是几十年来时时萦绕在我心头，承载了我童年好梦的老屋么？不，我记忆中的老屋不是这样子的，陪伴我走过了很多幸福时光。它虽然很破旧，腐朽的木门、青青的苔痕、锈渍的锁子，却仿佛一只时光巨手，把老屋鲜活的日子一页页翻动。带着风声、雨声、瓦砾声，带着笑声、鼾声、呢喃声，带着琴声、书声、叮咛声。一声声，一句句，留有一种原始的古朴，透出一种书香的味道。

此刻，面对即将永远失去欢声与笑语、美丽与美好的家园，面对承载了父母一辈子光荣与梦想、辛劳与汗水的家园，我不知道，该要有怎样坚强的身躯与宽厚的心底，才能承受这巨大的疼痛，才能隐忍这万般的不舍。我只知道，这是属于我的老屋，独一无二的、无法替代的、魂牵梦萦的老屋。一个可以忘掉时间的地方，一处连同自己也可以忘却之所在。她深入泥土的根脉，随着岁月的所有走向，庇佑着我成长。她给予我生命，给予我快乐，更教会我做人。无论我在何方，无论我在干什么，只要想起父母，想起老屋，我浮躁的心，便会平静如水、柔软如斯。尽管人生旅途有太多的坎坷与不幸，我也不会害怕；尽管俗世红尘有太多的诱惑与陷阱，我亦不会迷失自己。

老屋是什么，老屋是有老人的屋。老人不在了，老屋便空了，但老屋的影子还在，老屋的记忆还在。那种无所羁绊的纯真带来的无限欢乐与幸福，一生中也只有在那个有老人有老屋的时候了。我不得不承认，之所以如此怀念老屋，其实就是怀念我的老父母。我也不得不相信，我的老父母早已不在了。一切的一切，都将不复存在。一如尘土随风而去，从我的视野中永远地消失了，连同我纯真快乐幸福温暖的童年。

为了存贮这些，我和小哥都拿出相机"咔嚓咔嚓"不停地拍，从不同的角度记录老屋的容貌。屋后那些古老的刺槐，门前那满是青苔的石门槛、木门、土砖、泥墙、青石块，还有房梁、水缸、瓦罐、米瓮、犁耙……小哥说，以后想父母了，想老屋了，想童年了，就可以拿出照片看看，多拍一些，不至于将来后悔。看得出，小哥在强忍着一种无言的痛楚，他一遍遍地摩挲着屋里屋外的角角落落，泪光闪烁着。在我们兄弟姐妹中，父母最为骄傲自豪的就是小哥。小哥勤快、嘴甜、灵动、读书成绩好，上学还跳了级。才八岁时，就把家镀得雪亮。那是小哥在县里的万人大礼堂演讲，满含热泪地说他是农家的孩子，感恩着太多的亲情与师情。那一刻，父母惊呆了，老师惊呆了，观众惊呆了。突然，掌声雷动，经久不息。一时间，父母的名字，小哥的名字，无人不知，无人不晓。

第三天，老屋要被推倒。姐姐、弟弟、弟媳回去了，小哥、小妹、小弟公务繁忙抽不开身，不能回去。而我，却是不敢回去。无法面对老屋在自己眼前彻底消失的我，一个人躲在异乡，端着一杯苦茶，泪眼婆娑，好像把一生积攒的眼泪都流尽了。那些对父母的怀念，对亲情的感念，对老屋的眷念，不知不觉伴着苦涩的茶水，和着泪水一起喝下。那个午后的茶，特别苦。泪眼蒙眬中，想着挖掘机伸出长长的手臂，一下一下将老屋掏碎，将我一生的精神家园掏空，我的心也空了。在一浪一浪尘烟腾起的废墟之上，我无法想象，倘使我两鬓斑白的老父母还健在，该是怎样地老泪纵横、肝肠寸断啊！就是在这里，我的老父母，您俩含辛茹苦把九个儿女送出农门，启程求学路、爱情路、幸福路。也是在这里，您俩的九个儿女呼天抢地把您俩送走。

老舍说："失去了慈母便像花插在瓶子里，虽然还有色有香，却失去了根。"是啊，再远的故乡，再破的老屋，也是我们的根。失去了根，便失去了风雨过后一片挺立于斯的希望。如今，失去了父母、失去了根、失去了希望的我，几乎与老屋一样老了。有一天，比老屋更老。

当天晚上，弟弟弟媳回来，说起白天拆除老屋的事情，感伤不已。还特别说起了发生的两件事，依然心有余悸。一是挖掘机快完工时，突然一棵大树击中了高压线，两根高压电线碰撞在一起，恰巧那一刻竟然停电了！否则，四周都是人，后果不堪设想。二是中午聚餐，正在吃饭的堂哥，不知怎的从椅子上摔了下来，整个人直挺挺趴在了地上。大家乱作一团，正忙着拨打 120 急救电话时，堂哥却突然自己爬了起来，摸摸嘴唇，问大家怎么啦。大家这才缓过神来。听着他俩的叙述，我吃惊不小，越发地相信老父母在天有灵！

老屋已被拆除很久了，连同它周围的一切。当趾高气扬的钢铁机器隆隆地咆哮着，将老屋毫不吝惜地夷为平地的时候，我不知道，它是否也把父母一辈子的苦难与不幸，是否也把我们兄弟姐妹无法抹去的悲伤与夙愿一起埋葬了呢？那些麻石会不会默默感伤，那捆树木会不会幽幽叹息，还有那土堆、那墙基、那青石块、那石门槛，会不会在无人的黑夜偷偷哭泣？也许，只有屋后的刺槐知道，只有屋前的大路知道，只有废墟之上的野草知道。

老屋，是一把锁，在我的手中生锈了。而后，坍塌了。

深秋的黄昏，暮色尚未收拢，街上车水马龙，人来人往，看得我眼花缭乱，却没有一样是我的。那些难言的苦楚、那些斑驳的幽怨、那些心碎的过往，皆随岁月远去，皆随烟尘散去。唯那个没有父母没有老屋没有家的地方，被我长久而眷念地记住；唯那个只有黄土只有荒草只有碑石的小山，让我永远而深刻地怀念。

一山一老屋，一步一回首，一望一滴泪。那滴泪，从此在秋的萧瑟里冬眠。也许老屋，注定要被时代的繁华所抛弃与埋没，随之取代的是拔地而起的高楼广厦。

告别了老屋，却无法告别从前。好在老屋的石门槛还在，它是老屋五十年的历史，也是父母五十年风风雨雨的见证。我祈福，拥有着的石门槛再过五十年与又五十年，见证我们兄弟姐妹的一辈子。我知道，这不是梦。我还知道，春天会再来。

梦回春天，梦回童年，梦回老屋。最后再看我的老屋一眼，就一眼吧，一眼就好，让自己任性固执一回。

别了，老屋！

归　来

　　又是一个料峭春意亦无法淡却怀念与记忆的清明时节。

　　多少回，在梦里，在烟雨迷蒙的江南，在凄冷空寂的故乡，在门窗紧锁的老屋，我的老父母，女儿无时无刻不在企望一个奇迹出现——与您俩突然相见！

　　父亲，您依旧拿着一条长凳，坐在老屋的大门口，一边编着小竹篮，一边等待女儿回家。母亲，您依旧在灶台，做着用鸡蛋换来的小鱼，吃起来很苦的那一种。鱼实在太小，洗净时只好用手掐去内脏，以至于胆汁渗入。即便那样一种苦不堪言的小鱼，亦是家里最珍贵的佳肴，更是女儿心心念念的极致美味。

　　也许，这一回回的梦，一次次的盼，是无望的、来世的、不可等的，但女儿还是要痴痴又痴痴地固执下去。即便穷尽所有，女儿一定要伫立于梦中的圣地，买断烟雨，打破空寂，敞开门窗，任春光浸染。许一场轮回，一个美丽邂逅，换您俩哪怕只是匆匆一瞥！那么，隔着岁月沉沉，抑或茫茫人海，尚能默默想念您俩淡淡的背影，还有背影中体会那永恒的创痛与失落。

　　终于有一天，在故乡的小山村，在山村幽静的小径，我们喜出望外地遇见了。可转瞬间又不见您俩的踪影，难道又一次因思念过度而出现幻觉？

于是，一种深重的、隐忍许久的忧伤，击中我。

作为女儿，父亲您要求过我什么，又诉说过什么？当身患绝症的您，终于忍耐不住想把老屋后面已经砌好麻石地基的房子盖起来；终于忍受不了中药的苦味而拒绝女儿多喂您一勺汤药，极不耐烦的我，却把勺子猛然丢进碗里，发出刺耳声音的时候，病魔缠身的您流泪说："崽，我不多喝一勺汤药，并不是不想喝，是实在喝不下，我也希望自己能好起来。之前一直与你商量想把新楼建起来，是希望我走后，你们能更好地守住老屋。"

我的老父亲，您肯定不会记得，这是十七年前的夏天，躺在满是蚊子叮咬的床上，病入膏肓的您，在生命最后的一个夏天，落下的伤心泪；您也肯定不会相信，您一直寄予厚望的女儿，竟然让老屋后面的打好了地基的麻石，静静地躺在一片荒草丛中；您更不会知道，不孝的女儿，没让您临终吃上一片特别想吃的生姜，一辈子无法释怀；亦因为没有聆听您的教诲，导致婚姻不幸而抱憾终身！

母亲，您愚昧的女儿懂得您什么，又洞悉您为我做过什么？当您终于忍耐不住离开老屋的寂寞怅然，终于忍受不住病魔肆虐，终于承受不住失去丈夫后那种撕心裂肺的时候，作为女儿给了您多少理解、关心与温暖？误以为您是挑剔、淡漠、粗心、不善言辞之人。每次小哥买点好吃的回家，您总是说不喜欢；每次我们流泪上学，您就会说："有什么好挂牵的，真是'骨头嵌（牵）筋'。"直到今年春节，小妹回家说，她小时候常常看见您每次收晒我的裤子，总要用手细细反复揉搓，使之变得十分柔软。您一边揉搓一边对小妹念叨："你姐姐上学走路太远，大腿总是被裤子擦伤，她的裤腿要很软和才行。她的脚大趾头也受过伤，我做她的鞋子，脚背要做得比较高才舒适些。"小妹还说，我出嫁那天，您哭晕好几次，晚上梦里一直唤我的乳名。我们的学费，都是父亲贩卖面条、您摘栗子、小哥贩卖饼干挣来的。父亲说，您卖栗子时，口才极佳。而每次说起父亲砍柴，我们总是泣不成声。

有一回，天刚蒙蒙亮，年迈的父亲便去黄岭砍柴，我和姐姐去学校，正好同行。姐姐由于不放心父亲，便远远地跟在父亲后面，没走多远，突然发现父亲摔倒了，姐姐飞快地跑过去，抱着父亲的腿号啕大哭。小哥说他每次放假回家，只要经过黄岭，看见大堆柴火，便知是父亲砍的，总要蹲在柴堆旁伤心落泪。而母亲您，一直说不喜欢吃的东西，分明是要让给父亲和我们。

海子说："有一些花开在树上，有一些果结在地下。而我母亲就是一株树，一株开满紫色花朵的苦楝，她的孩子她的果实，即使真正成熟了，她都不要他们坠到地上去。她要把她的果实高高地擎在枝头，穿云渡月，沐风浴雨。"

哀哀父母，生我劬劳。而今才道当时错，一堆纸灰，碎裂诉说。

我的老父母，如今在哪里？您俩知道吗，这些年来，莫名悲伤升腾如烟雾，使女儿倍感窒息。灵魂负重，怀念肆无忌惮地铭刻于粗糙的脸庞。那些走远的，再无归期。可是女儿深信：您俩不曾远离！

为那一场隔世遇见，女儿一定守着记载约定的老屋，守着山水故乡，把山水寻遍，把清明祭远，只要您俩别忘了转身。相信，阳光照不到的地方，雨水早已抵达。清明之雨，穿越时空与两界，让女儿的梦想与企望在春的枝头开出花朵，汹涌花潮，将点亮浪漫席卷您俩的视野。

年年春雨，只盼归人。我的老父母，记取轮回约，归来。

下辈子还做我的母亲

人若能转世，世间若有轮回，那么，母亲，我们的前生及来世是什么呢？

您若是江南采茶的女子，我必定是您皓腕下最肆意的一枚；您若是江南水乡捣衣的少妇，我必定是您柔手中最缱绻的一隅。

今生与您相依，总觉前缘未尽；来生与您相偎，我一定温柔地待您，一定！

母亲，您知道吗，您于十二年前的一个下雨的冬日离去之后，女儿便痴痴傻傻站在伤口的边缘，怀抱伤痕的疼痛，把所有的白昼与黑夜撕碎。白昼还是往昔的白昼，太阳，却只剩下我为您思念的光辉；黑夜还是往昔的黑夜，星星，却只剩下我为您不眠的眼睛。

眼睛很深，大地很深。

面对大地，怀想您，刺痛的与想要说出的太多太多，而它们又是如此久远。那么母亲，我应该怎样驾驭深深的目光，才能将您仰望；应该怎样牵引沉重的语言，才能抵达您大地的深处！

母亲，记得外婆说您是九岁那年做了刘家的童养媳。那天下了一整天的雨，您的眼泪也如雨般一整天没有停下。当时是外公背着您去的，到了刘家后，您趴在外公背上，哭闹着不肯下地。是婆婆拿了一根漂亮的红头绳哄您扎辫子，您才下地，才没有执意要跟外婆外公回家。母亲，对于您来说，那是怎样的一种无奈与无助，又是怎样的不愿和不甘。

童养媳又称"待年媳""养媳"，就是由婆家养育女婴、幼女，待到成年正式结婚。旧时，童养媳在我国甚为流行。之所以盛行童养媳，原因就是当时的社会非常贫穷落后，老百姓的生活十分艰难，众多的民众因家境贫寒而娶不起儿媳妇。为了解决这个问题，他们就跑到外地抱养一个女孩来做童养媳，待长到十四五岁时，就让她同儿子"圆房"。圆房意即为童养媳与其未婚夫完婚。解放后，国家颁布了婚姻法，抱养童养媳的问题终于得到了彻底解决。尽管母亲您有万般的不愿与不甘，但终归是拗不过大人百般的劝说，在十六岁"圆房"了。可就在您儿子一岁多的时候，他的父亲在一个下雨的午后去池塘打猪草，竟撒手人寰，您搂着儿子哭成了泪人。从此您的人生几乎是雨天，在没有遇见我的父亲之前。在往后的日子里，您特别怕雨。

母亲，记得父亲说您是在二十多岁的时候嫁给他的，父亲那时已有两任妻子不幸病逝，留下两个弱不禁风的孩子，便是我同父异母的大姐和大哥。父亲家境十分贫寒，父亲身上的衣服，是亲戚朋友凑钱为亡妻用做寿衣省下来的布头拼接的。每每想起这些，我总是泪流满面。出嫁时您手里牵着个小男孩，这个小男孩便成了我的二哥。后来，您总是对我说，在农村，一个带着孩子的女人活着很难，能嫁个好男人就更难。可您是幸运的，遇到了我的父亲，他是个思想非常开明的人，对二哥很是疼爱，而您对大姐大哥也视若己出。于是我们家便成了文明和睦的典范之家，且所有的子女都走读书之路。父亲经常挂在嘴边的话就是：我家的孩子无论男女一律平等，一律读书。只要能入门，就是砸锅卖铁也要送，农村的孩子只有读了书，才能有出息。三十多年后，父亲患绝症离开了我们，独自去了另一个世界。您精神的支柱瞬间轰然坍塌，平日身体极好的您竟在一夜之间患上了和父亲同样的绝症。不久，您也含泪撇下我们走了。您说您要去给父亲做伴。父亲胆太小，连上厕所都会害怕，平时都是您陪着。乡下厕所都盖在野外。

　　母亲，记得您很少在我们面前落泪，怕我们伤心、担心。您的九个孩子离开您出外求学，您都在厨房忙碌，不会出门送送。每次我们上学的头天晚上，您总是拿着个昏暗的小煤油灯，在房间的木梯子上上下下拿菜油。家里仅有的几斤菜油，您放在阁楼上。平时做菜几乎不放油，只有在我们去上学，您才会拿些下来。小弟每次看到您上下楼梯拿菜油的身影，都会落泪。小妹上大学的那天早晨，在厨房外喊您，说要走了，您嘴里一直应着"走吧，走吧"，可就是没有出厨房半步。小妹有些伤感，认为您太理性，舍得她离开。只有我知道，那天您早已泪流成河，把灶台下成捆的柴火都打湿了。我一直看见厨房里冒着黑烟啊，母亲！

就在父亲丧事全部处理好了的当天下午，在哥嫂的执意要求下，您坐着破旧的拖拉机，拿着几件不像样的家什，含泪离开和您朝夕相处了三十余年的家。您痴望渐离渐远家的样子，和您患病时痴望回家路的样子，洞穿了我的忧伤。颠簸了三个小时到哥家里，我感觉到您的手足无措、慌乱不安。您说，人原来像鸟儿一样，飞来飞去。在哥家，您一刻也不歇着，又是做拖鞋，又是种菜，又是拔小竹笋。

母亲，记得您很寡言。您患病时住我那儿，由于家里没有卫生间，只有去野外搭建的简易厕所。您肠胃不好，半夜总要爬起来跑几趟厕所。我每次陪您去，都要数落您。可您对我的不孝，却总是不言不语，极为宽容。您的寿衣，我没和您商量就请裁缝师傅提前缝制好了。那个裁缝是个年轻师傅，把上衣款式做成了对襟。寿衣做好后，万分愚昧的我，竟然拿回家给您亲自过目。您轻描淡写地说了一句，您喜欢大襟衣，腰身掐得很到位。我听了很不乐意，粗暴地说，人都死了，还要什么好看不好看。母亲啊，不孝的女儿，怎么能对您说出如此大不敬的话！为什么没有及时改做成您喜欢的大襟款式！您常说阴阳一体，您是极为爱美之人。但您走的那一刻，目光里毫无责备与遗憾。有的只是从未有过的平静与祥和，仿佛了悟今生来世。

母亲，今生我已错过。来生相逢，我一定温柔地待您，一定！为您擦拭丧夫的疼痛；为您劝哥嫂同意您独自在家待上些日子，好好捡拾和父亲在一起的点点滴滴；为您修建最方便的卫生间；为您订制最漂亮最好看最掐腰最合身的大襟衣服。一切的一切，为您，都为您！

　　母亲，真心感谢上苍，今生与您相依，您是我的母亲。如今，抱着怀想，立于冬日伤口边缘，女儿苦苦跪祈上苍，人，能够轮回转世。那么，下辈子与您相偎，您还做我的母亲！

莲花半开　流年细数

莲花半开　流年细数

倒一壶往昔与时光对饮
慢慢斟淡淡想
一朵莲花缓缓打开
多少事不必挂怀
浅浅记得就好

莲花半开流年细数
超然绝美之外
最干净的饱满
最苦涩的内心

低头弄莲子
春雨潇潇
但见一朵莲花
半开半放

一钩银月
一叶莲窗
一袭轻纱

一个安静的女子
浅斟浅酌
且歌且行

一个人的河流

河流若远古之圣水。

濯洗容颜与爱情，收藏岁月及生命里不敢抑或不能触碰的许多怀想。

我的情爱寂寞于河流之上，寂寞情怀里有芳香四溢。因了你透明之液体悄然滑落于浪里波里澎湃里。只一滴，顷刻便为汪洋。

这是一条令人心痛的河流。

河流起起伏伏、弯弯曲曲。布满潮潮的意象，布满密密的栅栏；布满缤纷四散的妄企；布满深浅不一的伤口。

这是一条令人向往的河流。

河面寂静如斯。然而，我知道，在无比深邃的河谷，有温柔秘密的花朵，生长于诱惑的皱褶之上，固执地等待阳光，一泻而过。

注定这是一条苦难而多情的河流。

烟波万里，风沙堆积。谁能借着水手的身份，撕开命定的流水，升腾暴风雨的翅膀，在满足的呻吟里，在既无起点亦无终点的苍凉里，采摘忽开忽谢的浪花？

也许，浩渺之间，任何一个生命起始于偶然，离去却是必然。而一个生命之于另一个生命的际遇，往往千载刹那，其结局亦多万劫不复。尽管，流水汤汤如斯，花朵生长如斯，目光撩人如斯，眸子却总是惧怕被无情的情人点燃。于是，只得把刻骨铭心的情与痛，偶尔做成贝壳，叠成小船，于河水暴涨的时候。

多情苦难的女子，独自漂移于自己的人生之河。

水之湄，爱情静下来，满含泪，等待漂泊。

远古圣水抵达边缘，暗渡天堑之梦，轻扣于你。

于是，你就要深入河流。

踏歌临水。无比深广的胸膛谛听流水喘息的声音。浪激波腾，于葳蕤之所，于骨髓之间，选择某种姿势。而我，已无法挣脱你目光穿透的疼痛，躲闪于纠缠的水草之间，不忍离去，亦不敢靠近。无论你以怎样的方式深入，河流必得洞穿伤口，回到切肤的深处，回到宿命的深处。

今夜，你说你必须深入河流。

长虹贯日之态，排山倒海之势，步步进逼的飘飘衣袂。而我，慌张迟疑的脚步，已无法遏止一场内心的风暴。于是，古老的生命之谜，一任不竭的向往，灼伤幽深柔情的河谷。于是，所有的想象与期待，所有的彷徨与惧怕，被滔天巨浪覆盖、拆开、撕碎。

黑夜，訇然洞开！

河流，打开温柔的双唇。

一个人的河流，一袭美丽与圣洁的沉没。

　　若说你我的邂逅是不可避免的命运，那么，爱情必得挂满风之帆；若说彼此的别离是无法逃脱的劫难，那么，记忆必得留有痕之迹。然而，你并非真正的水手，整个身心早已刻满不规则的皱纹。你总想爬出焦渴的心河，却无法触及遥远的水声；总想丢弃苍白的炊烟与泛白的日子，却无法走出一片乏味又一片芜杂，走进一片清凉又一片茂密。于是，目光游离于家园的缝隙，却想在遥远的河流之上尽情欢愉；背负沉重的家园，却让河流与水草的气息穿透屋檐。于是，情也碎裂，爱也碎裂。

　　而我，是花，只是一朵花，一朵今生注定虚开的花儿；是河，只是一条河，一条今世注定无法栖身于命定的河流。

　　而你，是水手，却不只是深入一条河流；是岸，亦不只是吻接芳香的堤岸。

　　也许，并非每一瓣心香，都能盛开一丛无法凋谢的怀想。每一条河流，应该偎着堤岸的守护与守候。每一份情爱，能够深入远古圣水之河流。

才情　是一种疼痛

　　如果说婚姻的不幸，乃人生之大不幸；婚姻的疼痛，乃人生之重创，那么才情，往往是疼痛的因与果。

　　宋代杰出女词人李清照，乃爱情婚姻理想之完美女子，但她的理想与期许终归是落空了。连遭国破、家亡、夫死之痛，尤其是再婚的不幸。她的《临江仙》里那"庭院深深深几许？……感月吟风多少事，如今老去无成。谁怜憔悴更凋零。试灯无意思，踏雪没心情"中便可看出，几多凄冷、几多落寞、几多幽怨，怎"疼痛"两字了得？其实在"不孝有三、无后为大"的封建社会里，无后的女人一定与幸福无关，会被社会视为不健全的女人，不能参与红、白喜事，只能受社会的歧视与冷落。李清照的无后，决定了她是个不幸的女子，她的爱情与婚姻理想注定幻灭。在别人眼里，她是一个不健全有缺憾的女人，不可能得到丈夫赵明诚的真爱。即便有爱，也未必有多真。这样的她，更不可能得到周围人的宽容、理解与同情。尽管文明发展至今，几千年的传统封建意识亦没有在中国男人的精神世界里走远，那些古老的观念，隐匿在他们灵魂最深处，何况古代时期。人比黄花瘦的她，一定是生活在他人的嘲讽与唾弃中。之所以没有被休掉，也许是横溢的才情，又或许是丈夫还算个好男人，有悲悯之心，但这只会令她愈发地痛苦与不堪。国破、家亡、夫死之后，再嫁离异，由入狱到悲死，可谓祸不单行。"凄凄惨惨戚戚"的她，之所以惨遭如此不幸，也许乃个性使然，但更多的却是才情横溢所致。有才情，就会有思想、有个性。执着情爱、个性独立、思想深刻之人，往往是痛苦的，才情女子尤甚。

汉末著名琴家，博学而有才辨，又妙于音律，才情极高的蔡文姬，一生三嫁，命途坎坷，情路艰辛。十六岁嫁给大学出色的士子卫仲道，夫妇两人恩爱非常，可惜好景不长。不到一年，卫仲道便咯血而死。后父亲蔡邕死于狱中，文姬被匈奴掠去，这年她才二十三岁，被左贤王纳为王妃，居南匈奴十二年，并育有两子。饱受了番兵的凌辱与鞭笞，饱尝了异族异乡异俗生活的苦痛，同时又陷入"回归故土"与"母子团聚"难以两全之境。三十五岁的蔡文姬，自朔漠归来后嫁给董祀，夫妻之间亦有嫌隙。就蔡文姬而言，饱经离乱之苦，已是残花败柳，再加上思念胡地的两个儿子，时常神思恍惚，郁郁寡欢，以致抑郁而终。她在胡地日夜思念故土，回汉后参考胡人声调，结合自己的悲惨经历，创作了哀怨惆怅、令人断肠的琴曲《胡笳十八拍》。嫁董祀后，感伤离乱，作《悲愤诗》。红颜命薄，因了才与情。

才情，是一种疼痛。

　　张爱玲说，人都有自己的死穴，或是一个不能触摸的伤口，或是一段不堪的回忆。女人的死穴常常就是爱情。没有爱情的女人，任她倾国倾城都会黯然失色。准确说，张爱玲亦是平凡世俗女子，没有爱情就开始枯萎。那么孤傲的一个人，当见到有才无德的胡兰成时，竟变得很低很低，低到尘埃里，但心是欢喜的，从尘埃里开出花。而离开胡兰成的她，便离开了盛放，同时亦离开了自己创作的巅峰状态。

　　才情，是一种用生命覆盖伤口与碎裂的疼痛。

　　才与情，疼与痛，爱与恨，千古纠缠。

　　不忍说毁于世俗风雨中的唐婉与黛玉、袁机与丽娘；也不忍说为情把自己燃烧干净的祝英台与刘兰芝、李香君与杜十娘。生活在古代中国的才情女子注定是凄楚的、苦难的。所谓圣贤之人早就嚷嚷"女子无才便是德"，还有所谓的"三从四德、三纲五常"的儒家教条。婚姻大事乃父母之命、媒妁之言，恋爱自由荡然无存。相悦相知却无法相依相守。有的为了坚守一份刻骨铭心的情爱而付出生命；有的生下来就被父母偷订终身；有的像商品一样被人买卖；有的遇人不淑，含恨终生。尽管论古史话，伏羲与女娲并列，女娲的代表意义较之于伏羲还重要；伟大的曹雪芹亦为女子一吐幽愤之气；《楚辞》"朝云暮雨、美人香草"之诗境化的尊女观念。但是，"佳人"最后难免沦为"才子"的享受品、附属品、牺牲品。

　　古代才情女子是如此不幸，现代才情女子亦多万劫不复。被遗忘了半个多世纪的女作家梅娘，是父母不幸婚姻的牺牲品。以一位女性的血肉之躯承受着罕见的磨难。聚集幼年丧母、少年丧父、青年丧偶、中年丧女、老年丧子等人生苦难于一身。"汉奸文人""日本间谍""右派"的帽子又压制了她很多年。还有与张爱玲齐名的苏青，其作品带有强烈的女性意识，也完全是因为自身不幸经历生发而来。生逢乱世的她，从女孩到妻子到母亲，从大小姐到少奶奶到职业妇女，字里行间充满了内心的焦虑、呼喊与怨苦，非常能够代表普遍的中国女性心态。再有陈染的《无处告别》也可透视现代才情女子的疼痛。

　　《无处告别》中，作者塑造了三个女性形象——缪一、黛二和麦三。她们是三个性格不同，却同样相貌才华出众的亲如姐妹的好朋友。我们可以从她们对人生道路的各自选择与不同命运，沿着她们生活的足迹，在情感、工作等生活中遭遇的种种，来透视现代才情女子，在男权主导下的社会中，精神的危机和生存困惑。

　　现代才情女子，面临的往往是为难、尴尬、难堪、沮丧局面。在社会中，她们必须按照男人的标准去工作。有思想、有个性，有事业、有韵致。当男人面对选择她们时，却不敢不愿走近。自信男人不愿太累太麻烦，不自信男人缺乏相应能力。男人认为，所谓好东西，是要刚刚好，而不是太好，太好的东西，往往会转化成为一种负担。

于是乎，才女美女愁嫁，或下嫁傻男庸男。

其实，再强势的女性，在婚姻中还是愿意且易于处于弱势的。一个女人，即便事业与生活上再成功再坚强，她情感深处依然是柔软的、脆弱的，希望一颗男人的心可以作为终身的依傍。坚强顽强要强往往是她们用温柔不断变幻的奔流姿态而已。在家庭中，她们又必须像传统女性一样，恪守妇道、贤淑端庄、温柔顺从、摒弃个性。然而，让女人愤怒、困惑与不解的是，当她们真正修炼成毫无个性魅力的糟糠之妻时，男人则又把万种风情的女子奉若仙姬。也许，女权主义者多年来为自己争取的权益是：必须学会双重地生活。

如果说爱情与婚姻是琴，那么才情女子，便是琴弦上一串串走失的音符。走失的她们，总是奢望高山流水遇知音，琴瑟和谐两传情。而把爱情和婚姻当作生活一部分的男人，在感情上却很少做长线投资。他们往往瞻前不顾后，或顾后忘瞻前，又或是喜新厌旧，甚至喜新不厌旧，这些是男人的通病。只是才情女子，天然深于情爱，仿佛为爱所生，情几乎贯穿一生，那么注定受伤。也许，傻傻的女人更容易获得爱情与婚姻，她们对生活没有太高要求。只求一种安定，一种淡然，一种将就与凑合，甚至是一种漠然与麻木。有时候，爱情与婚姻，可能正需要这样的心态。

才情，是一种难以言说的疼痛。

请多一些宽容与理解、关爱与呵护、善良与善待。尊女尊德，重才重情。那么，当才情女子遇见自己的人生麦田时，真诚祝福她们，找到一颗真正属于自己的麦穗。易从琴弦上走失的她们，比谁都懂得：弦锈弦断之后，必会哑然，无法修补，只能纪念。而我，一个现世中的孤独女子，身处灰色境地，但愿自己一如既往地坚强坚韧。

才情，是一种永远的疼痛。

黑色风衣

　　我有一件流动的黑色风衣，竖起的领子，飘拂的衣角，深色的黑。在伤感落寞的长夜，在异乡寂静的角落，在故乡残缺的屋檐。它飘荡，沉浮。

　　我乃黑色女子。我的鞋子、我的衣服、我的拎包挎包背包，全是黑色的。当然，还有我的爱情与婚姻，也是黑色的。

　　我喜欢黑色，喜欢把自己放在黑暗里。当我站在无边的夜色里，把自己站成一棵树，长夜深处最后的一棵树，直至飘落最后一枚叶儿。光秃秃。赤裸裸。两手空空。一如卡夫卡，孤独而失形；一如寒蝉，凄切而失语。毫无歌唱的气息，毫无飞翔的气息，只有时光尘埃落满双眸。

　　异乡有很多的楼梯。我喜欢走楼梯，特别是在雾霭蒙蒙的早晨抑或夕晖浅浅的黄昏。这时楼梯里很暗，和我的黑色风衣很搭配。当我走在昏暗的楼梯里，我的脸庞一如远古的驿站或码头，漠然复木然。

　　故乡有很多的小路。独自一人走在那条通往大地深处的荒凉小径之上，黑色风衣看起来更加冷峻、更加寂寞。

　　长夜。异乡。故乡。流动的黑色风衣紧紧裹住我，撕扯我。无枝可栖的残灯般明灭的思绪，被风吹乱吹散，很多的故事从黑色进入，衣袂飘飘，风带来了秘密。于是，在黑色的夜里，在黑色的异乡，我用黑色的键盘，敲打着黑色的爱情与离情。

张小娴说："缘起缘灭，缘浓缘淡，不是我们能够控制的。我们能做到的，是在因缘际会的时候，好好珍惜那短暂的时光。""我们都太爱自己了，两个太爱自己的人，是没法长相厮守的。当我们顿悟了自己的自私，在以后的日子里，也只能够爱另一个人爱得好点。"也许，缘分的深浅是可以控制的，我们每个人都太爱自己亦没有错。只是我们，太不懂得珍惜与呵护、宽容与善待、取舍与进退。一如我，很多年，一直站在原地，活在自己的边缘，用磷火擦伤自己，擦伤春天。一路遗失，一路怀念。明知早已物是人非，依然翻出千疮百孔的心，让自己痛得更加彻骨，伤得更加彻底。明知爱情只是一个童话；明知婚姻就是一座坟墓；明知你我邂逅只是一个偶然的回眸；明知那些远去的岁月之上，只有一丛稀稀落落的枯叶衰草，只有一片疏疏淡淡的浮云轻烟；明知活在不幸中，不只是命运对自己的惩罚，更是自己对自己的惩罚；明知要演绎经典，获得一生一世的爱情，不仅需要两个人一辈子共同的付出与努力，更需要一个人平日里恰到好处的衬托，于跌宕起伏抑或乏味琐屑之中，读懂脉脉背后的那份默默。

我的爱情，一如流沙，早已从掌心指间滑落。更像一部简单而平淡的电影，简单到没有编剧，没有导演，没有主角，没有色彩。平淡到还没有上演，就已经剧终。我不能也不敢奢望，爱情能够永恒，更不能也更不敢在真实的生活中造次复造次。即便我是一个浪漫女子，即便我的浪漫很需要另一份浪漫回应，我也只是渴望，淡淡的日子，淡淡的幸福，淡淡的人生。一个真正懂我的男子，一份真正属于自己的爱情。死生契阔，与子成说；执子之手，与子偕老。当我们渐渐老去，我还能深爱着他，孩子一样慵懒在他的怀里，把手放在他的掌心；还能像年轻时一样腻在一起，说不完的情话。也许我们能做的事情仅仅是彼此靠在一起，默默怀想。想起粉红的夏天，沉静的秋天；想起娇羞的清晨，倦怠的黄昏；想起地老天荒的时刻，云舞雨蹈的瞬间；想起梦里梦外的故乡异乡，花开花落的白天黑夜。终于明白，曰爱情曰婚姻曰缘分曰命运，并非一枚果子，而是横亘于岁月沟壑里的一块石头。我们，仅仅是上面的花朵。花之上，布满念想与挚爱、飘荡与沉浮、风雨与尘埃、盛开与凋谢。也许，只有凋谢了的花朵才可能美丽，一如只有失去了的东西才可能永恒。那么，谁的执着，谁的放弃，谁的遗忘，谁的铭刻，成为最后一瓣花儿抑或叶儿明晰的辩证？

　　岁月东逝无可挽留，生命浑浊而暧昧。古典爱情的幻影里催生了放浪而伤感的想象：我们偎依的姿影，美丽如初；我们衰老的味道，芳香未尽。一如饱满的麦穗，粒粒清晰，闪烁着爱情深处的阳光。

　　阳光挨着阳光。花叠着花。石头垒着石头。

　　石头之上，一些黑，深入许久之后，把影子安放在明亮之间。另一些黑，从故乡坍塌的屋顶侵入，渗进血液中，将我的心，紧紧拽住。我不知道，门窗紧锁二十余载的老屋，有多少黑色的语言无法叙说。独坐城市里，远方破败的屋檐，翎羽般剪开思想的栅栏，黑色的语言，令我一生彻悟不透。一个人的秋天，总显得如此低沉而茫然。裹紧身上的黑色风衣，如同一个夜行者，盘算着夜的深处，哪一处才可以栖身。也许，有一天，我真的会成为一棵树，抑或是树上一只鸟儿，衔着灵魂的花瓣，飞翔的姿势在黑夜定格。

　　我知道，若一枚幽暗铜板的我，太过中规中矩陈旧怀旧，以致总是想起故乡，想起老屋。仿佛站在火车刚刚开走的月台边的人儿，心里不断地刮起往事昏黄的大风。父母走了，老屋一直无人居住。由于年久失修，早已破败不堪，裂缝密布，掩映于一片密林中，与整个村子的年代相隔久远，与门前那条新修的水泥路也毫不相干。是时候了，该去看看那老屋、那石头。我想，二十多年了，老屋里也该照进一缕阳光。石缝中，也该摇曳着几朵野菊吧。

　　此时已是深秋，此刻正是黄昏，暮晚轻卷，这令人沉静的时刻，适于怀旧，适于分享薄如蝉翼的凉意。弥漫的夜色开始在树梢布阵，愈来愈冷，愈来愈淡。月亮，是第一个冲破黑暗的缺口。我无须在乎或理会什么，时间会缝补所有残缺抑或突起的暗伤。我决定，从此时起，从此刻起，做个多情而幸福的小女子。用女人丰饶而广袤的土地接纳简单、极致的燃烧，用风衣流动的深色的黑，隐藏绸缎般的柔软。那么，就让所有的情感，深情深邃深刻地凝重庄重厚重起来。

　　轻轻展开，这故乡，这异乡，这长夜，还有这黑色的风衣。

如水的温柔

俗世红尘之中，只有一种情可以抵达永远，永不背叛，便是亲情。

——题记

伤口，是人生一道无法闪躲的凄美风景。我曾经的伤口，因了我的女儿、我的兄弟姐妹夜以继日之如水温柔的濯洗，终于抖落了满身的尘埃与沉重的怨叹！从此，一种比之生命河流更为深与广的至情至爱，绵延我的血脉，穿越感伤与忧郁，柔歇于我春日的枝柯。

我的女儿，我的兄弟姐妹，再也没有什么词，可以抵临你们予我亦爱亦宠之姿影，再也没有什么情，可以逾越你们予我亦深亦邃之夙愿。因了我的幼稚与轻狂、自私与任性，因了我的放纵与不羁、无情与无义，让所有的日子于你们，最为厚实的衣衫亦无法掩住累累伤痕。阴霾如晦，一寸一寸入侵你们整个的身与心。从此，你们苍白的面容无法用真实的阳光晾晒，满心的幸福渐行渐远春天的路口。

面对劫难，面对苦痛，面对我失手打碎的完整，你们没有一丝丝的责备。感谢你们，轻轻柔柔以至深至情，抚慰愚昧的我、失败的我、憔悴的我、千疮百孔的我。那是怎样的一种抚慰，又是怎样的一种温柔与包容！

我知道，有地难容、有愧难承的我，给女儿，给兄弟姐妹，带来的是一种怎样的不安与不幸！深深的伤口，恐今生无法结痂愈合。若我苟延残喘的生命，可以换取女儿曾经的天真与烂漫，曾经的快乐与幸福，我将毫不犹豫！

这些年来，我的整个身心碎裂。曾经潇洒优雅的我，藏裹啜泣伤悲之心。心痛得无法呼吸，日子苟活得无法轻松，罪孽深重得无法饶恕。如今，不堪重负的我，毅然决然踏碎往日所有的羞辱与愤懑、憾恨与嗟伤，让一滴在眼里与心里含了十年之久的泪，跌落成今日的释怀。

爱，意味着拯救！

从此，在你们纤尘不染的爱与情之世界，我远离俗世的喧嚣与惶恐，远离红尘的欺诈与负重。于是，浅薄的我，要向你们诉说埋藏很久、很深的，一些柔软、再柔软的感念与感动。

我的女儿，我的兄弟姐妹，此生此世，有你们如水的温柔，至真至深的眸子，安静地注视，就足够。那是我生生世世的港湾，是我今生唯一要去亦能去的地方。

我是容易受伤的愚顽女子。未曾了悟有些爱可以疯狂，却不可以逾越；未曾了悟轻率与冲动，摘取的往往是幸福的虚形；未曾了悟谎言的天堂，其实就是真正的地狱；未曾了悟大错铸成，注定覆水难收。

当我撕碎谎言，撕碎自己，撕碎海市蜃楼翻覆的诱惑与欺骗，颤巍巍打开前尘过往，心顷刻便如一枚秋后的枫叶，血渍斑斑。

飘零逝水，无法回避，无法彻悟，亦无法叙说。

好想有个家。可曾经的家，却一直舞蹈于最冰冷最虚伪的花朵之上，注定零落；好想邂逅爱情，把一生的情与爱，以烂漫之花的形式，给予最解风情、最懂我的感性男子。然而，天堂与地狱之门，让我不断神往又不断恐惧，我的爱情易受伤。

不懂感情只是可怜，太懂感情却是可悲。

也许，飞蛾扑火并不值得赞许，夸父追日亦不值得仿效；也许，男人与女人都是残缺的，唯有灵肉合一，才算完美。而任何一个男人或女人，于短之又短的人生，能有幸拥有一个完美的异性钟爱，那么，世界上有许多东西便会显得不再那么重要。

密茨凯维支说："不幸的是一个能够爱却得不到爱的温存，更不幸的是不能爱什么的人，最不幸的是一个没有争取幸福的决心。"是的，决心固然重要。可对于日渐失真的爱情，谁追逐，谁注定受伤；谁沉湎，谁注定抵达无可救药之境。

一切于意愿之中，一切于意料之外。

对于失却的，我不后悔。既然无法握住，那么，失却的肯定不属于自己；对于拥有的，我呵护万分。既然上苍厚赐，那么，拥有的注定轻扬于自己的缘分天空。想来，能在物欲横流、纷繁复杂的尘世真实活上一回，往往需要一种潮起潮落、云卷云舒的潇洒与大气。

若受恩典，心存感激，于等候的雨露下，相守之花美丽如初；若遭愚骗，心存感激，于心灵的辽阔中，负重之魂释放如云。圆满是一种美，残缺有时也是一种美。正如陆游之憾，唐婉之哀，承载几多悲戚，几多冷峭。也许，正是唐婉的早逝，便有陆游的绝唱；正是王弗的短促，便有苏轼的绝版，上帝唯一之骄子。而那些我们想要却无法得到的，可能正是命运之神给予我们最美最高的奖赏。

走过寒冬，便觉心境原来于季节之外；走过酷暑，渐知所谓的阴霾不过是轻扬之絮；走过深秋，懂得所有的缺憾乃是一种无法企及之美。即便遭遇风暴，即便为兑现风暴的承诺自始至终冥顽不灵，即便守望于无声的耻辱与叛离之中。我已完成一次次生命进与退、存与灭之悲壮征战。

我的女儿就是我的春天！我的兄弟姐妹就是我的春天！今生今世，你们为我忍受涅槃前最苦痛的燃点，为我摆脱尘世所有的烦扰与卑微，让我分分秒秒濯洗于你们如水的温柔，足矣！

长相依

长相依

岁月忽已晚
衣带日已缓

花开静默
风吟如歌

有一支歌叫手足相依
不必出声
岁月里互暖

一起长大
一起变老

一生陪伴
一世相守

长相依
长相惜

细哥 好样的男子汉

每个人都有一部历史。酸的甜的，抑或苦的辣的。点点滴滴令人感动，无法忘怀。而让我最感动、最不能忘怀的是我的细哥。

记得我读初中时，姐姐也读初中，弟妹仨读小学，家里连买盐的钱都得靠鸡蛋换。五元钱的学费对我家来说实在是太昂贵了。父母年老体弱，大哥、二哥均已成家，都分开过了。于是，仅比我大几岁的细哥便成了家里唯一的劳力。细哥利用节假日和堂哥他们步行去百里外的吴城贩饼干。二十元的本钱，是父亲四处借来的。细哥怕钱被人偷走，叫我帮他把钱缝在了短裤的口袋里。当时，我一边缝，一边抹着泪，那份感动刻骨铭心。可多次贩来的饼干卖出去后，仍没凑齐我们的学费。细哥又把母亲给他做的一件新衣服卖了。其实已不叫新衣服，压在箱底快两年了，只是细哥一直舍不得穿。

就是在这样窘迫的处境下，细哥倾注了他全部心血，含辛茹苦近十年，总算把五个弟弟妹妹送出了农家门。很难想象，细哥是如何度过那三千多个牵肠挂肚、万分辛劳的日日夜夜。单是那次送我上学的一幕，就让我终生难忘。

那天，天刚蒙蒙亮，吃过母亲煎的鸡蛋后，细哥便用扁担一头挑着个旧木箱，一头挑着棉被、脸盆之类的东西，走在家乡窄窄的田埂上。旧木箱、脸盆不时擦过禾苗，发出嗞嗞的声音。我俩一前一后走着，我的心情有些沉重，一股前所未有的强烈感觉在心底涌动！到校后，细哥把一切安排妥当，就急匆匆地往家里赶。我送他到车站，车子还没有来，细哥便叫我回去，我走了几步，回头一看，猛然发现我亲爱的细哥竟蹲在地上抽泣！我在他伤心的抽泣中无法自持，发疯似的狂奔到他跟前，四目相对，泪如泉涌。我知道，细哥是放心不下我一个女孩子独处异乡。长这么大，连县城都从未去过的我，更别说出远门了。看着汽车载着泣不成声的细哥远去，车轮仿佛从我的心上辗过！

细哥就是这样一个人，话虽不多，默默中却呵护着所有的亲人和朋友。极有涵养的他，无论岁月在心里刻出多少沧桑，他总是会把所有的嗔或怒藏得严严实实。不忍说为了贴补家里，去几十里外的深山砍柴，由于饥渴交迫，不慎连人带柴一起滚下山坡，满身伤痕回来的他，在肝肠寸断的父母面前谈笑自如的时候；不忍说为了弟弟妹妹读书，省吃俭用过着捉襟见肘的日子；不忍说因无钱购房，只好租便宜住房，而后又被房东无故撵走处境尴尬的他，心中的那份愧疚与自责；更不忍说在父母病榻前极为孝顺的他，是怎样使出浑身解数，细心陪护二老，让老父母得以尽最大可能延长了寿命，而后安心合眼的揪心刹那。特别是父亲在重病期间，便秘非常严重，想尽各种办法也无济于事。于是，素爱干净的细哥便用双手亲自帮助父亲。父亲临终前断断续续说起此事，哽咽不止。也不忍说把衣物、稿费捐献给灾民，而乡下老屋却因无钱修复早已坍塌、景象凄凉，面对微薄祖业无力维持，伤心落泪的他，承受着怎样的孤苦、无助与无奈。最不忍说为了弟弟妹妹的工作，有些迂腐且从不求人的他，在领导面前苦苦哀求的卑微场景。只想说，在我失意时，他如轻柔的细雨，静静滋润着我龟裂的心田；在我得意时，又如缕缕轻风，从我心上缓缓拂过。无论得意失意，细哥就是这样，分享快乐、带走所有的焦虑与不安。

辛弃疾词曰：少年不识愁滋味，爱上层楼。爱上层楼，为赋新词强说愁。而今识尽愁滋味，欲说还休。欲说还休，却道"天凉好个秋"。套用辛弃疾的词就是：少女不识愁滋味，爱上文字。爱上文字，为赋新词强说愁。而今识尽愁滋味，欲说还休。欲说还休，却道"细哥好男子"。

自从拥有了生命，我便拥有了细哥无微不至的爱。这爱，犹如一行遥远的承诺，让人生旅途中跋涉的我，永不离开他那关切的注视与守护。

细哥，真是好样的男子汉！

一辈子陪伴

于万千红尘中，即便沧海桑田，青丝暮雪，抑或喧嚣寂寥，伤悲如潮。因了一份至真至纯至深至爱的亲情陪伴，我的心始终安然从容，幸福如斯。

——题记

一

亲情，乃上苍厚赐。当我们赤裸裸来到尘世，响亮的第一声啼哭，带给父母最为动听的乐音时，便有一根情与爱之长线，一头系着成长，一头系着老去。我们的一生，都为这条线牵挂着，也为这条线快乐着，更为这条线幸福陪伴着。每天不停地奔波、忙碌、打拼、奋斗，就是为了能守护好这份陪伴，且借着这份美好活着。我们知道，生命长河，有些暗礁和险滩，是绕不过去的。谁都会遇到困难，谁都会遭逢坎坷，但无论发生什么，我们都不会害怕。即便什么都不顺、都失去，我们还有亲情。

亲情，乃人生要义，与生俱来，亘古不变，无色无味，无香无影。没有典雅形式，没有刻意包装，没有荡气回肠的故事，没有动人心魄的辞章，从来不需要费心费力呵护，亦无须刻意雕琢，更无须竭尽全力挖掘。亲情若水，静水流深，流荡于我们生活的每一个角落，注满生活的每一个空隙。亲情若伞，即便破到断了筋骨，依然努力为我们遮风挡雨，承受酷暑与严寒。也许亲情，不会让我们癫狂，却能让我们安静；不会给我们刻骨铭心的体验，却始终为我们提供不可或缺的养分。常常，一个简单电话，一条平常短信，一句殷切嘱咐，即便斥责之时，抑或叹息之间，都是对亲情最生动最完美的诠释，于有意无意之间，悄然浸润于指尖脉络。

亲情，是饭桌上的谈笑，柴米油盐间的琐碎；是满怀关切的一个眼神，求全责备的一声抱怨；是离别后无时无刻的思念，重逢时紧紧相拥的怀抱。也许人们，会因为亲情的平淡而忽视，朴素而忘却。拥有时习以为常，享受时无动于衷。当我们"春风得意马蹄疾"之时，付出更多艰辛的亲人，往往在某一个角落为我们默默祝福；当"我是人间惆怅客，知君何事泪纵横，断肠声里忆平生"之时，至爱的亲人，又总会细心安慰、敞开胸怀接纳我们。无论为人父母，为人儿女，还是同为手足，血脉将彼此紧紧相连。

冰心说："爱在左，同情在右，走在生命的两旁，随时撒种，随时开花，将这一径长途，点缀得香花弥漫，使穿枝拂叶的行人，踏着荆棘，不觉得痛苦，有泪可落，却不是悲凉。"我想，人这一生，可以没有爱情，没有友情，但绝不能没有亲情。尽管亲情，没有爱情炽热，没有友情馨香，无须缘于两情相悦，亦没有共同需求，但与生命相始终。亲情，血浓于水，不仅因为它的深度与纯度，更因为它的无私。人生本身是粗糙的，实现过程是细腻的，这个过程就蕴藏在亲情、爱情和友情中，包容在性情、品质和志向中。人生本身是短暂的，实现过程是漫长的，这个过程需要体魄、智慧和心态，需要付出、失去和包容。而能爱我们的长处，了解我们的短处，且真心鼓励赞扬肯定，又随时准备原谅我们错误的，往往是亲人。

亲情、友情、爱情，乃人生三大安身立命支柱。

哲学家说："爱在本质上是一种指向弱小者的感情。一种完全发自内心的，心甘情愿为对方的快乐与幸福付出的心态，一种不由自主想把对方置于自己的保护之下，提供情感和身体的保护。"换句话说，这个世界上有很多相爱但最终没有在一起的人，是因彼此并未完全发自内心、心甘情愿，又或许因为时间、误会、双方没有好好努力等。尽管这并不影响他们仍然爱着对方，只是这种爱不足以让他们共同抵抗生活。有心在一起的人，再大的吵闹也会各自找台阶，迅速重归于好；离心的人，再小的一次别扭，也会趁机找借口溜掉。在爱情层面，失去的东西会否回来，不好说。一瞬间想通了，释然了，在下一秒又想不通，每天都在这样不停地循环中，是常态。他或她一个电话，你又乱了方寸，扰了心思。毕竟，有些东西再喜欢也未必属于自己，有些情爱再痴恋也不得不放弃。有些缘分注定会失去，有些缘分未必有好结果。我们总是渴盼一份懂得的爱，奢求一份相知的缘，又或许固执地把感情藏匿得严严实实的，让人无法靠近。可是爱情，会在不经意间，在我们不在乎、不注意的时候开个玩笑，甚至毫无征兆地消失或换了模样。一如遗失的扣子，当某天无意发现那枚扣子时，你早已经换了一件新衣服。

于我而言，人生四季曾有过漫长寒冬、零落秋色、炙烤盛夏，但生命春天里恒久的亲情，给我一个朗朗的心情，盎然春色永远驻留心中。

万分感谢你们，我生生世世的兄弟姐妹，生生世世的宝贝女儿。是你们，让历经劫难的我，没有弄丢自己，好好活下去。尽管我们在一起的时候，偶尔会打架，偶尔也会斗嘴；喜欢抢零食吃，也喜欢向父母打小报告。即便我把所有的悲伤、痛苦抛向你们；即便我犯了错，甚至铸成大错，你们总是万分溺爱、万般包容。那些生命中的点点滴滴，总会在某个瞬间掠过。平凡如水的剪影，随着时光的流逝，沉淀于生命河流深处，渐渐变得厚重、深沉而耐读。总让我不由自主地想起那些潮潮的、细细的、软软的、暖暖的悠悠往事。

二

故乡在非常偏远的小山村。童年的我们，压根就不知道电灯、煤气为何物，更不知道什么是电话、电视。晚上照明用昏暗的煤油灯。那个年月，煤油相当紧缺，要凭票购买，没有票就得求人，还未必答应。煤油灯要点起来，一定是到天黑了，实在看不见。记得每次要找东西，必须弓着腰，护着灯才行。一手拿着灯，一手巴掌呈弧形，屏住呼吸。若要呼吸，不能直接面对，否则油灯一下子就会熄灭。就连上床睡觉，展开折叠好的被子，也断然不能用劲，稍稍牵动一下被角，灯就会熄灭。全家住在土砖泥屋里，四处漏风、漏雨，夏天倒也凉爽，可一到冬天冷得不行。若遇深夜下大雨，便急坏了年迈的父母。二老一边披上衣服，一边用脸盆、脚盆、水桶、瓦罐之类的用具，赶忙接住从屋顶漏下来的雨水。刹那间，叮叮咚咚的声音响起，仿佛美妙音乐，伴我们酣然入眠。

那个年代的农村条件实在太差了，土灶是唯一的做饭工具，大多配套烟囱。添两把柴、放一把米、舀一些水，不出十几分钟，香喷喷的米饭就做好了。用土灶做的米饭特别香，刚出锅的米饭只要稍等片刻，就会结一层锅巴，不仅香且有营养。土灶最大的特点，就是炊烟袅袅。若看见谁家的烟囱开始冒烟了，就意味着这家已经在做饭了。要想蹭饭，就可以循着炊烟而去。

那时候家里特别困难，土灶上没有配套烟囱。母亲每次做饭，总是被烟熏出眼泪。如今随着科技水平和生活水平的相继提高，很多老物件逐渐被淘汰。尤其是设施相对落后的农村，什么犁耙、蓑衣、斗笠、风车、水车、脱粒机、石磨、石槽等都开始淡出了人们的视线之中。最近，就连这个农村人家的标志"土灶"，也可能要被完全拆除，实在可惜。很多在农村长大的小孩子，都有在家长做饭时帮忙生火的记忆，那是一种很美好很难忘的记忆。

土灶做饭，需要添加柴火。这些柴火，都是父亲从丫吉山和黄岭坡上砍来的，每捆柴火都在父亲身上留下了伤口。母亲每次用火钳把柴火夹进灶膛之前，时不时地用手摩挲一下。我知道，母亲是在感受父亲砍柴的艰辛与不易，舍不得它们那么快就被燃尽。

一家人喝的水，是母亲用木桶从村头挑来的，叫打水。水井不大，直径六七十厘米，深度五六米，人工挖的洞口，底下铺一层黄沙石子，过滤用。井壁是用砖头水泥砌成的圆筒，后来就直接买水泥管，一节一节吊下去，井口砌一个上小下大的多边形柱体。南方的井，水再多，离地面也有两米左右。北方的水井，只在电影《地道战》里见过，很大。如今我们真的老了，这才几年，知道打水的人很少了。

说起用木桶打水，那还真是个技术活。把两个铁钩子用麻绳分别绑在扁担两头，扁担是竹子做的。打水时，只需一个铁钩子，钩住水桶提手，水桶要倒着放，才能打满一桶水。水桶口比水桶底部大，加上还有个把手，头重脚轻，到水上自然就倒下去，一会儿就灌满了水。要是嫌慢，灌了一半水之后，晃动扁担，水桶凭惯性直接沉进去了，水自然就满了，先提起水桶，再用扁担借助臂力。还有些地方不用扁担，干脆扛一根木棍子，长长的木棍顶端也有钩子，用钩子把住水桶的提手，就降到水井里打水了。这个更需要技术，搞不好水桶就脱离木钩子，直接沉到井底了。也许有城里人会说，见过用绳子提水的、老式摇水的、现代压水的，但用木桶打水的，极为鲜见。大凡见过打水的，大都是农村孩子。

母亲每天清早要去打水好几趟，才够一家大小用水。天晴倒没什么，若遇下雨天，井边湿滑，打水就会有危险，母亲好多次险些跌进井里。可性格含蓄内敛的母亲，从未提起这些。还是村上人看见，告知父亲，让父亲心疼不已。可父亲每次去打水，母亲总要把水桶给抢下来，母亲说父亲年纪大了，井边不安全。我们要去帮忙，母亲更是不会答应。母亲就是这样的人，从来把最困难的、最危险的事留给自己。感谢父母，用那香甜的米饭、甘甜的井水，喂养我们的快乐童年。

<h2 style="text-align:center">三</h2>

快乐的童年，充满野趣。女孩子喜欢"打水漂""捉迷藏""跳绳""转陀螺""打夹子""跳格子""踢毽子""打猪草"等。说起"打猪草"时做过的一件傻事，至今还忍俊不禁。记得那是一个傍晚，放

学回家，我和姐姐一起去打猪草。很幸运，天黑之前，就打了满满的两篮子，我俩兴奋地哼着歌儿往家走，走至村西边的小水沟时，不知怎的就突发奇想：把猪草栽种水沟内，等它长大了，再来拔回家。于是，我俩赶紧忙活起来。姐姐负责从篮子里挑拣出最大最肥的猪草，我负责栽种。忙了好大一会儿，一大截水沟的猪草栽种好了。看着大半沟的猪草，想着日后的茂盛，甚是得意的我俩，别提有多开心。当父母焦急地等着我俩回家，看着满身是泥、提着几乎是空篮子的我俩，满是疑惑的母亲，破天荒没有多说什么。第二天放学回家，满心欢喜的我俩，提着小竹篮直奔小水沟而去，迫不及待地想看看猪草长大了没有。当我俩奔到小水沟时，却被眼前的一幕惊呆了！哪里还有半棵猪草的影子，只有高高低低满沟的泥巴，似乎在嘲笑两个大傻妞。如今想来，也真是傻得可以。傻傻的我，也记不清有多少小石片掠过水面画了一圈又一圈，追逐红蜻蜓跑了一路又一路；有多少颗石英子磨破了口袋与鞋尖，多少根公鸡羽毛成了新年最美丽的守望；又有多少红薯片、生姜片成为我们童年的极致美味。

男孩子喜欢玩"爬树""爬竹子""摘果子""掏鸟窝"等。在农村，几乎每个男孩子，都有攀爬过树的经历，而且大部分都是很擅长爬树的。因此爬树于他们而言，没有多大的挑战性。于是乎，他们就攀爬更为困难的竹子。大家都知道，竹子是笔直的，除了每节向外突出几毫米的竹节之外，几乎没有任何可供垫脚的，而上面有枝条的地方，更是不能放松警惕，毕竟枝条太过纤细，未必能够承受住足够的重量。

听细哥说，爬竹子比较讲究技巧，且最能突出攀爬能力，比爬树来得兴奋。而摘果子，也让人兴奋。一些人家有桃树、梨树之类的果树，等到它们成熟后，树下树上少不了孩子的身影。尽管大部分的果树属他人私有，但无法挡住被果子诱惑的孩子。有的孩子为此被家长训斥，有的不慎从树上掉下来，连身上的土都来不及拍，一溜烟跑了。

最让人兴奋的是掏鸟窝。堪称第一高手的细哥，只要看到哪里有鸟窝，就在一股天然好奇心的驱使下攀爬上去，看看鸟窝里有没有小鸟或者鸟蛋。偶尔运气好，碰到有几颗鸟蛋，便成了我们的美味佳肴。再运气好，有几只羽翼未丰满的小鸟，二话不说就把鸟窝给端下来，将小鸟捉出来，带回家，关在笼子里养。不过细哥掏出来的，大多是麻雀。而对于燕子窝，细哥是断然不会掏的。

燕子喜欢在房梁上筑巢。每回燕子筑巢，父亲便会拿些干草粘在房梁上，以便燕子把窝搭建得又好又快又牢固。每次燕子欢唱，父亲就会教育我们要好好读书。这让我们很是不解，难道父亲能听懂燕语？正当疑惑时，父亲便及时说："当然能听懂。燕子唱'同志们，同志们，努力学，努力学，学了就升级'。"父亲的模仿像极了，尤其是"级"字那长长的尾音。

父亲是智慧幽默的，他用这样独特的方式教导我们。父亲的教育，体现在生活中每个细微之处。他无时无刻不在教会我们如何正确地做人，无时无刻不在培养我们勤奋好学、自立自强的品格。小时候，也总抱怨父亲管教太严，然而正是这样严格的管束，才让我们现在能做一个品行端正的人、拥有优秀品格的人。成功时，父母会比任何人都高兴。失败了，父母又是我们重新站起来的支柱。

父母，用双手撑起这个家，从我们呱呱坠地那一刻起，便是我们心中的榜样。小时候，父母就像大树，我们在树下成长，父母为我们遮风挡雨，不求回报地提供温暖和安全。当我们长大了，不再需要大树时，却没有回头仔细想想、认真看看，父母过得怎样，不曾发现不再年轻的他们，也需要一个庇佑之所。再后来，父母相继走了，我们想陪伴的机会永远没有了。小时候读朱自清的《背影》并无太深感触。如今读来，却常常潸然泪下。

四

我们兄弟姐妹九个，分属同父异母、异父同母、同父同母三种组合关系。三个年长的，从来不需要父母操心。他们是我同父异母的大姐、大哥与同母异父的二哥。因彼此年龄悬殊，若要进行诠释，很难准确到位，故略之。六个同父同母的兄弟姐妹，年龄最大的我唤作小哥或细哥。细哥无论读书还是干农活，人见人夸，乃父母之骄子，我们的楷模！紧接着细哥后面的五个，也就是我们，却一天到晚闹别扭。用母亲的话说就是"前世冤家"。前世冤家的我们，自立三大派。二姐、小弟、小妹三人为一派，再就是大弟，还有我。名为三大派，实则我和大弟乃两个光杆司令。

记得有一回，为了争抢家里打猪草用的唯一一只新竹篮子，我和二姐展开了激烈的争夺战，二姐仅用端午节母亲分给的一点小蚕豆便诱惑了小弟小妹，三人迅速形成一股合力而告捷。又有一回捉迷藏，胜利方可拥有做毽子用的公鸡羽毛。结果小妹躲在一堆稻草里，身上还用稻草盖着，我们四处喊叫不见人影，这便急坏了正在忙活的父母，最后还是细心的大弟在草垛里发现了一缕头发。小妹说，其实她早就听见了我们急切的呼喊，可为了那梦寐以求的毽子羽毛，便只好强忍不应答。

还记得一回盛夏中午，小弟、小妹在村头秧苗田里清洗细哥的钢笔，那是家里唯一的一支，珍贵得了不得。不料小弟甩掉钢笔胆管里的清水时，用力过猛，把笔尖给甩掉了。这下小弟慌神了，连裤腿都来不及挽上，就急忙下田寻找。可怜我那傻小弟，顶着炎炎烈日，几乎把每棵秧苗都细细摸寻，笔尖自然是没有找着。这还不说，谁知心急火燎加上天气炎热，水温太高，竟然中暑了。这可把全家人吓坏了，好在万分焦急的细哥，没有乱方寸，他早从药店买来了风油精，以备不时之需。细哥不断地用风油精擦拭小弟太阳穴、人中、肚脐，甚至把风油精兑凉开水，喂给小弟喝。一顿忙活之后，小弟总算清醒过来。清醒之后的小弟，自然不敢对父亲说实话，便说自己是在村头玩耍。心急如焚的父亲一边不停地用老蒲扇为小弟扇风，一边追问小妹事情原委，小妹支支吾吾说"不知道"。一旁二姐赶紧接话："是在村头玩耍，我刚才去塘边洗衣服看见的。"二姐的话，父亲向来深信不疑，便不再追问，事情总算瞒过去了。不过让我纳闷的是，这个"三人行"的默契度与牢固度是怎么达成的，以至于智慧超群的父亲竟然没有发现破绽。要知道，为寻找那个钢笔尖子，父亲是翻箱倒柜，找遍了家里的角角落落，可那个钢笔尖子似乎人间蒸发了。满腹狐疑的父亲，多次询问母亲，是否见过会走路的钢笔尖子，不然怎么就突然不见踪影了呢。后来，父亲还试着寻找了很多次。再后来，终于放弃了。可怜我那老父亲，做梦也未曾想到，那个他寻寻觅觅的钢笔尖子，早已深埋在西边的水田里。不过以父亲的过人智慧，十有八九心里有数。之所以没有捅破那层窗户纸，佯装四处寻找，想必是要给他最疼爱的小儿子一点面子罢了。关于钢笔尖子一事，我也是在父亲去世的时候，从小弟断断续续的啜泣中得知原委的。万分愧疚的小弟、二姐、小妹三人，跪在父亲的灵柩前，哭作一团，磕头不止。我知道，拼命磕头的二姐，不只是因为钢笔尖子一事欺瞒了父亲，更多的是没有听从父亲的远见，导致婚姻不顺不快而悔恨而痛不欲生。都说爱过知情重，错过知悔深。感谢父母慈爱宽容、心胸阔远，原谅了儿女所有的不敬与不孝。

再来说说"前世冤家"的我们，有一回却高度融合，达成共识，做了一件让父母非常满意的事情。那是一个夏天的农忙时节，放暑假的我们，趁父母熟睡之时，悄悄去收割稻谷。那块稻谷田是梯田，足足两亩。我们几个不停地挥舞着镰刀，姿势也不断变换。一会儿蹲着，一会儿跪着，镰刀把手指割破了都浑然不觉。皓月当空时，年迈的父母醒来不见了我们，便知是收割稻谷去了。于是，父母急忙起床，煮好一大锅冰糖稀饭之后，踏着朗朗月色，深一脚浅一脚来到了梯田。正在田间收割的我们，远远地就听见了父母的呼唤。看见成片成片收割好的稻谷，他们是既高兴又心疼。往后的日子，父母逢人就夸。当然，夸赞的还不只是那晚我们的懂事。我们的成长成功，与父母的"肯定"教育有关。哪怕微乎其微的进步，都会赞赏有加。我们个个自信自立自强，源于父母一贯的鼓励、赞扬与肯定。

五

不是离乡，没有乡愁；不是近乡，没有情怯；不是返乡，没有衣锦。父母，是我永远的怀念；老屋，是我永远的归依；童年，是我永远的记忆；你们，是我一辈子的陪伴。

细 哥

细哥，为了挑起家的重担，你放弃了施展才华的大都市，毅然选择回乡教书，直到把五个弟弟妹妹送出农门，才肯离开魂牵梦绕的故乡。兄弟姐妹九个，个个让你操碎了心，而我尤甚。我的满腹经纶、才高八斗、学富五车、勤奋努力、善良淳朴、坚韧顽强、儒雅含蓄、性格内敛、为人低调、谦卑随和的细哥，是我人生的领航人、护航人。

你常常这样告诫我：

每个人都是独立的个体，不是为别人而活，遵从自己的内心活着。但从来又不是为了一个人活着，从来不是为了这辈子活着。但无论怎样活着，也无论发生什么事情，都要首先想到自己是不是做错了。如果自己没有错，那就站在对方的角度，想想他的感受。犯错不可怕，可怕的是犯错之后，没有学会反思，没有学会成长。人生需要不断反思，不断总结。在反思中前行，在前行中反思。故我不断被新我取代，才有新生的勇气与希望。一味沉湎过去，只会让人无法解脱、无法前行。即便前行，亦对未来充满忧虑、恐惧与不信任，那么人生便毫无美好可言，这是很多人的致命伤。生命或长或短，活着就是刹那，就在当下，就在昨天与明天完全隔绝的今天。生命是自己的，人生路也是自己的，没有谁可以帮你走。幸福快乐成功与否，你都必须跨过生命这道坎，修炼自己，成长自己。

低调，乃官场、职场等复杂场面，甚至危险境地，可进可退且看似平淡实则高深的一种处世谋略。忍耐，乃人生必修课。人生，往往需要忍受挫折。一如昙花要忍受误解，天空要忍受洗礼一样。忍耐不是颓废，只是沉默，沉默是金。谦卑，乃为人处世黄金法则。平和，亦是一种处世态度。用谦卑平和待人处事，这样的人，眼界极高。表面平凡，实则内敛。内不见己，外不见人。既是一种修养，更是一种境界。

老子曰："不自见，故明；不自是，故彰；不自伐，故有功；不自矜，故长。夫唯不争，故天下莫能与之争。"意思是说，不要锋芒太露。所谓花要半开，酒要半醉，便是此意。

有人说，言语如树叶，越是茂密，越是难以找到丰美的果实。对幸福不置一辞的时候，是最幸福的时候。你说得越多，越让人怀疑你的幸福。切记，言多必失。

人，始终要长大，是自己慢慢学着长大。成长愈慢，往往受伤愈多愈深。面对伤害，我们不仅仅是承受，更多的是感恩。感谢那些让我们受伤的事，那些让我们受伤的人。好事往坏处想，坏事往好处想。失恋、痛苦、挫折、失败，若这些从未经历过，人生未免太过苍白。其实世间万物，是可以清晰看到抑或预知它始末的，甚至浓缩到某个简单瞬间。

鲁迅说："不要为了爱，盲目的爱，而将别人的人生要义全盘疏忽了。人生的第一要义便是要生活，人必须活着，爱才有所附丽。"爱，是人生必修课。不要为爱情而活，除了爱情，人生还有很多的事情需要去做。不要让爱成为伤害，有时伤害也许源于爱。爱一个人未必拥有，但拥有一个人就一定要好好去爱。不要相信一见钟情，花开得太急促，萎谢往往更快；不要相信网恋，那只是个供许多陌生人喧嚣情感的场所；不要相信地老天荒，贫贱夫妻百事哀，富贵婚姻愁更近。茅屋里没有真正的爱情，高楼中亦无法演绎牢不可破的婚姻。

我语重心长的细哥，你冥顽不灵的妹妹，不但没有记住你的引经据典、谆谆教诲，反而把你的话当成了耳旁风，让你干瞪眼干着急，却又束手无策。请原谅妹妹把你弄得狼狈不堪，让日子过得七零八落，生活搅扰得一地鸡毛。在我最为苦闷、彷徨、没有自尊、失去自我的那段日子，你眉头紧蹙、长长叹息，因了我的固执愚昧；翻山越岭、披星戴月骑着自行车赶来细心劝导，因我受到不公正待遇；徒步几十里地，贩卖小饼干为我挣学费；步行几十里地上下班，省钱给我买衣服；伤心落泪、苦苦哀求他人，为了我的工作调动。

记得有个寒冬，凌晨两点，你光着脚飞奔到楼下，是梦见了我正遭人毒打。事后聊天，你无意说起。你说当你光着脚飞奔到自家楼下巷子里，正要打车来我这儿时，才突然想起自己刚才只是做了个梦，虚惊了一场。你还说被梦惊醒时，脑子一片空白，只知道要赶紧陪护在我身边。至于自己是怎样开的门，怎样光脚飞奔下的楼，你都想不起来了。我听完之后，心里很难受很愧疚很自责很后悔。我才明白那次打电话，为什么你声音嘶哑，咳嗽不断，原来是受风寒，感冒了。我也才知道，每次吵架打架都给你打电话，你急急忙忙赶过来，路上不断地催促司机快些再快些，车子颠簸得很厉害，好多次差点出大事，想想都后怕。我真搞不懂自己，为什么总是犯别人很少犯过的低级错误，让你受累受罪又受惊吓，还要担心不已。

记得一回来我租住的房子，出门不久你来电话："刚才到厨房看见你的牙膏用完了，买了几支从铁门丢进去了，你下楼拿上去。"我心若发丝的细哥，你知道吗，那几支牙膏，妹妹至今未舍得动用，一直珍藏着。那一晚的泪，潮湿了妹妹一生。

张小娴说："记性太好，有时候是一种负担。容易忘记往事的人，是幸福的。"这些年来，我爱过，恨过，悔过，纠缠过，最终，却都化为了一笑而过。终于懂得，原来自己把太多不相干的人，请进生命里。有人走进自己的世界里，就必定有人要离开。很喜欢的一段话：你走，我不送你。你来，不管多大风多大雨，我都去接你。

我亲爱的细哥，谢谢你！你说，无论多大的风，多狂暴的雨，多惊人的雷电，你都要为我遮风挡雨！让我健健康康，平平安安，快快乐乐，一切的担子都让你来挑、来背、来扛！

二　姐

勤劳善良、美丽大方、温柔内向、节俭持家的二姐，你手上的疤痕是我用镰刀割伤的，脚上的疤痕是因照顾我而被开水烫伤的，性格内向是因我小时候过于卖弄造成的。你说有年夏天，全村人在祖坟山挖水沟，我竟然当着大家的面纠正你的错误，自那以后，你便变得沉默寡言。每到冬天，你的双手都会冻伤。有一回为争抢一双新袜子，手被我抓伤了，鲜血直流。母亲心疼极了，扬起扫帚要打我，是你用瘦弱单薄的身子，挡住母亲佯装落下的扫帚。你安慰母亲说，流出来的都是败血，败血只有流出来了，冻疮才能结痂愈合。你还说要感谢我，帮你大忙，你正愁着不知如何让败血流出来呢。还有一回，你不小心摔碎了几只瓷饭碗，那都是母亲积攒鸡蛋换来的。看着摔碎的几只碗，十分生气的母亲，顺手拿起洗鞋刷子，要痛打你，可鞋刷刚落下，就断了。后每说起此事，母亲总是老泪纵横，觉得自己下手太重了。其实你暗暗告诉我，鞋刷偏了，压根就没落在你身上。而我每次摔碎了碗，你便会把我俩的瓷碗重叠，母亲自然不会发现，直到洗碗时母亲总以为是自己不小心弄破的。

我最亲爱的二姐，记不清你为傻妹妹做过多少事、落过多少泪、梦过多少回，也记不清你因妹妹挨过多少打、痛过多少回、受过多少罪。忘不了吃一个饭盒、挑一根扁担、共一把雨伞、住一个床铺、坐一间教室、走一条小路求学的日日夜夜，忘不了争抢打架吵闹不休的幸福时光，忘不了絮言叨语的深夜，忘不了挥泪相送的黎明。

记忆最深的一次是送你去学校。当看着一头挑着大米、一头挑着酸菜罐子、渐行渐远的你时，妹妹朦胧的泪光，越过你瘦弱的背影，盼望着我们姐妹下一次相聚，会在哪个星期之后。无法表达的伤感，隐藏带泪的眸子，不敢回头，怕眼眶里打转的泪水，于强装的笑意里奔涌长流。怕看见你的不舍、担忧与挂念。

还记得有个夏天，我们一起去扎针灸，一个多月，每天同进同出，粘在一起。扎完针回家，你总会第一时间拿出事先备好的糖糕，那个香甜软糯的可口感觉直冲心里，感觉那就是人间最好的美味。我们边吃边笑边聊天，特别开心。那种感觉仿佛回到了无忧无虑、天真烂漫的少女时光。

蓦然回首，岁月的脚步已经迈过几十个春秋，妹妹多么庆幸有你。幸福的浪漫的，我们分享；心痛的难过的，我们分忧。在共同的生活中，你成了最欣赏、最懂得我的人。你能读懂我的眼神，猜透我的心思，从而给我慰藉和关怀，分享成功和喜悦。我知道，我的成功是姐眼中最大的幸福，我的失败也是姐心中最深的痛。

有一种宽容不请自来，有一种守护无可取代。我至亲至爱的二姐，母亲走后，你便像母亲一样宠护我。感谢你不离不弃的宠护，感谢你忘却妹妹所有的不敬。傻妹妹知道，红尘中不能轻视的是缘分，不能忘却的是至爱，最不能割舍的是你我的姐妹深情！

大 弟

为人友善、热心助人、无私奉献、公正廉明、任劳任怨、兢兢业业、踏踏实实、勤勤恳恳、谦虚谨慎、憨厚淳朴、成熟稳重、刚毅坚强，呈现精神的高洁。优秀学生干部、优秀共产党员、"学雷锋"先进个人、抗击"非典"先进个人，奖章与奖牌整整一大箱子；《好人胡凯》《胡凯的一天》《校园"徐虎"》等感人至深的文章，打动无数读者。

这便是我的大弟。无数被感动的读者里，有我的弟媳。弟媳说，她就是带着那份感动，毅然选择嫁给大弟的。那时的大弟，一贫如洗，除了奖章与奖牌之外。以校为家的你，除夕值班近二十余载。每年除夕夜，在万家灯火的异乡，两块饼干抑或几个糍粑，便是你的年夜饭。和着泪水吃过之后，你总是一个人早早钻进被窝。你说害怕鞭炮声，害怕父亲一年又一年的失落目光，害怕母亲一声比一声忧伤的叹息，害怕一封更比一封急促的家书。

我清晰地记得，1991年春节前夕，身患绝症的父亲，分分秒秒盼着你能回家过个年，他知道自己不久于人世，特意嘱咐我写信给你，可不久你回信说除夕夜依然不能回家。伤心绝望的老父亲竟然失声痛哭，又叮嘱我去趟你的学校。当我找到你的时候，你正用两个凳子艰难挪动着进宿舍。当时你住在学校准备当作收发室的小阁楼里，地势很低。那天下大雨，小阁楼一片汪洋。只有简易的钢丝床面没有被水淹没，床上仅垫着一床破旧棉絮，张着好几个伤口，仿佛向我诉说着什么。

当我哽咽着把父亲夜以继日的思念告诉你时，泪流满面的你，跪在床上长久地沉默。在我反复的劝说之后，你答应明年除夕一定回家。那个除夕夜，孑然一身独自守着学校的你，整晚没有合眼，泪眼蒙眬中父亲离你愈来愈远，任你怎么哭喊再也没有回头。第二年冬天，父亲便离开了我们，他终归没有等来有你陪伴的除夕夜。满是悔恨的你，急匆匆赶回家料理父亲后事，又急匆匆返校。你说几天不在学校，心里很不踏实。那个冬天，你整个人憔悴很多。本来寡言的你，话更少了。

大弟，你知道吗，我们兄弟姐妹九个，父亲最挂念最放心不下的就是你。记得有一回，父亲和我从疗养院细哥家，赶回老屋。当我们行至梅家湾时，年迈的父亲不知怎的就落泪了，这让我不知所措，不知道父亲为何突然伤心。正询问时，父亲哭着对我说："崽呀，我的身体一天不如一天，哪天走了，我谁都不担心，就担心你大弟。他太忠厚老实，容易受人欺负；身体又欠佳，不能种田种地；若没有正式工作，很难有合适的女孩子嫁给他，成个像样的家。我担心，他很难养活自己……"父亲一路走一路絮叨，一路担忧一路落泪。我一路细听一路陪着掉泪，不知道该怎样安慰父亲，直到我说"爹，您不要担心自己的身体，您会长命百岁的。您也不要担心大弟，只要有我一口稀饭吃，决不会饿着大弟"时，父亲的眼泪才止住。

好在天道酬勤，上苍厚赐。曾让父亲最为挂念与担忧的你，如今家庭幸福，事业辉煌。我想，整整离开我们十八年的父亲，若泉下有知，一定会含笑九泉。

幸福时光中，淳厚的声音在我背后响起。扭头看去，只见一个穿梭忙碌的男子，怀揣一颗古朴之心，若千年陈酿；一枚机敏之心，感应快捷电光石火，正从阳光中走来……

小 妹

小妹，是村子里唯一扶犁耙田的女孩子。

犁田与耙田，是男人的活儿，从古到今都这样，可是我的小妹，竟然做着只有男人才能做的事情。那时我们都已走出农门，家里只有老父母和小妹小弟。父亲年纪大了，身体大不如从前，走路甚至连脚后跟都抬不起来，更不要说扶犁耙田了。小弟又太小，扶犁耙田的事自然落到了年仅十几岁的小妹身上。

　　犁，是人类早期开始耕地的农具。中国人大约自商代起已使用耕牛拉犁，木身石铧。战国时期在木犁铧上套上了 V 形铁刃，俗称铁口犁。犁架变小，轻便灵活，更可以调节深浅，大大提高了耕作效率。耙，也是农业生产中传统的翻地农具，曾经是农家必备的农具之一。但犁与耙不同，犁田与耙田也有区别。犁田所用的工具是犁。犁是一种耕地的农具，由一根横梁与端部的厚重的刃构成，用来破碎土块并耕出槽沟。耙田所用的工具是耙。耙是归拢或散开谷物、柴草，或平整土地用的一种农具，柄长，装有木、竹或铁制的齿。在农村种植作物，特别是在梯田种植作物时，田地都需要犁和耙。其中犁用来翻土，耙用来碎土平土。犁田与耙田是耕田中的两道工序。一般都是先把田犁一遍，后用耙进一步加工。传统犁和耙都是农具，以畜力拉动，靠人掌控。现今的犁和耙多用机械代替。比较来说，耙田比犁田难度更大，技术含量更高。耙田，一要把泥耙烂浆，以免漏水渗水；二要把田耙平整，让水均匀。若耙得不平整，秧苗插下去之后，露出水面的地方，秧苗就会旱死，反之则会涝死。

　　记得小妹说，第一次耙田很费力气。父亲告诉她，要用力往下按着耙，以便把泥土耙烂。当然也要看情况，感觉牛力气不胜的时候，一定要松耙，否则牛绳就会被拖断、牛肩会被拖烂。一旦牛绳断了，铁耙会因为反作用力往后反跳，稍不注意，耙钉就会钉在脚上而受伤。故耙田，把握好下按的力度是关键。耙到田头，牛的前脚尽量靠近田埂之后，上提耙头，松掉泥巴，再吆喝着牛拐过弯来。自始至终，从左边一个方向拐弯，切不可从右边。如此循环劳作，把整块水田耙一遍，泥土变成了泥浆，田面则趋于平整。

梯田好看，耙田好难。

只见小妹站在耙上，扬着牛鞭，可牛就是不听使唤。那两亩水田，微风轻拂水面泛起涟漪，乍看去似一片汪洋。小妹在里面有如大海里的一叶孤舟。初次耙田，技术肯定谈不上，加上老牛不听使唤，歪歪扭扭的，半天还在原地打转，耙了小半圈，还如未耙过一样。一圈还未到头，后面的水又清澈如初。脚下的泥团又坚又硬，要想把高高低低的整块水田泥团捣烂，凭小妹一人一牛，谈何容易！

俗话说："只有牛死，哪有田烂。"此老话一点不错。小妹说，她当时真想放弃，但她明白，不管多难也得干。小妹是个倔脾气，做任何事，都会倔着脾气迎难而上。在她反复练习反复吆喝后，慢慢地牛开始有些听话了，终于能耙起来且像那么回事。水面夹杂着泥浆虽然浑浊，水波荡漾，四散开去，到田边又反冲过来流向低处，如此循环，田面自然就平整了。小妹也不知道耙了多少圈，那头老牛已是气喘吁吁。她也是吁吁气喘，疲惫不堪。离开水田一上岸，感觉手脚好像不是自己的，完全麻木了。

天色渐渐黯淡下来，忙活了一天的小妹便到水塘边洗洗。泥水溅得她满身都是，特别是裤腿上。谁知这一洗不要紧，竟然发现很多水蛭牢牢地吸附在裤腿边。小妹慌乱地挽起裤腿，只见黑压压的一片，害怕极了，她担心水蛭进入身体了，于是坐在水塘边哇哇大哭。闻讯赶来的母亲，赶紧帮忙拍打。哭哭啼啼地回家后，父亲便给小妹泡了一杯浓茶，说是茶叶能把水蛭清除。父亲一边表扬，一边安慰小妹。父亲说，水蛭是不能通过皮肤进入人体的，它只是吸附在皮肤上吸食血液，吸饱了以后会自然脱落的，也可以通过拍打将其震落。父亲还说，水蛭，俗名蚂蟥，在《神农本草经》中已有记载，具有很高的药用价值；在内陆淡水水域内生长繁殖，是中国传统的特种药用水生动物，其干制品泡制后中医入药，具有治疗中风、高血压、跌打损伤等功效。自耙田之后，小妹接连好几个晚上，都噩梦连连。可怜我那年迈的老父母，整夜整夜守候在她的床边。我的老父母就是这样，无时无刻不在用自己独特的方式关心教育我们。

不禁想起老父亲犁田时，那头老牛有时候也不听使唤，但父亲手中的鞭子，却从不鞭打那头倔强的牛。这，就是一种感情，尽管是在人与动物之间。想起父母每天只知道艰辛忙碌，在清苦贫寒里自得其乐，兴尽悲来，默默承受。对生活不苛求，对人生不挑剔。如今，随着科技的进步，延续了几千年的牛耕时代，将渐渐退出历史舞台。那种扶犁耙田劳作，或群牛悠然而食，或两牛竞斗，或牛背上牧童短笛等景象已然不再。回到乡村，偶尔见三两老人，野外放牧，也只是将小牛犊卖给商贩，不再耕田。但无论岁月如何变迁，那与牛共舞的岁月，依然难以忘怀。

难忘牛耕岁月，难忘求学时光。

"来北京求学实在不易，没有直达的火车，前天晚上在武汉火车站广场，我和细哥用报纸盖在身上度过了一晚。昨晚因无钱住宿，我俩又在北京城里走了整整一晚上。细哥也是第一次来北京，细哥说我们兄妹俩能有机会整夜在北京城里走走、看看，挺好的。既省了住宿费，又感受了北京的夜景。今天早上，细哥买了火车票回去，我们在地铁口，细哥反复叮嘱我要好好照顾自己、好好学习之类的话后，便挥手让我先行离开。我走了几步，回头一看，细哥一直蹲在地上，头深埋在胸前，两肩不住地耸动。我知道，细哥哭了，他不放心我。

"姐，说来你可能不相信，细哥买好火车票之后，身上仅剩两元钱，用来购买返程的汽车票。我现在很想细哥，不知此刻火车到了哪儿？特别想念母亲，不知道她现在身体怎么样，病情是否缓解了一些？盼望老天大发慈悲，奇迹能出现，让母亲好起来。我也想小弟，胆小的他没有我陪伴，不知夜深是否敢上家乡露天的厕所。姐，我想念你与外甥女，想念月姐。虽然早已领略过思念的滋味，可身在他乡，深夜第一次独眠的我，全然没有了刚进大学的那份喜悦，只有难以忍受的煎熬。尽管睡觉的空间变大了，我们姐妹不再拥挤在一张破旧的床上，然而心中的寂寞早已占据所有空间。进校才一天，仿佛一个世纪……”

　　每每翻看千里之外的小妹来信，思念的洪水刹那决堤，奔涌直下，一泻千里。小妹，姐知道，思念的滋味很苦很涩很疼很痛。姐离家多年，想家的滋味与日俱增。想起故乡遥远而深锁的老屋愈发暗淡，一如母亲深陷的眼。苦难的母亲，在细哥家，走完人生短促的五十九个冬天的时候，那双骨瘦如柴的手，拼命地指向老屋，指向北方。小妹，母亲是多么想在临终见你一面，可她终归没能攥紧你那滴狂奔而来的泪水！

　　往者不可谏，来者犹可追。

　　我敢想敢做、睿智果断、出类拔萃、聪慧善良、吃苦耐劳之才情豪情温情柔情的小妹，你在北京打拼了这么多年，家里一切大事都是你办成的。细哥与大弟常挂嘴边的话便是：“我们要不是小妹的努力，至今仍在那破旧僻远的小山沟里受穷，哪有今天这么幸福的日子。南风向南坐，北风向北坐。”

　　此刻，夜深人静，毫无睡意的我，望着窗外飘飞的细雨，想起我那独一无二、扶犁耙田的小妹时，突然想起了一首老歌《我们这一辈》里的那句歌词：我们这一辈，真正地尝到了做人的滋味，人生无悔。

小　弟

　　小弟，乃博学多才、足智多谋、温文尔雅、敏锐淳厚、宽容豁达、执着自信、勤勉进取、情感细腻、为人友善之青年才俊。天赋极高、无师自通的小弟，每每家里装个电表、安个灯泡、修个自行车什么的，都是自己一边琢磨一边反复拆试，那时你还不足六岁。细哥的学校离家很远，便用几元钱从修理小摊上买回一辆旧自行车，车是有了，但特别容易坏。这下忙坏了你，每天一放下书包，便开始倒腾自行车，常常弄到天黑，有时甚至连晚饭都顾不上吃。可自行车似乎和你过不去，每次修理好了，没让细哥骑上几天又坏了，不厌其烦的你便又接着修。傍晚若听见自行车"嘎吱、嘎吱"响声的时候，父亲便说，你细哥回来了。

说来奇怪，聪明乖巧听话懂事的小弟，拆拆装装自行车、收录机之类的东西，胆量似乎颇大。可实际上，小弟胆子非常小。不然，一个男孩子，哪会每天吵着要和父母睡一床。晚上小便，离床边几步路，也害怕。刚下床便开始"爹、爹"喊个不停，从下床到上床，要喊上十几遍。用母亲的话就是"你小弟是个粟米胆"。借母亲的话，我开始叨叨你，说你没出息，胆子比粟米还小，走路怕踩死蚂蚁，树叶落下怕打破头。你在一旁吃吃笑，知道姐一定又会捡回一大堆陈谷子烂芝麻。

有一年暑假，你帮忙照看姐的女儿，其实你也不过是个小孩子。那时姐家住在庐山半山腰，不通车，买菜买米都要下山，用肩扛，极为不便。有一回姐下山买米，那时家里没有闹钟、没有手表，不敢待在房间的你便用电风扇定时，笨手笨脚地抱着外甥女，在满是鹅卵石的山路上，上上下下好几个小时。当姐扛着一袋大米，满头大汗爬上那条鹅卵石小路的时候，你竟然抱着外甥女在路边睡着了。姐心疼极了，好在山上安全，不然遇见坏人怎么得了。住在姐家，你晚上睡觉从来不敢关灯，无论听见什么声响都会惊醒。有一次，几只蝉反复撞击窗户，你竟然一夜不敢合眼。父亲生病期间，他的寿材一直放在客厅，你甚至连进门的勇气都没有。每次母亲叫你去厅堂拿东西，你总要牵着外甥女给自己壮胆。不过对于这件事，姐和你一样，也害怕。

在我国很多农村地区，都有这种风俗。小学时，上学路上，总要经过一个破旧不堪、无人居住的老房子，外面搭了个棚子，停放着寿材。姐每次路过，都会以最快的速度跑过去，不敢瞧上一眼。父亲说那是老人为自己准备的寿材，当时我很不理解，问父亲，人还没有死，为什么要这样做，父亲没有回答。村子里不少老人，也都提前为自己备好了寿材。对于死亡，在很多人看来是个禁忌的话题，为何农村人却能如此坦然面对呢。如今想来，也许是对死亡的尊重，对自身的尊重，又或许是约定俗成。当一个习惯被传承，就变成了风俗。也有人说，早备寿材可以冲喜。从古至今，上至帝王将相，下至贩夫走卒，坦然不是选择，而是必然面对。

说起小弟胆子小，小故事还真不少。记得有一回，姐学校有急事需要处理，便把女儿带回家了。很是害怕的你，只好每天怯怯地拉着母亲的衣角进进出出，这让性急的母亲很是烦躁。母亲做事很麻利，走路带风。被你拉着衣角，很不方便，对你自然没少斥骂，于是你对姐似乎有了恨意。

亲爱的小弟，甚是抱歉，姐明知你胆子小，父亲去世后，你更是害怕一个人独处，可姐却把与你做伴的外甥女带回家。母亲若去田里劳作，你根本不敢待在家里，放学只能四处转悠。若天黑母亲还没回家，你便会坐在大门槛上号啕大哭。

因为重要，所以胆怯。因为在乎，所以谨慎。

姐还清楚地记得，你上大学时，入学没几天，就因为想家，想出病来了，高烧不退，整整一星期，躲在被窝落泪，写给姐的信都被泪水浸透。由于感冒难受，身体虚弱，加上营养不良，以至于字迹歪斜难以辨认。当姐努力在模糊一片的字里行间，找寻你想家的渴念、孤寂与难耐时，那个夏季，湿漉漉的。如今，姐很欣慰，你早已成长为坚强儒雅倜傥含蓄成功之男子。这些年来，我们姐弟朝夕相处的日子不是很多，初中你就住在细哥家，我们只能节假日偶尔相聚，每次相聚的时间短之又短。但为了每个更好的下一次相聚，即便不舍与感伤，我们总会努力让快乐与幸福填满所有的时刻，让挂念与守望充溢每一个聚散依依的瞬间。尽管我们，只是红尘里的一粒尘埃，但每时每刻都能感受天地之灵气，感受父母保佑的福气。你我姐弟之间，不只是一种繁茂与艳丽。那些远去的，仿佛隔着遥远时光的河流，浮泛单纯而又温暖的笑声，时时闪现着美丽而又难忘的岁月。

日子在简简单单中走过，深情在简简单单中演绎。

宝贝女儿

夜，静谧如斯。仿佛世间万物都已遁去，唯有沉淀在心灵深处的思绪和灵魂，随着万物均匀的呼吸，在每个无人的子夜慢慢弥散，缓缓升腾。面对宝贝女儿，面对前尘往事，心刺痛得一如莲蓬。亲爱的宝贝，你心上的伤口是妈妈不小心弄的。请允许妈妈此时此刻，用粗糙的文字来赎罪，好吗？

很多年，妈妈一直在寻找活着的理由。有学生问："人为什么而活，活着又为了什么？"是啊！妈妈常责问自己活着的理由。"为了我爱的人而活，为了爱我的人而活。"曾以为所有的刺痛过后，能迎来一片宁静，未曾料想却迷失了自己。

面对宽容，面对愧疚，面对辜负，面对伤害，早已无法让泪水冲刷自己无限深重的罪孽。多少个清晨与黄昏、白昼与黑夜，总想拿付出过的所有去兑换，结果两手空空；总想做一个真实的自己，温柔小女子。不再是强者，不再是掩饰不幸、苦难、孤独、彷徨、无助、脆弱的伪坚强女子；总想让自己在挫折面前振作起来，然而一次又一次屈从于世间的不公，屈从于命运的残酷；总想在得失之后，学会点什么，又懂得点什么。亲爱的宝贝，你也许不知道，妈妈所谓的自信而骄傲、率真而坦言、洒脱而浪漫，不过是重压下，难耐难堪的苟活罢了。

亲爱的宝贝，感谢你用美丽与聪明、成熟与慧悟、执着与忍耐、宽容与谅解、努力与进取、成功与喜悦，还原妈妈的幸福与满足，时时刻刻翻阅潸然泪下的短信：

"您是我坚韧而又坚忍存活世界的最大与唯一理由。谢谢妈妈！不要哭，要微笑。惦记您！"

"幸福是可以握住的，只要用心去感知幸福的脉搏；坚强是可以造就的，只要用执着锤炼；生命是可以重塑的，只要您永不言败。爱是可以重来的，只要用时间修复爱的翅膀。"

"亲爱的妈妈，请您不要担忧与恐惧、失落与伤感。我一定会给您想要的生活。您有我，我有您，世界就是完整的。我们的日子一定会很美好，我们定然是世上最美的女子，从未残缺。我给您一个健康懂事、自强不息、出类拔萃的女儿。您给我一个乐观顽强、健康豁达、美丽自信的妈妈。我们相偎相依、相亲相爱、不离不弃。"

"今天是木棉花盛开的日子，木棉花的花语是'珍惜身边的人，珍惜身边的幸福'。我会记住今天，记住木棉花，记住您给予我生命，给我幸福！妈妈，还是那句话：'您的前半生我未能参与，您的后半生我一定奉陪到底！'"

"感谢美丽与智慧并重的外婆，生出了更加美丽与智慧并重的大美妞妈妈，于是才有了美丽与智慧并重且无限循环的名嘴——我，哈哈。妈妈，您是我生命中最重要的人！祝您生日快乐！"

亲爱的宝贝，你才是妈妈坚韧而又坚忍存活于这个世界的最大与唯一理由，唯一依据！

当你踏上北去列车求学的时候，总是那么坚强和平静，你的眼泪，只有在我们母女互相转身以后，才会淌下。匆忙的人群，渐若夜之灯火，黑暗星空伴随多少思念与不舍。我的宝贝女儿，尽管你只有十几岁，但你的思想与才情、成熟与稳重、耐心与安心，让妈妈骄傲自豪，更让妈妈不断复归理性。于是，游走在生命缝隙的妈妈，要真诚地感谢你，感谢生活，敬畏生命。

"哲学家，生命是什么？""生命？哈哈，我的浪漫女友，考察您女儿思想的深度么？"我们母女都是幽默的。记得你曾写过一篇作文《我的浪漫女友——妈妈》。于是只要开口，你就管我叫浪漫女友，而我则称你为哲学家。

"生命，应该是指具有生存、延续与活动能力的动植物。一如我，就是您的生命！""有道理。不过，哲学家，你不只是我生命的延续，更应该是我生命的重塑，是一个全新的你。""我想，延续也好，全新也罢，每个人的生命旅程乃单程票。谁也无法计算旅程，谁也无法预料旅途状况。有多少个驿站，该如何选择，又该如何停靠，这对生命都是一种拷问，对活着都是一种智慧。"

一滴泪，那么温暖、那么空灵，落下。流过脸庞，只在一瞬间，因了你的精辟见解。可是，要流下一滴成熟的泪，对于妈妈来说，似乎还需要很久。

生命是什么，这是个难题。对于生命，很多人常挂嘴边，但到底是什么，未必明白。对于人生，我们会留下些什么，如何活着才不枉此生。千百年后，我们又会在哪里？在另一个世界，成为另一个灵魂？也许，我们什么都不是，不过轻烟一缕，一如鸟儿划过天空，了无痕迹。

生命不易，生活不易，且行且珍惜。

每个人只来这世上一次，这个世界上有酸甜苦辣咸，五味俱全。若只尝到甜，其他一无所尝，这样的人生也会是乏味的。人活世上，就是要什么滋味都尝过，什么事情都经历过，才算是完整的人生，才算没白来世上走一遭。

好好珍惜生活，好好珍惜生命，它也一定会好好珍惜我们的。

生命年轮之上，我们微笑一直向前。当我们牙齿掉光，白发苍苍的时候，用手指轻轻触碰每一圈年轮，面对每一圈年轮怀想往事，那是何等的感动与欣慰。尤其是妈妈拿着你主持春节文艺晚会的照片给同事们看，会在听到她们无限赞叹"这么倾国倾城啊！"时，又是怎样得意地笑！妈妈很骄傲，亦很知足。她们说，若自己也有这么一个好女儿的话，那可真的算是上辈子修来的福分。于妈妈而言，岂止是上辈子。那可是上辈子、上上辈子、上上上辈子修来的福分！妈妈一定好好珍惜、好好守护！

亲爱的宝贝，一路有你，阳光很温暖，风雨也温柔！

六

哲人说，何为人生，一撇一捺就是人生。一撇往后走，一捺往前看，在你的身后，就是消失了的曾经以往。在你眼前的就是还没到来的以后将来。曾经以往消失了的，就再也回不去了。以后将来的，你再怎么看，也不能看出个什么名堂来。你能做的就是把一撇和一捺尽量拉在一起，站在最高点，把眼前最好的景，尽收眼底。

人生百年有几，念良辰美景，休放虚过。

好好活着，活在当下。每个人活着不容易，各有各的不如意甚至痛苦，可是谁又不是负重前行，谁又不是累了哭了擦干泪水再继续往前走。面对痛苦，面对磨难，面对失意，我们需要的是积极乐观豁达。人生如梦，岁月如歌。蓦然回首才发现，活着就是一种心情，幸福就是一种感觉。生命长河中，我们总是在父母的护佑下成长，在亲情的关爱里成熟，在手足的陪伴中安心安然度过。

陪伴是最长情的告白，守护是最沉默的陪伴。每个人都有人生四季，都有属于自己的春天。当我们放下所有的控制、苛求、评价时，只是纯粹地看见彼此当下的样子，当下的感受，并愿意和这样真实的人在一起，分享时光，分享一切。那么，这才是真正的陪伴。

这样的陪伴，可以抵达永远。

离歌

离 歌

别梦三更烛影
归心万里尘埃

冷露寂无声
柏树栖寒鸦

江上风烟积
山幽云雾起

人归落雁后
思亲在花前

一首离歌唱晚
一盏青灯归来

无穷无尽是离愁

祖席离歌，长亭别宴。香尘已隔犹回面。

——晏殊

思念无穷，离愁无尽，穿过岁月如梦，越过天上人间。此去经年，秋草霜风，千里万里，云里雾里。也知道，今生相守无望，轮回无望，然旧天涯海角寻遍。也明白，花儿终归要凋谢，年华终归要老去，时间可以带走我们不想留住的，也会带走我们想要留住的。最终，我们都将是消失在时间尽头的人。

我的老父母，您俩已走了，近万天，八千里，抬望眼，不见云和月。没有眼前的膝下承欢，也没有人间的艰辛苦难，只有丫吉山下一方墓地，一杯苦酒，一怀愁绪。从此，天上人间，遥遥万里，无复归期。

仰望星空，一任思绪蔓延。这世界无穷广大，时间却无法逆转。每一生命，每一事物，都存在于一定的时间和空间之中。只是这时间和空间，在给予我们幸福快乐的同时，却也带给我们深深的悲伤与怀念。

特别地怀念，在特别的节日。

我国在一年之中有三个特别的节日：清明节、寒衣节、中元节，即中国三大"鬼节"。清明节又叫踏青节，是扫墓祭祖的日子，一般在公历 4 月 5 日前后，是我国的传统节日，也是我国最重要的祭祀节日之一，也叫寒食节。曾长达百日，曹操改为一天，唐改为清明前三天，所有火都得灭，出寒食后，从宫中传出新火。

每年农历十月初一，谓之"十月朝"，又称"祭祖节"。为寒衣节，亦称冥阴节。我国自古以来就有新收时祭祀祖宗的习俗，以示孝敬、不忘本。十月初一，也是冬天的第一天，此后气候渐渐寒冷。人们担心在冥间的祖先灵魂缺衣少穿，因此，祭祀时除了食物、香烛、纸钱等一般供物外，还有一种不可缺少的供物——冥衣。祭祀时，把冥衣焚化给祖先，叫作"送寒衣"。故十月初一，又称"烧衣节"。此节寄托着今人对故人的怀念，承载着生者对逝者的悲悯。同时，这一天也标志着严冬的到来，所以也是父母、爱人等为所关心的人送御寒衣物的日子。

中元节是本土文化的产物，是民间祭祖的日子，后定为地官圣诞。地官掌管地狱之门，这一天地官打开地府之门。地府开门之日，已故祖先可回家团圆，因此又是鬼节，是中国三大"鬼节"中最重要的一个。清乾隆《普宁县志》言："俗谓祖考魂归，咸具神衣、酒馔以荐，虽贫无敢缺。"祭品之中，褚衣是不可或缺的。因七月暑尽，须更衣防寒，与人间"七月流火，九月授衣"。

"中元"之名起于北魏，有些地方俗称"鬼节""施孤"，又称亡人节、七月半。俗传去世的祖先七月初被阎王释放半月，故有七月初接祖，七月半送祖习俗。送祖时，焚烧纸钱冥财，以便祖先享用。同时，在写有祖先姓名的纸封中装入钱纸，祭祀时焚烧，俗称"烧包袱"，此项亦有新旧之分。年内去世者烧新包袱，去世一年以上的烧老包袱。有的是天黑之后，携带饭菜、白酒、鞭炮、纸钱、香烛到祖先坟墓前添土、上供、烧香、作揖等。有的则在家中或祠堂烧香，叩拜，恭送祖先上路，回转"阴曹地府"。届时，每户人家都要供奉饭菜、白酒、茶水等，举行各种祭祀活动，祈求保佑。对"无家可归"的孤魂野鬼也给予关照，于是放河灯，含有普度众生之意。传统的说法，河灯是为了给那些冤死鬼引路。灯灭了，也就完成了把冤魂引过奈何桥的任务。

还有设醮坛，僧道诵经，烧煞神钱，打发施赈。祭祖、上坟、点河灯，为亡者照回家之路。

有关中元节的传说很多。流传最广的是阎罗王于每年农历七月初一，打开鬼门关，放出一批无人奉祀的孤魂野鬼到阳间来享用人们的供祭。七月的最后一天，重关鬼门之前，这批孤魂野鬼又得返回阴间。我国民间相传天官生日在正月十五日，称上元节（即元宵节），其主要职责是为人间赐福；地官生日在七月十五日，称中元节（即鬼节），其主要职责是为人间赦罪；水官生日在十月十五日，称为万元节（亦称下元节），其主要职责是为人间解厄。民间普遍流传的"目连解救母厄"的故事，最早见于东汉初由印度传入我国的《佛说盂兰盆经》。故事叙述佛陀弟子目连拯救亡母出地狱的事。佛陀之大弟子目连，因不忍其母堕饿鬼道受倒悬之苦，乃问法于佛，佛示之于七月十五日众僧自恣日，用百味饭食五果等供养十方佛僧，即可令其母脱离苦难。盂兰盆的意义是倒悬，人生的痛苦有如倒挂在树头上的蝙蝠，悬挂着、苦不堪言。为了使众生免于倒悬之苦，便需要诵经，布施食物给孤魂野鬼。这一天是佛教盂兰盆会的日子，内容也是为亡灵超度。此举正好和中国的鬼月祭拜不谋而合，因而中元节和盂兰会便同时流传下来。在中国流传甚广，曾经是无数图画及戏曲的题材。

记得小时候，常听村里的老人说，鬼节就和人间的春节一样，人们会给逝去的亲人送寒衣。从七月初一开始，鬼门关就开了，一些亡魂可以回到生前的家里探望，晚上常常有亡魂四处活动，阳气低的人晚上出门就会看到许多"鬼"的样子。因此，老人们嘱咐千万别出门，别回头看，否则会招来晦气，尤其不能走近放粪桶、扫帚之类的地方。我们那时胆小，真的给唬住了，一到晚上就躲进被窝里，把头捂得严严实实的。

想来，中国自古就有鬼神之说，是希望人死后不会就此彻底消失，而是以另一种方式存在。在这样特别的节日里，无论贫富都要备下酒菜、纸钱等祭奠亡人，以示怀念。虽然肃穆，却很热闹。阴阳两界，一起过节。

特别的节日，特别地怀想。

忽然想起闰六月十五（往年的今天正好是中元节）那天早上，我步行到单位加班，遇见一个老婆婆问路，说要去女儿家给外孙过生日，女儿家住在菜市场旁边，可一下公交车就迷路了。见她很吃力地拎着一个大西瓜，于是我连忙接过大西瓜，一直把她送到了菜市场附近。她千恩万谢地往女儿家走去，我便抄近路继续往单位赶。当我独自一人走在寂静的泥泞小路上时，眼眶莫名地湿润了。眼前突然浮现出背着一大袋子红薯、焦急而疲倦的老母亲来，眼泪再也止不住。

那是1991年初秋的一个早上，母亲早早地就从乡下老家赶到了县城，要给她的大女儿，也就是我的二姐家送去一大蛇皮袋红薯。红薯是父母种的，姐最爱吃。可下车之后不知怎的母亲就迷糊了。车站到姐家，步行最多八分钟，可母亲背着那么一大袋子红薯，兜兜转转竟然整整用了八个多小时。姐当时正在二楼阳台收衣服，远远看见母亲背着一个大蛇皮袋子，从水塘边吃力地走过来。姐飞奔下楼，赶紧从母亲肩上接过沉甸甸的袋子。只见平时极为爱整洁的母亲，头发有些凌乱，手几近僵硬，整个背心湿透了。得知母亲早上只吃了一碗冷稀饭就出门了，姐赶忙进厨房给母亲做着鸡蛋面条，一边偷偷抹起了眼泪。那时候家里特别穷，母亲的事情尤其多，没日没夜做也做不完。母亲每次吃饭都是胡乱扒几口，以至于落下胃病。母亲说，当时下车就走反了方向，她说只记得姐家门前有口水塘，谁料问路却被指向另一口水塘。就这样，母亲一路走，一路问，以至于越走越远。直到太阳快落山，焦急万分的母亲，才找到了姐家。不能想象，我万分饥渴焦急的母亲，背着那样沉重的一大袋红薯，来来回回兜兜转转八个多小时，不停地问路、不停地赶路的情形。倘若母亲一直找不到，真不知道该怎么办。那个年月，家里是没有任何通信工具的。当疲惫的母亲，坐最后一班车往家赶时，我的老父亲拖着个病体，在离村一里远的车站已等候多时。看着出门一天的母亲迟迟未归，父亲该有多担心！

我愈想愈伤心，愈想愈想不通：整整走了八个小时，不断地问路的母亲，怎么就没有遇上一个好心人，领着母亲且帮她把那一大袋子红薯送到我姐家？相信路遇我的老婆婆，很快就到了她的女儿家，和外孙一起吃着西瓜，说不定还念叨起我了。环顾四周，发现在这个偌大的城区，这条通往城区中心的寂静小路上，似乎只有我一个人看着想着眼前的这一切。终于明白，什么是善良，什么是宿命。有些人，注定在生命中走过；有些人，注定在红尘中痛过。

痛定思痛的我，并无宗教信仰，而为父母烧纸上祭，却是每年必行之事。我认为这不是迷信，而是传承一个民族历史文化的长期积淀。2010 年 5 月 18 日，中国文化部公布了第三批国家级非物质文化遗产名录推荐项目名单（新入选项目）。香港特别行政区申报的"中元节（潮人盂兰胜会）"入选，列入民俗项目类别的非物质文化遗产。

其实，中国三大"鬼节"乃中华文明的重要一部分，它表达了人们对逝去亲人的一种思念和祈祷。而这种思念和祈祷，多多少少也是活着的人们心中的某种诉求：或自责，或歉疚，或补偿。希望有来生，希望有另一个世界，希望逝去的亲人在天堂过得好。

又到中元节了，怀念是一种相会的方式。这个逝去亲人的特别节日，它不单是以一种固定程式提示人们永远不要忘记自己的根，也让活着的人们有一个规定的时间和远去的亲人相会。尽管这样的相会是虚拟的，但那也是美好的。

香尘已隔犹回面，无穷无尽是离愁。

父亲的三次婚姻

父亲一生坎坷，有过三次婚姻。

头一回是在十八岁，父亲用半边铁锅、两个饭碗、两双筷子迎来了一位厚道、寡言的妻子。十九岁那年便有了我那同父异母的大姐。日子虽然清苦，可还算顺畅。谁料好景不长，就在大姐不满周岁的时候，她的母亲便因病早逝。结果自己也不过是个大孩子的父亲，带着个吃奶的小孩子，既当爹又当娘。晚上大姐吵闹，父亲没有钱买食物，只好把自家的鸡蛋放在油灯边慢慢烤。父亲左手抱着哭闹的大姐，右手拿着个鸡蛋，半跪在床边上，昏暗的灯光一闪一烁。那情景，让我想起伏尔加河上纤夫的身影。很难想象，那是怎样一种倍受煎熬的日子，可我坚强的父亲竟然挺过来了！

父亲太穷了，又拖着个孩子，再也没有人愿意给父亲说媒了。父亲成了"墙上挂筲箕——自己靠自己"。值得庆幸的是，父亲长得很是帅气、英俊、魁梧，且胆识过人，颇有才华。于是，二十三岁那年，父亲自己给自己说媒，娶了位温柔、贤淑的妻子。父亲在世时告诉我，结婚当天晚上便没有米下锅，他一筹莫展，万般无奈，觉得愧对新娘。可他的新婚妻子却柔情地安慰他说："只要我们身体好，夫妻和顺，穷日子不怕的。"话虽平常，可父亲如沐春风。本来极有口才的父亲，听到如此体贴入微、有情有义的话后，竟无语凝噎。只知道抓住自己心爱的新婚妻子的手，潸然泪下，泣不成声，一对新人哭成了一对泪人。那是怎样的一种刻骨与感动！

倘若上苍能够这么善待他们，该有多好！然而，父亲来之不易的幸福日子，却因孩子接二连三的不幸夭折而被乌云惨雾缠绕着。好在有一天，拨云见日，终于在小心翼翼中有了我同父异母的大哥。历经劫难的父亲，在大哥出生的那天清晨，对着太阳泪流满面，长跪不起，头磕出了血浑然不觉！我的大哥名叫"太保"，意为永远受到太阳之神的保护。我的父亲啊！

大姐、大哥在父母的呵护下无忧无虑，日子渐入佳境。可天有不测风云，人有旦夕祸福。就在大哥快两岁的那年，他的母亲也患病撒手走了。父亲昏死三天。苍天啊！你为何要如此狠心地折磨我善良而又多灾多难的父亲？从那时候起，父亲便开始掉头发。能不掉么，二十五岁不足，连丧两妻，连夭数子。人世间还有什么比这更令人肝肠寸断的？看着瘦弱、单薄的一双儿女，父亲痛不欲生，心如刀绞！

为了孩子，父亲早出晚归，徒步去几十旦地的柘林做小工。有一回大哥在老屋边的巷子里玩耍，父亲临出门时把头伸过去看看，本不想让大哥看见，可大哥还是看见了。父亲正左右为难，懂事的大哥却对父亲说："爹，你去吧，我在这里玩不怕的，姐姐还在前面呢。"就这一句安慰的话，出自一个两岁便没娘的孩子嘴里，父亲的泪流了几十里地！后来，父亲每每提到这事，总是老泪纵横，伤心不已。往后的日子，父亲是浸泡在泪水里的。之后生下了我们，一共九个，个个都外出求学。每逢星期六，父亲便会牵着那头老黄牛在我们回家的途中放，老远看见，我们飞快地跑过去喊一声"爹"，便是泪眼呼一声"儿"。每次离家时，父亲仍旧牵着那头老黄牛在路口深情地与我们挥泪再见。晚上，他亦会泪湿衫巾，这都是从前流泪太多太多的缘故。

自从大哥的母亲去世之后，父亲已铁了心，不再娶了。可孩子终归不能没有娘，家里不能没个女人。俗话说"要个当官的爹，不如要个讨饭的娘"。可见娘对孩子是何等地重要。父亲夜不能寐，想想家里没有个女人恐怕是不行。于是，父亲在而立之年娶了位端庄秀丽、勤劳善良、人见人赞的好妻子，那便是我的母亲。这是父亲的第三次婚姻。母亲来时，身边带着个小男孩，男孩子成了我异父同母的二哥。

我的村子是杂姓，父亲与母亲未组成家庭之前，同住一个村子。父亲带着大姐、大哥，母亲带着二哥，双方含辛茹苦，艰难度日。说来蹊跷，二哥的父亲去池塘打猪草，不小心滑入池塘深处便再也没有游上来，用竹床抬回家时，大哥的母亲刚好撞见了，不料回家后突发重病。就在二哥的父亲后事料理完不久，大哥的母亲也带着留恋与牵挂，与父亲做了永远的黑色告别！

　　我时常在想，历经人生刻骨铭心、撕心裂肺劫难的双亲，他们的结合让人感动又忧伤。各自带着一颗破碎的心走到一起，他们倍觉不易、倍加珍爱！父亲对二哥疼爱有加，母亲把大姐、大哥视若己出。每回做什么好吃的，总是最先记着大姐、大哥。就连后来父母亲生下我们，兄弟姐妹一共九个，我总觉得父母亲最为牵挂的仍是大姐、大哥、二哥。每每看到他们三个瘦弱的身子时，我的心中总会生出无限的悲伤。他们幼年丧父或丧母，乃是人生最大的厄运之一！

　　如今，我的父母均已作古。他们虽然不是同时来到这个世界，可他们却生死相依。似乎早有约定，同于冬月初十的那天离去，患的竟然是同一种绝症！我本不相信，但我又希望，人能够轮回转世。那么，我多灾多难的父母，您的儿女只需泪渍斑斑地苦苦守候。而生命留有的这段空白，正是我们，今生今世乃至来生来世，希望之所在！

　　安息吧，敬爱的父亲母亲！

爱之祭

清明雨是亘古的纷飞，祭之花是亘古的凄美。

而我的心，早已冰凉。那霏霏的雨，冷冷的风，已把我的思念冻僵。只是母亲，借着这春寒的祭日，女儿很想倚着刻满铭文的墓碑，伴沉睡了几千个日子的您，把心中深藏的疼痛、愧疚与悔恨解冻，飘成清明的雨抑或花，洒向无限的祭坛，为您拂去心中的阴霾，于涩重的雾气里。直到寒意渐失，直到柔风渐起！

当春光唤醒冻结的心河，于猝然碎裂，潸潸然垂下带血的情思之时，浅薄的女儿要用浅薄的文字，絮语昨日深深的伤痛。那么母亲，请立于柔风拂过的地方，让刺痛的种子，释怀成您永远的蓝衣襟，好吗？

母亲，不孝的女儿，其实自记事起便清楚地知道，每年的冬天，您仅仅穿三件破旧的单衣，外加一件打满补丁早已面目全非的卫生夹袄，未曾一次穿过棉袄！即便数九寒天亦是如此，而那时的冬天比现在还要寒冷。您一直说您不怕冷，起初我信以为真，后来我才知道是因为嫂子的一句话，一句让忧惧深入您灵魂骨髓几十年的话！以至于您从此不但不穿那件棉袄，亦不再穿任何棉衣。

哥哥未迎娶嫂子之前，家里一直您当家。之后，父亲曾当家一年。

从前要做新衣服，都是把裁缝师傅请到家里来。哥哥迎娶嫂子的那年冬天，父亲特地请了裁缝帮嫂子做衣服，同时安排为您做了一件棉袄，这让嫂子很是不满。棉袄做好的当天，嫂子诅咒：您做棉袄是用来垫棺材底！

母亲，事隔这么多年之后的清明深夜，当女儿第一次写出这句话的时候，打字的手一直颤抖不已！无限悲愤的女儿，恨不得即刻给恶毒刻薄的嫂子一记重重的耳光！女儿也才明白，"百病寒为先"，寒气是导致许多疾病发生的关键，肠胃病也不例外。肠胃最怕寒，而您患胃癌过早离去，嫂子绝对脱不了干系！我们兄弟姐妹虽无比怨恨，可这么多年谁也没有说破。但愿哪天她能良心发现，幡然醒悟，去您的坟前磕头谢罪，祈求宽恕！

母亲，您不是唯心固执之人，您是唯物宽容厚道忍让慈善勤劳的女子。而您对嫂子的那句诅咒却一辈子不能释怀，我想我能了悟。您不是不能而是不愿，您忧惧诅咒灵验。若真的遭遇什么不测，您是无论如何也放不下我那多灾多难的父亲，放不下您一群未成年亦不懂事的儿女。从此，您的心分分秒秒啜泣于忧惧之中，淹没了寒冬亦淹没了寒冷。而您五十九岁的那年冬天，竟真的穿上那件棉袄到另一个世界陪伴父亲去了，那时父亲刚离去不久。您说您终于放下心了，您的孩子已长大。

祭坛之上，碑石之外，咫尺之间。母亲，您的冬天远逝，您的儿女却于四季泪河中，泅渡终生。

　　母亲，冬天里的您，其实不但全身冰凉亦很怕冷。愚不可及的我是在父亲临终，从您肝肠寸断的诉泣里明白，父亲是您全部的冬夜！您说几十年来的冬天，您的双脚极为冰冷，每晚都是父亲把您的双脚焐在胸口，温暖着。即便父亲病危，全身浮肿的那段日子，父亲依然执意用他那浮肿的双手，每晚把您的双脚焐暖！母亲，您是不幸的，您的前夫英年早逝；您更是幸运的，厄运之后邂逅了我的父亲。若此生您最忧惧之事是那句话，那么，您最幸福之所一定是父亲的那双手，那是一双让您刻骨铭心的手吧，母亲！

　　我是如此愚拙，我愚拙的心不知道从此之后您的双脚会更加冰凉，是需要替代父亲用双手去温暖的；我是这般缺失，我缺失的心不懂得温存劝慰，让您了无忌讳穿上那件御寒的棉袄，抑或给您再做一件。那么，您完全属于父亲的冬夜，也许可以延长些再延长些。如今，即便有缤纷的鲜花铺满我整个的生命与岁月，然而，枯黄之心是怎么也开不出春天的色泽。

　　我注定是沉重的，负疚的，苦痛的，灰暗的。母亲，在您五十九岁的生命行走之上，女儿清楚地知晓，您不只是冬天怕冷，不只是极度忧惧，不只是苦难不堪。您还常常在澡盆里就睡着了，您每晚睡觉从未超过四个小时；您还常常躲在灶台抹眼泪，思念与您朝夕厮守了几十年的父亲，想念出外求学的儿女；您还常常在梦中喊打豺狼，家里的小猪被豺狼叼走后不计其数的深夜，跑向漆黑田野的您，拿着捡回的小猪骨头，泪流满面。卖小猪的钱是急等着缴我们的学费啊，母亲！

记得一次学校催缴两元钱的伙食费，我和姐因无钱缴费被学校给赶回了家。当我俩翻过几座坟山，深夜敲开家门的时候，您和父亲心疼得边掉泪、边叹息。透过泥墙的罅隙，我清晰听见那一晚您辗转反侧，无法安然入睡。透过窗棂，只见那一夜的月亮是最瘦的。

愧则有余，悔则无益。

您知道吗，母亲，故乡的老屋早已倾斜，周围荆棘丛生。每当我走向老屋，走近地基与墙壁，总要被刺伤。好在灰暗斑驳的墙壁之上，您和父亲曾拥有过的蓝天与月亮仍在，感受过的风雨与阳光仍在。

母亲，您有一颗心，深深的，如井；父亲，您有一双手，暖暖的，若火。而生命，只是存在的一种过程，您的心缱绻于父亲的双手，足够。已是春天，您的身与心该是温暖的，灵魂与骨髓亦是温暖的吧。而此刻，泊于夜之深处的您的女儿，于故乡的灯楼想您，想您立于光风霁月之中，柔风吹动您永远的蓝衣襟！

有一天，我也会老，也会变成石头。但愿所有的伤痛，不会变成石头。

渡 口

渡　口

时光微漾
流年似水
离人在天涯一隅
等一叶扁舟

杨柳岸没有晓风残月
但见一只寒蝉
不解流云语

江面秋波流转
谁的衣衫被秋风
吹寒

残蝉几声
荻花瑟瑟
秋雨依稀人家

水之湄
谁把浪花剪碎

而我
是一只遗世竹筏
悲喜自渡

穿越指尖的似水流年

　　我知道我不是一个很好的记录者，但我比任何人都喜欢回首自己走过的路，我不断地回首、伫足。很多事在年轻的时候不会懂得，懂得的时候早已不再年轻。

——题记

　　流年似水，似水流年。流年穿越，穿越指尖。

　　流年似水匆匆，春花争似舞裙红。繁华似梦幻，惆怅怨东风。人到中年愁鬓白，尤叹万事成空。多少风花雪月，伤春悲秋；多少年少轻狂，草率冲动；多少爱恨情仇，聚散离合。晨昏之间，俯仰之际，总有那么一个声音，从指尖缓缓穿越。一如落叶，一如叹息，一如云淡与风轻。

　　流年似水，浮生若梦。世事何为，一生，一念，一指尖而已。

　　这些年，一个人，总在走陌生的路，看陌生的风景，悟陌生的人和事。然后在某个不经意的瞬间猛然发现，原本费尽心机想要忘却的，早已忘却了。那些该记住的，就像读完一部小说，而后轻闭双眼，思绪愈来愈清晰，记忆的页面或平静或微澜。有的如春风拂过原野，灌木、丛林呈现出一派柔顺的景象；有的如寒冰冻结河流，河岸、水面覆盖着无数鲜为人知的秘密。为前程忙碌，到头来一事无成，疲惫不堪；为爱情坚守，最后曲终人散，不了了之。

追忆往事，湿了青衫，愁了白发。所有的悲伤，所有的美好，总在一瞬间涌上心头，未来的故事在风中待续。而那些曾经的伤痛，终于开出绚烂之花。

忆往昔，云水半曲，不过新词成旧韵。

那是我青梅竹马的小伙伴儿，陪我度过了少女时代。一起打猪草，一起上学，一起相伴。从未说过喜欢对方，但两人心有灵犀。从未要求对方，一个眼神就足够。那种感情，是最纯真、最无邪、最烂漫，也是最让人羞涩难忘的。那是我的初恋情人，爱火于心中激情燃烧。迷人笑靥，怦然心动，小鹿乱撞。从未向对方表白，但彼此的一个暗示，都能心领神会，慌乱不已。时光越走越远，日子越来越淡。很多事变成了故事，很多人变成了故人。

也许，每个人的心灵深处，或多或少或深或浅或浓或淡地有一些不愿叙说抑或不能叙说的情愫，直至生命终结亦可能守口如瓶。毕竟"有些事是不能告诉别人的，有些事是不必告诉别人的，有些事是根本没办法告诉别人的，而有些事即使是告诉了别人，也未必能解开那个心结。唯有独自享受这无边的寂寞了"。人活着，终归是孤寂的。这种孤寂，有时候就像青花瓷，轻轻一碰，便碎裂了。

　　而我，一直试图习惯这种碎裂，同时企盼找到一种表达，穿越流年，让人们能够顺着我的指尖，看见些什么。

　　流年岁月，烟火如常。一如所有女人，恐容颜老去，怕心灵荒芜。生活给了我磨炼与历练，让我懂得该如何用内秀内涵去滋养不再年轻的岁月，用恬淡装扮日渐老去的容颜，用平静感悟生活的真谛。我不再感叹人世的无情，不再闪躲人生的不幸。生活原本就是这样，唯有慢慢品尝、体悟，才知个中辛酸、个中滋味。

　　一任流年似水东，莲华凋处孕莲蓬。天池若有人相待，何惧扶摇九万风。

　　当似水流年从指尖缓缓穿越的时候，我喜欢孤傲的人忏悔错过的爱情，苍老的人忆起泛黄的青春，红颜尽失对镜愁怨，英雄暮年忍痛回首。我喜欢于最脆弱最不设防之时，裸露最疼最痛最真最纯的那一部分，也许长叹不已，也许泪流不止。每当这时候，即便对他或她一无所知，但我依然相信他是幸福的，一定拥有一个曾经非常美好、现在依然美好、将来仍然美好的人生。相信选择、相信未来，才可以朝着它，更加坚定、更加奋不顾身。

　　一个人，一辈子，一个字。

　　这个字就是"情"，亲情爱情友情。人们常说最了解自己的人是自己，最不了解自己的人往往也是自己。也曾像哲人一样问自己：我是谁，为了谁？我从何处来，要去往何处？我要如何活着，这样活着对不对？这些年我是怎么走过来的，我的未来又该怎样走？很多的问题一直困扰我，找不到真正满意的答案。不过心里却很清楚，活着，就是为了不辜负生命，感受、体验、磨砺生命中遭遇的一切，无论悲喜哀愁、成败得失。终于发现，我可能永远是一个不合格的学生，总也交不出一份正确的人生答卷。单薄而粗糙地走过这么多年，有时走了很长一段路，发现自己依然在原地，像是在等待期盼渴望找寻什么，又像是什么也没做过，不过是活着，艰涩而空虚地活着。有时固执地认为前路一定会有一处属于自己的景致，一路前行，最终发现竟是一条死胡同。有时幻想时光可以重来，爱可以重来，一切都可以重来。直至在喧嚣的人世间沉浮几十载之后，才发现掌心能握住的寥寥无几，即便内心仍有渴念，亦不敢轻易拿手中的去兑换。

都说女人一生中最重要的两个时期，一个是青春期，一个是更年期。前面是在为花开做准备，后面则是在为凋谢做铺垫，这两个点连成了女人的一生。而时间，早已在眉宇之间不动声色，记下了岁月的印痕。时光流逝得太快，来不及成熟就已开始衰老。

岁月蹉跎，流年似水，不知不觉遗忘了许多，也记住了许多。那些曾经熟悉的一切，于岁月的风声里远去，一些印痕，散落成一地的斑驳，再也找不回往日的似锦繁华。一些故事来不及真正开始，就被写成了昨天；一些人还没有好好相爱，就成了过客。

忘却那些该忘却的，记住那些该记住的。

　　普鲁斯特《追忆似水流年》手写稿序言："当从青春步入成年，再从成年进入中年，人的思想又该思变。步入而立之年，人成熟要担当道德和责任。"我也常常问自己，人到中年的我，是否学会了放慢匆匆的步履，以一种达观的胸襟，感谢花开，感谢成熟，感谢命运？

　　岁月匆匆，时光匆匆，匆匆复匆匆。

　　原来时间是这么经不起推敲，曾经的美好，曾经的风华，曾经的神采飞扬，甚至骄傲轻狂，早都被岁月的沧桑与风轻云淡取而代之。或许每个人的生命都是如此，如同一朵鲜花，盛放之后，会在如水的流年里寂寥凋零。又或许人生更像一篇散文，那些爱过的人、伤过的情、经过的事，都会在心底久久驻留。尽管繁忙让人们暂时忘记一切，但只要静下来，一如电影回放，时时闪现、时时想起。

　　韶华不再，繁华不再。回望过往，那穿越指尖的似水年华，流淌成一段美丽的文字，记录我的成长。

一

　　儿时的我是幸福的。

　　那老屋，那炊烟，那眺望以及那寒冬；那小路，那黄牛，那黑衣以及那酷暑；那病痛，那推拿，那煤油灯以及那黄昏；那扁担，那瓷盆，那酸菜以及那清晨；那拖鞋，那老花镜，那蓝色衣襟以及那深夜；那树根，那焰火，那除夕以及那鞭炮声……历历在目，无法忘怀。风干了岁月，流年了时光。是它们，浸染书香，伴我走出贫瘠、贫困、贫苦的小山村。对于好学的人来说，书本是一笔不小的财富。对于寒冷的人来说，焰火更是一件天赐的礼物。

路漫漫，时光不断。

那时的我，最大的愿望就是能吃上一顿饱饭，能有一件漂亮的花布衣服。然而，当含辛茹苦的父母毅然把九个孩子送进校门的时候，家里早已揭不开锅了。就在我家连喝稀饭都成问题的时候，邻居家却顿顿白米饭。白米饭可不是家家都能吃得起，有的贫穷人家可能一辈子也没有吃过白米饭。那时候人吃的基本都是粗粮。那时候的粗粮看起来并不起眼，可如今却成了健康养生的美食。有时候邻居家吃面条，配料用土豆和豌豆之类的，味道特别鲜美。面条虽不是天天吃的主食，但米饭吃腻了，偶尔吃碗面条，也是相当美味的。

邻居家就生了一个男孩子，家里条件不错，爱显摆。那个男孩子每次吃饭都喜欢蹲在大门口，吃面条的样子相当神气。他先挑一根到自己嘴里尝一下，咬了一半，配着半块土豆片，啧啧几声，神气地把头扬起，再把面条缠绕在筷子上，在我们面前晃一晃，然后慢慢地送进嘴里，用力一吸，瞬间一种吱吱的声音袭来，连续不断的，实在太诱人了。于是饥饿的我，不停地在他家大门口晃悠，眼睛老瞟着那面条，口水是咽了又咽。

常年吃不饱，一年四季，只有春节才能吃上两顿肉。倘若遭遇干旱与洪水，家里的口粮更是青黄不接，父母面对缺粮少吃，常因不知下一顿吃什么而长吁短叹。饥饿，对于幼小的我尚且如此，对我们的父辈来说，则是一种终生难以忘却的深刻感受。在他们出生及成长的日子里，饥饿分秒必争、无以复加地碾轧着肠胃，甚至夺走了很多人的性命，让他们对饥饿的痛苦刻骨铭心。他们年轻时，不知有多少人把能吃上白米饭、想吃多少就能够吃多少、不再忍饥挨饿作为终生奋斗的目标。饥饿，在某种程度上，定义了他们这一代人：进取的精神、激发的斗志、忍耐的品质以及终生节俭的好习惯。

于我们下一代而言，"饥饿"一词鲜见。生活在物质富裕时代的他们，食物种类繁多，数量巨大，任何时候想吃什么就吃什么，想吃多少就吃多少，爱怎么吃就怎么吃。以至于食物的太过充裕，加上获取的便利，饱食便成为大多数人的现状。导致身体肥胖、精神懈怠、生活懒惰、奢侈浪费的不良习气。"饥饿"，这个使中华民族世世代代饱受折磨，也让曾经的我们那样深恶痛绝、避之不及之物，终将退出历史舞台。

脱贫攻坚，无惧风雨。鬓已霜，回首望。

不只是吃饭成问题，穿衣也是很大的问题。特别是冬天，一身棉衣棉裤，是哥哥姐姐穿了很久，几乎无法再穿了，我们几个年纪小的再接着穿。所谓的棉衣棉裤，几乎没有棉花，腋下薄薄的一层旧布掩着，而那时的冬天特别寒冷。记得我穿的那身肥硕的棉衣棉裤，看似肥硕，里面空荡荡的，风一吹像一个胀满了的气球，样子特别滑稽。若上学路上突遇下雨，淋湿了也不能回家换。即便回家了，也没有可供换洗的，便只好把湿衣服放在火桶上烤。

在南方过冬，冬天不取暖，屋里比屋外还冷，一定熬不住。有句俗语这样说：手捧苞芦馃，脚下一炉火，除了神仙就是我。说的是农村人冬天的御寒神器——火桶。火桶的高度如凳子，半边密封，半边敞开，桶内下边有"十"字木架，可放置一只脸盆，将炭火铲进盆中，人即可坐在上面，把双脚架于火桶的边沿，通身暖和。当用火桶烘烤湿衣服的时候，只有钻进被窝里取暖，等湿衣服烤干了再起床。一身棉衣棉裤过冬天，里面也没有内衣可穿，那空荡荡的棉衣棉裤，叫"哨桶子"衣服。不过，能穿棉衣棉裤过冬还是比较好的人家。有些人家孩子多，家庭特别困难的，仅仅只穿两件单衣过冬。一件衣服缝缝补补穿几年甚至几代人。

儿时的我，不只是没有属于自己的新棉衣棉裤，也几乎没有属于自己的新鞋子。每每穿哥哥姐姐穿小了的鞋子，有的不合脚，紧一紧也就合适了，有的甚至磨损了半边底，也都接着穿。一年到头，只有送了公粮，兑换了一点钱，母亲才会给我们买双像样的"解放鞋"过新年。之后，这一年就穿这一双解放鞋，鞋底很容易磨损或断裂。遇上雪天雨天，免不了进水，鞋子袜子一起湿掉。于是上学的一整天，就穿着湿透了的鞋与袜，要是连绵的雨雪，脚丫子格外不舒服。晚上回家烘烤，也禁不住没日没夜雨水的浸泡。可是因为贫穷，不允许多买一双鞋子与袜子。想想那时候，哪一家又不是大孩子的衣服鞋子穿小了，再留给小孩子。

缝三年，补三年，缝缝补补又三年，就是那时候的生存现状。若有谁能穿一件的确良衬衣，下雨天能穿一双雨靴，不知有多少人会投来羡慕的眼光。我清楚地记得，寒冬穿着空荡荡的棉袄棉裤，穿着磨损露底的"解放鞋"，坐在四面透风的教室里，取暖只能靠跺脚。一堂课下来，手脚都冻僵了。课间上厕所，经常是冻麻木的双手解不开裤扣，要把手放在怀里暖和一阵才行。每回期末考试时，冻僵的小手，甚至连铅笔都握不住。

手脚不只是冻僵，还会生冻疮。手上的冻疮，起初是出现红斑点，之后连成片，整个手背就会肿胀起来，直至皮肤开裂，流血流脓。那个时候，没有什么冻疮药可以涂抹，即便有也没有钱购买。于是只好用个小手绢绑住，等天气暖和了，自然痊愈。冻疮，是气候寒冷引起的局部皮肤反复红斑，肿胀性损害。严重时还会出现水疱、坏死、溃疡，继发感染，刺痒得厉害。手上生冻疮还好些，最痛苦的是脚上生冻疮。脚上的冻疮磨破了，和袜子粘在一起，每天早晚穿脱袜子，那个过程相当痛苦。尤其是晚上睡觉前脱袜子，撕开冻疮紧紧粘住的袜子，真是撕心地疼。天气冷的时候就疼，天气暖和的时候则痒。晚上，躺在热被窝里，冻疮就开始发痒，奇痒无比，整晚难以入睡。至今，我的手上和脚上，还有当年生冻疮时留下的疤痕。

几十年过去了，我们的生活也发生了很大改变。现在冬天御寒的物品种类很多，诸如保暖内衣、羽绒服，等等。床上有电热毯，房间里有各种取暖器、空调。我们的孩子是幸福的，生活在当今时代的人也是幸福的。现在的年轻人，没有我当年寒冬的体验，我也没有见过谁的手脚生过冻疮。

年年冬天，手脚冻僵或生冻疮，还不算最痛苦的。最痛苦的莫过于肚子疼，至少疼一星期。每次疼得大汗淋漓，呼爹叫娘满床打滚，痛不欲生。母亲总是说，结婚了就不疼了，生了孩子就会好起来。每回肚子疼，精通中医的父亲便帮我推拿。推拿疗法在中国历史悠久，是广大劳动人民在长期与疾病做斗争的无数实践中所积累的丰富经验。其手法之灵巧，疗效之确切，令人惊叹。父亲说推拿可以疏通经络，经络通了疼痛自然就会消失。从中医角度来讲，通则不痛，痛则不通，受凉后导致寒凝气滞，气血不通，用些温热药或是推拿疏通经络就好了。父亲是远近闻名的专家、百事通，自学成才的，什么都懂，什么都会。

记忆最深的是，每回肚子疼，躺在床上整整一个星期，父亲不管出门多远多忙，天黑之前一定要赶回家，为我点一盏煤油灯。父亲知道我胆子小，怕黑。那时村子里还没有通电，煤油凭票购买，很稀缺的。父亲一边划着火柴一边叮嘱："崽，你生病了，我每天为你点一盏灯，将来我老了，生病了，你也记得为我点一盏灯。"可怜我的老父亲，身患绝症日日夜夜躺在病床的时候，是多么希望能有个人陪他说说话，为他点一盏灯。可不孝的我，又在哪里？

此刻，两眼噙着泪花、心中哽咽的我，这才真正体会到"父母疼儿是长江水，儿孝父母是扁担长"这句话，道尽了父母与儿女注定不对等的爱。我们的父母，可以放弃自己的生命去爱自己的子女，就像长江水一样长远；子女却不能用全部来孝敬父母，就像扁担一样地短。故事是这样的：

有一对母子。儿子小的时候和母亲走一座桥，儿子不小心掉进了水里，母亲不顾一切地跳进水中，可是母亲不会游泳，只能在水里挣扎，幸好有一位年轻人路过，救起了母子。几十年后，儿子已经长大，母亲也已经变老。当他们母子再次走上那座桥，母亲跌入了水中，儿子却没有跳进水里，而是将其身边的扁担伸进了水里。可母亲因为年老，手没有力气，被水冲走了。几天后，几个村民在河边看见了母亲的遗体，不禁感叹。

自古至今，孝不易，顺更难为。作为子女，应竭尽所能地满足父母的心愿，让只有扁担长的孝顺，变得丰厚一些。此时，不孝不顺的我，多想点亮一盏灯，可我的老父亲，您在哪里？

恨不及时行，留作今日憾。

父亲每次把煤油灯点亮之后，顾不上一天的疲惫，便给我细细推拿。若反复推拿或是各种办法用尽仍不见效，父亲便小声地对母亲说："莲儿可能是受惊吓了，要收惊才行。"记得小时候，外婆总会跟我说，小孩子容易受到惊吓，特别是晚上不能出门。据农村的迷信说法，小孩子晚上走夜路，容易看到不干净的东西。但迷信归迷信，农村很多老人讲出来的话，还是有些道理的。我知道，不能拿迷信说事儿，但也颇觉神奇，每回肚子疼，若推拿、吃药都不起作用时，只要母亲出门一祷告，病就会好得很快。

夜深人静之时，胆大的母亲，提着个小竹篮出门了。小竹篮里放两只碗：一只碗里盛一小块猪肉，用水稍稍焯一下，有时候也用糯米糍粑或煎鸡蛋代替猪肉。另一只碗里盛满白米饭。母亲去的地方有两处：一处是村东头长满竹子的小堤坝，叫竹坝，旁边是一条深水沟。另一处是村西头下塘边，靠近祖坟山。祖坟山附近有上、下两口水塘。在形法风水中，这些屋前的池塘称为风水池。风水池的形状、位置和距离对住宅的吉凶有至关重要的影响。有诀曰：上塘连下塘，寡妇守空房，大塘连小塘，疾病不离床。想必父亲是相信了这一点。

竹坝和下塘这两个地方，白天走近都瘆得慌，更不用说晚上了。不一会儿，母亲回来了，小心翼翼地闩好大门，把一棵小草放进我的怀里。母亲边抚摸我的小肚子边轻声说："刚从竹坝上拔回来的，你是受了惊吓，吓破了胆，这棵小草就是你的胆，我给你找回来了。你的肚子马上就不疼了。"每每这时候，母亲还会特地从破旧橱柜里，拿出两片生姜来，馋得弟弟妹妹直流口水。说来奇怪，怀揣那棵小草，吃两片生姜，疼痛即刻缓解。

我知道，父亲的推拿疗法是有科学依据的，但"收惊"一说纯属迷信。可为了我的病能尽快治好，只要能想出的法子，父母都会试试，哪儿还顾得了什么迷信不迷信，可怜天下父母心。不过说来也蹊跷，每次只要母亲从竹坝或下塘拔回来一棵草，再加上两片生姜，当晚我就能安然入睡，一觉醒来，第二天果真就好了。

现在想来，应该是"暗示疗法"。俄国伟大的生理学家巴甫洛夫曾经说过："暗示是人类最简化、最典型的条件反射。"消极、被动的暗示，能够破坏机体生理功能，扰乱人的心理和行为。而积极、主动的暗示却能纠正上述被扰乱、被破坏的心理和行为，改善机体的生理功能。好比医护人员在给患者打针的时候，如果问患者"疼不疼"，那么，对于容易被暗示的人来说，"疼"这个不良的暗示就会在他们的大脑中枢产生一个恶性刺激，本来不疼的，也感到疼痛了。而改问"有什么感觉"就比较妥当。在这方面，据说东汉时代的名医华佗就很高明。华佗在给人做针刺治疗时，总是告诉患者，针刺过程中一定会有一种感觉从针刺点向所病之处"游走"，让患者细心体会。这就是华佗巧妙地运用暗示，以促使患者积极、主动地"意守感传"。这样做，可以大大提高治疗效果，值得后人效法。看来，父母深谙此法。

　　说来惭愧，每年冬天肚子疼，把父母折腾得够呛，也折磨了我十几年，直到生下女儿才痊愈，果真应验了母亲的话。母亲说，女人结婚生了孩子之后，就像花开了一样，全身上下都通了。如果没有生过孩子，就像出不了土的小芽，身体出现问题的可能性就更大。尽管母亲的这种说法是一个闲话，但也不无道理。母亲虽然没有进过一天校门，可她的很多话让我深信不疑。比如吃生姜，母亲说可以驱寒，可以抑菌解毒，让身体发热，从而起到保暖的作用。冬季吃生姜，还可预防感冒和流行性感冒。

　　说起生姜，我们兄弟姐妹个个爱吃，我和大弟、小妹为最，至今如此。小时候，生姜是稀罕物儿。因父亲爱吃的缘故，母亲便会腌渍一点。母亲把生姜藏在破旧的橱柜里，上面用薄膜遮盖着。满以为这样很隐蔽了，可我们不费吹灰之力就能找到。每次趁母亲去田里干农活时，我们就会偷吃。生姜味道很浓，每回得手后，便结伴去打猪草。若发现生姜少了，问谁偷吃了，自然不会有人承认，母亲便只好叹气作罢。

　　生姜是我们的最爱，而盼望过新年更是如此。传说"年"是个害人的怪物，如果顺顺利利过了，就算过了"年"这关，以后家家欢呼雀跃、张灯结彩，奔走相告，这就是拜年，这是春节期间一个重要的习俗。拜年的时间，拜年的礼品，走亲戚的顺序，都有讲究。春节不仅是阖家团圆的节日，也是走亲访友互道祝福的良日，更需注意拜年礼仪。拜年时间多以正月初二至十五为宜，不过初八之后，走亲访友已基本结束。俗语曰："初七初八，罐子刮刮。"意思是说，到了初七初八，罐子里盛满的猪油几乎吃完了，只好把罐子最底部再刮刮，看看是否还有些许猪油，用于做菜。那时候家家户户过年，就宰杀一头自家喂养的猪，猪油熬过后，就用罐子盛放，特别稀罕、特别珍贵。走亲戚的顺序根据血缘亲疏来安排，礼品的贵重与否，也是根据亲戚关系的远近来选择。不过正月初二，是女儿女婿固定回娘家的日子。

新年免不了走亲访友，给亲朋好友拜年送祝福，都会好吃好喝地招待。我们最喜欢父亲领着去拜年，什么好吃好喝的，可以随便享受，父亲不会管束。母亲则不然，母亲有很多的规矩。与母亲一起走亲戚，母亲就会说，哪些菜不能吃、不能碰。什么豆条、线粉之类的，更是不能伸筷子，那是"看"菜。意思是说，有些菜只准看，不准吃，筷子连碰一下都不行。在母亲的规矩里，不只是某些菜是"看"菜，某些话也是禁语。诸如"完、了、死、病"之类的词语，过年期间是绝对不能说的，不吉利。比如我们说"饭吃完了"，母亲即刻纠正"饭吃不起"。从我记事时起，几乎每年正月初一大清早，母亲就会带着极为庄严的神色，把我们牵进茅厕里，用稻草把我们的嘴巴擦一擦。这个近似戏剧性的程序完成以后，母亲很是放心，她就不再担忧我们会说出什么不吉利的话了。稻草擦过的嘴，就是"屁股嘴"，无论说什么也绝对不算数。母亲的规矩很多，我们也常常犯禁忌，但母亲极少责备。吃不饱穿不暖甚至忍受疾病的折磨，但儿时的我，却有着无限的快乐与幸福。

幸福，是那个年代最弥足珍贵的东西。特别是盛夏的晚上，吃过晚饭，屋里热得不行，我们就会到晒谷场的青石板上乘凉，躺着数星星。父亲拿着老蒲扇，一边帮我们驱赶蚊子，一边讲故事，不知不觉我们就睡着了。那时候的睡眠质量特别好，心里装的满是星星月亮、童话故事与传说，没有烦心事。一年四季，两点一线，家里学校，特别开心。

幸福的儿时虽已远去，埋藏在了记忆的长河中，但这份幸福，是悠长岁月中最值得追忆的美好时光。如果可以，回到过去，什么都不要，只要父母永远健康年轻地活着，自己每天围着他们转。不要等老了，才发现这些才是真正的幸福。可惜没有如果，一切都回不去了。终于明白，原来幸福，从来都与金钱无关。

二

求学的我是幸运的。

我的启蒙教育是在家里完成的。当时的小学设在村子里，只招收一至三年级的学生，没有学前班。四年级开始，就要到邻村上学。村里的小学，是租用那种带天井的老房子。在古代的中国宅院中，房子与房子或者房子和围墙之间，所围成的长方形的露天空地，以及旧式房屋为了采光而在房顶上开的小洞，都叫作天井。天井周围被房屋包围，地方较小，因此光线也较为昏暗。阳光从天井中射下，光线照在地上如井水一般，故称其为天井，是农村住宅的核心。村里小学只开了三个年级，教室还不够，便借用我家老屋的大客厅，用于一年级教室。老屋是明三暗五的土房子，客厅非常大。当时我的成绩挺不错的，语文拔尖，为此还跳了一次级。小哥成绩尤为好，跳了两次级。

我的启蒙教育，奠定了我一生对美的笃定，对善的追求，对写作和唱歌的热爱，让我有了走向诗和远方的勇气。一晃几十年，从农耕时代进入信息时代，眨眼工夫。如今身居闹市，可我的骨子里，依旧散发着泥土的气息。我总是不由自主地让故乡的人与事走进笔下，他们是如此可亲可敬可爱。有时候真为我的宝贝女儿悲哀。她不曾背着塑料薄膜制作的书包，光着脚走在新鲜的泥土上；不曾走近一朵野花，仔细观察朝阳下带着露珠的花儿绽放；不曾在冰冷或滚烫的水田里劳作，体会自给自足、自由奔放的大汗淋漓；也不曾在盛夏中午的树荫下，偷得片刻欢愉，一任斑驳的树影和阳光在身上晃来晃去；更不曾在一群萌爆了的小朋友间，化作牧童短笛中的闲云野鹤，天马行空、无所羁绊。

记忆最深的是，老师在课堂上使用方言而不是普通话教学。特别是语文老师，朗读像唱儿歌似的，尾音拖得特别长。每次示范朗读，我们总忍不住笑出声。现在想来，讲方言的老师，除了让我们印象深刻，更让课业繁重的学生时代，多了那么一些欢乐和亲切。那亲切而特别的朗读声调，应该就是赣北文人腔。班主任于老师，是名很帅气的转业军人，管教学生非常严厉。

记得一次下大雨，早读课没去，等我赶到学校，刚走进教室门口时，只见怒气冲冲的于老师站在课桌上，让没有早读的学生站在讲台前，一字排开之后，他扬起手中早就准备好的一把巨大的竹制扫帚，在他们的脸上来回横扫。我赶紧战战兢兢地站了进去，猛然感觉脸上一阵剧痛。要知道，这种扫帚主要是用竹子的丫枝制作而成，且竹子必须是经竹，中间的几根主干必须用竹子的顶端，这样才有韧劲，不易弯曲和变形。平时多用于清扫谷物或垃圾之类的。现在想想都疼，那么娇嫩的脸庞，如何经得起巨大竹制扫帚的横扫。

我也曾做过老师很多年，发现大家对当今的教育有多种论调。有的主张我们于老师式的教育方法，认为"无规矩不成方圆"，对孩子就应该严厉；有的主张用爱和温柔以待，尊重孩子爱玩爱闹的天性。显然，这是完全极端的两种教育方式。我认为，作为老师，应该深刻理解教育中的宽严之道。若对孩子一味严厉，要求其循规蹈矩，不准逾越，那么就可能培养出唯唯诺诺、毫无主见的孩子。这样的孩子，将来事事都要父母包揽操办，最没有远见和格局。孩子毕竟不是成年人，还是必须要管教、惩戒的，犯了错误是要付出代价的。但当今教育最可悲的现象又是：孩子无法无天，老师不敢管，家长舍不得管，将来社会管！教育的主体思路是对孩子不停地让步，给孩子更多的快乐，给孩子更多的游戏时间。试问天底下哪有这样的好事？显然，"宽严相济"方为教育之道。

严厉的于老师，尽管用大扫帚横扫过我的脸，但还是帮助多于责备，仁慈多于严厉。记得几次请假去买铅笔，他二话没说，便从抽屉里拿出几支崭新的铅笔送给了我。要知道，那时候的铅笔相当珍贵。我的每支铅笔，要短到用手指已攥不住时，再弄截小竹筒套在上面，接着用。每年盛夏天，光着脚丫子上学，最不能忍受的是中午放学排队回家，站在滚烫的操场上，两只光脚要不停地反复交叠着，不然无法站定。每次轮到于老师值班，他都会让我提前回家，不排队，免受操场炙烤之苦。

上学最苦恼的，就是每天背着母亲用塑料薄膜缝制的书包，一扎一个眼，稍稍用力背带就断了，要把书包底部牢牢托住才行。最可笑的是男女生同桌，都要在课桌中间画条线，名曰"三八"线。若同桌手肘越界时就狠狠"砍"他一下。甚至把边界线从桌上延伸到地上，脚越界了，也要狠狠地踩他一脚，甚至吵闹不休。每次吵闹，各自还拿父母的名字开涮，实在不该不敬。每次于老师知道了，体罚是免不了的。

最想逃避的有两件事。一是每天中午必须完成剁红薯的枯燥活儿。先把红薯洗净装进木盆里，中间放一块砧板，再用菜刀不停地反复剁，剁成小碎块，煮熟喂猪。如果雨水过多的话，红薯很有可能烂掉。为了不浪费，就会用烂红薯喂猪。红薯是一个好东西，淀粉含量高，煮熟之后猪爱吃，采食量增加，吃了多长肉。二是车水。南方的夏季白天气温很高，哪怕是早晨太阳刚升起，也会感到很闷热。一般干农活，凌晨三四点钟就要出门，趁着太阳没有出来之前。那时还是生产队集体，没有现代农机，种植水稻的，要隔三差五地给稻田车水。车水的农具叫"水车"。木材做的最简单的水车，有八尺长的、丈二长的不等。靠人用两手来回往复拉动水车机械转动上水，给水稻田灌溉。几亩田的面积，一个成人劳动三四个小时，才能满足水稻两三天的田水。据车厢大小与提水高差及灌溉的田亩数量，可分二人、三人、四人、五人等劳作。不过人多力气大，出水量自然就大。据劳作方式又分"站车""坐车"。"站车"是在车架的两端架有一横竹竿作扶手，人是站立着猛蹬。但身子要稍稍靠后，太靠前了，就会出现"回车"或人被吊起来的现象，俗称"吊颈"。"坐车"是车架的后端有一横杠，稍将臀部挨靠横杠上面即可。

每年清明过后，一直到金秋，水车在家乡的田间地头随处可见。

尤其是伏旱季节，正值早稻收割和晚稻插秧之际，稻田两三天就要灌溉。这样的日子里，人们常常早出晚归，在烈日下、夜幕中车水。而我每回车完水，学校早读是一定赶不上的。若第一节课也迟到了，则要在教室外面罚站，甚至是整整一上午。

初中是住校，学校离家有七八里地，剁红薯与车水的枯燥活儿，自然就落到了妹妹弟弟的身上。不过住校想家的难受滋味，与剁红薯、车水的枯燥比起来，我更愿意选择后者。每天下午放学后，我和姐姐便会到学校后面的板栗林里看书。夕阳西下，总会想起老父亲，一定是牵着那头老黄牛，扛着犁铧走在家乡窄窄的田埂上，不时地回头，那是我们回家的必经之路。老母亲一定是系着围裙在灶台忙碌，不停地用围裙擦拭着眼睛。本来有灶台，就得有烟囱。可家里太穷，灶台上没有搭建烟囱。没有烟囱，烟就没有地方排出。烟火不顺，母亲常常被烟熏出泪水。

初中住校三年，除开周末不补课能回家外，我最盼望的就是劳动课，可以借机回去。只是每周的一节劳动课，根本满足不了我强烈的回家愿望，于是旷课现象时有发生。三天两头往家里跑，母亲免不了数落两句，父亲则语重心长地告诫："你年纪不小了，应该懂事了，家里连买盐的钱都是用鸡蛋换，我和你娘四处借钱送你们读书，就是希望能像你哥哥一样考出去，考出去才有出息。'万般皆下品，唯有读书高。'你看你哥哥现在多好，每月拿着工资，不用风吹日晒雨淋。再看看我和你娘，一辈子面朝黄土背朝天，没日没夜地干活，连顿饱饭都吃不上。你不知道，我小时候想读书都快想疯了，你祖母实在不忍心，靠乞讨送我读了一年半私塾，我因生病还耽搁了大半年。可你倒好，有书读却不好好珍惜，天天跑回来，'三天打鱼，两天晒网''三天不卖两条黄瓜'。这样下去你怎么能考上，不想读书干脆回家种田。"父亲末尾的语气，有些斩钉截铁。父亲上学时间极为短暂，但他好学肯钻，自学成才，学识渊博、口才极好。

面对父母的苦口婆心，我每次都会痛下决心不再逃课，可最多能坚持一两天，简直到了无可救药的地步。这让一块住校的姐姐很替父母难过："你能不能懂事一点，克制一点，天天想家，天天掉泪，你不烦我看了还烦。老父老母起早摸黑，还四处欠债，为的就是送我们读书。天天埋怨我蒸饭不多淘点米，害你吃不饱，可你想过我为什么要这样做，我是心疼二老种田太辛苦，家里收成又不好。还说自己心细，心细你感觉到了父母的未老先衰、弟弟妹妹的营养不良吗？"可无可救药的我，真的是"老屋柴门树打头，青山屋后水自流。受书十日九逃学，恨不先生命牧牛"。

好在上天眷顾，天遂人愿，爱哭想家的我，颇为幸运地以全县第一名的成绩考入师范学校。接到录取通知书的那一刻，老父亲那长满老茧的手，在他自己薄薄的头发上是梳了又梳，理了又理。老母亲那件常年不变的蓝衣襟是湿了又干，干了又湿。

师范三年，活泼开朗、天真无邪、没心没肺、懵懵懂懂的我，每天做着幸福快乐、美丽浪漫的少女梦，连上厕所都哼着小调。夏天在山涧洗澡，也不管溪水的沁凉彻骨，以致落下了风湿病根。那山涧、溪边、竹林、古寺、草地、琴房、教室、楼道、寝室，充满了歌声与笑声。特别是食堂的老面馒头，是我的最爱。每次回家，还用节省下来的饭菜票买些馒头，父母爱吃，学校规定每人买馒头不得超过两个，于是请同学帮着买。当拎着一网袋馒头在村东头下车，急促穿行在故乡弯曲田埂上的时候，远远地看见父亲。飞奔过去，递个馒头，早已泪流满面。每个周末，父亲都会在我们回家的必经小路上放牛。

记得弟弟妹妹，是在小哥教书的中学就读，离家二十里地，途经不少的荒山野岭，四周都是坟墓。每个周末他们都是一路狂奔回家。一见到父亲，弟弟总是一头扎进父亲怀里，泣不成声。妹妹甚至连书包都来不及放下，便跑进厨房，一边帮着母亲添加柴火，一边陪着母亲絮语。我无法想象，我瘦弱的弟弟妹妹，是怎样年复一年胆战心惊地翻过那一个又一个满是坟墓的阴森森的山头，又是怎样归心似箭穿越一条又一条小路？那时的他们，不过是两个小孩子，胆子又都特别小，弟弟尤甚。但他俩告诉我，只要想到父母在家等候，想到四个人围坐灶台吃着香喷喷的小鱼，便全然没有了害怕之感。

家，永远是最好的避风港。我们的家，不是艺术作品里的家，不是图片影像里的家，而是那个能包容和治愈我们所有情绪的地方。它细琐而具体，它自我却温暖。最重要的是，它充满爱。无论走多远，家永远是天幕中最亮的北斗星，默默照亮我们前行的路。但愿所有漂泊在外的人，都能有家，都能回家。

独在异乡为异客，每逢佳节倍思亲。求学的我，一个人在外生活，总是会错过了和父母在一起的美好时光。每逢佳节，特别盼望能和父母团聚。离开家的这些年，常常想起父母那千遍万遍的一句话："崽，在学校要注意身体，要吃饱饭，穿暖衣服。"每次还没缓过神来，就哽咽了。那时候，不想让父母担心，也曾故作镇定地说："爹娘，放心吧。"转过身去的一瞬间，自己抱着自己，痛哭不已。

难忘青葱岁月，难忘美好时光。

少女时代的我，总是会有各种各样的幻想，有帅气的王子有浪漫的爱情。他干净的面容时刻保持魅力。深邃的眼，一如夜空里的星星，一如美玉般晶莹剔透，又如纯净水般清新无邪。也曾找遍各种理由和他说话，记住他的时间点，只为一句"好巧"。也有无数次想告白，终于鼓起勇气写了封长信，谁知他的身旁早已有个她。毕业了，同学们都知道那些年谁喜欢过谁，谁给谁写过情书，自己却假装糊涂，只是云淡风轻地说了一句："毕业了，一定要幸福。"多年后，再相会，才感叹原来早已忘记他很久，久到找不到聊天的话题，找不到聊天理由。

日暮酒醒人已远，满天风雨下西楼。唯有相思似春色，江南江北送君归。一江烟雨，一个路人。几段求学，几段追忆。离去之时，谁也不必给谁交代。天涯你我，各自安好。是否记得，已不重要。

三

作为教师的我是幸与不幸的。

师范毕业，我被分配到一所偏僻的小镇中学。对于那座依山傍水的云雾小镇，我的感情很特别。这些年，走过不少地方，看过大都市的繁华、小城市的喧嚣，我还是喜欢我的那座小镇。没有高楼大厦，没有车水马龙，没有太多诱惑。尽管生活过得不错，我还是想回到那座小镇。

有人说，爱上一座城，是因为城中住着某个喜欢的人。其实不然，爱上一座城，也许是为城里的一道生动风景，为一段青梅往事，为一座熟悉老宅。或许，仅仅为的只是这座城。就像爱上一个人，有时候不需要任何理由，没有前因，无关风月，只是爱了。没有原因、没有理由、没有故事，甚至也没有情绪。莫名想起曾经的远方或过往，无所顾忌，无拘无束，一任思绪越过高山，越过丛林，越过原野，越过心中所有能想到的一切，只是想了。

　　每个人，都有一扇向记忆深处打开的窗子。透过窗棂，便能看见轻轻浅浅的岁月，那里住着一颗柔软之心。爱一座城，恋一个人，或一场唯美，是那样自然，那样执着。信步去看一场花事，渡船去赏一湖春水，从一座城到一个镇，渐渐淡忘一段记忆，深深记住一段过往。

　　春已至，花已开，云雾起。

　　那山水、那小镇、那学校，还有那筒子楼里的旧时光。

　　"筒子楼"建筑又称赫鲁晓夫楼，一条长走廊串联着许多个单间。因长长的走廊两端通风，状如筒子，故名"筒子楼"。"筒子楼"面积狭小，每个单间大约有十几个平方米的面积。它是颇具中国特色的一种住房样式，是二十世纪七八十年代中国企事业单位住房分配制度紧张的产物。这种有着长长的走廊、卫生间和厕所都是公用的房子，其前身不过是某个单位的办公室或单身职工宿舍，且有无数的中国人在筒子楼里结婚生子，奏鸣着锅碗瓢盆交响曲。曾几何时，筒子楼也是让人仰慕之居所，那都是些有分量的单位。诸如镇政府、粮站、信用社、邮电所、财政所、学校等才会有筒子楼。

　　学校的筒子楼，一家一户。一户不过是一间房隔成两小间。长长的楼道穿过每一户，人们的命运也彼此相互交织，共享人生。他人的生活里，我们不可或缺。帮李老师收衣服，帮张老师扛大米，给胡老师收信件。赵老师的孩子也是钱老师的孩子，没人照看，就放在隔壁家里。哪家修理家用设备，或是做蜂窝煤，也常常顺便帮着上上下下的邻居。家里来客人了，住不下，就去邻居家挤一挤。亲朋好友相聚，做一桌饭菜，邻居来陪客。远亲不如近邻，近邻就是家人，没有姻亲与血亲，却相互信任和依赖。每个同事的脾气和性格，都有所收敛。偶尔闹点不愉快，都是些柴米油盐、鸡毛蒜皮的小事。再大的矛盾，忍无可忍，牢骚、抱怨吵过之后，不往心里去。低头不见，抬头见。大人可能还在冷战，孩子早就你追我赶，嬉戏相欢。没有电视和手机，男人女人联合起来打扑克、走象棋、织毛衣、腌腊肉、做糖糕，每天都是和谐奏鸣曲。筒子楼道虽被油烟熏得黝黑，但邻居们的脸上总是挂着笑容，十分和气。尽管没有宾馆，没有美食，就连幼儿园也没有，只有一栋筒子楼，我们的日子依然有滋有味，我们的生活依然充满阳光。

不过让人头疼的就是，家里没有阳台也没有卫生间。棉絮要拿到很远的地方晾晒，还得赶大清早，否则就没地方了。晾晒被子要把尼龙绳绑在长廊和大树上，树很高，还得踩在板凳上，有时候伸手也够不着合适的树杈，很麻烦很费劲。而更为麻烦、费劲、烦恼的则是，每天清早都要端着痰盂去公共厕所洗涮。学校的公厕，不在筒子楼附近，比较远，晚上上厕所甚是害怕，特别是遇上肚子不舒服的情况，那可就憋不住了。于是家家户户都要必备桶子、盆子、痰盂之类的工具。于是，每天清早便会上演这样生动的场景：筒子楼里的人们，有的拎个小红桶，有的端只痰盂，一边聊天一边往厕所方向走去。公厕之前又脏又潮湿，改建后，痰盂、桶子的作用不大，不过到了冬天还是少不得。半夜爬起来去野外上厕所，很不方便，很不习惯。不过学校的公厕也是一个神奇所在，各种小道消息、学校内幕轮番上演。诸如某某老师怕老婆、某某老师有外遇、某某老师的儿子是二婚、某某老师的闺女是领养、某某老师的女婿是高干等均成为共享信息。那一个个房间隔住了人脸，却隔不住声音。记得筒子楼里人尽皆知的高音大喇叭，是个退了休的女老师，每天最喜欢四处打探、发布消息，且见风就是雨，没有什么隐私是捂得住的。

　　筒子楼，浓缩了那个时代的喜怒哀乐、人生百态。那是一代甚至几代人的记忆。一位建筑师探访之后，在手记中这样写道："当这一切消失，他们最不容易调适的，将不是房价、房租、平方米数，甚至不是地理位置，而是在大家一样贫穷也就等于一样富有的年代里，才能享受的优越感，将一去不复返。"而有着筒子楼情结的我，每每在大城市的格子间流转，以往的空间模式和邻里秩序，依然勾起我的怀旧情绪。感觉那时候的阳光，每天都是温暖的、崭新的、朝气的、蓬勃的；而月亮，每晚都是温柔的、浪漫的、美丽的、诗意的。校园生活，是孩子们的天堂，也是我的天堂。

　　不必说仰望星月，一幅安宁静默的山村夜归图，便是我日夜渴望的馨香。也不必说我的学生多么天真可爱懂事，把一叠又一叠的贺卡，塞进我厨房的破旧门缝中。单是同事们一起围坐冬日的炉火旁，便觉是最惬意的美好时光。

　　山村的冬天很冷，每遇下雪，办公室的玻璃窗上便会结一层冰花，屋檐下吊坠着雨帘般的冰棍。为了取暖，每间办公室都安装了火炉。一下课，大家一拥而上，围在火炉四周，暖手暖脚。炉上放着水壶，咕嘟嘟冒着热气，烟囱烧得发红。我们一边搓手，一边跺脚，驱赶着冰冷。搓来跺去，课间十分钟就过去了。有时为赶赴一场雪的约定，约三两知己，堆个雪人，打个雪仗。累了，围坐火炉旁，看满天晶莹剔透的雪花，羽毛般一片片地飘落于生命的画里，寄语人生。尔后在心中，也点燃一盆小火炉，温暖人生。十几年的光阴，就这样走过了。

　　光阴如水，人生迢迢。走过一程山水，路过一座小镇，幸运的我，选调到了城区中学。

　　幸运，是云雾小镇赐予我的。这个词，用它强大的生命力恒久地鲜活着我。之后，我却猝不及防地深感另一个词的残忍与愤懑。它强硬地让生活在天堂的我，跌入地狱。有时候，也许对的人、对的事，只有下错了站才会遇到。从来不敢苟同这个世界上的冷漠与无情，但我又总是懦弱无助地躲在残忍愤懑的背后。对于那些羞辱悲伤不幸的故事，从来都没有勇气去驳斥，站出来为自己辩护。原来，所有的幸运，只是默默涂鸦了所有的不幸，把最好的留给别人看。

物是人非事事休，欲语泪先流。

就在那所城区中学，不幸的我，遭遇了人生一场罕见的江湖式的险恶风雨。事情源于我在学校聘任时，没有给各级大小领导送去厚礼，导致在聘任时，遭人打压、刁难、非难、算计、侮辱、陷害。都说锦上添花易，雪中送炭难。人在低谷时，身边总会冒出许多小人落井下石。

江湖风雨漫天下，天下风雨尽江湖。风衣掩掩避风雨，风雨潇潇泣风衣。

想起那个时候的自己，总会想起刘禹锡。相传唐代文学家刘禹锡，任监察御史一职时，因反对宦官和藩镇割据，遭到打压被贬为通判。通判在县衙是有一定地位的，可以住三间三厢的房子。可当地知县看刘禹锡失势，于是故意刁难，把他赶到城南江边，让过往之人看笑话。正是应了那句话"阎王好办，小鬼难缠"。大凡有点权力之人，总喜欢拿着鸡毛当令箭，把权力发挥到极致。面对这样的人，无论针锋相对还是曲意奉承，都只会让他成为"孤树上的知了，自鸣得意"。对于这样的人，倒不如无视他的存在，让他的拳头打在棉花上，无处使力。刘禹锡是这么想的，也是这样做的。他迁居到江边之后，随手写下一副对联贴在门上："面对大江观白帆，身在和州思争辩。"

这下让来往看笑话的人，竟宣扬起刘禹锡的才气来。知县听闻后非常愤怒，赶紧让刘禹锡从城南搬到了城北，为了报复还把住房缩减到一间半。本以为刘禹锡会暴跳如雷，谁知他毫无所谓。于是知县一不做二不休，只安排一间小房，且只能放下一张床、一副座椅。面对这样恶意的刁难，不争不闹的刘禹锡，愤然挥笔写下千古佳作《陋室铭》。

哲人说，衡量一个人成功的标志，不是看他登到顶峰的高度，而是看他跌到谷底的反弹力。真正有水平的人，在陷入低谷的时候，往往不是自怨自艾，破罐子破摔，而是摆正心态，重新审视自己，默默地等待机会。只是可笑可恨的是，在生活中，总有那么一部分人，自己没做过什么，却一直觉得给了别人恩惠似的，高高在上，盛气凌人，就如上面那位知县。他压根就不懂得，世上的路，不只是他一个人在走。给别人留有空间，也是给自己留有退路。"利不可赚尽，福不可享尽，势不可用尽。"这个世界不是哪一个人的世界，而是所有人的世界，凡事都要留有余地。"做事留一线，日后好相见"就是这个意思。

为人，话不能说得太狠；处世，事不能做得太绝。关键时刻放人一马，就是给自己留后路。切勿赶尽杀绝，把人逼上绝路。谁都会有困难与不如意的时候。当别人不如自己的时候，切勿落井下石，刻意打压刁难。也许你现在得意得势，看不起人，他日别人时来运转，你只能灰头土脸地说一句：对不起，高攀不起。给别人面子，就是给自己面子；给别人机会，就是给自己机会。

江湖迎风雨，漫漫长路悲愤歌。

话说那一贯玩弄权术的小小领导，见到我，一脸不屑且火药味很浓："我看你就是十足的书呆子，完全不懂职场潜规则。告诉你，所有在我年级聘任的老师，都去我家沟通了，唯独你没有去。职场潜规则，就是要沟通，懂吗……"他不断地斥责，不断地提高语调。我一时语塞，没有领会其深意。后来我才知道，"沟通"就是要送厚礼。我一直愚傻地认为，为人师者，把书教好、把人育好，就行。还是同事悟性好，他耐心地劝诫我："这年头，不是看你会不会教书育人，而是看你懂不懂沟通，善不善于钻营。不懂得沟通又不善于钻营，你的人生注定要走许多弯路。"

为了少走弯路，我特别注重通过多种形式的学习，不断提高自己的业务水平和能力，积极修正，取长补短，使学生成绩名列前茅，同时还不断地出去比赛拿大奖，发表作品。我知道："路是人走的，身在红尘中，不要希冀有净土，只能能动地改变。"我还知道，任何人都不可能离开环境而生存。在无法改变环境时，便只有改变自己，努力去适应环境。但当自己再也无法适应环境时，就要选择离开，找到一个能适合自己的环境。于是，不懂沟通又不信邪的我，选择了离开。离开我深爱的辛勤耕耘多年的三尺讲台，离开我最喜欢的课堂和学生们。

　　阳春三月，春暖花开，乍暖还寒。我的高三择优班最后一节语文课，令我终生难忘。"丁零零，丁零零"的上课铃声响了，抱着书本进了教室，当我像往常一样走上讲台的时候，教室里出奇地安静。突然全班同学齐刷刷地站了起来，满含深情为我演唱《我只在乎你》。在一片啜泣声与歌声中，班长手捧九十九朵玫瑰花走上讲台。那一刻，我除了感动还是感动，除了流泪还是流泪。平时讲课口若悬河的我，说话竟然有些语无伦次了。那节课后来是怎样结束的，我又是怎样在学生的簇拥下走出教学楼的，我都记不得了。我只记得专门为此写的一篇文章《九十九朵玫瑰与爱情无关》。离开学校后，我的学生总会在我回家的小桥等我。有的学生竟然开始酗酒，有的甚至辍学了，这让我万分难过万分内疚。对于我的学生，除了难过内疚之外，我还有感谢。人世间，太多的爱恨情仇、悲欢离合，风雨同舟能有几人？芸芸众生，有多少人能温暖一生？我要感谢我的学生陪我度过了一段岁月，那是一段最尴尬、最难堪、最羞辱、最隐忍的岁月。

　　令我哭笑不得的是，那个飞扬跋扈、盛气凌人、不可一世的小小领导这回"变脸"了，竟然多次对我说："我们已经向区领导汇报，强烈要求把你调回学校，学校的招生还指望你这块金字招牌呢。你拿了那么多大奖，文笔那么优美，学生那么喜欢，书教得那么好，不教书太可惜了。你不教书，是我校我区教育的巨大损失，也是我市乃至我省教育的巨大损失。"幸好他没有说"我国"，否则我还真有些无法承受。

"变色龙"也没他这么快的，我真是无语了。我知道，对于老师，特别是如我这般不懂"沟通"、不会旁门左道、不会拐弯抹角的真性情书呆子，人们不可能没有误解和偏见。当今社会，不少人对老师也有偏见、也有误解，且此类怪现象是不会在短时期消除的。

曾为人师的我，心中的这道暗伤，从不轻易对人显露，也不敢轻易碰触。掩藏在最深的角落，让岁月的青苔覆盖，不见阳光，不经雨露。岁月的印痕，本就浮沉坎坷。人生历程里，审视自己，悲欢、苦乐不去倾诉。也许有一天，伤口会随着时光淡去，曾经的阴霾终会散去。也许，每个人内心深处，都藏有自己的故事。那么，我所走过的路，是幸还是不幸，是对还是不对，谁也无法评判。走过了就不要后悔，看淡了才有良好的心境，才有沉淀后的宁静，才有更多的包容和对生命的理解。真正的强者，善于从顺境中找到阴影，勇于从逆境中找到光芒。

彷徨时，等一等，穿透迷惘，感受阳光的温暖；得意时，思一思，感受愉悦，感谢生活的赐予。顺境，做最坏打算；逆境，往好处去想。失败了，从头再来。淡然着，等一场花事。

捧一束花香，与光阴流转。教书育人的我，不再哀叹生活的幸与不幸，终于能够做到"内心柔软而有原则，身披铠甲而有温度"。

春去秋来，阳光还在，依旧春暖花开。

四

婚恋的我是懵懂的。

岁月无声，人生如梦，尘缘如花。

花开花谢，缘来缘去，不过红尘一过客，不过红尘梦一场。梦已醒，缘已逝，伤别离，空嗟叹。最美时光，终不过一场红尘过客的悲凉与悲哀。

似曾相识梦中人，空留无尽作余恨。

当懵懂的我，从婚恋的痛苦深渊里苦苦挣扎，挣脱爬出来活过来的那一刻，我一秒也不敢多想，我只想平安地活下去。那一袭红衣的十八岁少女，也曾惊艳了无数人。倘若岁月永远停留在十八岁，该多好。那是一个充满阳光、充满朝气、充满天真、充满幻想、充满渴望的年纪，同时也是人生的转折点，是迈向成熟的阶段。十八岁，长大了又很懵懂，成熟了又很叛逆。有时会在人生的十字路口徘徊彷徨、不知所措。那么，把握当下、不负韶华，便是十八岁花季所要面对的抉择。

　　人生即抉择，在不断抉择中逐梦前行。慎终追远，谨慎抉择，三思而行，走好人生的每一步。然而，当光阴一寸一寸从指尖划过，当久违的梦从饱满一点一点消失殆尽，当美丽的花从娇嫩一瓣一瓣零落为泥时，我知道，我已遗失了太多，错过了太多，承载了太多。

　　半生懵懂，半生憾恨。浮生若梦，梦醒成空。离开的离开，背叛的背叛，伤害的伤害，欺骗的欺骗，残忍的残忍，残缺的残缺……一场游戏一场梦。红尘醉土，繁华几许，不知谁还能恪守自己的诺言，坚守最初的梦。也不知有谁能说得清，是离开的那个人错了，还是留下来的我错了。与某个人相遇，与某个人擦肩，又与某个人相忘于江湖。一个人承载得太多太久，就会瞬间崩溃，泪落成河。

　　婚恋的我是懵懂的，懵懂无知地傻吃亏傻受伤。

　　有人说，人生最幸运的是，在春花绽放的日子与相爱的人不期而遇；人生最幸福的是，有一个疼你爱你不离不弃相濡以沫的爱人在你身边；人生最美满的是，有家、有温馨、有阳光和快乐。而幸运幸福美满的你，还是个有缺点的人。不过，谁又没有缺点呢。只是你的爱人，看到全是你的优点。你的那些缺点在他看来，反而让你成为一个有血有肉的柔弱女子。很多时候，他想你改变，只是希望你在外少受伤害。可我觉得，爱一个人时，只有优点，只有好和没那么好。不爱了，才有种种的不好。

　　试问，谁不想如此幸运地遇见那么一个爱人，疼自己爱自己，与自己不离不弃相濡以沫。成功时，为你点赞；悲伤时，替你分忧；无助时，给你帮助；脆弱时，给你拥抱……可是我们美好的愿望、我们想要的，往往事与愿违，与现实相去甚远。

这些年，自己就像一叶浮萍，循着生命的轨迹，随意地漂流。也曾越过高山，仰望云霞；也曾蹚过河流，感受夏风。很多次，也想停下来，守住欢喜的那一场遇见。可是，终归抵不住时光的消磨与销蚀。

婚恋如水，太过薄凉与薄情。

爱了，伤了，恨了，散了。说什么海枯石烂，什么地老天荒，什么情情爱爱、分分合合，不过游戏而已。也曾想做一朵幸福的睡莲，在不眠的夜晚，拢一怀花香，静静依偎在爱人的身旁；也曾想做一个温柔女子，有一个心爱的男人陪伴，不是一夜，不是一日，而是一辈子。可婚恋的我，不仅懵懂还很痴傻。那深入骨髓的疼痛与怨恨，愈来愈深、愈来愈远。那么，就让这伤感的文字，悼念我死去的爱情，悼念我死去的婚姻，就算是对那段岁月的悼念吧。

那是一段我永远不愿亦不敢拿出来晾晒的不堪岁月。

哲人说："婚姻之桥，需要每一个人用整整一生，用每一瓣心香，每一个平凡的日子，去堆砌，去加固，去延伸。否则，婚姻之桥迟早会断裂。"是的，任何一段爱情抑或婚姻的失去，没有人不会疼痛。也许是桃花谢了春红，太过娇嫩，太过匆匆。即便开成了秋天苍白而惨淡的颜色，却不胜秋霜冬雪，过早萎谢了。

　　古人云："人生最大喜事莫过于洞房花烛夜。"可我的"洞房花烛夜"却成为自己人生最大的悲事。那天晚上，我刚把房间整理好，新婚燕尔的男人，突然语气非常生硬且强硬地吩咐我，送些糖糕（农村女孩子出嫁，由娘家母亲准备的一种食品）给他父母亲吃，他的父母住在另外一栋楼房里。当时我很累，没想太多便说："是否有此规矩，若没有，那我明天赶早送过去，可好？"边说边去客厅整理。谁料房间突然传出猛烈的撞击声，我急忙跑进去，只见他正用头部不停地撞击床头，一边撞击一边哭诉："娘啊，你就只有一个好媳妇啊；嫂子啊，你才是一个好嫂子啊……"说真的，当时不过大孩子的我，何曾见过如此疯狂、如此不堪的一幕！我整个人吓傻了，害怕极了，手足无措，连大气都不敢喘，整个人哆哆嗦嗦的。当他看到我的哆嗦、胆怯、恐惧、懦弱时，更来劲了，不断地要死要活。一会儿，他突然停止了撞击与哭诉，猛然对我拳打脚踢。凶相毕露的他，还不忘恶狠狠地警告："你要是敢把今晚的事情告诉两家大人，我绝不放过你……"那一晚，我的胆儿吓破了。做梦也想不到，我心心念念嫁的男人，竟然如此残忍残暴、凶神恶煞。子夜时分，折腾累了，他才昏昏睡去。我默默地站在二楼的阳台上，真想一跳了之。可我放不下我的老父母。面对如此不堪的场景，心理素质不好的，可能当场就会疯掉。泪眼婆娑的我，后来是怎样进的卧室，又是怎样流着泪上的床，至今也想不起来了。只依稀记得他竟然把我紧紧抱在怀里，为我拭泪，说：

"你这么好的姑娘，我怎么就打了你，对不起，明早我就带你去疗伤……"当我反感想挣脱，纳闷这到底是不是同一个男人时，他突然爬起来跪下了，赌咒发誓再也不会犯错。我也不知道自己是哪根筋出错了，竟稀里糊涂、毫无底线地原谅了他。正是新婚之夜的这次放纵，注定了我的万劫不复！以至于那样不堪的场景，反复上演。

哀我不幸。每次吵架，除了砸东西的声响就是吵闹声，还伴随着我撕心裂肺的哭喊。我的脸上和手臂上常常瘀青，旧伤未好又添新伤。每次他又总是哭哭啼啼跪着说软话道歉，赌咒发誓，我就反复地选择原谅，导致恶性循环。为了孩子，我一次次选择隐忍，选择原谅。一味的让步，不但没有感化他，反而助长了他的嚣张气焰。他不断地折磨我虐待我，有时用拳头，有时是脚踢，有时则是屠刀，甚至无数次把酒精泼洒在地，疯狂点燃。若不是邻居及时赶到，后果不堪设想。

怒我不争。"无底线的原谅，就是最大的恶。毫无底线的原谅，就是纵恶。没有长出牙齿的善良，就是大的软弱"。软弱懵懂的我天真以为，婚姻本来就是有缺陷的，完美无缺的婚姻只存在于恋爱时的遐想里。于是我，就那么一直固守着这个残破的理想。我傻傻地想，他信誓旦旦承诺了爱我到永远的。他还在我父亲去世的时候，搂着我哭："你现在好可怜，没有了父亲，但你不用害怕，你有我。我会永远守护你、爱你。"有时我也怀疑，他说的是真是假，永远有多远，今夕何夕？愚昧的我愚蠢地以为，忍辱负重、迁就退让，一定能感化他。直到有一天，我才幡然醒悟，他对我的伤害有多大多深多重。我也开始懂得，真正的婚恋，不是逆来与顺受，更不是受罪和受难。爱一个人，不能心太软。一旦爱错了人，心太软，无法保护自己亦无法守护自己的爱情和婚姻。而我，耗费了最美丽最美好的少女时光，走了一条泥泞而没有尽头的路，让他一直恣意挥霍我对他的纵容，注定了我的悲哀与悲剧。

钱钟书说："婚姻是一座围城，但婚姻还是一种修行。"很多人都认为，婚姻是爱情的坟墓。现在的人也越来越不想结婚，认为婚姻是枷锁，是负担，晚婚甚至不婚似乎也已成常态。因为婚姻，是两个人的事情，靠一个人的力量或者努力去维持婚姻的安稳，那是永远做不好的。有时候男人娶一个老婆像是找了一个女儿，女人嫁了一个老公像是认了一个儿子，又或是嫁了一个老爷。这样的婚姻，带来的只是无休无止的争吵。人长得再帅再美，没有好性格、好品质、健康心理，是不适合在一起生活的。婚姻不怕无味无趣，就怕遇到一个不适合的人。倘使一个人长期的付出与忍耐，得不到尊重与回应，时间久了，心就会寒会冷。就算再喜欢再深爱，都会被消磨殆尽。若不幸遭遇这样的婚姻，还是要早早结束为好。一味地将就，换不来真心，唯有选择放手。

当我对他的暴戾恣睢、骄横跋扈、冷漠无情、残忍无比、喜怒无常忍无可忍时，我除了怨恨厌恶这个男人、迫切想逃离之外，不会想到别的。我知道，我已从一个天真、浪漫、懵懂、无知的傻少女，成长为坚强、坚韧、无畏、无惧的女汉子。这中间的蜕变，只有自己知道，究竟遭遇了什么。

年少无知的爱情，年少无知的婚姻。

懵懂的我，终是做了那追忆的伤情悲客。留下一段沧桑且不堪言的过往，让一个人的回忆满是伤痕，直至鲜血淋漓，直至涅槃三千繁华。痴傻赴一场盟约，又骤然离去，再想起已恍如隔世。也许，人生中许多的相遇，都是过客与过客的交替。所谓的情深缘浅，都是花开花落的轮回。尽管前方有许多值得我去等待的事，也有许多值得我去邂逅的人，但那一段倾覆真情却狼藉退却的过往，终落成殇。

殇花泪落，梦里人生。梦醒无踪，踪迹无痕。懵懂婚恋，大抵如此。

五

文人的我是悲悯的。

悲悯，是一个文人最好的品质。唯有至情至性至真至善之人，才常怀悲悯之心。多感而易悲，多情而苦痛，多真而易伤，多善而悯怀。正如老子所曰："上善若水，水善利万物而不争，处众人之所恶，故几于道。"意思是说，至高的品性像水一样，泽被万物而不争名利。至善至柔之水，微则无声，巨则汹涌，与人无争且又容纳万物。一如悲悯情怀之人，不与世人一般见识，不与世人争一时之长短，至善至柔，能容天下的胸襟和气度。怀有仁慈和爱之心，像水一样善利万物。人生之道，莫过于此。

中华民族五千年的文化底蕴，悲悯情怀在人们心里生根发芽。佛家的"慈悲"、道家的"不争"、儒家的"恕道"，大抵这样。相传两千多年前，孔子周游列国，遇见一位老妇人，她因交不起苛捐杂税，一家人躲进山中，后丈夫和儿子都被老虎给吃掉了。孔子很同情这位老妇人的遭遇，于是感叹"苛政猛于虎也"。试想，孔子若无悲悯之心，就不会发出"苛政猛于虎"的呼喊，就不可能有"仁"的主张。

孔子，乃中国至圣。大凡中国圣人、文人，见到辛苦劳作的百姓，亦常怀悲悯之心。

"锄禾日当午，汗滴禾下土。谁知盘中餐，粒粒皆辛苦。"这是唐代诗人李绅青年时期所作的一首诗《悯农》。李绅幼年丧父，由母教以经义。青年时目睹农民终日劳作而不得温饱，以同情和愤慨的心情，写出了千古绝作，被誉为悯农诗人。

"可怜身上衣正单，心忧炭贱愿天寒"，出自唐朝诗人白居易的《卖炭翁》。这句矛盾心理的刻画，将卖炭翁以活命为出发点的生存状态表现得淋漓尽致。在专制社会，封建帝王有许多剥夺百姓钱物的手段，唐中期的"宫市"就是其中之一。人民有苦说不出，白居易敢于"代匹夫匹妇语"，为受苦受难的劳苦大众鼓与呼，实乃难能可贵。

说起卖炭翁，不禁让我想起牟丕志《另眼看牛》一文来，此文载于《杂文选刊》2006 年 3 月（上）。牟君用白居易笔下的卖炭翁及拉炭车的牛作为典型事例，剖析出了牛的奴性、软弱及麻木，认为"牛的精神绝不是我们应效仿的"。他觉得牛是讨厌的，人是可悲的。他说："被抢后连吱一声都不敢，这就显得太软弱了，这岂不可悲啊！"当我看完这几句话之后，心里很不是滋味，专门写了《也为牛及卖炭翁说几句话》。

一直以来，牛都是被讴歌的对象。人们讴歌它的勤劳、无私、忍耐等可贵品质。人们劳作之时，牛完全是被动的、弱势的，它既不会说亦不会辩，因为无法说无法辩，故只有忍辱负重，只能沉默以对。但见山野或平原，一幅幅老牛低头拉犁，庄稼人扬鞭吆喝的场景。任凭粗大的牛绳沉重地往肉里扣，不管牛愿意不愿意。一如当今社会的弱势群体，需要全社会共同的关注与爱护、宽容与善待。我们不能把农民工因讨不回工钱，就说他们是奴性、软弱、麻木的。难不成鼓动他们去与老板争斗，以至于伤身伤心伤命吧。此类悲剧并不鲜见。胳膊拗不过大腿，乃卑微所致。当"人为刀俎，我为鱼肉"时，你就像案板上的鱼，已被死死按住，只能被刀随意剜，却不能有丝毫的反抗的份，这就是那个社会底层老百姓的悲惨命运。

可怜的卖炭翁，应该是有妻儿的，或许还有年迈的双亲。从他年老体弱还要独自起早摸黑地伐薪、烧炭、卖炭来看，他一定是家中的顶梁柱。倘使在被抢时他"吱一声"的话，那"黄衣使者白衫儿"岂能轻饶，他那岂不是"太岁头上动土"？要知道，弱肉强食的旧中国，等级制度何其森严，哪有穷人"吱一声"的权利？窃以为，卖炭翁不是不敢"吱一声"，而是不能"吱一声"。他实在没法子，自己太渺小，没有反抗的资本，没有足够的本事，没有商量的资格。其实"吱一声"有何难的，可后果谁能预料，谁又能承担？身为家中顶梁柱的他，若遭遇不测，他的双亲及妻儿，能够靠着什么活下去？要知道那些"黄衣使者白衫儿"是不能随便顶撞、得罪的。若和他们硬碰硬，那只能是以卵击石，鸡蛋碰石头，不自量力。而可怜的卖炭翁，除了默默承受命运之轻之弱之痛外，别无选择。卖炭翁懂，我们更应该懂。

悲天悯人的情怀，是一种可贵的精神品质。尤其是在当今这个物欲横流、越发世故的社会里，人们不能把最基本的同情心都弄丢了，失去最起码的良知，尤其是文人。

孟子也曾曰："人皆有不忍人之心。"孟子认为，每个人都应该有怜悯体恤他人之心。比如说，人们看见一个小孩在游泳，突然要沉下去了，必然会产生同情甚至惊恐之感，会赶紧想办法去救他。这不是想和孩子的父母套近乎，亦不是想要博取什么好声誉，这完全就是一颗悲悯之心使然。悲悯，是人们来到这世上的第一种感情，这种感情从第一声啼哭开始，就已融入血液，与生俱来。这也正是孟子所说的"人之初，性本善"，意即为人的本性都是善良的，同时蕴含劝人向善。

向善而生，终遇美好。

唐宋文坛，有八位独具特色的文学家，他们用笔墨名传千古，他们的人生跌宕传奇。韩愈为八大家之首。韩愈对柳宗元的文学才华极为推崇，高度赞赏。柳宗元的一生，历尽坎坷，其诸多文字，不免让人觉得孤独，尤其是那一句"孤舟蓑笠翁，独钓寒江雪"，不知唤起了多少人内心深处的孤独与空灵。然柳宗元不仅寄情山水，更多的则是饱含对民间疾苦的大声呼吁。他的《捕蛇者说》以毒蛇之害衬托重赋苛政之害的独特写法，尖锐、深刻地揭露了封建统治下赋税的苛酷，横征暴敛的残酷。揭示了广大人民遭受的苦难与不幸，表现了对劳苦大众的深切同情、对残暴统治的强烈愤恨。韩愈和柳宗元，尽管两人政治上分歧很大，友谊却非常深厚，惺惺相惜。韩愈的《柳子厚墓志铭》，更是讲述了柳宗元感人至深的故事。

中国悲悯的文学大家，他们的目光总会投向生活在社会底层衣不蔽体、难以温饱的穷苦百姓，投向那些在现实中遇到挫折与不幸的人。鲁迅悲悯动荡时局下的底层劳动人民，于是化笔为匕首，刻画出一个个有着现实悲惨遭遇的人物。民国才女张充和的传记文章《三姐夫沈二哥》里，曾记载了沈从文一件旧事："时常有困穷学生和文学青年来借贷。尤其到逢年过节，即使家中所剩无多余，总是尽其所有去帮助人家。……记得有一次宗和大弟进城邀我同靳以去看戏，约定在达子营集中。正好有人来告急，沈二哥便向我们说：'四妹，大弟，戏莫看了，把钱借给我。等我得了稿费还你们。'我们面软，便把口袋所有的钱都掏给他。"这个片段写得相当生动。大致意思是，有人向沈从文借钱，而他此刻却拿不出来，于是不善拒绝的他，就让他的四妹与大弟把看戏的钱借给他。这就是沈从文，此乃文人真性情也。

王夫之说："五行之体，水为最微。善居道者，为其微，不为其著；处众之后，而常德众之先。"以不争争，以无私私，这就是水的最显著特性。它滋润万物而不居功，它甘心停留在最低洼、最潮湿的地方，这正是圣人文人处世的要旨，即"居下不争"。

我不是文学大家，也不是圣人，没有权利苛求他人拥有圣人一样的思想和言行。不过，作为俗尘中的纯粹女子，能对亲人悲悯，亦是不错的。先对亲人，再对芸芸众生，向善美好，那就是真正的悲悯。

"难忘日间禾苗香，最忆夜半月如霜。念少时，想亲娘，此心安处是吾乡。"对很多人而言，故乡是温暖之所在。记住乡愁，就是对故土的怀旧、对亲情难以割舍的眷恋。我馆原创作品《喜接娘》《喜搬家》《婆婆有喜》《玉镯情》等非遗项目之濂溪小调，均以亲情为题材，连续多年入选全国乡村春晚，荣获不少国家级大奖。这些年搞创作，我最注重的题材就是亲情，每年清明节，都会写文章怀念老父母。同时，我馆以濂溪小调为基础，打造"一村一曲"，将创作的笔触置于基层。馆原创歌曲《老主任》《新港的夜晚》《最美的家乡赛阳》等，不仅荣获"全国十佳最美村歌""全国村歌十大金曲特别奖"等多项大奖，还唱进了北京人民大会堂。

"观乎天文，以察时变；观乎人文，以化成天下。"文化的力量贯穿人类社会历史演进的始终，是一个国家和民族进步之魂。而"文化是人为的，也是为人的"。这让我惊人地发现，历史上诸如我般的穷人、落魄不得志的文人，最容易生出悲悯之心。每当我看到可怜的乞讨者，都会给些零钱；每回见到路边的老人卖菜，特别是天色已晚，我就忍不住掉泪，想起自己的老父母。于是常常把菜全部买下来……我知道，在我生命最初的闪光处，有一种刻骨铭心的悲悯，仿佛来自天上的水，伴着血脉，在我灵魂深处的一方净土种植，并开出洁白的莲花。

莲花半开，流年细数。一半幸运，一半忧伤。

林语堂说："人，必寻其相似的灵魂。"悲悯文人的我相信，相似的灵魂总会相遇的。上善若水，厚德载物。悲悯不是傲视，不是轻蔑，不是软弱，也不是惧怕。而是淡泊名利、深谙大道，读懂人生悲剧色彩后的一种仁慈、一种平和、一种坦然与淡然。当悲悯之心先于人类，进而至世间万物生命时，必将抵达最恢宏、最光辉的人性深处。

向善生根，记住乡愁。以悲悯情怀，忠于文字。

过往云水，已成云烟。一生一念，一指流沙。

少女的五月

少女的五月

窗帘失眠了
灯光流露着思绪
一片蒙蒙细雨悬起垂天幕帐
一朵幽幽睡莲在雨中开放

层层叠叠沉思的屋脊
仿佛在梦中
抖动尘封千年的羽翼
把纱样的雾雨披在肩上
忧愁成越女西施

亲爱的宝贝，妈妈对你说

真心感谢上苍，安排我如此际遇，赐你予我。亲爱的宝贝，你是我生命最美丽的花朵，是我心间最颤栗的温柔；你是我黑暗的光芒，是我活着的依据，亦是我今生今世最柔软的疼痛。

失眠于漫漫长夜，窗外紧贴思想的风雨声很大，黑暗与寒冷挡在屋外，房内灯光明亮，一如流淌的春光。即便生命的缘分幻化无常，即便情感的放逐泪眼婆娑。亲爱的宝贝，妈妈已足够把握内心的平和，坚韧面对一切艰难与困苦，用一种恒久的力量来昂扬生命，因为妈妈有你！

亲爱的宝贝，你是那样美丽优雅、孝顺懂事、细腻缜密、健康阳光、真诚善良、坚强坚定、智慧大度、豁达宽容、谦虚低调、努力向上。在外婆人生最为孤独暗淡的时候，是你日夜陪伴，用甜软的娇唤，深深抚慰外婆那失落伤感疲倦的身心，那时你还不足两岁。一个两岁不足的孩子，就如此懂事，这让妈妈感到心疼，更感到骄傲，以你为荣。左邻右舍都夸赞，这小孩子天赋异禀，不像是她父母教育出来的，倒像是大教授家的孩子，情商与智商都特别高，将来必成大器！

当黑暗主宰了所有的去路，是你清澈的眸子洗去俗世尘埃，为妈妈洒下温情的阳光；当无边的悲凉如潮涌来，是你用稚嫩的小手反复为妈妈擦拭；当你每次用依恋的小手攥紧妈妈的衣角，拽回上班的脚步时，亲爱的宝贝，妈妈真想抱着你去我上课的教室，每时每刻看着才安心；当你背着沉重的行李包，踏上北去的列车远去求学，火车渐行渐远时，泪眼蒙眬的我恨目光不能拐弯；当高贵典雅才情横溢的你，令人惊艳地走向舞台，主持一场又一场盛大的文艺演出时，妈妈的世界因你而炫目至极！

炫目背后的酸楚，又怎忍回首。亲爱的宝贝，多少个你独自一人等候的长夜，因担心命途多舛的我出门遭遇不测，以至于噩梦连连；多少次错怪你而打你，泪流满面、无限委屈的你只是低头不语，一任大颗的泪滴，砸在我浮躁的心上；多少次为了替弱势的我说句公道话，被粗暴残忍的至亲，一掌打昏了过去。目睹至亲的两个人战争，蜷缩墙脚的你，那怯怯的目光，利剑似的深刺于我忧伤疼痛的心。在幸福快乐天真烂漫本该属于你的年纪，却因双亲的愚昧轻狂冲动草率，经历了前所未有的伤痛煎熬，恐今生难以结痂愈合。此伤此痛，何以疗，何以愈？

亲爱的宝贝，你说为人子，必须孝顺，必须懂事。你还说，唯有如此，你才会体会到幸福，才会体会到快乐。即便遭受了再大的罪，从不哭诉也不抱怨的你，只会控制自己的情绪。即便遭受再大的委屈，也要顾全大局。用冷静的头脑去弹性面对，从逆境中找出最佳解决办法。

请原谅愚昧的妈妈吧。因了虚无缥缈的爱情，因了万劫不复的婚姻，因了长久以来无法忍受的暴力与冷漠、残忍与羞辱，毅然决然于一个冬天选择离开。那是妈妈不得不出走的理由啊。然而，走失多年的我，一刻也未曾快乐过。只有你的幸福完整，妈妈才会快乐。而那个冬天的走失，早已硬化为深深的愧疚与自责，很重很沉，压得我甚至连乞求你原谅的话语都难以启齿。

亲爱的宝贝，你知道吗？生命中没有无缘无故的爱，也没有无缘无故的恨；没有一个人是完美完整的，也没有一个人故意不想完美与完整。只是，人生藏匿太多的无法预料。一对曾经坠入爱河的情人，万万想不到一方会突然提出分手；一个强健的家庭支柱，万万想不到会突然患上不治之症；一个暴发户，万万想不到一夜之间会被贼人洗劫一空；一个权高位重者，也万万想不到顷刻间一切化为乌有；而一个完整的家庭，更万万想不到，一夜之间会支离破碎。

当一个人的无理需求与绝对权威，建立在残忍暴力之上；一个人的任劳任怨、牺牲与付出，换来的是另一个人的理所当然的享用与不屑一顾，甚至变本加厉的暴虐。那么，生活在黑暗恐惧伤痛之中的一方，注定走失。也许，暴力可以凌驾情感，但脆弱的身心，注定无法承载长久的撕扯与疼痛。要么选择被黑暗笼罩，要么选择飞蛾扑火。

莎士比亚说："爱情不过是一种疯。"也许，面对爱情，多数人是疯狂的，为爱情的美丽美好而疯狂。于婚姻而言，如果已经没有了爱情，是否还要维持下去？如今我的答案是，没有爱情的婚姻，就没有维持下去的必要，不如早早离开为好。否则只会让彼此心生厌烦、厌恶。与其互相去厌恶对方，还不如好聚好散。当然，夫妻间一旦面临分手，能保持平和心态，好聚好散，便是最好的结局了。怕只怕，最终非得弄个鱼死网破。

爱情，有时像春风，柔拂时浪漫如斯；有时像流星，闪烁间早已坠落夜空；更多时候，则像秋霜冬雪，免不了霜打雪掩而去。

亲爱的宝贝，请不要早恋，早恋是一朵虚开的花，"花开得太早是个美丽的错"。很多人就说妈妈是"一朵鲜花还没有怒放就凋谢了"。你若恋爱了，时间要尽量长。两人相处时间愈久，愈能检验彼此真心与否，愈能看出两人性格、习惯等方面是否合得来。爱情大都相似。初爱时死去活来，海誓山盟，非卿不娶，非君不嫁。可于男人而言，爱情不是事业，只是生活的调味品。女人最大的犯傻就是一厢情愿地把调味品当成了主食，把爱情当成了生活的全部，把男人当成毕生的事业，这是女人的悲哀。红颜为何薄命？太过理想与浪漫，太过认真与彻底。亲爱的宝贝，妈妈期待并祈祷你将来的爱情是瓜熟蒂落的，切勿过早进入，更切勿轻易地让赝品替代，徒增伤悲。

柏杨说："两个人只有相互欣赏才有爱情，才有婚姻。"是的，相互欣赏是前提，但更讲究门当户对，是学识、修养、性格、习惯、财富、地位等方方面面的总和。我的宝贝，请不要为了同情去结婚，让人同情的男人大多自卑，自卑的男人往往性格有缺陷，心理不健康，他们自私懦弱不负责任抑或负不起责任；也不要为了负责去结婚，负一辈子的责太过沉重与压抑；更不要和过于自信自大自尊自傲的典型大男人结婚，他们爱的是自己，往往是自卑的另一个极端。陈世美与秦香莲的悲剧家喻户晓；灰姑娘嫁给白马王子，真的能幸福的又有几何。

恩格斯说："没有爱情的婚姻，就要选择结束。"因为没有爱情的婚姻，毫无幸福可言。可婚姻，是一场修行。婚姻如茶，茶叶的质地要求精良，水的温度要到沸点。可口与否，水温与茶叶质地是关键。婚姻初始时，一切都是新鲜的。正如新茶，有着浓浓的茶香，喝起来特别有味道。但是茶一直泡，时间长了，味道就会越来越淡。这个时候，就需要加入一些新的茶叶才行。新茶加入的方式有很多，比如搞点小浪漫、弄个小惊喜，等等。不管用怎样的方式，都是在唤醒两人长久婚姻中曾经的爱情。婚姻又如围城，外面的人争破头想要进去，里面的人又想方设法地逃出来，但真正付诸行动的人又并不多。原因很简单，婚姻这座围城是由情感为材料形成的。这种情感，是剪不断理还乱的。记得杭州有个城隍庙里有一副颇具禅意的对联，或许能让人悟到情感的真谛。上联：夫妻本是前缘，善缘、恶缘，无缘不合。下联：儿女原是宿债，欠债、还债，有债方来。

外公常说，子女来到世上大多有四种情况：一是报恩，二是报怨，三是还债，四是讨债。简单说，孩子乖巧、懂事，不让大人操心，就是来还债报恩的，这样的父母太幸运了！

　　我最亲爱的宝贝，妈妈就是世上最幸运的母亲！妈妈想对你说，其实人生所有的问题，都可以不是问题。只要我们学会进退，懂得取舍，学会宽容与释怀。那么，胜者为王，败者亦不失王者风范。人生如此，爱情和婚姻亦如此。牵手也好，分离也罢，不过人生路上一段行程而已。只要我们的人生丰盈而不枯燥，美好而不虚无。那么，风霜雪雨无关紧要，桃逝梨凋亦无须感伤，轮换的四季风总在改变，不负韶华不负已。

　　而生命，是一场相互陪伴的过程。在这个过程中，妈妈有最亲爱的宝贝女儿相依相伴，相知相守，就是最美最好最快乐最幸福的时光！

一直想做一个温柔女子

就这样，对爱的人好，不多想，不求结果，没有目的，不问往后。就这样，顺着时间的脉络，日复一日地温柔下去。

——题记

指尖岁月，在不经意间流逝，红尘中不断地遇见、别离。一切，淡然于心。静默于尘世荒凉的一隅，看透岁月镌刻下的斑驳痕迹，几番喧嚣，蹁跹于在水一方，守望着一个人的守望。有时候觉得，生活就像一个谎言，而我却要为这个谎言痛悔一生。人生过往，有太多的不可复制。每一天，都在失去些什么，又拥有些什么，这种无法预料的生活，让我总是与自己格格不入。可是，终有那么一个时刻，曾经苦思冥想都参不透的道理，却在某个寻常的瞬间明了。

"细雨湿衣看不见，闲花落地听无声"，每每读来，不免心生感触，此后也就忘情在江南二月那场烟雨里，苦苦等候牵手的秋天和一个关于爱情的约定。"爱到什么时候，要爱到天长地久。两个相爱的人，一直到迟暮时候。我牵着你的手，我牵着你到白头，牵到地老天荒，看手心里的温柔。"

一直想做一个温柔女子。

曾经的我，是那么坚强，至少看上去是坚强的。自认为，作为一个女人，做到我这样的份上，不能说不够坚强。其实一个人无论多坚强，内心总有一块柔软的地方，不能触碰。当坚强成为我唯一的选择，才知道自己可以有多坚强。这些年来，遭遇太多的坎坷与艰辛，都试着自己扛起。我知道，我不能依赖任何人，因为当我在黑暗中挣扎的时候，甚至连我的影子也离开了我。一直努力让自己成为不炫耀、不争吵的博学女子，不空洞、不浮躁的丰盈女子。即便生命枯竭，也要在优雅中老去。

一个人的细水长流，一个人的浮世悲欢。

穿过时光，一直在路上。红尘陌上，绿萝衣襟，山水相忘。有时候，有些路、有些人，都是一晃而过的风景，终究还是要一个人走。那些风风雨雨，终究还是要散去。那些人来人往，终究会在一个陈旧的渡口离别。

习惯了一个人面对所有。

阳光下，我看到了自己的影子，坚强而落寞。一杯苦茗，一怀情愁，诉说半生半世沧桑。手握一卷诘屈聱牙的经文，为有朝一日，解开这岁岁枯荣。一如飘零的落叶，寻找生命里最微弱的光芒。

繁华落幕，往事成烟，等候一份真爱多么不易。我心里的苦，没人看得见。也许，真爱的代名词就是孤独。一个人的旅途，只有穿越了孤独，生命才会厚重，爱情才会厚重。然而，对于爱情，我可能过于盲目自信，或过于相信精诚所至、金石为开，结局是不断地努力，不断地失败。无论外表如何风光如何洒脱，但撕掉假面之后，便只剩下无处遁形的脆弱。我真的有些担心，那些深埋的悲伤，一个不小心就会钻了出来，揭穿我的伪装。

一直没有人懂我，我习惯假装坚强。然而，一个人坚强久了，累了倦了，很渴望有个人可以倾诉可以依靠。这样一个人，不可以是随便谁，应是特殊的，而我心中一直留着这样一个位置。

倾尽一生的温柔，只与对的人相遇。

子夜，十指掠过容颜的苍白，等候成疾。梦中总有无声的叹息，短短长长。穿越夜阑，触摸梦的完整。梦里梦外，我在不停地寻找。寻找生命中的柔软与纯白。宁可孤寂，宁可落寞。我只要找寻一样东西——纯粹。

我乃纯粹女子，真性情，易受伤。都说受过伤的女人最美，因为她们懂得了爱情也懂得了生活。受过伤的女人也最惨，因为她们害怕再次被伤害。其实，不管女人男人，失恋失婚总是会给心灵造成巨大伤害。特别是受伤的那一方，需要很长时间修复。不是不相信爱情，而是很难相信爱情。爱情心机，也不是不会。只是担心再次受伤，变得谨慎不再轻信。

智慧与成功，往往长在伤口处。

　　人人都会经历伤痛，却未必人人都会拥有智慧。人生路上的坎坎坷坷，其实就是一连串的选择和放手。很多时候，唯有放下，才可能拥有。人生的取与舍、得与失、成与败，都不重要，重要的是明白自己到底要什么，又能要什么。懂得什么才是值得自己付出且无悔的。其实爱情，就是一场灵魂的博弈，只有最终没被压垮之人，才配得到它。而每一个渴望爱情的人，往往又会把爱情想象得过分美好。仿佛童话故事里王子与公主的浪漫，能够轻易在现实生活中发生。其实，能够在对的时间遇到对的人并没有那么简单，要靠缘分，也要靠运气。人们总以为相爱了就是永远，牵手了就是永远，却在一次次为爱伤心流泪后，才发现自己原来只是爱上了爱情的味道，爱上了自己做的一个梦而已。

　　一个梦，一段注定的悲情。

　　当岁月淡去，没有一方圣地让我归依；当繁华散场，没有一个回眸陪我流浪。我知道，生活可以漂泊，日子可以孤寂，但灵魂必须有所归依。

　　希腊神秘哲学家说，人生不过是居家、出门、回家。一切情感、理智和意志上的追求和企图，不过是灵魂的思家病，想找着一个人、一件事物、一处位置，容许我们的身心在这茫茫的世界里有个安顿归宿。

　　归宿，只有一个；真心，只有一颗。要好好呵护，留给对的人。

我始终相信，等来的爱，才是真爱。这样的爱，经得起人生起伏，经得起千击万磨，一旦成眷属，便会不离不弃，生死相依。这样的爱，才是永恒，才是地老天荒，才是海枯石烂。

相信爱情的人，迟早会和爱情相遇。

命中注定的我们，就这样相遇了，相聚了，相爱了。

爱近，整了行装，约定的归期，有你目光的惊喜。笑颜微颤，心波难掩。我温馨的斗室，插满了早春的桃花，琉璃中的一泓清盈，润泽了爱。长发轻拢，在飘逸的瞬间，最终有我温柔的绾结。

一直就想做一个温柔女子。

倚在时光的路口，掬一捧光阴在手，依一抹浅香于心，在人生洁白而简单的底色上，涂抹我们的爱情。江南二月，是爱情时节。小桥流水、云淡风轻、闲云野鹤。你说我是从烟雨迷蒙的水墨画中走来的江南女子，起起落落的文字，是我们的低吟、浅唱。笔尖划过无与伦比的浪漫与诗意。我们邂逅于文字，相知于文字。由文字中，我读懂了你，读懂了那深藏在文字背后的你。你也读懂了我，纯粹冷清执着的素颜女子。从相识到相知到相守，一切是那么自然，没有任何拐弯。文字中，散落着那些想爱的悸动，那些想念的固执，那些分离的忧伤。

每次离别，看着车窗外那些稍纵即逝的风景，我的眼神便会迷离起来，脑海里围绕的始终是一个点，那就是你。在人生聚散的渡口，我迷惘过，彷徨过，纠结过，挣扎过。如今，已经安静下来了。为了守护这一份感情，我会付出我全部的努力，请相信。

清楚记得，你给我的每个感动落泪的瞬间。

第一次感动你对我的无微不至。怕我一个人不好好吃饭，在你休假的日子，你炸好肉丸子、包好饺子、买好蔬菜之类的，把整个冰箱塞得满满的。第一次感受你对我的疼爱。担心我一个人睡觉害怕，即便再忙再累，每晚你的电话短信都会陪伴我。我睡觉乱睡，你把我抱到枕头上睡好。第一次见到你为我离开那不舍的眼神。看着我离去的背影，上了车，你一直在站台，默默地看着我挥泪而去。我无法不落泪，也无法再坚强。原来，一个人身上的很多东西是可以改变的。没有改变，是因为没有遇到可以让自己改变的人。而我，从一个女强人，慢慢变成了一个有人疼、有人爱的温柔小女子。

有人说："用最真实的自己，才能遇见最应该的那个人。如果你依然单身，不要心急。上帝要为你留一个特别的人。"也许，世上并无命定的情缘，一切都属偶然。良缘的魔力恰恰在于，偶遇却唤起了似曾相识的感觉，仿佛前世失散的亲人。是你，也只有你，能给我波澜不惊的爱情，陪我看世界的风景，许我一世的欢颜。一个人走得太久、太远，终究会万千回首。

人生一世，沉浮一生，总有一人，视我如命。

路，没有错的，错的只是选择。爱，也是没有错的，错的只是缘。无论何时，美好情爱总会到来。无论何地，一路美景总也相伴；无论何时何地，我们的爱情，终会久远，我相信。

不说灯火阑珊，不说千年海誓。

曾经的痛，早已过去。我知道，痛苦有很多种，最能摧垮自己的往往是最为渴望的东西。所以我，一直在等待。我仔细谛听着生活中的每一声呼唤与对白。直到听到你声音的那一刻，我才明白，无论怎样的呼唤与对白，只有你说的，才是我想听到的，也是最动听的。终于懂得，所有的等候，都是爱的考验，为了破茧成蝶。想想自己，春天单纯地播种，秋天痴情地守望。雨，醉了夏的浓烈，延续风的诉说，在冬天。而今，最好的时光停歇在树梢，旧枝叶团团如盖，新枝条从其上伸出。心舟荡漾，眸波温婉，爱之河，于漫长冬季，酝酿一场花事。于烛影摇红的梦中，点亮一个温柔女子的温柔浅笑。

花瓣之上，梦幻之上，把酒着箸，堪比天堂。

如若你来，在燕影掠过的屋檐下，在月色如水的莲窗前，一袭轻纱的我，如莲的心儿在三月的桃树下轻绽。清梦越窗，长成一树夭夭灼灼的桃蕾。你千里而至，我依窗而望，但见你玉树临风，深情款款。你双臂从我身后收紧，绕着我的颈，把我小小的脑袋藏在你的怀里，轻吻我的长发。

一万个美丽的未来，也抵不上一个温柔的现在。

佛说，前世的五百次回眸才换来今生的擦肩而过，而爱情，是一场真心修行的轮回。你以为两情相悦只是荷尔蒙起了作用，也许是用前世相守的朝朝暮暮换来的；你以为一见钟情只是刚刚好的遇见，说不定是前世的感天动地。若一对男女，互相等了若干年，候了若干年，依然痴恋着今生的情愫，铭刻着前世的记忆，那么这样的相遇，便是最好的遇见，一切都是注定。一如杨柳遇见了春风，一如雪花落进了手掌。

我乃宿命女子，始终相信，我们的相遇，是上苍安排的、注定的。我又是执着女子，对爱情和婚姻固守着很传统的观念。你愿意一辈子守护我，并且以婚姻的方式承诺，是你爱我的最高体现形式。我愿意相信，在这个世界上，你是唯一一个最适合我的男子，也是唯一一个愿意用生命爱我的男人。而温柔的我，也一定能够给你，最想要的幸福。

做一个最温柔女子，走一段最幸福之路。其他的，交给命运。

人世磨炼，教会我怎样去爱，怎样去生活。也请你好好爱自己，让我能有机会，好好爱你，一生一世。

穷我一生倒影年华，许你一世温柔守护。

一生一世，就做一次自己，就做一次真正的女人，一个温柔的女子。

这一次，我要给你全世界，哪怕没有任何退路也没有关系，哪怕倾尽所有亦无妨。只要你要，只要我有，我给！

爱的浅唱

爱情，常被人视作感情的峰巅。这回，林青芬从峰巅上重重地摔了下来，好疼好疼。

隔壁快嘴嫂子刚才说昨天亲眼看见林青芬的丈夫李伟跟一个长得很标致、还戴着一副大墨镜的姑娘走在一块，有鼻子有眼地说是手还挽在一起。林青芬听后伤心之至。怪不得人家说，男人把女人视作拐杖，当一条道路走完了拐杖就会被扔掉。唉，真是人心难测呀。前不久小两口还亲亲热热地商量，筹备作一次海南旅行，重温蜜月的诗意，谁知……林青芬实在想不下去了。

是呀，人怎么就这么容易变呢？无怪人们说"痴情女子负心汉"。男人的心啊，太野了。

林青芬清楚地记得，当初谈恋爱时，李伟那种温柔劲、体贴情，让她觉得自己是世上最幸福的女人。每当高兴时，李伟总是抱着她转几个圈，亲上几口；每当忧伤时，李伟总是把她揽在胸前抚慰她受委屈的心。过去，是一个个充满诗意的故事。

林青芬快速地捡起自己几件衣服，写好一张离婚协议书。突然，眼睛触到结婚照上李伟那双深邃的眼睛，似乎在问："亲爱的你怎么啦，要去哪儿，怎么连招呼也不打一声呀？"她气得鼻子一酸，泪水早出来了。"你这没良心的，我算错看了你。"她毅然拉开门，一下怔住了，丈夫拖着疲惫的身子进来了，眼里满是疑虑，诧异地问："芬，你这是怎么啦？"哼！装得还挺像。难怪起那么早，早饭都顾不上吃，原来是等不及要去和别人热乎。林青芬连看也不看李伟一眼，头也不回地走了。留下李伟傻愣愣地站在那儿。这时，隔壁快嘴嫂子拿腔拿调地说："哟！小两口闹什么别扭，有话好好说，有道是'天上下雨地下流，小夫妻吵架不记仇'嘛。"眼角却不时地瞟李伟几眼。李伟没理会，匆匆回房，看见桌上的离婚协议书，心里装着闷葫芦。李伟揣摩着离婚协议书末尾"我成全你们"几字，猛然一醒，莫非是指自己和晓雨？昨天自己和晓雨同路时，无意中看见快嘴嫂子提着个菜篮子回家，又想起她刚才眼角瞟来的嘲讽。对，一定是她说了些什么，想到这里，李伟悬着的心反而放下了。

昨天，他是和晓雨一路同行。晓雨是李伟小学同学，是班里最漂亮的女孩子，尤其长着一双会说话的大眼睛。后来各自参加工作了就很少见面。昨天下班路过情人湖时，猛地看见一个姑娘痴痴地坐在水边，看样子有什么心事，李伟怕出什么意外，出于责任感上前劝慰。谁知竟然是小学同学晓雨。令李伟吃惊的是，晓雨原来那双漂亮的眼睛，由于不久前的一次火灾不幸失明了。为此男朋友跟她"拜拜"了。姑娘本来就脆弱的心如何能承受这一再的打击与痛苦，简直痛不欲生，于是就一个人摸索着来到了湖边。也是命不该绝吧，竟然遇见了李伟。李伟好说歹说，总算把晓雨给劝回去了，一路上李伟不时地挽着她。

今天赶早，李伟又去了晓雨男朋友的住处，做了他的思想工作。天平就这么不平衡，拖着散了架的身子回来，谁知又碰上这难堪的局面。李伟只好满含忧郁去上班了。碰巧，这几天，单位正搞人口普查，由李伟负责，一头扎进工作，烦恼忘了，结果把林青芬给放在一边，也的确是没时间去接她。

林青芬赌气回娘家了，可人总提不起精神。到第四天，刚上班一会儿，就看见同事小叶风风火火跑来，边跑边说："芬姐，你看李伟姐夫上报了，大标题，头版，《为失明姑娘鼓起生活的勇气》。芬姐，你真有福气，寻得这么个好姐夫。"小叶不无羡慕地说。这下林青芬的心好像被蜜蜂蜇了一下。该死的！

好不容易熬到了下班，林青芬便急匆匆地往回赶，连娘家也没打招呼。她要见到她的李伟。她恨自己太鲁莽，不问青红皂白。快到家门口时，碰巧李伟骑个车子正准备去接她。四目相对，阵阵柔情泛起。这时，不知谁家的收录机里正播出悦耳的女中音：各位听众，现在播放每周一歌，由著名歌唱家呼莺演唱——《爱的浅唱》。

"爱情，是感情的峰巅

爱情，是剔透的相思豆……"

歌声在林青芬心中久久回旋……

让我软软地束缚你

时光以无从感知的方式，兆示一些人的幸与另一些人的不幸。时光于我，总是一枚瘦月摇摇曳曳的忧伤与冷寂。

我知道，任何心碎的事也会淡若烟云，任何心痛的爱亦会逝水远去。只是我依然想摇身变成你枝头的红鸟，把悄然疏落的古典情爱，递给你！

我相信，与你的际遇，应该不只有邂逅与擦肩两种美丽。正如生活，不是只有开始与结束两种款式；亦如爱情，不是只有爱与不爱两个走向一样。你我之间，因了缘抑或分，也许会有一个季节以外的季节吧。

哲人说："爱情是千百次等待中的一种契机，一种包含着迷人光辉与神秘韵味的偶然之果，一种多少次稍纵即逝的守候中勇敢者的果断伏击。"我想，契机也好，伏击也罢，也许世间并非没有爱情，只是大都不纯粹而已。

我是纯粹透明善良之似水女子，渴盼沉稳真诚温情的儒雅男子。因为太善良，因为太真挚，才戴上感情的镣铐，才独折冷月之凄迷，才淡若一杯隔夜之茶。

我真的是秀色女子么？那么，为何身心堆满零落的秋色？我真的是坚强女子么？那么，为何在每一次鲜花与掌声之后，每一阵喧闹与欢悦之后，每一缕阳光与星光之后，黑暗挤满我的世界？其实，很少人了解，俗世之风刮碎的我，藏匿了最温柔的部分。

我属于黑暗的背景。

当纤弱的门窗无法承载寒潮的侵袭，冻结的情感无法放牧春天的原野，无味的生活无法拒绝无趣的涩重时，你愿意用真实的脚步穿越四季、穿越亘古与洪荒，来为我遮风挡雨么？你愿意展示美丽的深渊任我终生泅渡，让我拒绝凋零、拒绝伪生活么？那么，我的灵魂之中，便有不熄的炭火，把你烘烤得如三月的叶脉；生命之中，便有驻留的馨香，把你铺展成绚烂之夏花。那是一个女子在人生的旅途上，忍受了长期超负荷的孤独、艰辛与嘲讽之后，终于有了依傍的感动与馈赠；那是一只哀鸣倦极的鸟儿，飞越崇山峻岭、万水千山之后，终于觅到了栖息暖巢的刻骨与铭心！那是一种板结于生命底层，深刻浓郁自心灵漫出，注入你心胸找寻生息之所的不安与躁动！

也许，决定一个人际遇的，往往就只有那么偶然一瞬。

也许，命薄更多的是天意，而情薄更多的是人为。

渴望拥有一份凤凰涅槃般的爱情，痴寻一条通往心灵圣地的幽径。有那么一方遮风挡雨的肩，那么一个宽厚的胸怀，熨帖我憔悴的形容，化开我心中的愁怨。即便给予的只是一声春的呢喃，一片夏的灼热，一秋叶的萧瑟，一冬雪的彻骨；即便吟着蒲公英漂泊的华发走进夕阳。那么，于瘦月饱含啜泣之后，于曲终人散之后，也能够在大自然的怀抱里，感受与你共度过的美好时光。

　　那么，幸与不幸，亦让我软软地束缚你吧。

走过爱情的田垄

走过爱情的田垄

走过爱情的田垄
不闻夜来香
田垄深处
曾绽开一朵玫瑰

一盏茶的时间
半杯水的温度
终我一生

人走茶凉话亦凉
如纸如犁
越过心田划过脸庞
留下沟壑沧桑

沟渠烟水芳草天涯
只身徘徊夜寒衣单
如雪如梦难成归

走过爱情的田垄
恍惚歌声渐起
晓月初上

走上廊桥

雨和莲在五月的一个黄昏，怦然心动地走上廊桥。

廊桥已成为婚外恋的象征，走上廊桥的人很多，但走过廊桥的人很少。越过界河的两性没走出多远，总是无可避免地倒下了。查验双方的伤口，发现无一不是被那最需要最脆弱的一种方式击中。也许，梁山伯与祝英台的故事之所以凄美至极，是由于双双羽化为无语的彩蝶。而牛郎与织女的传说之所以动人之至，也是由于两颗寂寞星"盈盈一水间，脉脉不得语"。正如廊桥之所以魅力四射，又或许是走上廊桥的男人和女人，几乎无一能把桥上的景致一一收拢，渐至廊桥尽头的缘故。

那天的黄昏美极了，柔和的光轻轻流泻在屋子里，莲颤声对雨说："不知道为什么，近些日子我神思恍惚，对你产生了一种异样的感觉，不知你是否深有同感？"雨是那种极腼腆之人，柔柔的光线下，莲发现他满面通红，声音更为颤抖地说："其实你的那种感觉，早在四年前的一个冬日的上午，办公室里的炉火边，我就有了。那天你刚洗完头就来烤火，长长的头发湿漉漉地散在雪白的羊毛衫上，肤如凝脂的你，从此便定格于我心窗前最美的风景，挥之不去。"雨说这些话时头一直微微低着，双手放在膝头。突然他抬起了头，深深地望了一眼莲，问："会不会愈陷愈深？"莲没有作答。她不知道亦未曾想过，愈陷愈深的结果会是怎样的。只任凭雨的话，一一落进心河。

第二天一大清早，雨就到了单位，一见到莲就说："昨夜我整晚无法入眠，满脑子全是你。我的心里全是你了，不会再有任何一个女人会比你走得更深、位置更重，再也容不下任何一个女人了。"莲正赶写一篇演讲稿，一听到雨的话，写字的手抖个不停，心怦怦跳个不停。真的让她始料未及，十几年来心如止水的日子，骤然间浪花飞溅。

于是，他俩便开始在电话里互诉衷肠，在白纸上宣泄爱意。雨的声音极带磁性，口才极好，文笔极美，情感极细腻，莲为之神魂颠倒。

一次午夜时分，突然下起了大雨，莲的电话铃响了，拿起电话，雨在电话那头关切柔情地说："莲，下雨了，快把窗子关好。"那一晚的雨，一一流入莲心灵的干涸处。

于是，心河之岸，落英缤纷，芬芳弥散；心河之床，水草摇曳，缱绻依依；心河之浪，跌宕起伏，卷作一个亘古的传说。

第二天的电话里，雨放了一支很美的曲子给莲听。拿着话筒，她心里一片柔软，好想依偎在他的怀里。雨告诉她，昨晚他是趁妻子去阳台收衣服的片刻，慌忙给她挂了个电话。那一晚，恰巧莲的丈夫不在家。

日子在缠绵悱恻中悄然过去。莲心深处，一直有一种强烈的渴望，一股巨大的冲动，雨亦如此。可雨说，在他的眼里，她是至纯至美的雪莲："传说从古老中翩翩而来，高原的虔诚被你织成经典，是山的天边，还是天的山边，苍劲的歌谣围绕成你的腰带，你远在天边却没有在瑶池边露过脸，你近在水乡也不曾在水乡中转过圈。你啊你，素净如我的年轮，家乡的土地一诺千年，不要说寒冷的距离有多远，纵使关外的行程不能通达彼岸，但风吹小调的虫鸣和渐行渐远的箫声，催生出无数动人的爱情诗篇。"于是约定，今生今世希望能拥有柏拉图式的精神爱恋。

然而，万事切不可开头，开了头便有成习惯的可能；心河绝不可决堤，决了堤便有成灾的险情。事实上，相互爱慕的男女双方，一旦灵与灵结合了，便很难把持自己不向肉的边缘滑入。那种强烈的诱惑，是让人无法抗拒的。

或许是天意。一个下雨的周末，莲去城里闲逛，竟巧遇了雨，事先他俩谁也未告知对方。四目相对，那股强烈的渴望顷刻便把整个心胸涨得满满的，鬼使神差两人坐上了一辆"蹬士"。"蹬士"很小，刚好坐两人，挨得特别紧，这是他俩认识这么多年来，第一次靠得如此之近。由于外面下着雨，车门便关得严严实实的，彼此的呼吸都很急促。猛然，雨用双臂紧紧地拥着莲，低着头吻了她含羞的唇。那一刻，莲整个人眩晕了，只想和雨相拥相吻直到地老天荒！

从此，莲的生活忽喜忽悲，忽明忽暗。

蓦然回首，十几年前，未到法定年龄，又根本不懂什么叫爱情时，莲就已经为人妻、为人母了。过早地摘取了一枚酸涩的爱之苦果。于是，争争吵吵成了家常便饭，拳打脚踢成了刺耳的声音。以泪洗面的日子重重叠叠，伤痕累累的脆弱之心一直在薄冰上履过，寒色一片。说来很多人可能不相信，看过太多女人悲剧的莲，竟然认为这就是婚姻，这就是生活。而生活本该就是酸涩、苦闷、了无生趣的。偶尔同事们在一起打打趣，心里终是漾不起半丝涟漪。

然而，五月的柔风轻拂心河，吹皱水面，渐渐死水微澜，渐渐浪花飞溅，以至狂涛万丈，汹涌的爱之浪潮拍打河岸的感觉热烈灼人！

于是，在一个蝉声荡漾的夜晚，雨牵着莲冰凉的玉腕，走向了静谧的山谷。在密林深处的小屋里，雨把他蓄积了多年的炽热情爱，汩汩流淌进了莲龟裂冰冷的心田。她不感到羞涩，他的温柔爱抚，让她有种立刻死去亦了无遗憾的感动。见她的眼睛湿润了，雨便柔声耳语：“莲，以后每年的这一天，我都会来这里等你，不管你来不来。”黑暗中，彼此紧紧相拥，低低啜泣。

能不啜泣么。仿佛一对飞越崇山峻岭的倦鸟，终于觅到了憩息的暖巢。然而，一夜的温情温暖，却给一生一世添就更多的寒色寒意。何其痴狂又何其悲伤的一夜！

太多的责任，太少的真爱；太多的痛苦，太少的幸福；太多的失落，太少的捡拾。他俩默默无语，为彼此拭泪。晓月初升，该是永恒离别的时候了。多少红尘过客，多少过往云烟，一声离别，流散天涯。彩蝶水袖舞清风，暖玉生烟琴几何；梦里销香伊人梦，昨夜星辰昨夜风。

唯昨夜长风告诉他们：廊桥就是断桥！

至 爱

至爱，那是一个神秘的地方。芸芸众生都坐在自己的船上，驶向那里。在自己的船上，每个人都是船长，而且驾驶的方法截然不同。

——题记

刘冰冰，天生丽质，才情横溢，是位极有品位的东方女性，却因某种际遇跌入了痛苦的深渊，且愈陷愈深。从此，她只想在深山更深处，搭个小木屋，与世隔绝，任由生命自生自灭。有时候，甚至产生了不祥的念头。从前那谈笑风生、无比快乐的一个人儿，而今总是沉默寡言，终日以泪洗面。心如死灰的她，竟然愚傻地痴迷上了所谓的测数。

她的头一直低垂着，一下车心里就开始计算步数了。迈左脚代表生，迈右脚代表死。本来第一步是迈左脚，谁知裙边被人踩住，无意中迈出了右脚。她有一年四季穿长裙的习惯。她这样一直走，一直数，数到她见到的第一棵电线杆下为止。眼看最后一步快到了，应该是迈右脚的，结果，不知何故只走了一小步，最后以迈左脚结束。她觉得这样还是不能定夺，于是又去路旁很仔细地摘了一朵小花。生，去一瓣。死，去一瓣。最后一瓣是死。她呆呆地看着这最后一瓣代表死的小花，几缕惨笑急促地缠上了嘴角。难道天意如此？想想还是来个三次为定吧。于是又把一家自选店广告牌上的字，笔画加起来，总数能被三整除代表生，不能被三整除代表死，结果得数是四十四画。她又仔细地算了两遍，还是四十四画。她的嘴唇哆嗦起来，手抖得厉害，冥冥之中神灵似乎告诉自己应该怎么做。黯然神伤的她，走向了湖边。

暮色中的湖畔垂柳依依，轻拂水面，朦胧如诗般地柔美，落日的余晖洒在湖面，波光粼粼。点点归帆是女人清晨的眼睛，夜晚含羞的笑靥。然而，刘冰冰眼里却是荒芜一片，嘴角上比哭还难看的惨笑，缠得更深更密。美丽的黄昏在她的眼中，已不再是缠绵悱恻的情歌，不再是忽隐忽现的蜃景，不再是玲珑剔透的小诗。一切都是惨淡的灰色，绕在她生命的曲线上，笼罩着无语的湖畔。她机械地取下肩上的黑包，正要拉开拉链，猛然听见一声伤心的低泣，让她的心如蚕丝抽茧般愈缩愈紧。她下意识地向四周看了看，发现不远处有一个人，把头深埋在双膝上，昏暗中似乎能感觉到肩部在剧烈耸动。这让她很是纳闷，难道这个世界上，还会有比自己更为不幸的人么？

听到如此悲恸的低泣，想到自己无法解脱的困扰，刘冰冰不禁把黑包搂于胸前，也低低啜泣起来。她这一泣，倒把不远处那个人的哭声给止住了。当他来到刘冰冰身边时，她发现那是一个右腿残疾的中年男人，不胖不瘦，约摸一米七五。

也许上苍安排，也许缘分注定。就在这个黄昏，就在这个寂静的湖边，两个伤心寂寞人，邂逅了。

一

人在脆弱时，更需要倾诉，也更容易走近。面对素昧平生的刘冰冰，秦华竟如老朋友般叙说起了自己坎坷的人生。

"我叫秦华，那年情窦初开，爱上了邻村一个叫胡晓洁的姑娘，那年她整三十岁。感情这东西真的是让人难以捉摸，顶多只能算个大孩子的我，竟然是那么痴痴地爱着她。也许你觉得那根本不叫爱，可我觉得，自从我的生命之中有了她之后，就变得格外地有意义，平日里做事也特别有劲，似乎浑身有使不完的劲。可是，有情人并非都能终成眷属。由于我的家庭出身问题，晓洁的家人极力反对，加上年龄相差太过悬殊，我的家人及村民均竭力阻拦，而我又特别的怯懦与幼稚。于是，在一个细雨蒙蒙的上午，她含泪做了别人的新娘。新郎是个厚道老实的庄稼人。本以为她这一嫁，我会彻底忘却旧情，谁知竟无法克制自己，愈发地思念她。脑海中、心灵上，除了她的影子，还是她的影子。分分秒秒地想她，也想自己难言的苦楚。思念的泪水漫成无边无际的海洋，把我淹没，没有谁能救我！

"喝着又苦又咸的海水，渐渐地我长成旁人认为十分帅气的小伙子。不少姑娘对我情深一片，我却不曾动心。为此，我犯下了一桩今生无法饶恕自己的罪过！有位叫李玲玲的姑娘，对我情有独钟，我与她是在一次联谊会上偶遇的。当她大胆地对我表示爱意的时候，也许是她的那份灵气、那份执着，鬼使神差的我，竟答应和她交往。可交往了一段时间后，她流着泪对我说：'秦华，注定今生我们无缘，无论怎样努力，我注定无法走进你的心里。'说完这句话，就掩面哭泣着跑开了。看着她单薄的身子远去，只知自己辜负了一位极好的姑娘，却没料到此生诀别！

"分手的第三天，惊闻她服毒自尽的噩耗，我整个人都傻了！那天早晨，她对家人说去砍柴，农村烧饭都是用砍来的柴火。平时砍好一担柴两个小时足够，可那天直到太阳落山仍不见她回来。等家人在山上找到的时候，她已含恨九泉了！身上的毛衣都抓破了，手指上全是血！原来她用手挖了一个土坑。应该是药性发作时难以承受，于是便把所有的痛苦埋进泥土，埋进土坑深处，也包括对我的爱吧。在土坑不远处，她的家人发现了一张泪渍斑斑的小纸，上面写着：'秦华，来世相爱可以吗！！！'末尾的三个惊叹号，似三把利剑直刺我的胸口。真不忍看她的坟，极小极小，没有墓碑，孤零零地躺在一片杂草丛中。李玲玲读了不少的书，就是应了那句话'智商愈高的女人，处理感情愈弱智'。其实，像我这么一个懦夫，怎么能承受得起她如此惊世骇俗的真挚情爱。她死得太不值了，太让我无地自容了。许多次清明节到她的坟前，焚纸钱的时候，也曾想去陪陪她，一死了之。坟前的纸灰，心上的尘灰，堆积得很厚。可就是这样，我都不曾放弃。晓洁像一位圣洁的天使，柔扇着羽翼，拍净我心上的尘土，不让我倒进尘埃。

"爱，真的是一种甜蜜的痛苦。倘若一个人心中有了爱，从此，他便是痛苦的。纵然有些许甜蜜，但至少痛苦要比甜蜜多得多。不过，他亦是幸福的。也许这话我不配说，但我的体会就是这样。说来你可能不相信，三十年来形单影只的日子，三十年来魂不守舍的日子，三十年来朝思暮想的日子，三十年来苦苦守候的日子，自己都被自己感动了。

"由于生活的艰辛、心灵的折磨，往昔美丽的晓洁已是两鬓斑白，形容憔悴。在她六十岁那年，丈夫不幸患绝症离开了人世，留下三双儿女。由于家庭经济窘迫，只有两个成了家。自她丈夫去世以后，晓洁更加苍老，心力交瘁。我觉得，前缘已错过，此次缘来复得，再也不能错过了。于是，我毅然来到她的身边，只想为她做点什么。也许是我们的那份执着、那份真爱感动了她的儿女们，竟极力撮合我俩。

终于，两个苦恋人，走到了一起。结婚的那天晚上，我俩彻夜难眠，相拥着哭了很久。觉得人生仿佛是在走圈，我们又回到了起点。只是这一路走来好辛苦，好漫长。

"为了孩子们能早日成家，我们在村头边的公路旁，开了一家小店。每天黄昏，彼此搀扶着回家。沐浴燃烧的晚霞，走过乡间一条条窄窄的田埂，那是一道村民们极为羡慕的风景线。那份至爱，真的可以感天动地。

"谁料美好的日子如此短暂，祸福唇齿相依，让人乍喜乍悲。晓洁病倒了，医生确诊为胃癌晚期。早年由于贫穷，晓洁总是去很远的深山摘栗子卖钱，贴补家用。早出晚归顾不上吃饭，路上也舍不得花半分钱。当得知苦苦守候三十多年的晓洁患绝症之后，我痛不欲生。要知道，和她在一起生活还不足两年。那些日子，我不知道湿了多少条枕巾，跑了多少家医院，还有多少座寺庙。可一切终归是尽人事，听天命，晓洁还是走了。

"她走的时候，人非常清醒，是凌晨五点钟。那一夜，她叫我坐在床边，眼睛老是痴痴地看着我，紧紧拉着我的手不松开，嘱咐我一定要好好活下去，还有孩子未成家，孩子们需要我。她又反复叮嘱我，有合适的女人一定要再找一个。说着说着，几乎没有一丝丝力气，便靠在我的怀里，让我小声地哼支山歌。我俩都喜欢唱山歌。听着听着，慢慢地她就合上了眼，便没有再睁开。"

二

　　还没等秦华讲完自己的遭遇，刘冰冰早已哭成了泪人。她被这凄美的至爱震撼，又为这悲惨的结局感伤。她不禁想，秦华、胡晓洁，还有自己，难道都不合时宜，都是这物欲横流、金钱至上、感情廉价的红尘俗世中的精神贵族？

　　秦华哽咽着。面对如此伤心、如此不幸的男人，刘冰冰一筹莫展。本是独自一人来此了却残生，可是……她急忙在包里找纸巾递给他。秦华感激地接过纸巾擦了擦眼泪，随后小心翼翼地从上衣口袋里拿出了一块小手绢，粉红色的。秦华捧着小手绢，指着刚才自己坐过的地方，动情地说："那是我和晓洁常来的地方。平日里一块儿在湖边放牛、打猪草、唱山歌。晓洁的嗓子很甜美。有时坐在草地上，我总喜欢把头枕在她的腿上，她一边在小手绢上绣些好看的花鸟虫草，一边唱着动听的山歌。有时候一整天，不吃不喝的，竟不觉得饿。每当她俯下身子，含羞地看着我的时候，总看见两只小鹿在欢快地跳跃。

　　"晓洁太美了！从外表到内心都美得炫目，美得让我自重，告诫自己不能亵渎她！每年我的生日，我俩都会来这里，就是她结了婚也从未间断。每回来，都送上一条绣上心愿的小手绢给我，好几十条。

我只留下了最后的那一条，就是这手上的。

"清楚记得那天下着大雨，路非常难走，我在湖边等她。午饭时候已过，仍不见她的影子。于是准备回去，刚转身见晓洁急急跑来，浑身湿透了，衣服紧贴在身上，汗水与雨水混合在一起。我正打算帮她擦拭一下，谁知刚接过小手绢，她便消失在茫茫的大雨之中。事后我才知道，那天她病了，硬撑着到了湖边。怕我傻等，怕我失落。自她为人妻后，我俩连手都没有碰过。而我们每次见面时间极短，那时候的通信非常落后。相信吗，这些年来，我就是靠着这些小手绢，艰难地活下来了。晓洁去世时，除开我手上的这一条，其余的手绢都放进了她的长眠之地。"

秦华再也讲不下去了，不禁失声恸哭。压抑了这么多年，他太不容易了。刘冰冰不知说什么好，也只有默默地流着泪。好不容易秦华止住了哭声，随后又略带安慰地对刘冰冰说："三十多年的苦恋苦盼何其痛楚，两年不足的相亲相爱何其幸福！其实，人生只要真爱过，拥有过，就不在乎时间的长短与否，你说对吗？"

听到秦华富有哲理慰藉的话语，刘冰冰陷入深深的迷惘与思索之中。也许自己今天选择永远解脱的做法过于冲动，过于草率，不禁长叹一声。听到刘冰冰的长叹，秦华突然觉得自己太过自私，只顾着自己倾诉。于是便很关切地问："你如此年轻，为何会有如此深沉的叹息？"

刘冰冰没有回答，她朝湖面望了望，侧身问秦华："能再说说你和胡晓洁之间刻骨铭心的故事么？"

三

秦华点了点头，继续深情地叙述。

"晓洁生第一个孩子的时候大出血。你也许不知道，农村妇女生孩子大都不去医院，就躺在自家床上，或是坐在木板矮凳上。接生婆也大都是一字不识的农村老太太，许多孕妇在田里忙活到临盆，倘使来不及赶回家，就把孩子生在田间地头也不足为奇。第一个孩子她生了四天四夜，眼看大人、孩子都保不住了，只好去医院，孩子大人总算保住了性命，却欠了一屁股的债。就是这巨大的债务，让她夫妻俩寝食难安。当从她家一位远方亲戚的口中得知此事后，我决定去采石耳，帮她渡过难关。

"石耳，你知道么？别名石木耳、岩菇、脐衣、石壁花。因其形似耳，并生长在悬崖峭壁阴湿石缝中而得名，体扁平，呈不规则圆形，上面褐色，背面被黑色绒毛。具有养阴润肺、凉血止血、清热解毒的功效。石耳这东西，极为稀少与珍贵，采石耳弄不好连命都会搭上。可我顾不得那么多了，为了自己心爱的女人，为了心爱女人的幸福，即便搭上性命也值得！带着砍柴刀、旧棉絮、自制的跌打膏药之类的东西，我悄然上山了。在山上吃住半月余，可连石耳的影子都没见着。心急如焚、别无选择的我，决定去既神秘又恐怖的狐仙洞，碰碰运气。

"说起狐仙洞，那可是一个神秘的所在。常年仙雾缭绕，神秘莫测。小时候就听父亲说过，狐仙洞壁上生长着一巨若脚盆大的石耳，只是它生长的地方十分险峻，长在一块弧状的巨石的缝隙下，而那块巨石又在洞壁的中央部分，且如犬牙一般向外凸出。采石耳的人把事先准备好的麻绳一头系在大树或巨石上，一头系于腰间，绳子绕在手上，然后慢慢放绳，人慢慢往下滑，下到中间巨石的底部，如荡秋千似的荡过来荡过去，但由于绳子在巨石上连续碰撞与摩擦，结果，去了狐仙洞的人不仅没把石耳采回家，反而命丧洞底。我三伯当年由于媳妇家要彩礼，被逼无奈，结果惨死洞中，连尸骨都无法寻找。我父亲临终时再三叮嘱：今后不管遇到多大的困难，不管怎样急需用钱，都不能走三伯的路，你可是家里唯一的男丁，秦家不能在你这辈儿把香火断了。看到父亲那苦苦哀求的眼神，我郑重答应过他老人家，发誓不去狐仙洞。

"自我三伯葬身洞底后，村上仍有两人冒过险，其中一个也是为了结婚彩礼。你也许不知道，中国农村陋习不少，就说这婚嫁彩礼一路攀升，尤其是一些贫困山区一直飙涨，便造成了陋习愈发严重，攀比之风弥漫，真是可悲可叹！另一个人是为了给受伤的父亲治病，结果两人也都是一去不回。后来还有人跃跃欲试，终归望洞兴叹。可我顾不了那么多，在父亲的坟前焚香磕头作揖之后，我决定赌一把。

"我仔细分析了产生各种意外的原因，尽量考虑周密一些，把危险降到最低。我用旧棉絮包住整个身体，只露出眼睛和手，手也用东西绑住了，只露出手指便于采摘。事先还特地准备了两根又粗又长的新麻绳，两根绳子的一头分别系在一块离洞口最近的巨石上，一根的另一端抛在洞里，还有一根的一端系在腰间。下洞前，含泪在系绳子的巨石上刻下了一行字：我爱晓洁，前世、今生、来世，秦华。刻完这几个字后，俨然是位勇士。然后，慢慢地放下麻绳，放至巨石的下面，果然见到了我的三伯为之丢掉性命的巨大石耳，它静静地生长在石缝的里面，而巨石向外凸出的部分又长又尖。来不及兴奋，来不及多想，也是采用荡秋千的办法。每次荡过去一次，便急忙用手抓一点石耳，放在事先准备好的腰间布袋子里。可速度很难把握，只要稍稍荡快了些，便抓不到丁点儿。也不知荡了多长时间，荡了多少个来回，只觉得整个人昏沉沉、晕乎乎的，快支持不住了，本想攀上去，还觉得不甘心，石耳还未弄到一点，下一趟实属不易，索性再荡几下。就是最后这几下，意外发生了。现在回想起来，自己就是《捡金子》里的那个老大。要不，先给你讲讲这个故事，换换氛围。

"话说从前，有两兄弟。哥哥和嫂嫂总想比别人过得好，别人有钱就眼红。老二年纪小，心眼非常好。老大与老二分家，把好东西都分给自己，包括粮食。老二只分到了两间破草房和一亩薄地。开春播种时，老二想播种高粱，却没有种子，于是便到大哥家去借。老大两口子商量后，叫老二隔天去取。谁想老大两口子很不地道，不讲半点兄弟情分，竟把高粱种放到锅里炒，有一颗落到灶头上没有炒到，也一起收进口袋里了。

"第二天，老二把借来的种子，播种到那一亩薄地里。一段时间后，却只长出了一株高粱苗。老二很勤劳，天天给这株高粱苗淋粪、锄草、灌水。一天天，那株高粱苗长得又粗又高，到了秋天，结出了很大的高粱。老二非常开心，每天守着，以免被人摘去。

"有一天，忽然一只大岩鹰把老二的那株高粱叼跑了，老二就跟着追赶，岩鹰向西山飞去，老二也跟着追向西山。西山很高，追到了西山顶，仿佛上了天一般。眼看太阳快落山了。岩鹰突然钻进了一个岩洞，老二也跟着爬进岩洞，往里面走，越走越亮，忽见里面全是金子。岩鹰站在洞里，竟然说话了：'勇敢的年轻人，我叼走了你的高粱，就赔你金子，你要多少就拿多少。'老二听了，却只捡了两块，就出洞回家了。

"老大知道后，就问弟弟金子是哪里来的，弟弟老老实实地给大哥说了。老大回去给婆娘一说，两口子决定把房子和土地与弟弟调换。于是两人住进了那两间破草房，也在那一亩薄地里播种了一颗高粱种子，也天天淋粪、锄草、灌水。秋天，那株高粱也长出了很大的高粱，两口子也天天守着。

"有一天，岩鹰也把老大的高粱叼走了，老大两口子各拿了一个大口袋，跟着岩鹰追，追到太阳落山之时，到了西山顶。岩鹰也钻进了岩洞，他俩也爬进洞去，忙往里头跑，一看，遍地都是金子，非常高兴，还没等岩鹰开口，就使劲往大口袋里捡金子。一会儿，捡满了两大口袋的他们，刚背起要走，岩鹰飞过来了，把两人的眼睛给啄瞎了。一心想着金子的他们，强忍着痛，背起大口袋就往洞外跑。可是，眼睛瞎了，看不到路，结果双双从山崖掉下去，摔死了。而那两大口袋撒满地的金子，变成了丘陵地带。"

《捡金子》的故事讲完了，秦华见刘冰冰听得入神，便没有停下来，又回到采石耳的情节，继续说下去。

"石耳的诱惑实在太大，于是便继续荡着秋千，还没荡几下，猛然听见绳子断裂的声音，我害怕极了，慌忙向上攀，谁料这一用劲，绳子彻底断了，我掉进了深深的洞底，晕死过去了。等我醒来的时候，发现自己掉在一丛荆棘上，包住身子的旧棉絮帮我逃过了此劫。旁边的一块巨石上白骨森森，让我不寒而栗。倘使摔在此石上，想必也和我三伯一样了。我高兴得想爬起来，猛然感觉右腿钻心地痛，看样子是摔断了。看着深深的洞底，巴掌大的天，茂密的丛林，真是欲哭无泪。我知道，没有人会来救我，只能自己救自己。忍着剧痛，我在右腿患处抹上自制的跌打膏药，简单地包扎了一下。随手捡了几块骨头，就当是把我三伯带回家。艰难找到了事先抛下的另一根粗麻绳，谢天谢地，绳子居然还有些剩余。我忽然觉得，当年三伯他们或许就摔在了巨石上当时就没命了，或许和我一样还有救，可是再也没有可供攀上去的麻绳，结果活活地痛死、饿死了。采石耳的人，总习惯独自一人上山，在山上一住就是十天半月的，多则一月有余，家里一般都不会上山寻找，这是他们的习惯。要知道，庄稼人起早摸黑地干活，全家人都难以糊口，更不要说抽出时间满山去找人。再说山那么大，也不知上哪儿找去。偶尔有人上山寻找，大都是家人离开的时间，明显比以往长。但等找到断裂的绳子时，任凭呼天抢地对洞哭喊，依然是无人应答。"

讲到这里，秦华凄楚地看了刘冰冰一眼，接着便陷入了长久的沉默之中。刘冰冰不禁奇怪地问："既然那么多人为采这巨大石耳丧生，为什么还会有人白白送死呢？"秦华听后，长叹一声，点燃一支香烟，用力吸了两口，接着酸楚地说了下去。

四

"伤心怜薄命，几多华发耐尘烦。

"世世代代面朝黄土背朝天的庄稼人，实在太苦了。男子要娶个女人进门，往往倾家荡产，债台高筑。即便如此，女人仍不满足。比如说，女方向男方索要手表，男方东拼西凑把钱送过去，可女方拿钱后并不去买手表，而是另作他用。之后却又捎信来说，买手表的钱不够，务必再送多少多少钱过去。再比如每个传统节日，必须送上礼物，叫'送节'，即拜望之意。送节，中国传统民俗文化。单说端午节，有钱的人家，粽多至八十串，肉多至百余斤，鸡蛋一百枚，其余鱼、鸡、鸭各一对。另外，还有枣、苹果，等等。一年几个节日下来，男方是穷的叮当响。盼星星盼月亮到了迎娶的日子，天刚亮，女方又传话来，务必再送去多少钱，否则今天别想迎娶。导致很多男子，要么打光棍，要么倒插门，要么冒险挣钱去。比如采石耳，无须本钱，价格又好。然而农家人，却没有谁品尝过石耳的真正滋味。只有城里那些富贵人家里，才有此稀罕物。

"越是穷乡僻壤，越是暗生疮痍。

"庄稼人什么都苦。明明知道采石耳是在拿命做赌注，结果还是有那么多人去送死。年年月月，衣不蔽体，忍饥挨饿的日子实在太多太多。不怕你见笑，就说我五叔家，每天是吃了上顿没下顿。五叔常年只有一条打了很多补丁的裤子。有时把裤子洗了，偏偏遇上村上开会，听到有人喊开会，总听见五婶接腔说五叔去不了，裤子洗了还没干呢。"

秦华凄笑着摇了摇头，又猛用力吸了两口烟，接着叙述。

"农忙时，除开白天忙活外，晚上还要继续加班，叫'打夜班'。有时候忙活到深夜，村上偶尔会用棉籽油做些饭菜，当作夜宵。有经验的人，会先盛一小半碗饭，三下五除二吃完后，赶紧再盛上满满的一碗，边盛还边用锅铲压紧，为的是尽最大量盛满。盛好后，再在上面用汤勺弄点豆腐汤，假装边走边吃，其实筷子未曾夹上一粒米饭。一碗饭菜端回家，几个望眼欲穿、饥肠辘辘、垂涎三尺的饿老虎崽，早就拿着碗筷列队等候在大门口。结果还因分配不均，相互打了起来。大人一顿呵斥之后，做母亲的总是一边洗碗一边擦泪，心疼孩子们从未吃过一顿饱饭啊！而没有经验的人，先在碗里多盛了些饭，吃完后再去锅边，连米汤也所剩无几。"

五

刘冰冰早已唏嘘不已。听了秦华的叙述，鼻子发酸的她，觉得庄稼人实在是太苦了。想来惭愧，自己是第一次如此近距离地走近他们，倾听他们的故事。瞬间，一股巨大的悲哀向心中袭来。她拢了拢额前被晚风吹乱的头发，望着湖面出神。此时黑暗已快完全笼罩住整个大地，她的心情似乎比来时好了些许。于是好奇地问秦华："那后来你是怎么攀上狐仙洞的？"

　　"我命大，或许是父亲和三伯保佑，又或许是佛祖慈悲为怀。不怕你见笑，一个大老爷们，还贴身戴着这个。我这个护身符，是晓洁在吉山顶的寺庙为我求来的。她叫我每天戴着，说是能保佑我逢凶化吉，一生平安。还为我抽过什么第一签，说庙里大师念念有词'好签好签，神仙难抽第一签'。记得签上是这样写的：开天开地作良缘，吉日良时万物全，若得此签非小可，人间鸳鸯神仙羡。解曰：此签家宅祈福，自身求安大吉。盘古初开天地，凡事皆吉。不瞒你说，农村很多人相信这个，不过我不太相信。但说来也蹊跷，不信归不信，但冥冥之中却有那么一股神秘力量支撑着我。当时，我又饥又渴，连自己都不知道是哪儿来的那么超乎寻常的勇气。很多次由于右腿痛得钻心，无法用力，但求生欲望非常强烈。我告诉自己，必须活着出狐仙洞！猛然间，我想到了晓洁，想到她正处在煎熬之中，想到那些粉红的小手绢，想到她虔诚的祈祷。刹那间，一股前所未有的力量让我终于攀上了洞口。然后我是连滚带爬下了山，所幸山下有一土砖房屋，刚爬到房子前，便又昏死过去了。

　　"当我再次醒来的时候，已躺在一张老式的木头床上，床沿雕花精致，古色古香。两位慈祥面善的老人正焦急地看着我，刚才还感觉在阴冷潮湿的洞底，可眼前这情景让我明白，我还活着！挣扎着要坐起来，老伯连忙把我按住，轻声说：'千万别动，你已昏迷了四天四夜，高烧不退，嘴里总说着'晓洁、石耳'之类的话.'看到我难过的样子,他心疼地在我额前不停抚摸。我看了看那间土房,虽然破旧却非常整洁,窗棂上挂着的几串辣椒,在风中簌簌作响,陈旧的橱柜上方贴着名人画像,一种古朴、温馨的气息环绕着我。我的眼睛很是酸涩,感激的泪水顷刻顺着眼角流在干净破旧的枕巾上。老伯赶忙为我拭泪,叫我不要难过,说:'你能够活着已是万幸!看你袋子里石耳的色泽,应该是去过狐仙洞,真是命大,居然还活着。你肯定很好奇,我家为什么住这儿。其实,我也曾经有个和你一样大的儿子,当年由于去狐仙洞采石耳为我疗伤,便没有再回来。虽然是陈年往事,但每次想起还是很伤心。这世界真小,看你的长相及颈部的一块胎记,要没猜错的话,很像是我的老朋友秦代慈的儿子.'我惊愕极了,世间竟有这等巧事!'你爹娘还好吧,已有好多年没见到他们了.'当得知我父母早已作古,他整个人顷刻暗淡了很多,陷入一种极为悲痛的情绪里,不断在我的额前抚摸着。一边抚摸一边与我说起了鲜为人知的过往。"

六

往事如烟,随风而逝,不会留下太多的痕迹。倘若能够留下来的,便是沉淀于心上,永远挥之不去的。

"老伯姓汪，早年住在我的村子里，他幼年丧父，母亲改嫁带着他这个拖油瓶，继父待他非常好，可他依然觉得寄人篱下，感觉村子里的人大都避着他。多年来，除开种地外，他还一直负责放村里的几条水牛。可是，屋漏偏遇连绵雨。一个夏天的中午，他把村上的水牛系在西头的樟树底下，不料水牛挣脱牛绳跑到水塘里去了，不知怎的就钻到了另一棵正好长在水边的老樟树底下。樟树有些年月，根部由于长期浸泡在水里，腐烂出一个大洞，偏偏这头水牛就钻进树洞里，活活地给淹死了。这下不得了，要知道这是村上的水牛，要靠它耕田拉车，是全村人的命根子。就在水牛被淹死的当天中午，全村人听到村里的大钟急促地响起，都紧急集合到了村头的大晒谷场子上。一条长板凳侧倒在地上，他被按跪在上面，村里的干部和部分群众轮番对他进行批斗，全身被打得青紫、遍体鳞伤。原来老伯的儿子就是因此去狐仙洞，采石耳卖钱，为父疗伤啊。后来，戴着又高又尖的纸帽子，胸前吊着一个他名字上被画着朱红色十字叉的木牌子或纸牌子，满村子游行。从此，村人更是疏远他，因成分不好而饱受歧视。只有我的父亲，不怕闲言碎语，毫不避讳往来，且对他照顾有加。良医良术、仁手仁心的父亲，翻山越岭采来很多中草药为他医治。也就因这些中草药，父亲曾一度受到冷遇，家庭成分也不再是贫雇农了。我的家庭出身问题，也即源于此。

"我的祖辈是有名的中医。父亲医术高明，为人慈善，本指望子承父业，无奈我们兄弟几个都对学医激不起半点兴趣，父亲便只好叹气作罢。我爱好文学、音乐，父亲便说那些当不得饭吃。自'水牛被淹死'一事发生后，汪老伯便不想在村子里待下去，辗转安家到了狐仙洞的山脚下。或许他是想和长眠洞底的儿子做伴，又或许是想无私救助和儿子一样遇险的人，比如我。他说刚去那会儿，只是搭了个简易茅屋，后换成了土房。说那里青山绿树环绕，山溪清泉轻唱，日出而作，日落而归，古朴静谧的柔和与恬淡，分明就是陶渊明笔下的世外桃源。那座山有个相当诗意的名字叫相思山。从此，一切的苦难与伤痛随着时光逝水，渐渐淡去。

"刚带着全家来到那里时，他的神情是沮丧的，好在有妻儿相伴。他的妻子叫芸儿，是个温柔贤淑的女子。结婚头几年，生下的孩子均不幸夭折，沉重的打击几乎把他俩摧垮。总算拨云见日，终于有了八个学有所成的孩子。除了一个女儿在乡村中学教书外，其余的都生活在城里。孩子们个个都很孝顺，总想把老父老母接进城去，但二老终因吃不惯精致东西，坐不惯抽水马桶，便一直在相思山下住着。

"说起汪老伯的妻子汪大娘，在城里还曾闹过笑话。大娘说那是她头一回进城到三媳妇家。用餐前，三媳妇拿出一块红色的香肥皂，嘱咐大娘洗了吃，说得很省略。本来是说用香肥皂洗手了再吃饭，城里人爱干净，饭前要洗手的。可乡下人很少有饭前洗手的习惯，所以大娘误以为是叫她把香肥皂洗了再吃。她从未见过那么鲜艳且散发着香气的东西，于是便把它给吃了。第二天，三媳妇发现香肥皂不见了，心里挺纳闷的，又不便多问，于是仍旧买了一块回来，这次却是块绿色的。饭前又对大娘说，洗了再吃。两块香肥皂下肚，实在难以忍受。汪大娘受不了，当晚便吵着要回去，说城里的东西只好看不好吃，还拉肚子两天了，抽水马桶也坐不习惯。见婆婆执意要回去，三媳妇也不便多留，只是她没有想到，都怪自己说话太省略，让婆婆闹了笑话不说，还吃坏了肚子，心里甚是过意不去。"

说到这里，秦华又习惯地摇了摇头，苦笑了一下。

"不瞒你说，汪大娘笑着告诉我这个笑话时，我的心里掠过的是阵阵酸楚。在他家休养些日子，伤势略微好转，但还不能下地行走时，我便执意要回家。我惦记着晓洁，惦记着她的一切。两位老人再三挽留，见我毅然决然要走，便不再多说什么，千叮咛万嘱咐，再也不能不顾性命。于是，他们便用独轮车把我送回了家。送我的情景，至今都让我潸然泪下，感动不已，没齿难忘！"

说到这里，秦华停顿了一会儿，又长叹了一声。

七

"那天，天刚微微亮，我就起床了，含泪吃过大娘煎的鸡蛋后，便坐上了独轮车，大伯推车，大娘在一旁招呼着。出门时天气还挺好的，谁知走了不到几里路，天气骤变，竟下起了倾盆大雨。想想四周是绵延的群山，没有一户人家，无处躲藏，便只好冒雨前行。老伯怕我的伤腿淋雨，还用他的上衣裹着。我执意要下车，可他们无论如何也不肯答应，我是如坐针毡。汪老伯年岁已高，路面又非常滑，就是推个空车都很费事，无奈车上还坐着我这一百多斤的男子。在推至黄岭坡的时候，我们不幸连人带车一起翻进了路旁的深水沟里。老伯忙不迭地向我道歉，大娘不停地数落老伯的不小心。我是心疼万分、愧疚万分。都怪自己一意孤行，腿没好，行动不便，却要急于离去。费了九牛二虎之力，总算出了深沟。猛然发现老伯的嘴角全是血，原来他的一颗门牙摔掉了！大娘心疼地为老伯擦拭嘴角的血，我是肝肠寸断。直拍打自己的右腿，竟没有一丝痛的感觉。

"历尽千辛万苦，老伯他们总算把我送回了家。事后我听到消息说，二老回去以后，都病倒了。太过自私与愚昧的我应该知道，上了年纪的人，是不能淋大雨的。可我由于腿伤，却没有去探望过。老人还曾捎来口信，问及我的腿伤，且有意把他们的小女儿许配给我。那是个美丽、纯洁、善良、人见人爱的好姑娘，名叫枝枝。但我因心有所属，便婉拒了他们的好意。腿伤痊愈之后，却也落下病根，行动有些不便，加上忙于一些琐事，便一直没抽出空去看看。直到去年才知道，二老均已相继去世，老伯就是那次淋雨之后卧床不起的。得到这个噩耗，我发疯似的去了他们的墓地，是个合葬墓。说来你可能不相信，在二老的墓前，我跪了整整三天三夜，不吃不喝的，差点休克过去。说真的，我没法原谅自己！

"回家后，我顾不得腿伤，很快把石耳卖了，只留了一点给晓洁补补身子。当我把石耳与钱给晓洁送去时，她看到我拄着拐杖，眼泪扑簌簌地直往下落，很快端了荷包蛋来。她的男人蹲在客厅里的鸡埘边，用力撕扯自己的头发。原来他们已经知道我去狐仙洞采石耳了。"

八

繁星渐退，月上东山，温柔地倒影于湖心之上。如水的月光，轻轻抚慰着湖边两个悲伤的人儿。秦华又点燃了一根香烟，火光在夜色中一闪一烁的。熄灭了烟头，他站起身来，掸了掸衣服，对刘冰冰说："好久没有说过这么多的话，谢谢你如此认真地倾听。知道吗，今天是我的生日，我好怀念晓洁，怀念那粉色的小手绢，怀念汪老伯汪大娘他们，怀念从前的点点滴滴，于是便来这儿怀旧了。你看夜已经深了，我该回去了，你也该回去了吧。遇事想开，伤过哭过之后，一定要更加坚强才对。你一个女孩子在湖边，夜深不安全，若不介意，让我送送你，可好？"

刘冰冰的心情虽然比来时平静了不少，但她还不想马上回去，她还没有把思绪梳理好、情绪整理好。于是便对秦华说："你先回去吧，我没事的。哦，对了大哥，祝你生日快乐！"秦华说了声"谢谢"便独自离开了。可刚迈出几步，又折回来了。看着刘冰冰压根没有离去的意思，于是他便又坐了下来，对刘冰冰说："夜快深了，你一个女孩子待在这极不安全，湖边除了我俩也没别人。既然你还不想走，索性我就陪陪你。若你愿意，也可对我说说你的心事，或许心里会好受些。凡事切不可憋着，压抑自己，那样非憋出病来不可。你看我，和你说完之后，轻松多了。"

刘冰冰看了看秦华，默默地打开搂在胸前的黑包，取出一台小型收录机，按下按钮，收录机里立刻传出极富魅力、极有磁性的男中音：我，犹如一位虔诚的藏民，三磕九拜，向着心中的布达拉宫前进，不畏风霜雪雨，不畏严寒酷暑，不畏路途迢迢。我，犹如一位泅者，浮沉之间，打捞爱河缤纷之落英。不畏狂涛万丈，不畏险滩暗礁。所有的花瓣雨，所有的水草泪，乃是我今生今世的至爱。

突然，声音消失了，只听见磁带转动的吱吱声，秦华颇为诧异，本想问刘冰冰这是谁的朗诵，声音听上去有些耳熟。但借着苍白的月色，看见她左手托着腮，痴望着湖面。一只水鸟从湖面掠过，几声忧伤的鸣叫划破了夜的宁静，顷刻，又恢复死寂。收录机里的吱吱声，让夜色与心境显得更加死寂。于是他也同样沉默着，习惯地从口袋里掏出了香烟。

夜深沉，一如刘冰冰的心事。

许久，她仿佛从梦中醒来，关掉收录机，打破沉默，问：“知道省广播电台'大地之子'节目主持人北方么？”

“主持人北方么，知道一些，难怪刚才听到声音有些熟悉。不过我粗浅地认为，他的朗诵感情颇深，忧伤也过于深。听说他看破了红尘，不知所终。令人扼腕，也令人不解！”

“不知所终。”说完这四个字，刘冰冰再次陷入沉默之中。秦华看得出她在努力控制着什么，这一次沉默的时间更长。秦华一根接一根地抽着香烟。

过了很久，刘冰冰似乎想到了什么，非常小心谨慎地把收录机放回黑包里，拉好拉链，还不忘仔细捧着黑包看了看。她猛然站了起来，像换了个人似的，对秦华说：“谢谢你给我讲了人间最美的爱情。显然，我对爱情的理解过于肤浅。是的，曾经拥有过就好，仅仅爱过也不错。或许，最具神秘魅力、恒久的情爱是要有神秘距离的。就像柴可夫斯基与梅克夫人，仅一草坪之隔的一对有情人，几十年来却只见过一面，那还是时间推算失误，两人的马车才意外相遇。当马车交会时，也只是相互欠了欠身，点了点头，算是打过招呼了。可是，谁又会怀疑他们之间的那份无与伦比的默契与爱恋呢。还有作曲家勃拉姆斯与舒伯特的妻子克拉拉，那种至高无上的美好情感亦让后世景仰！克拉拉以美妙的钢琴之声，唤醒浪子成为举世瞩目的作曲家。舒伯特中风后，勃拉姆斯一直守候在病榻前，直到舒伯特逝世。后又陪克拉拉度过最晦暗、最忧伤的日子。最后，独自一人悄然离去，在苦苦的思念与煎熬中，走完了极为短暂的一生。虽然悲壮，却也美好。

"现在我了悟，自己今天的想法及行为过于幼稚和冲动，幸好遇见了你。也许，我命不该绝。其实，我还有心愿未了，谢谢你！夜深了，我们走吧。"

于是，踏着月色，他俩离开了湖边。

九

生活复归往日平静，秦华仍辛苦经营着他的那家小店。自从晓洁去世后，他整个人明显苍老了许多。每天黄昏回家，走过窄窄的田埂，总是痴痴地望着晓洁长眠的那座山。想起以前的日子，虽然清苦，但晓洁在，他便觉得就是喝凉水也是甜的。可如今，一切幸福与快乐，都随着晓洁的撒手人寰，消失殆尽了。

日子如此平静过下去，倒也无妨。可一个石破天惊的消息再次把秦华击垮：汪老伯的小女儿枝枝失踪了！这让他寝食难安。想想二老若泉下有知，岂能安息？老伯的小女婿是位医生，夫妻俩的单位不在一个城市。由于性格不合，感情比较淡漠，加上长期分居，感情愈发疏离。听说小女婿和一小护士有了暧昧关系。这个小护士的父亲非常严厉，眼里容不得半粒沙子，厉声斥责女儿的荒唐行为，此后更是严加看管。结果，一对不该相爱的人儿很是绝望，竟双双殉情了。抛下枝枝孤儿寡母，遭人歧视与唾弃。穷乡僻壤的人们，想法总是很荒唐，说枝枝命硬，克夫。枝枝不堪羞辱，默默安顿好儿子后，孤身一人外出打工，从此音信全无。家人苦苦寻找，毫无半点消息。这下可把秦华给急坏了，他一边四处张贴寻人启事，一边拼了命地挣钱，盘算着凑足了费用，就把小店给关了，专门出去寻找，以谢汪老伯与汪大娘的救命之恩。其实他苦心经营的这个小店，能维持最基本的日常开支已是不易，哪还有剩余的钱。于是秦华便利用晚上去卖苦力。

　　日子一天天过去，秦华的生日又到了。没有晓洁的陪伴与祝福，便觉索然无味。正在他怀念之时，邮差送来包裹，这让他很是纳闷，谁会在这么特别的日子给自己寄来包裹？他一边思忖一边急忙打开，里面竟然有一条精致的小丝巾和一封信，没有寄信地址。

　　秦华大哥：

　　　　见信好！

　　　　好久不见，你还好吗？首先祝你生日快乐！寄去的小丝巾希望你能喜欢。

去年的这个时候与你邂逅在篱菁湖畔，那时的我非常痛苦，以至于到了绝望的边缘，欲投湖自尽，了却残生，以求解脱，彻底忘却人间的纷纷扰扰、纠纠葛葛、爱恨情仇。始料未及在湖边偶遇你，且有幸倾听你感天动地、刻骨铭心的爱情故事。

还记得让你听主持人北方的诗朗诵么？你当时还提起他"看破红尘、不知所终"一事，肯定很纳闷。其实他看破红尘是千真万确的，和我有关。自他离去之后，我才回过神来，一切恍如隔世。寻遍千山万水，想尽千方百计，说尽千言万语，吃尽千辛万苦，依然不见他的踪影。人海茫茫中寻找一个人，真的是比大海捞针还要难。我绝望了，万念俱灰，想到了死，觉得只有结束生命才能结束苦难。可就在那个黄昏，篱菁湖畔，在我决然放弃生命的刹那，是你凄美的爱情故事和执着的情怀打动了我，挽救了我。比之于你，我实在太脆弱、太怯懦，我不能轻言放弃。回家后，整理好情绪，毅然背起行囊，放下怨恨与不快，带着坚定与希望，我再次踏上寻找之旅。

早想给你去信，无奈琐事缠身。眼看你的生日快到了，我破天荒上街给你挑了一条小方丝巾。就在等车的地方，竟看到了你的寻人启事。真是世事翻覆，人生无常，天意弄人。

现在的你，一定承受着一种窒息般的恐怖和折磨，压得你喘不过气来，让你举步维艰，度日如年。汪老伯和汪大娘，有如再生父母，恩重如山。胡晓洁的儿女，犹若己生，情深似海。在此，真心祝福好人好梦！

这样吧，反正我也在找人，同时也帮你留意枝枝。一有消息，我会在第一时间与你联络，请多保重！

就此搁笔，有缘再会。

刘冰冰

秦华不知不觉潸然泪下，他顾不上找毛巾，直接用衣袖口不断地擦拭泪水。他做梦也没有想到，去年的篱箐湖边，那个看似柔弱的刘冰冰，竟也忍受着如此巨大的伤痛！特别难得的是，不过一面之缘，她还记得自己的生日。秦华想即刻给刘冰冰回信以示感谢，也想问问她和北方之间究竟是怎么一回事，可惜没有地址，也没有日期，便只好作罢。秦华用手捧着那条小方丝巾，又很小心地掏出上衣口袋里贴身随带的那一条小手绢，仔细地把它们叠在了一起。从此，便多了一份珍藏。

愈来愈薄的日子，在反反复复的煎熬中过去，小店也开始有些起色，可秦华却一刻也不得放松。这不，说好两年后结婚的小女儿，竟然有了身孕，眼下急需张罗婚事。小女儿的男友模样周正，颇为精明，但性子过于暴躁，过于野蛮，典型的大男子主义，还喜欢拈花惹草。秦华劝女儿慎重考虑，觉得女婿人品不行，将来会惹出大事的。无奈女大不由娘，又岂能由得了爹，便只好依了她，但心还是悬着的。他总是不断提醒自己，不是自己亲生的孩子，考虑更要周密稳妥一些才行，不能出任何差池。否则，对不住晓洁。倘若晓洁还活着，该多好。

小女儿的婚事顺利操办之后，秦华又想起了枝枝，想起了刘冰冰，也不知道北方可有消息。原计划出外寻找枝枝的钱，这回都拿来操办了小女儿的婚事。秦华心疼小女儿，出嫁应该穿上漂亮的婚纱，却换上了孕妇装。这让他很是愧疚自责，都怪自己平时忙于生意，疏于管教，才惹出这么一桩烦心事。太对不住晓洁了！

十

时代在变，奉子成婚并不鲜见。但为此酿成人间惨剧的，却时有发生，警钟还需长鸣。

话说某村子里，有一个美丽的姑娘，叫雪儿，父母早亡，无兄无弟，只有姐姐一个亲人。雪儿的男朋友卢小洋，常年在外打工，每年只有春节才回家小住。卢小洋从小也没了爹娘，也是无兄无弟的。春节过后，卢小洋又准备外出打工，临走前与雪儿约定，年底结婚。恰逢雪儿的姐姐坐月子，雪儿便前去照顾。谁料她姐夫是个禽兽不如的家伙，趁雪儿熟睡之时，竟把她给强暴了。那天正是孩子满月，雪儿实在拗不过已喝了很多酒的姐夫，也喝了些白酒。事发之后，雪儿姐夫捶胸顿足，痛哭流涕，赌咒发誓会一辈子对姐妹俩好。可怜一对姐妹花，被一个无耻男人蹂躏羞辱，真是家门不幸。无奈没有任何亲人可以依靠，只有打碎了牙齿往肚子里咽。

自古以来都说，家丑不可外扬，且必须遮着掩着。这是许多人根深蒂固的思想，尤其是男人，大多在意面子，包括雪儿姐妹。雪儿姐姐告诫她："你姐夫做错事了，不能到处宣扬，否则我们脸上不会光彩。不光彩倒是其次，更重要的是往后我们姐妹很难立足。有你姐夫在，家庭表面还是团结和谐的，外人就不敢欺负我俩。"雪儿明白了，姐姐是要息事宁人。

一切恢复旧样，对卢小洋也未据实相告。只是雪儿浑然不觉已有了身孕，等到发现后去医院，却由于身体特殊状况，不能手术。纸终究包不住火，雪儿未婚有孕的消息，在村子里传得沸沸扬扬。春节将至，满心欢喜的卢小洋回来了，揣着一份大彩礼的他，要当面告诉雪儿，一年来的思念。他还要告诉她，择日迎娶。可刚进村头，大家却投来异样的眼光。在村民的指指点点中，他有种不祥之感。三步并作两步赶往雪儿姐夫家，见到雪儿，义愤填膺的他，本想兴师问罪，可一切已成定局。雪儿羞愧难当，劝卢小洋离开自己。这让积郁在他心中的怒火瞬间爆发了，要和雪儿的姐夫拼命，场面几乎失控。在乡邻的劝阻下，总算平息下来之后，他漠然离开了。雪儿又愧又恨，可孩子是无辜的，为了孩子，只好在姐姐家待产。可就在雪儿身孕七个月的时候，卢小洋也不知道是怎么想的，竟然迎娶雪儿进门了。雪儿很震惊，但她管不了那么多，只要孩子有个名义上的爹也行。不知是这份震惊刺激了雪儿，还是结婚事多动了胎气，结婚当天晚上，孩子便早产了。这也未免太巧了一些，实在让人难以接受也难以招架。本来就觉颜面无存的卢小洋，再也无法接受那份难堪。他发疯似的跑去喝酒了，对雪儿母子的安危不管不顾。以前的女人生孩子，就直接在家里，连医生都不需要，找个接生婆就行。可夜深人静的时候，都是关门闭户的，乡下又没有通信设备。孩子不足月，也没人接生，结果刚生下来就断气了。等到烂醉如泥的卢小洋回家，已是凌晨五点多了。听到虚弱的雪儿在伤心哭泣，心烦意乱的他，表面逆来顺受，内心怨气冲天，情绪抑郁。于是一不做二不休，用小土篓篮把孩子送到了雪儿姐夫家的大门口。随后，家破人亡的惨剧发生了。

十一

　　每年的清明节，秦华都要亲手扎上几个最精美的小花圈，分别插在胡晓洁、李玲玲、汪家二老，还有老父母亲的坟头。又是一年清明节，秦华冒雨去了相思山下汪老伯的家。只见门窗紧闭，几扇窗户上的塑料薄膜张着口，仿佛诉说着年深日久的过往。人去楼空，幸福不在，温馨不在。房前屋后杂草丛生，他稍稍整修了一下，便去给二老上坟。由于雨水的长期渗透，墓碑下沉了许多。跪拜在二老的墓前，不禁想起了那热腾腾的煎鸡蛋，那半新的独轮车，那深沟险壑，还有汪老伯那颗门牙。泪流满面的他，默默祈求二老保佑枝枝健康平安，早些回家。

雨一直下，泪一直流。秦华又想起了鬼魅幽深的狐仙洞，想起了自己在洞口刻下的那几个字，想起晓洁在吉山寺抽的第一签。猛然想起采石耳的人曾说过，在相思山里，有人搭建了个小茅棚，里面住着一个儒雅的男子，能掐会算，学问了得。秦华虽然不大相信这些，却不知怎的，鬼使神差地上山了。他很想为枝枝做点什么。

自右腿受伤后，行动很是不便。上山的路非常陡峭，又下着大雨，他只好在路旁捡个树枝当拐杖，一路趔趄前行。兜兜转转，也不知道过去了多久，秦华终于找到了采石耳的人所说的那个茅棚。由于雨太大，他也顾不上礼数，直接弓身进去了。茅棚里面十分简陋，除了必需的日用品外，几乎一无长物。只有一堆散发着霉味的破旧书籍，还有一台擦拭得很干净的收录机，放在最显眼的位置。秦华正好奇这密林深处茅棚的主人究竟长什么模样时，一个颇为憔悴却不失帅气的男子，用一块塑料薄膜包着一小捆柴火，进来了。

秦华忙不迭接过柴火，有似曾相识的感觉。正不知如何开口时，那个男子首先打破了沉默。他刚一开口，就把秦华给惊到了！这声音如此耳熟，虽然比以前略显沙哑与低沉，但秦华清晰地分辨出，眼前的这个男子，正是刘冰冰苦苦觅寻的人，大名鼎鼎的主持人北方。难怪刘冰冰满世界寻遍，毫无踪影。她断然想不到，他会藏在这里。秦华忽然觉得，这个世界其实很小，心里不停地嘀咕：刘冰冰呀刘冰冰，你做梦也不会想到，你踏破铁鞋无处找寻的北方，竟然就藏在这世外桃源的相思山里。他按捺不住自己的激动，脱口而问："请问你就是省广播电台'大地之子'节目主持人北方先生么？认识一个叫刘冰冰的姑娘吗，她在满世界找你，心都快找碎了，你们还差点阴阳两隔了……"没等秦华把话说完，北方颤声地问："你见过冰冰，她还好吗？为什么说阴阳两隔？""我是去年在篱箐湖边巧遇她的，那天是我的生日，我是怀念已故妻子才去的湖边。她当时情绪很低落，我不知她遭遇了什么，怕她做出傻事，便特地和她聊了我的故事，没想到对她还有些帮助。今年我的生日，细心的她还寄来了礼物和书信，信上简单提到了你。请恕我冒昧，也恕我急切，可否告知你们之间究竟发生了什么？你又为何独自一人来这深山之中？"北方认真打量了秦华，迟疑了片刻，喝了口茶，缓缓地叙述起来。

十二

"我是个孤儿，从小在西山寺院里长大。庙里的方大师不仅好心收留了我，并且送我去山下的小镇上读书，我的班主任兼语文教师，叫许琦。如果说，方大师给了我生命，那么，许琦老师则是改变我一生命运的人。许老师和蔼可亲，脸上总带着微笑，我们班同学都特别喜爱她。每次给我们上课或讲解作文的时候，总是那么幽默风趣，引人入胜。许老师中等个儿，不胖不瘦。她有个习惯，一年四季披肩长发。女人都是天生爱美的，披肩长发肯定是她从心底认为，最能展现在别人面前的一种美，所以不管怎样了，或是遇到任何事情，绝对不会剪掉她心爱的披肩长发。

"她又是那么地美丽动人、才情横溢、智慧超群、深情款款。仅比我大两岁的许老师，更像是我姐姐。但母亲与姐姐的关怀，我曾未体念感受过。整个中学阶段，语文课都是许老师任教。我的诗朗诵及文学创作，包括节目主持方面的特长，与许老师极为细心的栽培分不开。许老师是综合素质非常高的全方位的博学之人。作为东方女性，又有着人世间最为善良、最为温柔的魅力。高三功课紧，上下山费时，于是我便寄宿在许老师家。平日里，我们学生们眼里看到的是一位乐观、开朗、活泼、幽默的许老师，可自住进她家后才发现，外表令人羡慕的她，内心无限悲寂。

"许老师家在农村，兄弟姐妹多，家里非常穷，原本是读不起书的。她的父亲因为贫穷只念过几天书，可学问颇深，是极有远见之人。于是，连做梦都想上学的父亲，还有贤惠的母亲，虽然过着捉襟见肘的日子，依然咬紧牙关送子女读书。许老师是长女，未等她把大学念完，家里早已债台高筑。眼看弟弟妹妹都要辍学，许老师急得如热锅上的蚂蚁。万般无奈之时，一个胸无点墨、性格粗暴、心狠手辣的生意人看上了她。那样的一个男人，怎会是许老师的终身伴侣。可是他有钱，钱对许老师来说太重要了！许老师是个大孝女，她要帮着父母亲把债务给还了，还不能让弟弟妹妹辍学。于是，许老师在哭了三天三夜之后，嫁给了那个自己并不爱的男人。原以为嫁给一个自己不爱的男人，也就只是少了点激情，没想到生活远比想象中的要难熬。你不爱一个人，短时间可以掩饰，甚至表现出自己很爱的样子。但时间一长，一旦生活中发生波折就会觉得特别苦，特别煎熬。

"都说婚姻是通往幸福的一种方式。当女人嫁给自己不爱的男人时，就算物质上获取了，可精神上还是空虚的，而男人每说一次爱她，对女人来说都是一种压力。时间一长，爱得不到回应，爱的能力就会越来越差，甚至彼此成为最熟悉的陌生人。这就是为什么嫁给一个不爱的男人，委屈了自己，却无法获得真正快乐的原因。试想，每天和一个不喜欢的人同住一个屋檐下，绑定自己的未来，那人生还有何快乐可言。尽管人们都希望自己的爱能有所回应，也希望在这其中幸福快乐。换句话说，人这辈子，谁都想嫁给爱情，嫁给一个自己喜欢的人。可是现实往往相反，很多人最后都未嫁给或娶回爱情。许老师的噩梦，也是这样开始的。

"她的丈夫恶习很多，吃喝嫖赌样样来。刚结婚的时候，有钱还会拿些给许老师贴补家用，慢慢地不但不给钱回家，还伸手向许老师要，如果不给或是给少了，便拳脚相加。有时候在外面玩得不开心，或是生意失败了，回家就拿许老师撒气。有一回，竟把许老师绑在椅子上，全身浇满酒精，疯狂地点着了火，扬言要把许老师活活给烧死，幸亏邻居发现及时才幸免于难。倘若大火燃起，后果不堪设想。谁料邻居散去不久，他又拿起一把水果刀，对着自己的喉咙，寻死觅活的，想想都可怕。

"善良的许老师，就一直生活在那种担惊受怕、打骂不绝的日子中。我是看在眼里、痛在心上、恨在胸中，却又无能为力。雪上加霜的是，许老师结婚多年，仍没生下一男半女，于是她的丈夫更加凶残、狂暴，恨许老师入骨，骂她是不会下蛋的母鸡。许老师是要强之人，加上知识分子的传统思想，很要面子。对于丈夫的劣迹，从未在外透露半点，不知内情的人，满以为他俩过得挺幸福的。除我之外，也许再也没有谁能够了解她深深的苦楚，了解她所有的伤痛与怨恨。

很多夜半时分，她的丈夫醉醺醺地回来，刚把房门闩好，就听见有东西在墙上猛烈地撞击，刺耳的声音至今回想起来都不寒而栗。无数次站在她的房门前，懦弱自私的我虽血气冲天，终归是没有勇气与胆量冲进房里去解救她。我顾虑许老师的尊严，同时也惧怕她男人的暴戾。许老师简直就是生活在地狱之中。渐渐地，我竟然习惯了他们吵架的声音。现在想想，自己那时是多么地软弱与无能。后来，家里吵架的声音慢慢少了，她的丈夫开始彻夜不归，十天半月不见人影。再后来，听说去了大城市做生意，还惹了官司，结局如何不得而知。这些都是我毕业以后才听说的。

"就在朝夕相处的那些日子里，更准确是从做她学生的第一天开始，我就爱上了她。第一眼就爱上了，一见钟情。也许你不会相信，一个学生情窦初开，爱上了自己的老师。不知道我说得对不对，当你爱的人出现时，一种强烈的情绪感受袭来，你有一种极为满足、温暖并且希望与她亲近的感觉。

"临近高考前，我每天复习功课到深夜，许老师就一直陪着我，辅导我，还常常弄些夜宵之类的。好奇怪，如果她不在身边，我就无法集中精力学习，随之而来的便会有种深深的失落感。高考结束后，我特意向方大师要了钱，买了两台一模一样的收录机，还有两盒磁带。去许老师家收拾东西时，我带去了一台收录机，送给许老师做纪念，收录机的把手上我特意刻了许老师的名字，另一台我自己珍藏。当我进到门口时，猛然发现许老师她独自一人在喝酒！她可是滴酒不沾的。见我进去，竟然像个孩子似的哭了起来，哽咽地说：学生毕业了，你也走了，家里空荡荡的，心里也是空荡荡的。她一边哭着说，已经又好几大口酒下肚了。我从没有见过那样的场景，不知道如何安慰她，只知道傻傻地站着，连酒杯也忘记给她拿开。也许是酒劲上来了，她的话也多了起来，絮絮叨叨说起自己多舛的命运，地狱一样的生活。我忍不住陪着掉泪，索性坐下来，也给自己倒了一杯酒。我们就那样聊着、喝着。渐渐地，我觉得整个人昏昏沉沉的，说话很费劲，极不利索，脸也烫得厉害，全身上下的血液似乎要喷出来，心怦怦跳个不停。朦胧中，感觉眼前坐着的不是我的老师，而是一个全身散发着夏日香气的柔软女人。想必许老师眼前看见的，也不是学生，而是个成熟男人吧。

"记得《梨俱吠陀》这样唱：欲爱是原始的种子，心灵的胚胎。诗人尔克给卡卜斯的信中也有如此妙语：身体的快乐是一种感官的体念，与纯净的观察，或是一个美的果实放在我们舌上的感觉没有什么不同，它是我们所应得的丰富而无穷的经验，是一种对于世界的悟解。布朗登博士《浪漫的爱》一文中更有精辟阐述：真正浪漫的爱，是指男女双方在灵魂、情感与性三方面的完美结合，并且包含了彼此对于对方价值的肯定与关怀。

"我俩边喝边聊边落泪，一直到天色渐渐昏暗下来。我没有收拾东西，也没有提出要回去，不放心。不忍离去，也不舍得离去。不知不觉中，我们聊到了先民们在质朴与热烈的长期探索中，触碰到的生命最为原始的话题。我知道，一切从这里开始了。不瞒你说，面对那样一个美丽的女人，那样一个美丽的黄昏，该死的我，混蛋的我，完全不知道之后发生的一切。"

北方喝了口茶，沉默了好一会儿，神情显出万分的愧疚与自责。秦华就那样静静地倾听着，不忍打断。

十三

"我真不配做个人，竟然对自己最亲爱的老师，说了不该说的话，做了不该做的事，犯了不该犯的错。那是今生今世都无法饶恕的大错！

"往事不堪回首。自那个夏天至今，我一刻未曾轻松过，心上分分秒秒犹如磐石重压，无法呼吸。我觉得自己龌龊之极，自知罪孽深重！虽然考上了北方一所名牌大学，可怎么也高兴不起来。难堪的我，万万没有料到更为难堪的事随之而来。结婚几年没怀孕的许老师，却在那个黄昏之后，有了身孕。真是应了那句古话'怕什么来什么'。我一筹莫展，不知如何是好。我知道自己太自私，多次劝许老师去把孩子拿掉，可她坚决不答应。她在发现自己有了身孕后，既惊又喜。平日从她的言谈中，总会透露想有个孩子的愿望。说若有个孩子陪伴左右，日子不至于太孤单寂寞。只是她日思夜想的孩子，会以那么一种极为难堪的方式到来。许老师的家人及朋友都劝她把孩子拿掉，可她铁了心，非要把孩子给生下来。于是特地向学校请了假，完全隐瞒自己有了身孕。一切手续安排妥当之后，她便去了一个僻远的乡下亲戚家安心待产，直到把孩子生下来，月子也顾不得坐一天，便直接回学校上课了。据我所知，这女人生孩子，是要坐月子的，而且一定要坐好，不然会落下病根。许老师就是月子没坐好，身体一直欠佳。

"都说世上没有不透风的墙，此话一点不假。就在孩子生下来不久，许老师的前夫，不知从哪里得到了消息，凶神恶煞地回来了。许老师害怕极了，偷偷把孩子送到更为偏远的乡下去了。当然，自己是断然不能亲自去送的，便拜托了她的亲戚办妥此事，对我也只字未提。可我后来才知道，其实许老师早就离婚了，只是顾忌面子，一直守口如瓶。加上她前夫是个无赖，离婚不离家，许老师毫无办法，才给外人造成了假象。这个世界就是这样：男人除妻子之外，能缠上七个八个的女人，人们会说这男人有本事，羡慕得很。女人，特别是漂亮的女人，若是与丈夫以外的任何一个男人，稍稍亲密接触，即便不出格，也会贴上水性杨花、伤风败俗的标签，遭人唾骂，特别是离婚女人。尤其是那些毫无半点姿色的女人，生怕漂亮女人勾引了她家的男人。又或者是漂亮女人与某个男人好上了，尽管那个男人与她没有半毛钱关系，她也一定会唾沫横飞，冷嘲热讽。恨不得把漂亮女人打入十八层地狱，她才舒坦，以求得心理上的平衡。

"记得有人这样说过：'一个人，一生之中，无论如何要真爱一次，才会明白，爱一个人，是多么凄凉、多么孤独。我们想要的人，并非常常可以得到。'是的，凄凉孤独之爱，往往是一面滤镜，既可以让人观照自己，又能滤清时光的喧哗与复杂，让人重返纯粹和自由。很多时候，也许你要等的人，并不是人群中与你把酒言欢、嬉闹玩笑的那一个，而是寂静时光里与你默默相守之人。这个人，是你等待的理由，是你心灵的归属。这个人，也是你可以永远等待、永远相信的人。她是你出发与回归的依据。内心的渴望，让人们选择远走高飞。心灵的回归，又决定我们在哪个地方停留。这个地方，是永恒的，也是安宁的。相信你也感同身受。独自一人上路，兜兜转转，最后发现，曾经想要的，其实还在原点。

"人生苦短，活在当下，不幸的童年使我早熟。那时候我就想，今生今世要按照自己的意愿活一回。总希望自己的生命会有一些奇迹，遇到一个始终爱着自己的人，两个人的故事无限美好。平淡的日子相濡以沫，呵护备至。或变迁，或翻覆，依然不离不弃。正如哲人所言，爱情高于一切尘世考虑。比如我，尽管无法走近诗人普希金，却可以穿越他留下的寂寥。普希金用生命捍卫爱情、捍卫荣誉，到今天可能仍是他生命中无法抹去的悲哀。但谁又能否认，普希金对爱情的考虑，是高于一切尘世的。我想，无论是谁，只要是真性情，都难以敌过热烈的爱情。

"也许，每个人一生，至少有一段无法忘却的旧情。那些过往，如今想起来，心口还是如刀刺般的痛。我的语文许老师，她早已离去，我和她的故事也早已尘封。然而，曾经深爱的人，却总是那么鲜活地留在记忆里。那些伤痛，无法愈合，即便躲进这深山老林。知道吗，你是第一个，也是最后一个听我讲述这个故事的人。"秦华有些不安地点点头，他发现北方，突然直直地看着那台收录机，不再言语。

十四

雨还在下，檐前的点点滴滴一如往事。秦华和北方也不知道聊了多长时间。天已经完全暗了下来，屋里非常昏暗，山里没有通电，只能用小煤油灯照明。北方的脸色很苍白，不停地咳嗽，不时地捂住胸口。秦华的心不禁紧了一下，他有种不祥的预感。尽管第一次见面，但他突然为眼前这个男人担忧。秦华赶紧帮他续了茶，关切地询问是不是生病了。北方也不回答，只是摇摇头，继续缓缓叙说。

"一个学生，成为自己老师永远的劫难，真该千刀万剐！知道吗，我亲爱的许老师，含恨离开了人世。她的前夫，一个离婚不离家的蛇蝎变态男人，心想自己得不到的就要毁灭，竟然把许老师给活活毒死了！"

现场气氛瞬间凝结！秦华不敢相信自己的耳朵，以为听错了，他害怕再听下去。于是赶忙转移话题，故作轻松地问："你的孩子还好吧，和孩子相见了吗，他现居何处？"一阵长时间的死寂之后，北方才低沉地开始接腔。

"你不是说冰冰满世界找我吗，她就是我和许老师的孩子。"北方的话再次惊到了秦华，这让他错愕不已，嘴张得很大。他都有些糊涂了，这上天到底要干什么，竟然如此捉弄人！他甚至开始诅咒老天，厌恶这个尘世了。他不知道说什么，只好小心翼翼地给北方续了茶水，还下意识地拿出了香烟与打火机，看了看四周，又看了看咳嗽的北方，便又放了回去。

"自那件事情发生之后，许老师几乎和我断了往来。我知道，她是怕误我前程，更怕她前夫对我下毒手。关于孩子的事，她也都瞒着我，我还是在别人那里打听到了一些孩子的消息。这些年来，我一直在寻找孩子，无数次去从前寄养孩子的那户人家。由于发大水，整个村子搬迁，加上通信落后，孩子一直没有下落。不过许老师临终前，派人给我送来了一封信，信里嘱咐我要好好活下去。可关于孩子的下落只字未提，只留给半块玉，说是和孩子的那半块玉可组成一个心形图案。还说我若与孩子有缘相见，此玉便是凭证。"北方边说边摸索着从贴身的上衣口袋里拿出半块玉来。

"说起缘分这东西，真的很奇怪。一次台里招聘主持人，一位气质高雅、才思敏捷、温情可人的姑娘，竟让我僵寂的心柔软如昨。原以为这世界上，除了许老师，我再也不会对别的女人多看一眼。但不知为何，那个姑娘仿佛让我看见了许老师。我俩一见面，就仿佛相识了好几个世纪。"

说到这儿，北方停了下来，咳嗽声随之厉害起来。他的手紧紧捂在胸口。秦华很担心，会不会患了什么大的疾病。这深山老林，也不可能有药可买。于是秦华关切地询问他的身体状况，要不要陪他下山，找医生看看。北方看了看秦华，凄然一笑。那笑容，仿佛披了一层厚厚的秋霜。

"爱情的真相是什么？是属于热烈的激情，还是属于温暖的亲情。一切的一切，都是我的错。是我过于冲动、过于放纵自己，我无法原谅自己的自私自利。所有的后果，应当由我这个罪人来承担，不该是她们母女俩。"北方一手捂紧着胸口，一手拼命地揪着自己的头发。

"我是个自私又懦弱的男人！再次逃避责任，再次铸成大错。记得当时台里安排我辅导冰冰诗朗诵。当我刚开腔之时，冰冰便用异样的眼光看着我，眼里满是恨意，让我百思不得其解。不过接下来发生的事情，相信不说你也猜得到。再后来，我不辞而别了。"

"你也不是故意的，我相信许老师与冰冰，都不会怪你的。""无论是不是故意的，只要造成了伤害，就一定要付出相应的代价。我是个罪人，毁了她娘俩一生的幸福，我罪该万死。"北方不断地用双手，狠狠地抓自己的头发。

"也许，这就是所谓的无法逃脱的宿命。"秦华忍不住插话。他顺势端起茶杯，说："如果说你是今世的水，那么，她便是隔世的茶，用今世的水泡一杯隔世的茶，沉静的是往世的情，游弋的是今世的爱，守候的是来生的命定。有缘之人，一定会在花好月圆的时候相遇，也会在刚刚好的时间里，明白应该明白的事，不多也不少，不早也不迟，才能在刚好的时刻说出刚好的话，结成刚好的姻缘。无缘之人，总是会错过，也就是相逢的陌生人。而最不能释怀的，明知是孽缘，又总会在错误的时间与地点遇见，直到一败涂地，狼狈退却之后，才明白自己错得离谱。你觉得呢。"北方没有接话，只是沉默。秦华接着说："刚才那些话，也不是我的原创，是想借用这些话来劝慰你。"秦华突然觉得，眼前这个伤心男人，正一层一层把自己剥开，裸露在他的面前。一切猝不及防，一切别无选择。他不禁想：这个长年与孤灯相伴、与大山相依、与梦境相守的男人，是无论如何也找不回失落已久的爱情了！秦华这么想着，不觉悲从中来，自己的命运又何尝不是如此呢。

十五

雨更大，天更黑。

秦华无法下山，两个男人秉烛夜谈。

"一个饱尝人间辛酸的女老师，爱上了自私懦弱、毫无责任心的学生。一个倍受人世折磨的女儿，与自己无情无义的父亲不期而遇，那种尴尬与难堪，无法言表，甚至想以死解脱，实在痛心。说来你可能不相信，这些年来，她们娘俩，就像雕刻家手中的刻刀，一刀一刀刻在我的心上。而之所以选择再次逃离，是我无法面对孩子，也无法化解她内心的怨恨。"

"你是如何发现的，她就是你的亲生女儿？"

"我是无意中发现了冰冰的那半块玉，与我的半块玉组合，正好就是她母亲说的心型图案。记得那一次是她着急出去办事，忘了锁门，委托我过去锁门的时候，我在她的书桌上发现一台收录机、一盒磁带。那是我毕业时送给许老师的礼物，做了特殊标记的，我一眼就认了出来。你不知道，当时五雷轰顶的我，是怎样狼狈逃离了冰冰的宿舍，至今都想不起来。

"自私懦弱的我，再一次选择逃避，选择不辞而别。几经辗转，来到了这相思山，过起了苦行僧的日子，想以此减轻自己深重的罪孽。我才明白，为什么第一次辅导她，刚开声她就对我充满了恨意。原来她早就猜到了我是谁，只是顾忌我的名声，没有揭穿我，但也不愿父女相认。不过你说这些年她满世界找我，难道她释怀了，不再恨我了？自那之后，我无颜再见她。本想一死了之，但一死岂不是错上加错、罪上加罪？我渐渐冷静下来了，欲等待合适时机，当面请求她宽恕。如今看来，恐怕没有这个机会了，也罢。

"也许，当你选择飞向花丛，你便选择了美丽；当你选择逃避，注定在劫难逃。我一直不敢触碰往事。是你今天的突然造访，让我猛然跌入难堪记忆的最深处。抱歉，一直都是我在絮絮叨叨，竟然忘记问你，今天为何而来？"

"要说抱歉的人是我，扰你平静。不过心里有事还是要说出来，不然会憋坏的。看你一直捂着胸口，咳嗽得厉害，看来病得不轻。等明天雨停了，我想陪你下山去看看，如何？实不相瞒，我今天来，是早就听采石耳的人说，相思山上来了个高人，想必就是你。我正好今天在山下做清明，顺便上山来请教高人，掐算掐算，解个疑惑。"秦华虔诚地看着北方。

北方苦笑了一下，摆摆手说："哪有什么高人，传得太邪乎。亏你还个大男人，竟然也相信这些。我若能掐会算，怎么没把自己的命给掐算出来，又怎会独自躲在这深山老林，苟且偷生呢。"北方越说越激动，声调提高了不少，咳嗽不断。秦华见状，又赶忙一边续茶水，一边劝慰道："我觉得，你的故事源于真爱。真爱一个人没有错。爱若谜语，给爱设下谜面。离别源于宿命，只能认了。你每天伤心难过，逃避躲藏，于事无补。你那么有才华，不应该这样活着。要知道，你不是一个人活在这世上，你还有女儿，有亲人。请忘记所有的伤痛，让一切都过去。你要记住，你的人生路上，有人在等你。我相信冰冰早就原谅你了，不然不会满世界找你，你可是她在这世上唯一的亲人。"秦华突然觉得自己仿佛成了个哲人。本想继续说下去，但感觉北方非常疲倦，于是提议早点休息。

天还未亮，秦华准备下山，看见蜷缩一团的北方还未醒来，不忍心当面辞行，于是留下临别赠言："但愿你曾经的爱，有着某种恰到好处的形状，恰能完好地镶嵌在你灵魂空缺处，分毫未差；但愿你漫长而苦难的人生旅途，让你拥抱的人没有泪流不止、憾恨不已；但愿你担忧与愧疚的内心，正被另一颗孤独的灵魂宽容着、饶恕着、惦记着。请多保重！有缘再会！"

走出茅屋，他又忍不住深深地看了北方一眼，长叹了好几声，便急匆匆地下山了。他担心自己一夜未归，孩子们会着急的。

十六

日子飞快，转眼又到了秦华的生日。大清早开始，秦华就盼着刘冰冰能来信，可直到太阳落山，依然不见只言片语。失望的他，只好把店门给关了。正在这时，刘冰冰意外出现了，秦华喜出望外，正打算问她是怎么找到这儿时，刘冰冰先开口了："秦华大哥，生日快乐！这是送给你的生日礼物。"秦华顾不上欣赏生日礼物，就迫不及待地把刘冰冰请进小店，特意把店门反锁了，以免打扰。他要详细告诉刘冰冰，关于北方的一切。

秦华仔细地叙述着，刘冰冰托腮认真地听着。当秦华说起北方和许老师的师生恋，说起半块玉佩、收录机、磁带，又说起北方，如今孑然一身住在相思山时，刘冰冰一下子从椅子上弹了起来。难怪自己满世界找北方未果，原来躲藏在山高水远的相思山里。她有些站不住了，险些栽倒，秦华赶忙让刘冰冰坐下。他不停地责备自己太过急切，好在一番苦口婆心的劝慰后，刘冰冰总算慢慢平复了下来。她想到父母亲，虽然命途多舛，却能生死相恋，便觉稍稍安慰。对于母亲来说，能有幸拥有一份至死不渝的爱情，此生无憾。这些年，尽管对父亲有恨，可随着年岁的增长，慢慢也就淡了。毕竟是血浓于水的骨肉亲情，怎么都是绕不过去的。急不可耐的她，一刻也不想耽搁，即刻与秦华赶往相思山。

然而，命运却再次把她抛置于痛苦的深渊。让她千里万里寻遍的亲生父亲，已病入膏肓。万念俱灰、心如刀绞的她，紧紧抱着父亲，泪如泉涌。北方也无法抑制自己的情感，紧紧抓住刘冰冰的手，还不忘万分疼爱地抚摸着她的长发，不停地说："孩子，对不起，请你原谅我的不辞而别，一再逃避，千错万错都是我的错。今生欠你们母女的，只有来世再弥补。我不奢求你能原谅，只希望你能放下一切，把我与你的母亲葬在一起。让我有机会赎罪，好好陪伴你的母亲。"他不禁老泪纵横，哽咽不已。他还再三拜托秦华，好好照顾冰冰，让她好好活下去。

北方很是欣慰，在自己生命的最后时刻，能够父女相认，总算死而无憾。在秦华的帮助下，刘冰冰合葬好了父母之后，拜别秦华，远走他乡。

清明节又到了，却没有雨纷纷。秦华决定，做完此次祭扫，一定要把枝枝找回来，给汪家二老一个交代。他又亲手制作了几只小巧的花圈，分别插于每个至爱的坟头，冥钞塞进石块的缝隙。那斑驳而沉寂的石块，裸露在难得的阳光面前，安详地看着四月的阳光，轻轻柔柔的目光从石缝里，走进走出。相信他们，正深深祈愿秦华、祈愿他们的儿女、祈愿所有驶往至爱河流的船长，幸福抵达！

又是秋天叶落时

又是秋天叶落时

又是秋天叶落时
西风渐紧
树树秋声

落叶从枝头跳下
没有划痕
却重重把我砸疼

捡起一枚落叶
和往事相别
唱一首离歌

又是秋天叶落时
心开始流浪

有些记忆删除
有些等候放弃
有些东西放手

我在秋天
断舍离

秋天　等你来牵我的手

盈盈秋水，谁言望穿？若涉过秋水，我的爱情，便会盛开如花。

——题记

秋水，在岁月里流淌。望穿，在九月。等待，望穿秋水，如一朵花开的轮回，盛开在古老而雅致的江南。我的宿命，便是在江南，等待宿命的你，来牵我的手。我知道，我的爱情，是从春天开始上路的，所有颠簸，只为等待那一刻。我还知道，春天的花影似乎有些模糊，夏天的酷热亦渐行渐远，而冬天的寒冷不会来临。那么，我的生命，注定只有秋天。而我，乃九月女子，我也只愿意有秋天。也许，我的一生注定要以秋水的名义触及秋天。

秋天，等你来牵我的手。

洁净如雪，纤尘不染，玉树亭立，踏水而来。也许，在这般年纪里，有些想念，无关风月；有些等待，无关爱情。这个世上原本就是爱情故事非常多，而爱情很少。

哲人说："爱情是一种牵系，约定。一生，我们能遇见多少人，又与其中的几个有约，这约又是否饱满崭新如花苞，一定会安稳地待在枝头等到盛放的那天？"我想，盛放如何，不盛放又如何，盛衰开谢，悲欢离合，乃轮回之道。而我，只要这个轮回让我陪着你。你整个世界的阳光那么多，都给了我，眼角尽是烟火岁月里知足的幸福。如此可爱的样子，想着你无数个日升月落陪伴在我身边，便觉自己是世间最幸福的女子。

2月2日，是我此生最幸福最幸运最难忘的日子。这一日，我和你茫茫人海相遇，一颗心苦苦为爱等候十二年。十二年，一轮回。遇见，是奇迹。遇上你是我的缘，冥冥中注定的姻缘。我知道，将相识相爱归结于缘分似乎很俗套，却是我们谁也逃脱不了的上天安排。我在江南，你在塞北，缘分使你我相遇、相知、相爱、相守。相遇的惊喜，相知的默契，相爱的甜蜜，相守的幸福，说不完的话、诉不完的情。千回百转，赫然回首，原来你就是我命定的归宿。

很喜欢《廊桥遗梦》里女主人公弗朗西斯卡初见梦中情人罗伯特的一段内心独白："现在很清楚，我向你走去，你向我走来已经很久很久了。虽然在我们相会之前谁也不知道对方的存在，但是在我们浑然不觉之中有一种无意识的注定的缘分在轻轻地吟唱，保证我们一定会走到一起。就像两只孤雁在神力的召唤下飞越一片又一片广袤的草原，多少年来，整整一生的时间，我们一直都在朝对方走去。"一如你我，仿佛前世走散的恋人，在今世的轮回中，都在苦苦寻找对方，走近对方。我想，只有从前世恪守至今的相思，才会如此动人，如此美丽。

有一种美丽叫作奇迹，有一种奇迹叫作遇见。人海茫茫，有幸遇见和我一样喜爱诗歌的男子，一样懂得情爱，珍惜情爱。无须多语，仅一个眼神，一个微笑，便心领神会，原来这就是相见恨晚。今生遇见，如此熟悉与亲切，仿佛延续我们的千年之恋。初遇时你就说，我是你前世错过的那一朵莲花，是你前世青灯下萦绕的袅袅香烟，是你前世江南云雾小镇亲吻的那滴雨、那缕风。网名雨风的你，还常常对我说，诗歌不是写出来的，而是自然流露出来的，由心而生。你说你写诗的时候李白来过，写散文的时候爱情来过。

你知道吗，作为诗人的你得到了著名诗人的高度肯定和赞誉，称你为"神之使者"，他是这么评价的：

神来之笔，天谴之意。皆是天机，不可与说。

不可说！不可说！

俗缘未了哪得睹？清诗妙绝不容酬！

信夫！

无妨诗偈。

你知道的，诗偈，是类似佛家偈颂的诗作。从佛家美学看你的诗，便是禅与诗相互交涉，诗与禅相互感通。而你的诗歌、随笔、散文皆是涉及你的作品之美，与人生境界的评价，有一种自觉觉他、自度度他之心，这是倾向佛禅的人格及作品风貌，具有一种超旷的精神与重要的禅趣和机锋。下面节选的六首诗歌、一篇随笔、一篇散文便足可说明。

诗　歌

1.《圆》

人生亦易亦难难 / 万家灯火盼团圆 / 待问我心向何方 / 却在半月圆月间。

2.《雄风》

大漠雄风吼 / 铁骑万里行 / 枯木逢瀚雨 / 丹彤玉壶心。

3.《踏歌行》

童颜玩伴游水上 / 碧水百兽尽思量 / 今足烈焰独探寻 / 水上依在天无恙 / 岁月流水事事空 / 儿时望月今难通 / 自古人生多如此 / 十年千载百年庸。

4.《沉沦》

薄雾迷茫愁难却 / 遗忘沧桑萧香夜 / 瞭视近海虚无在 / 一望无烟

许在先。

无雀溪边说无雀 / 有崖岸边叹崖牵 / 一生寄与万层渊 / 化作弹指一挥间。

语出惊梦方才醒 / 道是途来友之焉 / 群欢相聚吾之忘 / 无心也罢伤有前。

5.《合声》

莫听穿林打叶声 / 也无风雨也无晴 / 心悦空灵声声在 / 雨风来时尽来情。

6.《约》

三日相诉约三月 / 千载轮回牵万年 / 何如度我半生怨 / 尔却崖边扫清廉。

随 笔

《感悟人生》

或许当你在人生受苦已到了尽头的时候，就会出现奇迹，一个理解你的人就出现了，而且还是那么爱你，这就是人生。苦尽甘来，我会用心来体会这份迟来的爱，保护她！

一个爱的堡垒在刚修筑的时候，总是很坚实的，但是随着岁月流逝，会受到各种侵蚀，我们要不断修补它，使它成为千年流传的能让后人参观的基石。

爱情永远是一件美好的事情。

一缕清风，吹醒我波荡的心浪，一片乌云，激荡我遨游长空。人生，就是这样，我不知何时是头，何时是尾，这好比一个圆圈，每一天都是我生活的起点。在人生的旅途中，我做过多次抉择，然而失败却成了我的朋友，好像愿望与现实相去很远。我只有在无助中随风而动，岁月与酒催我变老、变傻，好像一只落水的狗。

世界的存在性和我们对待世界的评价性永远是一个值得探讨的问题。在对待同一件事情上，我们每一个人都会从不同的角度、不同的高度来回答它，这正是造成我们这个世界纷繁的可爱之处，一定要坚信你眼里的世界。原因很简单，这就是我们的价值存在。

散　文

《雨风的故事》

岁月带给我们一缕乡愁，我们还给岁月一些等待。我们等待脚步同行，我们等待灵魂回家。等待时，聆听轻柔的音乐，非常细微地播放着。亮起灯光，她已经沿着小径来了。当我听到她的脚步，听到她的话语，说她的一切都将属于我，只属于我可以独拥时，我有些语无伦次了。她知道，我一直在期望这一刻。当我们相遇，我要告诉她这是一段漫长的等待。不，我不会那样说。在等待她脚步到来的时候，我的生活、梦想与呼吸，这一切全是为了她的到来。当春雨来临，当夏花送至，当秋风抱我，我的脚步只有她听得懂，她的脚步只有我能体会。

2月2日深夜，美丽而难忘的夜晚，我遇见了轮回的她。在这苦难的岁月，她抛弃我近四十载，任我在寒风中，任我在苦雨里，挣扎抑或毁灭。四十年来，我一直在寻觅，在等待，在呼喊。

风怎么了，雨在哪里，希望你们见面。我要风回答，我要雨记录。这风这雨，这情这爱，好美，好润，吹起层层涟漪。在涟漪中，风在吟，雨在唱。在这样的时光，在这样的岁月，风雨成了永远的爱人。无论何时何地，无论黑夜白昼，它们结伴而行。我问风：你对雨有何求？我问雨：你对风有何愿？风不语，雨也不语，答案在穿越中。就这样，风伴随雨，雨伴随风，一年年，一月月，一天天，聆听雨风的故事。

以上就是挑选你的六首诗歌、一篇随笔、一篇散文。

张小娴说："有人比较幸运，不需很努力去拼就能成功，有人要很拼才成功。人的命运各不同，越幸运越要珍惜，因为幸运之神不会永远照看着你。当年你那么努力去拼，再怎么偏心的幸运之神都不好意思不为你停步。不管命运是不是早已经写好，去拼！去爱！去爱你所拼的，爱拼才会不一样。"不说文学的你，单说作为国际通信专家，许多国内外新闻媒体都在醒目的位置这样写道：曲折路上书写不朽辉煌，用心铸就传奇通信人生。

当你在香港 P 项目任项目工程经理时，就累积负责管理过一千四百个站点的天馈割接，硬件安装工作，出色完成本区域三百个站点的验收交付工作，成功控制了本区项目的整体项目进度，出色完成香港 P 项目本区域的工作，成功完成 3G、2G、2GRecovery 硬件施工工作及本区域站点的验收移交工作。你还负责过 WCDMA、CDMA、GSM 电源传输交换等多项网络建设工程，负责过核心网建设、基站等管理工作，参加过有线和无线产品的项目施工。你率领的团队，成为香港所有团队之首。而你的足迹，几乎遍及整个世界。

越是非凡的历程，越是光芒万丈。

我知道，由你演绎的光辉岁月，引领着一代通信人寻求自己的光荣与梦想。那些难忘的经历，那些不朽的过往，一直以来，都是我的骄傲。我还知道，你是怎样把背影拉长将苍穹点亮，怎样将白昼沦陷把黑夜点亮。一个季节走了转眼又来一季，一个岁月走了转眼又来一段。把奋斗的艰辛和悲伤全部放下，瞬间倒塌成了心里的褶皱；把所有的过往和岁月全部放下，刹那浇灌出了血液里的莲花。花开的地方，我看到了花与花的缝隙绽放精美绝伦。纯白的年华，我只要那一场盛世的花开。

你说我是你此生此世最爱的女人。关于"最爱"一词，你是这样诠释的：最爱的女人是男人爱情的终结者。若是拿江山和女人相比，他会选最爱的女人不选江山。若是两人只能有一人存活于世，他会选择死，让他最爱的女人活下来。男人有了最爱的女人，其他女人就再也进不了他的心，他心里不会再有曾经的和以后的女人。

没有最爱的女人，男人的身边才会有很多女人。而你，是性情男人，亦是感性男人。有了最爱的我，你再也看不见其他女人。而我，也看不到其他，看到的只有你的光辉。命运就是如此奇妙，你想留住的，总要到最后才明白那不过是一场烟花；你没想过去争得的，却如空气般地存在。

静好的时光里，我在江南，守一段美好的年华；皎洁的月色里，我在江南，等一场美丽的邂逅，一日一日地等。日子一天天过去，生活看似依旧，其实每天都在默默地等。记不清多少回了，在辗转来临的温热阳光里嗅到了秋日的香气，却倏忽又消散。在十二年左等右等等不来爱情的迷乱季节，我以从未有过的期盼，翘首一段灼热而躁动的秋日时光。也曾悲伤、也曾害怕、也曾彷徨，但从不绝望、从不放弃、从不孱弱。

如今，那些被切割的往事，敞开昨日的心扉，守望流逝的岁月和褪色的风景，正向我展示某些早已模糊的细节，灿烂每一次回眸时的片段与感动。一瞬一季、一季一年，来年去年、此去经年，你成了我生命的唯一。一切开始变得微妙，眼神里有了温度；四季开始变得悸动，秋天终将来临。

慢下来，静下来，整个秋天。

秋天，令人想象的东西太多。未曾邂逅你之前，我经常想起那首《秋天不回来》的歌，很多伤心事便会不断浮现。那个时候的我，真的希望每个秋天走得快些，让我在雪地等。晚风中的孤独，是任谁也无法抹去的惆怅。很多事犹如天气，慢慢热或者渐渐冷，等到惊悟，已过了一季又一季。

风吹流年，散落尘埃里，雨花迷离了谁的泪眼？流年陌路，秋来的等待是又一轮回！

当秋天婉约的萧瑟抖落最后一片绿色，辞别枝头的黄叶像一只只舞倦了的蜂蝶，借助秋风的引诱，迫不及待地扑向季节的深处，此时的我，正在爱情的深处，正在秋天的深处，等你来牵我的手。

北方之北，南方之南，我只选择你左边胸膛上第三根肋骨的位置，今生来世。穿越风雨，穿越四季，穿越寂寞与繁华。我只做一件事：等你，等你来牵我的手，等你敲门的手指如夏花般静静绽放。

等你。在秋天。

不了了之的爱情

秋已暮、冬将至，风渐起、天渐凉。

曾经炽热的爱在一次次失望中被风干成绝望，曾经深爱的心在一次次伤害后被薄凉成寒冰。原来，没有来日方长。有的，只是岁月匆匆。

都说流年似水，韶光如梦。看惯了秋月春风，悲欢离合，人生故事本相同，可终究无法释怀这五年的守候。五年不算短，很多人期待我们可以修成正果，却事与愿违。爱情于我，就像一场无言的秋红，流水光阴不过梅花三弄。秋去冬来，天涯西东，花事成空。而我在匆匆时光里，静待一树花开，盼你叶落归来。

总以为，那些散落的芬芳，是爱的流转，是对最懂华年最美的深铭。秋天，你会来牵我的手。直到眉宇间，再也寻不见一丝欢愉；极目处，再也看不到熟悉的身影。才知晓，过往许多纯净的恩宠，都还给了流光。往事，一如消瘦的花，终于在流年的风中，渐行渐远渐生凉。

五年前，因为爱情，我明白了什么是相遇在最懂得的年华。五年后，因为离别，我懂得了世界上最辛苦的事情不是异国恋，而是明明我们可以选择在一起的时候，你却突然消失在我的世界。没有电话，没有短信与微信，没有任何的问候和告别。

　　原以为，和一个人分开，会有些征兆，后来发现其实什么都没有。至少有个仪式吧，见一面或者吃个饭什么的，但是也没有。很多事情，发生的时候，并不是电影电视剧中那样闹腾，而是非常平静。平静到你以为那个人没有走。其实我也只是想和你见一面，正式地告别下，可是最后，却那么平静地转身，各自离开了。有人说，大张旗鼓地离开都是试探，真正的分开都是悄无声息，不需要告别的。是啊，很多时候，就是这样。在很久以后，还没回过神来，原来我们就这样分别了。那些曾经的海誓山盟，还在耳边，可是许诺之人，早已隔着万水千山。终于明白，开场要入戏，落幕要出席。原来那天的再见，就已经是最后一面。往后的余生里，我们再也见不到彼此了。

　　回首灯火阑珊处，早已空无一人。

　　所谓，五百年回眸；所谓，一千年等待。不过如此。

　　不了了之的爱情。

　　依旧是高爽的天空，依旧是落地的枯叶。横亘的忧伤刻满了绝情，片片凋零。我的爱情没缘由地，不了了之。是我不够好吗？是我不够珍惜吗？那些你曾给予我的温暖与美好，如今给了谁？那些你曾为我流过的眼泪，如今为了谁？太多的疑惑，在我还没有开口，就在彼此的沉默里，告别了。才明白，时光的眼眸从不会为谁书写永远。那些以为可以相伴一生的人，或失之交臂或劳燕分飞或曲终人散，茫茫不知消失于何处。所有的过往，总有一天，都会消失在这一路的绿肥红瘦里。

也曾因贪恋一米阳光的温暖，在江南的草长莺飞处，期待细雨小巷中遇见的诗意；也曾为了那抹似曾相识的笑容，于百转千回处，将三月桃花的花期，开到荼蘼花事。只是流光，最易把人抛。那些红了桃花，绿了芭蕉，终是一池宁静的春水，在泛黄的辞章里，种植柔软和温暖，成了寂寂人生里，春风化雨的景色，于曲径通幽处，书写着风轻云淡的留白与苍白。

每每这时，书写几乎成了凝固记忆与祭奠爱之殇的一种姿态。当所有纷扰的奢望在指尖下化成一个个字符时，感觉心里是澄澈而虚幻的。一如落满灰尘的锦缎，分明绣着满满的花团锦簇，却是曾经的风华绝代。太多的不值得与来不及，湮没在时光的流水里。

来不及采撷桃花的枝丫，斜插三月的深处；来不及点燃夏夜的激情，铺展生命的起伏；来不及存储阳光的热情，温暖未知的岁月。转眼间，却已惊觉薄凉环绕。点滴凉意，早已透出深秋的味道。有些机会，还来不及伸手，就已消失；有些风景，还来不及欣赏，便已远去；有些情爱，还来不及许诺，就已相隔天涯。

当挚爱成殇，愿淡然遗忘。有些话，说与不说，都是伤害。有些人，留与不留，都会离开。有些人、有些事、有些情、有些爱，只能止于唇齿、掩于岁月。

看一段老去的光阴，等一场花开的寂寞。

秋天，等你来牵我的手，只为这个季节的丰盈与充实。却不料，我卸载下吨位重的爱情，也在秋天。这个秋天，满是褶皱的山坡裸露出大片大片的老年斑，苍老得近乎残酷。仿佛从未有过的哀伤与悲伤在天边燃烧，残忍吞噬着我灵魂的残骸。我努力想走得更远，在遥远的地方，做一次决绝的告别。我不知道，那三月的桃花，除了我，还会和谁笑春风？那秋天牵手的念，除了我，还会和谁说永远？是不是每个人，走到最后，扫尽尘埃，都会把日子过到一无所有？只有那时，才能够在纷扰复杂的人群里，得到安然，得到释怀。

席慕蓉说，其实我们一直都在错过，错过了昨天，又错过了今朝。有些遇见，注定会错过，却是生命中最深的铭记；有些花，注定不会结果，却是人生路上的芬芳；有些故事，注定没有结局，却是红尘最美的写意。假如你想要一件东西，就放它走。它若能回来找你，就永远属于你；它若不回来，那根本就不是你的。如果真的有一天，某个回不来的人消失了，某个离不开的人离开了，也没关系。时间会把正确的人带到你身边，在此之前，你所要做的，是好好照顾自己。别再为错过了什么而懊悔。你错过的人和事，别人才有机会遇见。别人错过了，你才有机会拥有。人人都会错过，人人都曾经错过，真正属于你的，永远不会错过。

如若相爱，便携手到老；如若错过，便护他安好。

你若远行，我送你一程好山好水，这一路的景致，不必记取太多，只需记得，那一首叫作《遇见》的诗，也曾有过温暖，也曾百转千回。而我，一如从前，拥有这平和心境。不是流光多情地将我照料，而是看过凡尘来往，我早已学会了相忘。时常会想，做一个平和平静的女子，做一个纯粹透明的女子，做一个悲悯情怀的女子。给我一段老时光，独坐在绿苔滋长的莲窗下，泡一壶清茶。不去想，那些远去的爱情，那些走过的岁月，到底多少是真，多少是假。每一次转身的背后，曾有着怎样的伤痛和隐忍。那些曾开在心里的花，是怎样地盛开和芬芳，又是怎样地荒芜与凋零，到最后，已无关风月，亦无关你我。

红尘三千丈，抵不过新词旧韵。

多少故事，在轮回中化作春泥；多少真情，在冷暖中融入飞雪。一念心伤，一念明媚，那些心灵相伴走过的日子，终是敌不过流年。有的相遇成歌，注定了在缱绻红尘相携而去；有的转身为念，注定了行色匆匆，独自而行。有时候，明知无路可走，却还得前行，因为活着。有些事，明知错了，还要坚持，因为不甘心；有些人，明知是爱的，也要放弃，因为没结局。

也许，没有结局的结局，才是最好的结局。

如果可以，我只想做一株遗世的梅花，守着寂寞的年华，在老去的渡口，和某个归人，一起看日出日落，看我将前尘过往深埋。

不了了之的爱情，不了了之的结局。

落花辞

落花辞

春去秋来
落花眉间
小窗独倚
蝶儿远飞

五百年前相遇
你说不过是为了分离
五百年后轮回
那是为了等候

多少年过去了
水远山长
不复相见

夜深沉
星子如霜
一粒粒滑落

月落乌啼
竹扉半掩
秋雁过长空
风里黄花瘦

父亲的眼泪

父亲，哥把您植于故乡的泥土整整十六年了。总以为您会像春天的种子一样，穿透冻结大地，穿越风霜雪雨，穿越苍茫夜障之悲怆与绝望，抽芽吐绿。只是这十六年来，一抔黄土寂静如斯。

我的世界因您的离去而阴霾如晦。当无限的思念与怀想无法止息，父亲，匍匐于无人子夜的您的女儿，要穿越浮尘躁世，掬一捧您若远古圣水之泪，浸渍那抔黄土。也许，苍凉而贫瘠的泥土之上，生长着些许绿意。

父亲，您一生流了太多太多的泪。您的眼泪，似乎与生俱来。都说男儿有泪不轻弹，但是女儿认为，情动泪自流，只有哭过的人才懂得眼泪，懂得情感。在您坚守的苦难岁月里，您用顽强与不屈抗拒一次又一次巨大厄运。背负沉重的您，走路无法提起脚后跟，以至于鞋子与地面常常发出低沉的拖沓之声。为了九个孩子读书，您编过箩筐，炸过油条，卖过斗笠，做过会计……那件终年不变的黑色上衣，也许是您人生永远的象征。

父亲，女儿至今无法抹去您临终眼角的那一滴泪水。您患绝症的无数个日日夜夜，只能坐在床上，万分痛苦地趴在用细绳捆绑的两床棉絮上，用双膝顶住疼痛难忍的胃部，头侧放着痴望窗外。那天中午，极为虚弱的您一直说您去世多年的哥哥找您来了，嘱咐我们照顾好母亲、照顾好弟弟妹妹之后您便安详离去了。从未目睹亲人离去、手足无措的我们，只知道跪在地上失声痛哭。哥跪在床上疯狂地抱住您，撕心裂肺阻止我们哭泣，说您是睡着了。自中午到第二天上午，哥、弟、妹分分秒秒给您做心肺按压，祈祷奇迹发生，可您的全身愈来愈冰凉，我们灵魂的天堂瞬间坍塌。但您的眼角却流出一滴清泪，那一滴清泪成了女儿今生无法解开的谜。父亲，您是不是一朝离去独自悲泣，让所有的爱与泪刹那永恒。抑或告诉我们，时间会吞噬一切，人生真的很短促，不知道在什么时候，生命就走到了尽头。

记得您说您流得最伤悲、最刻骨铭心的泪是一回做梦想上学，醒来泪湿衫巾。您的父母早故，仅六岁的您便做了长工——帮别人家放牛。没有双亲的年代会让很多孩子遭遇黑暗，您却在厄运中抬起头，迎来曙光。也许，受尽了苦，操碎了心，砸锅卖铁把九个儿女送出农门的您，因了圆梦。

面对清贫，面对磨难，您和母亲毅然选择磨碎骨头，含辛茹苦用知识喂养我们。于是所有的白天被您拉得很长很长。最早踏破残冬积雪、走向田野的是您，最先刨开泥土、播撒种子的是您，烈焰炙烤下挥锄的是您，清辉冷月下扶犁的是您，深山密林中亦有您砍柴的辛劳单薄伛偻的背影。您一刻也无法歇息下来。我勤劳而善良的父亲啊，十六年了，天堂里有没有您歇息的暖衣，有没有您圆梦的学校，有没有您拭泪的衫巾？

父亲，未迎娶我的母亲之前，您的前两任妻子均不幸病逝，极度悲恸与绝望的您，昏死三天！女儿无法想象，多灾多难的您，昏倒在亡妻的棺材前，在那满是泥水的地上，一任无声无息的浑浊而凄楚的泪水，是怎样浸渍一个庄稼汉子的劫难，又是怎样濯洗一个优秀男人的不幸！

您还记得吗，父亲。您说您喜极而泣之泪是迎娶我母亲的那天晚上。我的母亲端庄贤淑、勤劳善良、宽容厚道、持家有方。对您温柔体贴、无微不至；对您前两任妻子留下的两个孩子，更是百般疼爱、呵护万分。您说结婚当晚，我的母亲一直搂着您的两个苦命孩子泪流不止，告诉他们从此有娘疼有娘爱。就在那一刻，您说您坚硬而僵寂的心剧烈颤抖，所有的感动瞬间土崩瓦解，眼泪倾泻而下！

能不感动如潮么，父亲。是我那有着海洋与天空胸怀的母亲，若雨后彩虹般的爱，擦亮您潮湿而黯然的天空，拯救了花朵的枯萎，支撑起一无所有的贫穷。从此，您清瘦的家园温馨至极，爱与爱永不分离。

当小哥收到大学录取通知书，全村人敲锣打鼓赶来向您和母亲祝贺的时候，父亲，女儿分明看见您同样喜极而泣，双眸流溢仲夏之光芒。您的儿子是村子里第一个大学生。我起早贪黑的父亲啊，您弯下身子，收割的是一粒多么饱满的种子。涉足其间，您的儿女亦是田垄里一株株花香的稻子。于是您常常牵着那头老黄牛，苦苦守候在儿女们回家的必经小路，小路上铺满您和母亲倾斜的目光。姐姐出嫁与弟弟妹妹出外求学之后，那条小路更加瘦长，更为潮湿。

父亲，您悲伤流泪，欢喜亦流泪。女儿始料未及，那个冬天会是您永久的归期。女儿知道，您的眼泪其实并不是与生俱来的。坚强、果敢、耿直、乐观、豁达、幽默的您，对事业、家庭、子女的爱，有口皆碑！而您一生之所以流了太多太多的泪，因了厚重的岁月，因了岁月的尘埃，因了生命不可承受之重！

父亲，咫尺天涯，生死两茫茫，女儿抑制不住如潮伤悲。整整十六年了，您依然寂静如斯，而我无限的怀念早已疯长成整片山野。一叩三拜，焚几许黄表纸，捧上一束鲜花，紧紧攥一把黄土捂在胸口。尽管女儿在人世间经历了很多世事与变故，但您一定不会看到女儿的伤痛。因您的眼泪，乃女儿永恒思念，时时濡湿梦境、洗涤灵魂之圣水。

如果有来生，父亲，请让我再做您的女儿，为您珍藏所有的泪水，轮回成雨。那么有一天，您的坟头会抽芽吐绿……

清明　以女儿的名义祭奠父母

　　给我生命的人早已长眠大地。一年，又一年。我们之间生长着草、树木、季节、世界，彼此隔着泥土相互取暖。每年清明，总想去那坟头看看，抚一抚坟头的碑，摸一摸沉默了十九年的土，可我不能。

　　又是清明时节，暮色苍茫，细雨纷飞，几多离愁，几多悲绪，随檐下的流水逝去。逝水如斯，逝者亦如斯。想来，人生在世，总在经历"逝"。只是此"逝"分明带有温度与湿度，带有厚度与广度，带有生命的短促与怀想的久远。而我，已经害怕怀想，想得愈深刻痛得愈深刻，生命似乎早已被抽空，陷入长久汹涌的怀念。一颗被压抑的破碎的心，找寻湿润的出口，与大地达成更深刻的默契，直到黑暗覆盖我的悲伤。追思。悲恸。遥望。像燃烧的火焰。

　　清明，另一种火焰，另一种祭奠，以女儿的名义。

　　当所有的古老已经陈旧，所有的陋规已经打破的时候，我的老父母，女儿很不理解，十九年了，为什么我的家人依然固执认为，清明节，只有儿子可以带着纸钱、香烛、鲜花给您俩上坟？女儿却不能上坟，女儿上坟会使娘家家运衰微。这难道是上苍的旨意？女儿不懂！

　　面对陋规，面对家族的隐痛，除了依从与妥协，我还能说什么！

也许，人活着便一直在重复这样或那样的悲情，自己却无能为力。这些年，一个人的季节，固然少了喧嚣，却多了寂寥。日子反反复复，而那逝去的，总会在不经意间返回。很多无法释怀的愁绪，很多无法寄托的哀思，像故土疏离，像亲人老去。而我，需要诉说与祭奠。

清明，以女儿的名义祭奠父母。

清明之外，不敢触碰的过往，不忍卒读的惨景，在那寒冷的冬夜、颠簸的小路与冰冷的拖拉机之上，在那破败的老屋、破旧的木门与锈蚀的铁锁之上。

那是我今生今世无法忘却的凄寒之夜。天是无边的漆黑，那漆黑湮没了月光和星光，只有冷风如泣如诉。我的母亲，裸露着伤口，无声无息地躺在铺满稻草的冰冷的拖拉机上，凄厉的寒风从母亲的伤口钻进钻出，母亲无知无觉。肝肠寸断的我们，强忍着泪水默默陪伴在母亲身旁，大姐嘱咐不能有一滴泪落在母亲身上。拖拉机是小哥的学生帮忙找来的。父亲离去后，母亲便住在小哥家。当破旧的拖拉机颠簸在乡间的小路上，母亲啊，任凭您的儿女怎样抱着您，摇动您，您一动不动。千呼万唤，终归没换来您的一声回应。

当您回到朝思暮想的家时，村里人都认不得您了，只剩一副骨架的您，一如秋收过后的大地。乡亲们手忙脚乱地打扫了门窗紧闭的老屋，小心翼翼地把您放置在一扇旧木门上，那是父亲离去时曾经躺过的旧木门。

您知道吗，母亲，那一刻，泪水像一场山洪暴发，顷刻淹没了整个村庄。四邻八乡的人们连夜赶来，送行的队伍蜿蜒几公里，那情景和父亲离去时一样。您和父亲都是德高望重之人。

我不知道，那是怎样的一种哀悼，又是怎样的一种残酷！而一直惧怕残酷的我，眼前不断叠映着：冬夜，那条小路，那台拖拉机，那捆稻草，那扇旧木门，那把锈铁锁；还有那远山，那坟头，更有那无法瞑合的双目。

怎能瞑目啊，母亲。不忍离去的您，有着太多的不舍与牵挂。您的小女儿和小儿子学业未成，您的三儿子还未娶妻生子，您的大儿子民办教师仍未转正……小妹说，您离去的那天她心神不宁，四处打电话无人接听，心急如焚的她借了两百元钱，当天从北京赶到武汉，与正在读大学的小弟一起，深夜坐船到九江，等他俩来到小哥家时，已是凌晨三点，隔壁邻居急忙找来手电筒，告知母亲您已经回家了。而此刻，您躺在旧木门上，眼睛一直睁着，无法瞑目，直至伤心欲绝的小妹小弟跟跄奔到您身边，轻抚您的眼睛，您才安详合眼。而让您和父亲最放心不下的您的三儿子，更是无法自已。他哽咽着说，从未出过远门、片刻未曾歇息的您，因做胃镜检查，才去过他的寝室休息了两小时，那可是您一生最远最长的两小时！

本该享受一世的清闲与温暖啊，我的母亲！

追忆愈深，负罪愈重。我的老父母，女儿收受的爱太多，而反哺的少之又少。每每想起这些，总觉愧疚太多，憾恨太多。千里之外，怅然远眺，三尺坟茔，生死之隔。草、树木、季节、世界。

十九年了，那扇旧木门，一直虚掩着。苍老的背影，带着女儿的无限悲伤走进门后，便再也没有出来。而今，一把锈蚀铁锁，撕开泥墙愈来愈多的裂痕，看守着老屋落叶般的未了心愿……谁来拂去一个时节的烟雨抑或尘埃，谁又来打破一个家族的陋规抑或隐痛？

让另一种火焰，另一种祭奠，以女儿的名义，从寒冬伸进春天，点亮清明。那么，给我生命的人，便能够感受到女儿的温暖，大地的温暖。

二十年生死两茫茫

父亲，女儿至今无法相信，您离开这个世界，已经二十年了！

二十年来，您知道女儿是怎样怀念您和母亲的吗？夜里，您总是在女儿的梦里；白天，您总是在女儿视线无法抵达的地方。女儿与世界相隔的只是一眼之间，与您相隔的却是一块碑。

生与死，居然只是一块碑的厚度。

二十年，生死两茫茫。

二十年，离殇梦断肠。

又是清明时节，又是阴阳交会的日子。女儿很想去老屋，去那空了整整二十年的破败不堪的土砖房子里，静静地坐着，静静地追忆，静静地怀想，静静地燃一炷香。

烟雾缭绕，怀念疯长，泪落成河。

您知道吗，父亲，自从您和母亲合葬于后山土丘的那一刻起，老屋就是女儿永远的魂。曾经以为自己的心不会再轻易悲伤，却猛然发现，只要走近清明，走进老屋，女儿便无法伪装坚强。

记不清多少次，长跪在您和母亲的坟前，抚着冰凉冷清的墓碑，泣不成声，空对一抔黄土；记不清多少回，静坐在孤寂残破的石门槛上，任时光淡淡泛凉，等待厚重木门能再次发出那古老而绵长的声响；记不清多少季，野草、落花、阳光、暮蝉，从夏天走过，把我遗忘。唯长长的香烛，燃烧长长的思念，清烟沉寂地冉冉。

香烛燃尽，光芒未熄。

我的老父亲，女儿常常想起您在吉山寺，为我和姐姐即将来临的中考燃香祈祷。那天天刚微晓，您就提着一个小竹篮，领着我和姐姐去吉山寺。小竹篮是母亲早已准备好了的，里面放着香烛、菜油之类的物品。菜油是母亲一勺一勺地从一个旧瓦罐里舀出来的，瓶口用白纸塞着。一瓶菜油全家十余口人要用大半年，以至于后来我们的菜里只有咸味。吉山寺建在丫吉山顶。当我们气喘吁吁地到达山顶时，您的黑色上衣已经能拧出水来。进入庙里，我和姐姐看着您虔诚而又小心翼翼地将准备了多天的香、烛、菜油等物品一一齐整地列出，然后在烟雾升起时，您双手合十，虔诚地向您心目中的神灵祷告，保佑我和姐姐考试时能够才思敏捷，遇见不会做的题，可以在神灵的点化庇佑之下逢凶化吉。尽管您常常告诫我们，不能将自己的前程和命运交与那些虚幻而渺远的神灵。但为了儿女们，即便荒唐可笑，即便徒劳无益，您和母亲却总是不厌其烦地去做。

那一刻，女儿不敢亦不忍看烟雾后面，您那双虔诚而又充满期盼的眼睛，女儿害怕自己一个转身就会有泪滑落。女儿更害怕，您翻山越岭怀揣的梦想与希望，会被残酷的现实击碎。也就是在那一刻，女儿对神灵有了一种莫名的敬畏，哪怕只是为了要尊重您的尊重，信奉您的信奉。女儿已经知道，燃一炷香，时间很短，希望很长。

金斯莱说，永远没有人可以击退一个坚决强毅的希望。人生，是漫长的旅程，永远向遥远的地方蔓延着；希望，是胜利的烛火，永远在成功的彼岸点亮着。于是，女儿常常独自一人，在黑暗的夜里，燃一炷心香，找寻那么一点微弱的光芒。

然而，光芒与苦难同在。女儿始料未及，您的突然离去，使得女儿的前面没有了遮拦，无数的苦难便在没有任何障碍的情况下逼近，尽管女儿把自己放在最底层的位置，渺小而卑微地活着，但一次次的苦难，注定万劫不复。女儿甚至开始在自己的生命中有了死亡意识。女儿知道，终有一天，自己的生命，也会像那烟雾一样散去，躯壳亦会像落叶一样，化为青泥。其实死亡并非完全按照先后顺序的规律行事，死亡随时都会发生，所谓"人生无常，生死莫测"就是这个意思。正如著名作家蒋丹所言："人来世上是个偶然，而走向死亡是个必然。"

生与死，演绎着偶然与必然。

面对生死，女儿选择了沉默，让命运说话。女儿认为，只有年龄和生命有了一定的厚度，才有权利诠释生死。三毛说："其实人生的聚散本来在乎一念之间，死只是进入另一层次的生命，如果这么想，聚散无常也是自然的现象，实在不需太过悲伤。"说来似乎轻松，但当她亲身经历那种生离死别的时候，真的是如此豁达淡然么。怎么可能！三毛曾在《梦里花落知多少》一文中写到自己与丈夫荷西永别："我亲吻着你的名字，一次，一次，又一次，虽然口中一直叫着'荷西安息！荷西安息！'可是我的双臂，不肯放下你。我又对你说：'荷西，你乖乖地睡，我去一趟中国就回来陪你，不要悲伤，你只是睡了！'埋下去的，是你，也是我。走了的，是我们。一瞬间花落人亡，荷西，为什么不告诉我，这不是真的，一切只是一场噩梦。我趴在地上哭着开始挖土，让我再将十指挖出鲜血，将你挖出来，再抱你一次，抱到我们一起烂成白骨吧！"她还曾说："如果选择了自己结束生命这条路，你们也要想得明白，因为在我，那将是一个幸福的归宿。"于是，当她的荷西再也无法与她相伴相守的那一刻起，她的心也同样随着那个男人永沉海底，她选择了死亡。

花儿的翅膀，要到死亡，才懂得飞翔。

人生，没有偶然，有的只是必然。

遇见您，您对我微笑，女儿便知道该叫您父亲，女儿的生命从此有了依靠。但看到您日夜辛劳的背影，日渐佝偻的腰身，被病魔折磨得痛苦不堪的样子，女儿总是暗自垂泪，自责不已，心疼不已。

遇见您，不是偶然，是必然。遇见我的母亲、我的兄弟姐妹、我的女儿，都是必然。女儿来到这个世上，就是为了见证这些必然。见证生命中最刻骨、最铭心、最温暖、最厚重的亲情，见证生命中最痛苦、最虚伪、最浅薄、最自私的爱情。

情到荼蘼，爱到荼蘼。父亲，您知道的，荼蘼是花季最后盛放的鲜花，荼蘼花开过之后，人间再无芬芳，只剩下开在遗忘前生彼岸的花。荼蘼的寂寞，是所有花中最持久、最深厚，也是最独特的。

人生一世，草木一秋，荼蘼一季。

生命中最无私、最慈祥、最勤劳、最善良、最睿智、最包容的人早已远逝；爱情中最灿烂、最繁华、最美丽的邂逅了无踪迹。一瞬间，最亲的人就离去了；一瞬间，拥有的幸福就失去了；也只在一瞬间，就感觉自己老了。

人老易怀旧。记忆是时间的函数，不断地增加，怀念总是以乘方方式累积，产生庞大的天文数字，牢牢裹住久久难以拟制的悲痛，每一个细节都烙痛着。

二十年，离殇梦断肠。

二十年，生死两茫茫。

我的老父亲，女儿再也听不到您的声音，看不到您的样子，握不到您的温暖。女儿知道，您的离开是上天的安排，更是对女儿无尽思念的惩罚。为没有在您生前尽孝，为没有在您病榻前陪护，为没有了却您未了的心愿。曾经以为，二十年过去了，女儿可以从容地写到您和母亲。此刻才知道，在烟雾缭绕中，在迷蒙苍穹下，在夜深人静时，借着冥纸和香烛，强打开记忆的闸门，痛苦依然如此巨大。无法结痂愈合的伤口，每每撕开，总是一阵又一阵流血的痛。

　　此时此刻，女儿不知道，您是在青灯古屋里独坐，还是一如既往地在田间劳作。女儿只知道，无论生与死，您总与土地有关，总与汗水有关，总与星月和风霜有关。倘使老天能再给女儿一次机会，女儿愿意用自己的一生换您和母亲在人间，哪怕只有一刻，用生命换得一刻温暖而温馨的施舍。

　　已经后半夜了，仰望繁星，寻找属于您的星星。星月现了却不语，清风起了也不语，女儿亦无语。蓦然回首，时光背后，典藏着的只有思念，潮潮的、湿湿的；缭绕烟雾里，升腾着的只有怀念，深深的、悠悠的。于您而言，生死虽是必然，女儿也要用一生的时光去怀念，用一世的香烛来守候。

　　父亲，您离开女儿整整二十年，女儿深深地怀念了您二十年。

风吹故乡

风吹故乡

长风几万里
半入江风半入云

风一更水一更
半开莲花在掌心

纤尘不染润风霜
何处安心何处家

半生夙愿
一生牵挂

时间煮雨
风吹故乡

牵　挂

　　岁尾年头，是最让人牵肠挂肚的时候。细哥是人民教师、渊明诗社社长、杏林纪念馆馆长。课余时间，笔耕不辍，还自学医术，特别是中医，颇为精通。我家是中医世家。父亲的爷爷是远近闻名的老中医，父亲也是十里八乡的名医。细哥白天要忙学校的事，晚上还有不少病人在家等候。每天忙忙碌碌、牵牵挂挂的，没完没了。

　　小时候，细哥最牵挂的是父亲的筋骨痛。他和父亲睡在一起，总是很懂事地为父亲捏背。那时候，细哥刚上学，学校就在村子里。大姐、大哥的母亲均已病逝，不幸丧夫的母亲，带着前夫的儿子嫁给父亲，再后来又有了我们，一家人相依为命。风里雨里，长年劳累，父亲年轻时筋骨就开始痛，也就是现在常说的风湿病。一年到头，身上总是酸酸胀胀地疼。尽管父亲自己精通医术，无奈风湿乃顽症，也曾多方求医诊治，但效果都不理想，后来发展到浑身疼痛。每天临睡前，父亲总要讲几个故事，细哥总要为父亲捏捏背，捏着捏着，就睡着了。

　　再后来，二姐和我以及弟弟妹妹相继出生，细哥用他瘦弱的肩膀把我们一个个背大。那时候，医院就在家门口，是当年一大户人家的房子。有事没事，细哥总喜欢跑到医院看看。有时候，遇上药房晒药，细哥就会很懂事地帮忙，还不忘认真请教。医院里有位老中医，与父母交好，自然对细哥格外看重，毫无保留悉心指导。渐渐地，细哥便对医术多少有些了解。父亲筋骨疼得厉害时，他就按照父亲给的祖传秘方拣几服中药。吃过药，父亲的筋骨似乎也不那么痛了，但很难除根。

那年考大学，细哥毫不犹豫地选择了读师范。一来可以就近照顾父母，还可以在将来为我们提供免费上学的机会。二来可以利用寒暑假学医。读大学时，他最牵挂的就是年迈的老父亲。这时候，弟弟妹妹也都在外面上学。每每夜深人静，想起疼痛难忍的父亲，细哥总是忍不住暗自垂泪。为了解除父亲的痛苦，每逢周末，若不去图书馆，他就会到附近的寺庙做义工，请教懂医的高僧，如何根除父亲的筋骨痛。几年的工夫，积累了相当丰富的经验，对治疗父亲的顽疾有了重大突破。之后，还开始研究配制药方，亲自尝药，潜心研究数年。也就是这个时候，终于彻底解除了父亲顽疾的痛苦，身体跟正常人一样。

白天在学校上课、批改作业，晚上还要看不少病人，很忙很累。学医虽然不是科班出身，却很受病人欢迎。细哥是越受欢迎就越忙越累，好在年轻身体能扛得住。业余时间，还常常去医学班学习。

一家的老老小小，长期的贫穷和劳累，父亲的身体每况愈下。极为孝顺的细哥，便把父亲接到了他那儿，闻讯赶来探望父亲的人络绎不绝。与父亲在一起的日子，仿佛又让细哥回到了少年时光，一种难以割舍的温暖与温情，令他动容。父亲走后，细哥又把母亲接到了他那儿，弟弟妹妹那时也正在他的学校就读。

人生苦短，岁月苦长。走过四季，走向辉煌，细哥越发觉得健康与幸福弥足珍贵，一家人在一起比什么都重要。千载难逢的大好机会，可以去更远更发达的城市，他都放弃了。就是为了在家照顾父母，让癌症晚期的双亲走得从容而安详。

父母走后，细哥愧疚不已，总觉老父母的病没有医治好，他有责任。其实我们都知道，他竭尽全力了。人这辈子，谁也逃不了生老病死，不过早晚而已。再后来，细哥还动员晚辈们学医。他说自己当年其实是想报考医学院的，无奈家里太穷，弟弟妹妹又多，个个都要读书，他做老师就可以减免学费。自父亲去世后，细哥牵挂的人就更多了。他说长兄如父，自己要代父亲好好撑起这个家。

善言情者，吞吐深浅，欲露还藏。

中国人比较含蓄，不善于表达自己的感情，我也一样。今天，趁父亲节的机会，我想对亲爱的细哥说一声："细哥，有你真好！妹妹打心眼儿里敬你、爱你，以你为荣！"

如今，弟弟妹妹都已大学毕业，走上了工作岗位。细哥把对父亲的牵挂，变成了对母亲、对兄弟姐妹的更多挂念。每次打电话的时候，他总要多嘱咐一句"今天冷，穿厚点""下雨了，别忘带伞"……电话结束时，还不忘叮嘱一句："注意身体，把我的电话记牢。"

深衷浅貌，语短情长。写到这里，我也情不自禁地拿起了电话……

半生夙愿终得偿

　　江南春雨年年如期而至，一样细细飘洒，各色小花也年年盛开。二十五年过去了，我的老父母再也没有出现。故乡越来越繁华，越来越向南。而我，越来越落寞，越来越怀念。

　　杏花雨，茨藜花，丝茅草，这些江南的精灵，装点人间四月的欢愉，滋生红砖碧瓦的生机。只是未曾想到，短短几十年，这红尘世事，早已不在我的掌控之中。多情总被无情伤，痴情总被绝情负。诺不轻许，故我不负人；诺不轻信，故人不负我。可我此生最大悲哀就是太过轻信他人。我没能很好地掌握自己的人生，一直是人生在掌握我。他蒙着脸向我招手，我就懵懂地跑过去。因为看不清他的表情，所以我不知道前方到底是劫还是缘。四十多年来，我在劫数与孽缘的边界上走过，在痴傻与愚昧的边界上走过，在纯良与邪恶的边界上走过，在孤独与彷徨的边界上走过，在欺瞒与谎言的边界上走过，在遗憾与悔恨的边界上走过，在守望与无望的边界上走过。孤单单看不见幸福回来的方向，在每一个落寞的日子，在每一个怀念的四月。

　　四月花，清明花，彼岸花。开一千年，落一千年，花叶永不相见。带着今生的夙愿，带着隔世的容颜。几多凄苦，几多悲伤。时间的沙漏，沉淀着无法逃离的过往，一如倒在掌中的水，无论摊开抑或紧握，都从指缝滑落。忘却，不能，永远不能，除非失忆。相见，不能，永远不能，除非梦里。鬓染微霜，人老心亦老。我从我单薄而糊涂的人生打马而过，穿过杏林，穿过山茶，穿过梦里梦外的悲喜与无常。

我的老父母，早已走进华林世家的家谱。熟稔的故乡渐渐陌生起来，一些曾经清晰的记忆开始模糊，岁月带走了多少熟悉的面孔，多少鲜活的生命步入黄土！但无论怎样，洗尽铅华，扫净心尘，儿女们终于可以在晚来的欣慰与追思里，恪守诺言，完成您俩多年的夙愿。

夙愿半生，浮华搁浅。黄墙青瓦，一世安心。

想到这些，我不觉凝视远山，目送着淅淅沥沥的雨水，清晰地听到时间的涛声。时间改变了一切，农田荒废了，道路隐匿了，村庄沉默不语。近乡情更怯，我不敢撩扰这一份岁月的无声与沧桑。但我想，昨天、今天与明天之间，也许只是隔着一扇门。每年四月，站在岁月门口徘徊的我，总想追忆那些过往的人和事。

我的老父母，女儿清楚地记得，您俩在世时，心心念念想把老屋后面打好地基的新楼给建起来。建楼用的砖木都买好了，门窗也做好了，但始终未能如愿。那时候，农村家家户户拆旧房，建新楼，您俩想建新楼想了好多年。您俩觉得送儿女们读书是头等大事，但建新楼也决不能落在别人后面。父亲常说成家、立业、建房乃人生三大事。可后来这三大事却成了建房、建房，还是建房。我每次回来，您俩就念叨这事，以至于都有些不敢回家了。再后来，父亲病重，念叨得更厉害。就在父亲临终前两天，我正好休假在家，父亲又满心期待地说起这事，但建房的目的却只字未提。可怜我的老父母，其实女儿知道，为什么建房成了您俩最大的心愿。您俩都是争强好胜之人，事事不落人后。但最主要的是担心我两个弟弟，特别是大弟弟，万一没考上大学，就要在家务农、娶妻生子。在农村，没有一栋像样的房子是很难娶妻生子的。两天后，父亲便带着深深的眷恋与遗憾走了。

父亲在世时，最喜欢坐在老屋大门口，眺望着我们回家的路。父亲走了之后，寡言而孤独的母亲，重复同样的场景，还有和父亲同样的念叨。偶尔也有三三两两的老婆婆聚在一起，谈论着那些谁会先入土的事情，边说边用大衣襟擦着泪。偶尔会听到母亲自言自语地埋怨，埋怨父亲不该走在自己前面。我噙着泪，听着母亲低泣，却哭不出声。门前的那条路，湿了又干，干了又湿。不经意中，母亲也走了。于是大门口的那两扇破旧木门，日日夜夜吱呀吱呀地在风中摇曳，摇出一阵紧似一阵凄凉的心痛。终究，坐在老屋门口的两个人，都不在了。之后，老屋也不在了。没有了老屋的我们，成了无根之人。也就是从那一刻开始，建新楼便成了我们兄弟姐妹的一桩夙愿。

我的老父母，您俩知道吗，二十五年来，在无穷无尽的追悔里，儿女们终于读懂了您俩天天念叨的担忧；在痛彻骨髓的怀念里，也终于体悟了您俩夜夜叹息的无助。于是我们，下定决心把新楼给建起来，即便举债，也一定要完成您俩的遗愿。请原谅您的儿女，这一天，迟来了整整二十五年！

2016 年 5 月 12 日，前一天阴霾的天气开始放晴，夏日的阳光温暖地照耀着。不到八时，全村男女老少陆续来到老屋宅基地现场，见证新楼奠基仪式那一刻的到来。八时八分，奠基仪式启动。为确定新楼的具体位置和朝向，堂兄还特地请来了看风水的李仕英先生。李先生的父亲李秋季是老风水先生，与我的父亲是最要好的同学。当年建造老屋时，父亲便请来了秋季先生。后来父母双逝，下葬的日子也都是请秋季先生推算的。我们屏住呼吸，只见仕英先生手托罗盘，甚是庄严。风水罗盘用来定向定位，也就是在房屋正中心的位置测量。其实最终目的就是一个，找出大门的朝向。由于现代房屋各种金属、电磁干扰比较多，加之对面住户的围墙故意设计了很多棱角，所以反复斟酌是相对需要的。据说房屋坐向里的这个"坐"与"向"是风水的基本依据，各个风水派别都是统一的，就是以房屋的大门看坐向。具体方法是：我们面对入户门，与入户大门呈垂直角度的方向就是我们房屋的"向"，相反的方向就是"坐"。在风水理论里，还有所谓的"气"。"气"是一种来自大自然的能量，这种能量在不同的环境和方向里，会产生不同的作用。有时是好的效果，所谓吉气；有时是坏的结果，所谓煞气，它会随着脉向运动。运动到空旷大风的地方，就会离散；运动到河流或是有水的地方，就会停止前进，聚集在岸边。

"气"聚集的地方，则适合人居住。仕英先生说我家南边大路有股吉气，自上而下，经过西边，顺着围墙进入大门。作为风水先生，他得让这股吉气聚集入户。不一会儿，仕英先生用罗盘定向定位后，根据小弟亲自设计的平面图，师傅们便开始忙碌起来。见此情景，我忍不住落泪了。

能不落泪么？二十五年了，终于得偿所愿。我本不是迷信之人，可建新楼发生的现象，颇为神奇。

2016 年 5 月 12 日新楼奠基那天，当我们的车子刚驶入村上胡公路时，便有两只喜鹊在前面欢快引路，飞一阵走一阵的，一直飞到新屋的奠基现场，停歇在旁边堂嫂家的屋顶。燃放烟花时，我们兄弟姐妹原打算各买一筒烟花，但为了环保，就由小弟代买了一筒。邻居们也送来了大小同样的烟花。空旷的场地上，烟花一字排开，吉时一到，一一点燃。小弟买来的那一筒烟花最先燃放，却最后结束。那对一直落在屋顶的喜鹊，见小弟买来的烟花快燃尽时，喳喳叫了一会儿，绕场两圈，飞走了。

2016 年 8 月 28 日竣工庆典仪式，又有两只喜鹊在村头迎接我们，还是飞一阵走一阵的，这一次，却是停歇在新楼的屋顶。那天早上五点不到我们就起床了，一晚睡不着。小弟特意洗了九个苹果，代表兄弟姐妹九个。他们先去给父母报喜，十时二十分，新屋顺利封顶。

2016 年 9 月 30 日，屋顶琉璃瓦盖好了，瓦匠师傅要求第二天结算工钱，大弟也已把钱准备好了。天气预报是晴天，晚上突然下起了大雨，结果发现屋顶漏雨，大弟又急忙通知瓦匠师傅检修。倘使当晚没有下雨，我们是很难发现屋顶漏雨的，而瓦匠师傅一旦结算了工钱，就很难再联系上，更不会检修，他是外乡人。

2017年1月2日凌晨举行乔迁仪式，上午八时八分落成典礼。数九寒天的，竟然有两只喜鹊落在南边大路的枝丫上，正围着新楼叽叽喳喳欢唱不停。我仔细打量那两只喜鹊，一只个头比较大，白色的肚皮，黑色的翅膀，看起来有一些威严，是公喜鹊。另一只特别秀气，也是白色的肚皮，黑色的羽毛泛着蓝色的光，在冬日阳光的映照下，煞是美丽好看，是母喜鹊。只见不惧严寒的它们，一会儿立于树梢，一会儿立于又细又长的小树枝尖上，不停地上下翻飞，玩起了荡秋千，嘴里还叽叽喳喳的，特别欢畅。我干脆坐了下来，直直地盯着那两只喜鹊，凝视着。突然，它们不再翻飞，安静地停在树梢，定定地看着我，翅膀也没有扑弄一下，似乎怕惊扰了我。莫非它们就是老父母的化身，就是每次在村头领路的那一对，想在此搭新窝、建新房，近距离守护我们？一会儿，它们从树梢飞了下来，在我面前踱着步，走向西边的小路。我小心翼翼地跟在后面，好长一段路，它们还不时地回头张望。

2017年1月27日除夕夜，全村男女老少都来了，唱歌的唱歌，打牌的打牌，叙旧的叙旧，欢歌笑语，满座春风，新居焕彩，秀色盈门，直到新年钟声敲响才散去。当村人陆续散去时，我起身关大门，猛然发现两只喜鹊绕着罗马柱，在象征团圆的"福禄寿喜"旋转红灯笼前飞来飞去。我不禁热泪盈眶，万分感动。我坚信，它们就是我老父母的化身。而最令我感动不已的是，春天来临的时候，红灯笼里竟然有个喜鹊窝，里面住着一对喜鹊。天天歌唱，日日陪伴。

那个除夕夜，我们从新年钟声敲响直至黎明来临，完全沉浸在一种失眠的状态中。那可是父母离开二十五年后，我们兄弟姐妹第一次回家过年。人生易老，时光易逝，聚少离多，弥足珍贵。没有父母的我们，想用那样的方式和父母交流，向亲人救赎。

风吹故乡。故乡是我们最大的牵挂与悲伤。只有埋下亲人的土地，才能被称为故乡。每天夜里，我们一边喝着酒，一边回忆着父母的辛劳与恩德、童年的傻事与趣事，还有浓浓的手足情深。说着说着，每次都抑制不住自己，像个孩子似的抹起了眼泪。眼泪是灼热的，轻拭于手指之上，将它抛洒于新居透亮的地板，抛洒于故乡宁静的夜空，抛洒于西边那矮矮的山尖。谨作为离乡旧人，半生夙愿得以偿还的怀念与祭奠。

我们就那样宣泄着、释怀着、温暖着。

陶渊明诗社创始人，我的小哥，父母最大的骄傲，我们最好的榜样，亲自为新居作了三副对联。一楼：耕读传家智水仁山华林正脉梅开早，诗书继世高朋胜友宦里大族德泽长。横批：吉星高照。二楼：

七门八巷风声雨声读书声声声入耳，四海五湖家事国事天下事事事关心。横批：宦里人家。三楼：天作棋盘星之子八方俊秀，砚为花圃林下风四季芬芳。横批：耕读传家。

"耕读传家"一典，出自清《睢阳尚书袁氏（袁可立）家谱》："九世桂，字茂云，别号捷阳，三应乡饮正宾。忠厚古朴，耕读传家，详载州志。"这里所说的"读"，当然是读圣贤书，为的可不是做官，而是学点"礼义廉耻"的做人道理。在古人看来，做人第一，道德至上。许多古旧住宅的匾额上，很容易见到"耕读传家"这四个字。耕田可以事稼穑，丰五谷，养家糊口，以立性命。读书可以知诗书，达礼义，修身养性，以立高德。"耕读传家"既学做人，又学谋生。

"宦里胡"的故事，父亲在世时常常讲起。村里人一次次解粮进京救灾，钦差驾到，奉天承运，宣示宦里封号。父亲说，早年村里有四十多人在朝廷任职，最高官拜宰相。每年盛夏，要用大晒腔（音，篾制圆形晒具）晾晒顶戴花翎。不仅如此，皇帝还赐予村里十三块免死金牌。若遇打架斗殴闹出人命，用免死金牌即可免责。父亲所称的"免死金牌"，在古代的正规名称叫"金书铁券"或称"丹书铁券"。《辍耕录》记载的金书铁券，形状宛如瓦，高尺余，阔三尺许，卷词黄金镶嵌。誓词有所封的爵衔、官职及受封的功绩等，另刻有"卿恕九死，子孙三死，或犯常刑，有司不得加责"。

宦里胡整个村子，四道城门，七门八巷。凡路过村子的大小官员，见到城门上的"宦里"二字，文官要下轿，武官要下马。只是如今，曾经的荣耀不再，曾经的辉煌不再。尘归尘，土归土，盛极衰，否极泰。

想来，起起落落，沉沉浮浮，于此一世，乃至生生世世，概莫如此。荣耀也好，辉煌也罢，只要"耕读传家"代代相承，蜡梅花、茨藜花年年盛放。那么，心灵终于有了安放之所的我们，宿命如何，迷信又如何，只要那对喜鹊是老父母的化身。

梦里梦外，花落花开。半生夙愿终得偿的我们，和杏花烟雨一起，年年回来。在故乡，在黄墙青瓦，等待老父母的身影，在某一个春天，重又浮现。

江南莲语 下

胡玢 著

作家出版社

目　录

遥寄故乡一枝春

遥寄故乡一枝春 / 288

又见茫茫二十年 / 290

一双红拖鞋 / 297

年欢未尽又清明 / 303

又见清明 / 311

黑夜独白

黑夜独白 / 318

一个人的黑夜 / 319

女人如烟　恋上谁的指尖 / 322

爱人　得到又失去 / 327

失语 / 331

莲子 / 337

我等候的爱情终归没有来 / 412

黑夜将熄 / 421

相遇

相遇 / 427

有些花要随风　有些爱要随缘 / 428

你到底要什么 / 436

人生是一场修行 / 444

女人如发 / 451

相遇　在最懂得的年华 / 456

活出自我 / 467

前尘叹

前尘叹 / 477

小镇上的故事 / 478

玻璃城堡 / 484

男人如猫 / 491

毁于心中的小九九 / 497

美丽的错误 / 500

前尘 / 505

归去来兮

归去来兮 / 532

岁岁清明 / 533

清明未明 / 540

此恨绵绵无绝期 / 546

听风听雨过清明 / 550

莲花开了

莲花开了 / 556

湖心泛舟（组章） / 557

回音壁（组章） / 561

咀嚼过往（组诗） / 567

南山行吟（组诗） / 576

后记 / 589

遥寄故乡一枝春

遥寄故乡一枝春

又是春将暮
愁眉对斜阳
一张薄纸供我书写
无处投递的家书

春到山岗寂无边
老父亲不说
茨藜花不语
老母亲无声
青烟不散

古老的泥瓦房
斑驳的墙体
还有那摇晃的旧木门
半开半掩

小燕子南飞了
老黄牛走失多年
木犁铧深埋
风车不响
遥望故乡
一首唱不尽的歌

年复一年
总是老歌新唱

梦回故乡
湖畔低回徘徊
还是满天星月
还是花放深山

故乡何处在
遥寄一枝春

又见茫茫二十年

冷雨，淋湿了碑。冷风，吹干了泪。百年世纪，千年轮回，万年永恒。梦还是那个梦，悲还是那种悲，痛还是那场痛。

曾经，天真地以为，这种痛，会在时间的流逝中，变得麻木。可是，我错了，伤口仍然反复地裂开，愈合，再裂开。老天往往是那样地残酷，残酷得无情，从来都不知道别离会让人撕心裂肺，会让人痛彻心扉。

草木新，冷风吹，谢了春红，憔了容颜。

又是纷纷清明雨，又见茫茫二十年。去年花里与您别，今日花开又一年，世事茫茫难自料，春愁暗暗独成眠。花开花落，春去春又回，无数次重复不变的故事。

我的老父母，站在最初的那条小路尽头，挥着手挥着泪挥着殷殷期盼，送九个恋巢的小鸟远行，再远行。如今，您俩早已化成了两棵树，离开辛劳而贫乏的尘世，去感受另一世界的叶枯叶荣，尽享陌生的高贵与幸福。

青山恋蝶，羽化成仙，云水漂泊，一梦二十年。梦里繁华三千丈，丈丈惹尘埃。魂无所依，情无所归，几转轮回。

　　我的老父母，女儿知道，于转世轮回的宇宙人生真相，从古至今人们一直在探索。人有了生，就会有死，有了生死，就要思考生死是怎么来的。生从何来，死往何去，甚至还要思考能不能够了脱生死、不生不死等问题。这些问题可以说在历史上已经探讨几千年了，在中外的宗教、文化、信仰里面，有着丰富的答案。

　　圣人孔子，早在他注解《易经》中就给我们讲到"精气为物，游魂为变"。游魂讲的就是人出生、投胎以前的那种状况。精气是指父母所生，投胎以后的那种状况。虽然孔子也说"未知生，焉知死"，故他对生的道理讲述较多，对死阐述较少。但他也给我们略略提到，其实人死之后，还是有生命存在的。

　　相传北宋时期的黄庭坚，也记得自己的前世。他记得自己的前世是一个女人。在一个资料记载中，指出黄庭坚前世是一个女子，他被贬时还曾梦到过。那位女子在梦中对他诉说他前世的经历。说前世的他，经常念经祈求自己变成一个名扬天下的男人。为了让黄庭坚相信女子就是他的前世，该女子还对黄庭坚说出了一个只有黄庭坚知道的秘密。而且更为神奇的是，当黄庭坚跟着那个梦来到一个小乡村，看到去世的那个女子生前写的文章，竟然与自己写得一模一样。

　　无独有偶。央视著名的一个主持人，也曾在微博上发了一条自己儿子记得前世一事。他的儿子说，自己的前世是四川人，有两个女儿，他很想去看看。主持人听完儿子的描述，内心震惊不已。

我的老父母，您俩知道的，生活中有着很多解释不清楚的事情，比如再生人这种神秘的生命现象。也许这永远是个谜，但女儿更愿意选择相信。唯有相信，才有可能。二十多年了，您俩静静地躺在黄土里，躺在了女儿的灵魂里，躺在了女儿的相信里。

传说中，黑暗的幽冥之狱，有一条叫作忘川的河流，此岸忘川草，隔河彼岸花。奈何桥凌驾于河上，古老的孟婆，年年在此熬汤，用忘川草叶、彼岸花瓣、忘川河水熬出能够让人忘记前世的孟婆汤。踏上奈何桥，喝了孟婆汤，也就走向了另一个轮回。今生的爱恨情愁统统忘记。最挂念的事、最想念的人，皆抛于河此岸，什么都忘记。可是，彼岸有花。彼岸花的花香有着神奇的魔力，它能唤起死者生前的记忆。即便是已喝过孟婆汤了，仍可记起前世的种种。

跨越千年，相逢续前缘。

我的老父母，您俩的一生，是多难的一生，是勤劳的一生，是节俭的一生，是仁慈的一生，是对儿女们奉献了全部爱的一生。您俩菩萨心肠，不坑人，不害人，不骗人，不瞒人，一生只做好人。不管亲友乡邻，不管婚丧嫁娶，总是忙前忙后，尽其所能。一生与人为善，宽宏大度，乐于助人。不管老夫少妻，远乡近村，谁家有不能化解的矛盾，都是来找您俩。有个病病痛痛，甚至疑难杂症的，也都是要来找父亲诊治。尽管父亲只读了不足一年的私塾，却做了几十年的会计；没有进过正规的医院培训，医术却颇为高超；没做过什么官，却在十四岁做了甲长。

有人说"上有中央，下有甲长"。就权力而言，上头除了中央，便是下面的甲长，一个通天，一个着地。用现在的话说就是上看天气，下接地气。甲长究竟有多大？说白了，当年的甲长，相当于现在的村长，直接与老百姓面对面。管辖一个"甲"，相当于管辖现在一个村。如今的一个村，有村委会。村委会有村长、副村长、会计、治保、调解、妇女主任等一大套班子，有事大家顶着，显示集体的力量。可当年的甲长，光杆司令一个。足见父亲的智慧超群，才智过人。而母亲您，尽管没上过一天学，却尽职尽责地做了一辈子的优秀妇女主任，年年都是"优秀共产党员""先进个人""劳动模范"。

在女儿的记忆里，您俩生命不息，劳作不止。为了全家人的温饱，您俩早出晚归，夜以继日，晴天一身土，雨天一身泥，夏顶烈日，冬受寒风，一年四季，不眠不休。为的是多赚几块钱，换来全家人的温饱，供送九个子女读书。父亲小时候想读书，总在梦里哭醒，母亲也常常以没有文化为憾。于是省吃俭用，节衣缩食，供我们上学。有再多的苦，没听您俩喊过一声；遇再大的难，也没见您俩求过一次人。大集体时挣工分，我们年幼，人口又多，经常吃喝不够，您俩把好吃好喝的全给了我们，自己偷偷用粗粮和野菜甚至是观音土充饥。全家十一口人，村上就是每月给每人发放一点稻谷，一月几调羹菜油。包产到户后，我们陆续长大，您俩又忙着供送我们读书，安排婚娶大事。

那时家里太穷了，为了满足未过门的大嫂执意要购买的手表、缝纫机等，更是雪上加霜，债台高筑。老实说，直到现在，我都没法理解与谅解，撇开我们几个可怜的小不点要活命不说，对于连一顿饱饭都吃不上的我衣衫褴褛的父母，狠心的大嫂，她是如何开得了口、下得了手、硬得下心，提出如此让人难以承受的苛求？单是那块手表，价格高达一百二十五元，这在当时简直就是个天文数字！要知道，那时候的猪肉只要几毛钱一斤。当爱媳心切的父母，把四处筹借的沉甸甸的一百二十五元钱交给大哥，每天满心欢喜等待时，大嫂却找我带话给父母，买手表的钱不够了，要赶紧再送过去，她把其中一部分钱挪作他用了。每次想起这事，我都无法平复心情。我好愤好恨，我愤恨那一块昂贵的手表，把我可怜的老父母折腾得只剩下半口气。

还有一件事，至今我也无法释怀。那就是父亲借钱早早托人买了漆画的红色大衣柜，给大哥结婚用。可大嫂说大衣柜花哨土气，要求家里重新定做，包括全套的家具，都要用黑色油漆。父亲听后有些生气，可母亲劝慰父亲，一切按照大嫂的意愿。大哥是母亲的养子，母亲格外溺爱，凡事有求必应。但重新定做家具需要购买很多木料，家里早已负债累累，于是父母只好把楼板拆掉了。没有楼板的土房子，刮风漏风，下雨漏雨，如今想来还是很心酸很心痛。包括母亲早早置办好的漂亮被套，也是打算大哥结婚用，结果同样被大嫂斥责，要求重新购买。

我的老父母，最让女儿心酸不已、心痛不止的又何止这些。您俩酷暑寒冬走村串户，卖米粉、挂面、油条、毛栗、酒糟等，让九个儿女顺利完成学业后成家立业，以致落下严重的病根却浑然不觉。

女儿不知道，同饥寒紧紧联系在一起的您俩，是怎样用瘦弱而苍老的身子，苦苦撑起了这个家，拉扯大九个孩子的？女儿也不知道，在全家一贫如洗的时候，我们兄弟姐妹的学费是怎么筹到的，我们逢年过节的新衣服又是想什么办法给做的？女儿更不知道，为了省钱、不给儿女们添费事，您俩忍饥挨饿、忍痛受磨，以致双双身患绝症，又是怎样倍受煎熬的？而谁也不知道，明天和意外，哪一个会先来。此刻，就在这样的雨夜，又将有多少生命，带着美好或遗憾，会在某一终点戛然而止。

四十多年的幼稚无知，二十多年的生离死别，任女儿怎么清盘，始终都删除不掉。都说季节是每个人心中的年轮，一日一日流动的时光里，人们终于忘不了的和总是放不下的，就那么沉淀下来，一圈又一圈，镂刻在离灵魂最近的地方。路过的景，爱过的人，憾过的事，受过的伤，忍过的痛。女儿才知道，上天是看您俩太苦太累了，就召您俩回去了。

雨夜无边，悲伤无边。三年前的今天，是父亲您二十年的祭日。

而今天，是母亲的祭日。

上穷碧落下黄泉，这般茫茫又茫茫。

我的老父母，今生今世，是否可以，再续前缘。在轮回处，与您俩相见，再做您俩的女儿，再唤您俩一声爹娘！

一双红拖鞋

每当细雨纷纷的时节，看满街的各色花儿，人会特别容易感伤与落寞。这些年，习惯了一个人安静地走路，一个人安静地怀想。偶尔写些伤感的文字，让自己觉得自己还不至于完全麻木与漠然，还能够感受到自己是在真心真情真诚地活着。在这个不是故乡的城市，在这个爱情不属于我的年代，一切都变得不再重要。唯有远山，打开皱纹丛生的灵魂，无法熄灭的思念疯长，深埋在心底的故事，变成考证时间的瓦砾。

又是一年清明时。捧着一双红色拖鞋，怀念我的母亲！

泪落黄土，处处难寻，不曾为您歌一曲。只能一次次捧着这双红色拖鞋，抚一针醒一宿梦一回。抚过密密针脚，断尽寸寸柔肠，梦湿两叶深红。山花默默，黄土沉沉，针线悠悠。

我一如清风的母亲，您在哪里？

您还记得吗，母亲，打开鞋柜，全是女儿的鞋子。样式繁多，眼花缭乱。高跟鞋、平跟鞋、坡跟鞋、运动鞋、休闲鞋、拖鞋。那些颜色各异、款式多样的鞋子，承载着女儿所有的梦，与岁月一起奔跑、一起老去。每一次都义无反顾、毅然决然，全然不顾您的惊叫与担忧、悲伤与叹息。女儿就那么一直奔跑着，向着懵懂的爱情，向着无知的婚姻，向着虚幻的蜃景。那些狂乱的脚步，耗尽了您一生的目光与泪光啊，母亲！

辛苦最怜父母心，心若无憾必完美。

现实终归是残酷的，我却永远是天真的。可惜那样地不辞冰雪，那样地义无反顾，也寻不来我的爱情，觅不来灵与肉的长相厮守。奔跑了很久，才知道要走自己的路。穿了不少鞋子，才懂得不同场合、不同季节、不同服饰、不同款包，要搭配不同的、合适的鞋子。我不知道还要奔跑多久、找寻多久，才能找到一双适合自己的鞋子。也不是不想停下脚步，也不是不想寻找，更不是要求太高，实在是适合自己的鞋子太难觅。

小时候家里太穷，天天光着脚丫子，非常渴望有一双球鞋，似乎把它穿在脚上，就能一夜长大。长大后特别渴望拥有一双水晶鞋，它有着前世约定与今生承诺，只属于我一个人。于是，年少无知的我，为了好看，穿了一双极为不合脚的鞋子。很多年，才知道，是谁踩痛了我的鞋子，让我在冬天的边缘，无法跨进春天的门槛。好在上苍眷顾，赐予我一个才貌双全的女儿。让我所有的苦与痛、辛与酸、悲与愁、恨与悔，皆从张开的汗毛孔流溢。之后，深深钻入脚下的土地，消失得无影无踪。

我的女儿是个哲人，她说："有些爱情与婚姻，对于一些人来说，不谈是个结，谈开了是个疤。"是的，谈与不谈都是伤害。而我，再也不敢让自己反复承受巨大的挤压，削足适履，被迫适应。我也不敢奢望在某个时刻，穿着喜欢的风衣，穿着适合的鞋子，走在春天里，让散发着淡淡香气的日子飞扬，做自己真正的天使。即便鞋里有双不安分的脚，仿佛一只怪物，执意在料峭的春天，把深埋的骨头扒出来，细细地噬咬。

身边的人，每天都穿着各式各样的鞋子，甚是漂亮。也许漂亮，更多的不是因为鞋子，而是适合的双脚。高跟的、坡跟的、低跟的、平底的，大大小小，颜色各异。

生活千变万化，意外层出不穷，很多人都准备多双鞋子，以备不时之需。不像我，虽然有很多鞋子，但合适的仅有四双，一季一双。无法备份，免不了会遭遇尴尬。

记得一个中午，我正漫不经心地走着。突然，感觉右脚后跟踩落空了。我迅速扫视了四周，还好，没有几个人。于是赶紧瞧了瞧右脚，猛然发现鞋跟失踪了。回头一看，它正静静地躺在身后一米处。于是一大步踮过去，抓起鞋跟往前拐。当我决定一瘸一拐往家赶时，刚拐两步，迎面而来的三个人，齐刷刷地向我行"注目礼"。所幸一辆出租车经过，我也顾不得他们异样的眼光，狼狈地踮着脚，艰难上车了。想来惭愧，这与我狼狈的婚恋，如出一辙。

婚姻如鞋，鞋里人生。

　　都说一个人对待鞋子的态度，在一定程度上暗示了他对待生活的态度。一个人的鞋子，暴露的往往是他的人生。看一个男人有没有品位，看他袜子的颜色。看一个女人有没有品位，则先看她的鞋子。在平时生活中，多数女人比较在意的是自己的头发、衣服、护肤品、化妆品、包包之类的，鲜有女人注意自己的鞋子。而一个热爱生活有品位有仪式感的女人，一定懂得什么场合说什么话，什么场合穿什么鞋。至于鞋子怎么选择，则全凭个人的喜好以及选择时的心态。

　　有人追求品牌，有人追求价廉，有人追求舒服，有人则追求漂亮。不过也有那样的鞋子，一生都被人们束之高阁。一如那些从未翻阅的书籍，在时光的抽屉里落满尘埃。一直不行走，那样的鞋子也就成了摆设，失去了它的意义。而对于鞋子的喜好，男女差别也很大。

　　当女人喜欢一双鞋子的时候，不管穿起来多么难受，她们都会说舒服，视若珍宝。在女性的心中，都有一颗神圣的爱之火种。平安顺利的晴空下，悄然隐卧；艰辛困苦的黑暗时，无私燃烧。而男人，则是什么环境穿什么鞋，舒服为最，男人的脚是受不得半点挤压、吃不得半点亏的。他们全然不顾"明天醒来，我会在哪只鞋子里"。

　　洪烛先生在《我的灵魂穿着一双草鞋》中这样写："我的灵魂穿着一双草鞋。时常选择夜深人静逃离这座布满齿轮的城市，到远处的山野寻觅昔日的空巢。那里有小桥流水、鸟语花香，那里有祖祖辈辈刀耕火种的痕迹。灵魂需要一双合适的鞋子，它随时愿意以浮名虚誉作为交换。这样即使跋山涉水、风雨兼程，它也无怨无悔。"很多时候，我也寄希望于这种灵魂的回归。我知道，我的灵魂需要一双合适的鞋子。

灵魂之上，红色之上。岁月不老，时光不散。

昏黄的煤油灯光下，母亲飞针走线。多次醒来，仍见母亲还在做针线活。睡眼惺忪的我，不知是第几次对母亲说："娘，太晚了，歇息吧，明天再做不迟。"母亲停顿了一下，推了推老花镜，说："崽，你赶紧睡吧。娘把这双鞋底赶做出来，明天还要去县城开劳模会。娘要趁着现在眼睛还能看见，给你们几个多做几双鞋，买的鞋没有做的暖和、舒服。可能是每天做饭被烟熏了，娘现在眼睛是越来越差了。"母亲说完，又低下头，手握着锥子在鞋底上用力钻一下，然后拿着那根用苎麻绳穿起的针儿，顺着那锥子钻着的眼穿过去，反复地来回。母亲还不时地把针头在头发上篦一下。

慈母手中线，游子脚上鞋。临行密密缝，意恐迟迟归。

母亲，您还记得那双红拖鞋吗？那是您患绝症时一针一线亲手为女儿缝制的。十九年了，女儿从未舍得穿一次。这几年多次搬家，居无定所，红色拖鞋成了唯一纪念。拖鞋是红色灯芯绒布做的鞋面，毛茸茸的底子，压得实实的镶在鞋面，样式新颖别致。一双拖鞋，您做了整整两个月，您生命最后的两个月。很多时候您刚刚拿起针线就疼得满头大汗，任凭女儿如何劝阻，您都不肯放下。您说灯芯绒布已经裁剪好了拖鞋样式，扔了太可惜。您还说，小时候我常年光着脚，脚趾受过伤，鞋子要特别软和舒适才行。母亲啊，其实女儿明白，您哪里是舍不得扔了那块红色布头。您分明是预感自己将不久于人世，恐再也没有机会给女儿做鞋了。

一双红拖鞋，两行悲伤泪，隔世慈母心。

两隔阴阳，今已非昨。想到这些，怎不叫我肝肠寸断。此刻，闭目在祭奠的香雾里，虔诚地捧着那双红色拖鞋，抚过密密的针脚，不为超度，只为触摸您的指尖。我的老母亲，是谁翻了故乡凄凉曲，风也萧萧，雨也萧萧，瘦尽灯花又一宵，不知何时萦怀抱，醒也无聊，醉亦无聊，梦也何时到花桥。

花桥故乡在，遥寄一枝春。青山不老，绿水长流。有人将闲云装进行囊，有人将故事背负肩上。而我，您的女儿，将灵魂放置故乡。

故乡之上，清明之上，我的灵魂穿着一双红拖鞋。

年欢未尽又清明

夜阑人静，细品宋词，晏殊吟哦："燕子来时春社，梨花落后清明"，晏几道轻唱："舞烟眠雨过清明"，不觉一惊，春社已过，清明又至了。

年欢未尽又清明，雨燕声咽柳失魂。我的老父母，若岁月可栖，时光可歇，怀念，便是世上最遥远的语言。浮生流连，苦度尘寰三千劫数，只为轮回。前世今生，用守望的距离，等待彼岸的荼蘼，淡淡愁意，放逐悲凉。

彼岸花火，此岸尘寰。红尘一梦，寂寞一生。

根据老家的习俗，正月十五这天有一项重要活动，便是上坟。正月十五也叫灯节，给故去的亲人送灯。相传朱元璋当皇帝后，在元宵节这天去找他母亲的坟，但没有找到。于是他便在每个坟前点了一盏灯，然后不停地磕头，哪个坟前的灯没有灭，哪个就是他母亲的坟。为了纪念朱元璋，弘扬孝道，于是每年正月这一天，百姓们都给故去的亲人送灯。

秋分前后三天，叫秋彼岸，也是上坟的日子。相传彼岸花开在秋彼岸期间，非常准时，但花开时看不到叶子，有叶子时却看不到花，花叶两不相见，生生相错。黄泉路上盛开着大片大片的彼岸花，远远看上去，就像是鲜血铺成的地毯，因其红得似火而被喻为"火照之路"。这也是黄泉长路上唯一的风景与色彩。过了那条盛开着彼岸花的黄泉路，就到忘川河。

忘川河又叫三途河，是冥界的河名。佛教故事云，人死后，应渡此河。"三途河"是生死两界的分界线。因为水流会根据死者生前的行为，而分成缓慢、普通和急速三种，故称为"三途"。传说罪大恶极的人受尽折磨三百年轮回一次，当途经三途河时，会被纠缠了三百年的红色彼岸花发出的香气迷晕，典称见此花者，恶自除去。忘川河旁边有个三生石，石身上的字鲜红如血，上面刻着四个字"早登彼岸"。人们可以在石头上刻下自己今生最爱之人及来世想等之人的名字。

忘川河上有座唯一的桥，叫奈何桥。相传人是生生世世轮回反复的，这一世的终结不过是下一世的开始。生生世世轮回的人无法拥有往世的记忆，只因为每个人在转世投胎之前都会在奈何桥上喝下忘记前尘往事的孟婆汤。所以，走在奈何桥上时，是一个人最后拥有今世记忆的时候。这一刻，很多人还执着于前世未了的意愿，却又明白这些意愿终将无法实现，于是发出一声长长的叹息，这也正是此桥命名为奈何桥的原因。奈何桥尽头有个望乡台，是最后遥望家乡和亲人的地方。在忘记今生一切的记忆，脱胎换骨重新做另一个人之前，你可以在这里，最后望一眼自己今生相爱来世想见的人。望乡台旁边有个孟婆，手里提着一桶孟婆汤。每个人走上奈何桥，孟婆都要问他是否喝碗孟婆汤，此汤也叫忘情水，喝下去就会忘记今生今世。但不是每个人都会心甘情愿地喝下孟婆汤。这一生，总会有爱过的人不想忘却。为了来世再见今生的最爱，你可以不喝孟婆汤，那便须跳入忘川河，受尽折磨，等上千年才能转世。千年中，你在河里受尽折磨，只能眼睁睁看着你的爱人一次次过奈何桥却无法相见。千年之后，他已不记得你，你也可能已不是他的最爱。

想来，人生的欢欣与伤怀，生命的开始与终结，都是必不可少无从回避的漫长过程。就像每一朵花，都有自己的生命。当花儿枯萎时，便是生命的终结。它的种子，则是生命的延续，将要面对另一个轮回。正如清明，只是春天的一个细节，终会过去。

佛曰：爱不深，不堕轮回；情不重，不生娑婆。几个轮回，几度春秋，日复一日地生活，夜复一夜地前行，有人靠星光，有人靠灯盏。而我，穿江，渡河，过整个海。翻山，越岭，攀所有山。霜降，惊蛰，秋去春来。不用转身，知道我的老父母一直都在，只是不再言语。

爱在天地间，不言不语也灵犀。

总想起小时候在老家过年，那些手工打造的味道，那才叫年味，才叫年欢。那时候，过年从腊月就开始忙起来了，做各种各样的美食，办各种各样的年事，不亦乐乎。记忆中腊月二十过后，家家户户都要做糖糕。现在仍然有吃糖糕的习俗，不过大都买现成的。那年头副食供应全国一盘棋，什么都要凭票。尽管节日期间地方也会想办法增加供应，但僧多粥少，根本不敷所需。于是，自制年货便成了年前的一项主要活动，自腊月就开始备办。

首先是做糖糕。做糖糕一般要经过炒制原料、熬糖、切糖、存放等工序，过程比较复杂，一般要请专门的老师傅，带专门的切糖工具。一个六七十厘米见方的空心木框，四边的木条约三厘米宽，两块像惊堂木一样大小厚薄的木板，一口细刃薄刀，还有木槌、特制擀面杖等。最难的工序是熬糖。用红糖加一种民间自制的麦芽糖与适量的水，在土灶大锅里煎熬。这是一门技术，要熬成金黄透亮黏稠性极强的糊状糖浆绝非易事，需要高明的师傅，眼疾手快掌握火候。糖浆的老嫩程度全凭师傅的眼光。村西头的李婶是熬糖高手，母亲每次都请她来。母亲说，要熬到刚刚好，用铁勺搅动时，糖浆能立起来。太稀不成形，太稠发焦发苦。糖浆熬制好，接下来就是切糖糕。把事先备好的炒米放入锅里快速翻炒，尽可能让每颗炒米粒都能粘上糖浆，趁热倒入空心木框，由家里臂力最大的小哥在有限的空间里开始用特制的木棍迅速挤压夯实，撑实压紧，待彻底冷却后切片。饱满香脆的爆米粒，清甜的麦芽糖，咬一口，咯吱咯吱的，唇齿留香，一股原始的大米香扑鼻而来。但物资短缺年代什么都要从长计议，这些珍贵的美食不能敞开肚子吃。于是，那些糖糕做好之后，全部被母亲存放在阁楼的瓮里，用于春节待客。不过父亲隔三差五地就要对母亲说，拿点糖糕下来给孩子们吃吧，过几天就开学住校了。

每次切好糖糕后，母亲会特意留下一些糖浆，然后把我的大姨娘请过来"打糖"。打糖是力气活，也是技术活。力度一定要均匀，硬了软了都不行，需要一遍遍细心揉、拉、叠，力度均匀，这样才能跟芝麻粉充分地融合。每次大姨娘来，对于自己会打糖颇为得意。她哪里知道，我的母亲其实也会打糖，只是想借这个机会和她见见面，姐妹聊聊天、说说话。

做糖糕、打糖弄好后，接下来就是"打豆腐"。打豆腐也是过年必做的一件事情。豆腐，寓"都富"。吃的不但是一种味道，同时也是一种寓意，图个好兆头。

再就是"杀年猪"。杀年猪对农村人来说，是一件相当重要的事情。讲究一点的人家在杀年猪时，会有一些俗成的仪式，以祈求来年六畜兴旺，人寿年丰。那时候每年能杀一头猪过年，是普通农村人一年的希望。每次年猪杀好后，母亲便用猪内脏之类做成一大锅汤面，家家户户送一碗。

从小就熟稔的那句话："二十九，样样有"，意思是说，到了腊月二十九这一天，家家户户的年货都置办好了，就等着张灯结彩的除夕之夜，辞年守岁了。

辞年守岁，古称"围炉"。清乾隆年间《泉州府志·卷20·风俗》记载："除夕……至夕……设酒食聚饮，达旦不寝，谓之守岁。"除夕夜，碗筷收拾停当后，合家欢聚一堂。然后再进行"围炉"，守岁迎春，灯明火亮到次日。老实说，我对那没有"春晚"的除夕夜，记忆最深最美好。那个时候没有电灯电视，没有楼上楼下，只有土砖房与煤油灯。吃过丰盛的年夜饭之后，父亲便把早已准备好的一大截树根放置厅堂中央，用木屑将树根引燃。前来的乡亲们围坐四周。讲故事的、唱山歌的、唱西河戏的，各式各样的看家本领、拿手绝活，轮番上演，好不热闹。这一夜，全村人都睡得很晚，甚至彻夜不眠。敲锣打鼓，等待"年"来，是为"守岁"。

一夜连双岁，五更分二年。

"过新年，穿新衣"，正月初一穿新衣，是个古老的习俗。南北朝梁宗懔的《荆楚岁时记》记载正月初一"长幼悉正衣冠"。宋朝《东京梦华录》中也有记载，每到新年这一天，大家都穿得干干净净的，到处去逛。民国《平谷县志》同样记载了正月初一"卑幼盛装饰，拜尊长为寿"。穿新衣与中国的古老农耕社会有关。过去农耕社会，特别是黄河流域，一年一熟，也就是说要到年底才会发点薪金。新年伊始，万象更新，从里到外新气象，故要穿新衣。

我们的新衣服，是母亲提前请裁缝来家里做好的。心急的我们，天天掰着手指头算了又算，还有多少天过新年。新衣服试了一次又一次，镜子前晃了一圈又一圈，日子还是过得特别慢。母亲说了，新衣服要等到大年初一拜新年才能穿。每当村里人来给父母辞年的时候，兴奋的我们才会上床睡觉。临睡前，母亲便把我们的新衣服拿出来，还有她亲手缝制的新鞋或者送公粮后购买的解放鞋，一一放于床头，母亲还不忘给每个孩子两角钱，作为压岁。两角钱，对于那时的我们来说，是笔巨款，宝贝得很。于是我们总要想方设法找个小袋子，把钱藏好，系在腰间，以防丢失。揣着母亲给的压岁钱，抱着枕旁的新衣新鞋，压根就睡不着。我总是提前把新衣服穿好，半躺在被窝里，假寐一小会儿，天未亮第一个起床，再把兄弟姐妹一个个喊醒，实在是太激动了。

大年初一到初三，乡下习俗不能动用扫帚，否则扫走运气，会破财。若非要扫地不可，也须从外头扫到里边。至今许多地方还保存着这一习俗。年前扫除干净，年初一到初三，不出扫帚，不倒垃圾。备一大桶盛废水，当日不外泼，以免日后外出会淋雨。

除开这些外，还有很多习俗。诸如：掸扬尘、洗被褥、贴春联、贴年画、放鞭炮、拜祖宗、耍麒麟、走亲戚、送年礼、送灯上祖坟等众多活动，极尽年之欢乐。

这，就是仪式感。在日复一日循环的日子中，让这一天、这一个时刻，变得和其他的日子不一样。对于新年，仪式感至关重要。年复一年，褪去激情的生活，固然会变得平淡。但始终因新年仪式的加入，让美好快乐的童年没有被时间冲淡，没有被繁琐削弱，反而随着岁月的沉淀愈加清晰，愈让人怀念。只是我们，再也回不去了。

再也回不去的童年，再也回不来的年欢。

年欢渐淡、人情渐远。对于中国的传统节日，岂止春节，岂止端午节、中秋节，清明节又何尝不是如此？

风雨梨花春社过，年欢未尽又清明。

又见清明

不知不觉，春意已近，又见清明。今日祭奠，用文字纪念，写给天堂的父母。

当岁月与思念重叠，季节交替时节，杏花春雨江南，女儿愈发地怀念您俩了。我的老父母，女儿不知道是否有天堂，也不知道天堂是否有灵魂。女儿只是很想知道，您俩在天堂还好吗，一定很幸福吧。奈何桥上等三年，终于跨越了死亡的界线，彼此再无须忍受天各一方的痛苦，相拥而坐，任凭尘世变幻。

有人说，一死万事空。也有人说，很多事情其实一直都存在，不堕不灭，无生无死。

生命远逝，故乡远离，老屋远去。岁岁年年，花开又花落，自然的演绎总有道理。清明节，是您俩的节日，女儿不是因为这个节日的特别才怀念，而是因为在这个节日里，怀念会更深切。离开了这么久，也曾试着忘记，却又总是想起，越是想起越是清晰。这些年，女儿常常做梦，女儿知道，只有在梦里才能有机会和您俩相见。

在梦里，也只有在梦里。

温馨依旧，温暖依旧，幸福快乐依旧。可女儿又常常失眠，好不容易能够静静地睡去，却总在梦中醒来，泪湿衫巾。没有您俩的世界太过黑暗，太过悲伤。女儿知道，笨拙的文字无法诉说无尽的思念与悲痛。每年的这个日子，山花如期开放，杏花雨如期落下。

又是春雨，又见清明。清明是雕刻在石碑的印记，是根植于灵魂的殇情，是缠绕在思念中的落寞。清明雨是一个缠绵的梦境，一种难以愈合的伤痛。或许，人生多苦难，生命的本质就是忧伤的。落寞而寂静，沉寂而消亡。

哲人说，每个人自出生的那一刻起，就意味着远离纯净，开始漫步在红尘的烟火里。于茫茫世海里追逐，寻找所谓的归宿。可人又何曾有真正的故乡，都只是暂将身寄，看几场春日芳菲，等几度新月变圆。千年复千年，一笑一哭之间，宿世羁绊，弹指如烟。在自己的泪水中出世，在别人的泪水中离去，这中间，便是人生。

停留是刹那，转身即天涯。

时光是刹那的、短暂的。那些爱与温暖，总是分外匆匆，未及珍惜，转眼已逝。时光又是永恒的、漫长的，那些爱与温暖，总是永刻心底，一生一世，无法忘记。俗世红尘，人来人往，岁月不曾停歇半步，也不曾流失什么。悲欢离合，生离死别，因缘际会，一切皆是缘。

万物姻缘前世定，千里姻缘一线牵。

据唐李复言《续玄怪录·定婚店》记载：唐代有书生韦固，父母早亡，多次求亲，均未成功。一次途中，偶遇一老人倚着布袋，坐在庙门口翻看一本古书。韦固好奇地问："袋中装的是什么？"老人答："是红绳，用它来系夫妻之足的。即使仇敌之家，贵贱悬殊，天涯海角，吴楚异乡，红绳一系，必成眷属。"韦固又问："吾妻年方几何？"老人答："今三岁，十七岁时，和你成婚。"韦固又问："妻家住何方？"老人说，就是店北卖菜陈婆的女儿。于是和老人一起去菜市中寻找：只见一个瞎了一只眼的老太婆坐在集市上卖菜，怀里抱着一个两三岁的女孩。老人对韦固说："这就是你的妻子。"韦固见这一老一小，丑陋无比，心中大为不悦。回去磨好一把小刀，交给仆人，杀了那小女孩。可不知怎的，刀子扎在两眉中间，没有刺死。韦固很失望。以后韦固多次求婚都不成。十四年后，他在相州做了官，很有政绩，刺史王泰赏识他，就把女儿嫁给了他。这女儿年龄十六七岁，容貌美丽，韦固很是满意。可她很古怪，眉间常贴一片叫作花子的面饰，即便沐浴也从未拿掉。

韦固见状，忽然想起当初命仆人刺杀一女孩却正中眉间一事。于是问起妻子来，不料她潸然流泪说："我原是刺史的侄女，自己还在襁褓中，母、兄先后死去，靠乳母陈氏哺养。三岁时乳母抱我在宋城客店近处的菜市卖菜，被一个狂贼所刺，刀痕尚在，只好用花子把它覆盖起来。之后，叔父抚养，待我如亲生女儿，再后来，就嫁给你了。"韦固听后惊叹不已："奇哉、怪也！"于是，他相信了月下老人的话，且把以前的事和盘托出。从此，夫妻相敬如宾，更为恩爱。此后，人们称媒人为"月下老人"，这也正是"千里姻缘一线牵"的典故。

前世姻缘，命中注定。

我的老父亲，女儿一直固执地认为，母亲就是您的前世情人，三生石前，缘定三生。父亲您三岁丧父，六岁做长工，十二岁持家，十五岁丧母，二十一岁第一任妻子病逝，二十五岁第二任妻子病逝，三十八岁娶我母亲，六十九岁离开土地又回归土地，一辈子面朝黄土背朝天。我的老母亲，您五岁丧父，九岁做童养媳，十六岁贤惠聪明美丽已经在江南传遍，十九岁第一任丈夫去水塘打猪草不幸淹死。从二十岁开始，门槛已被络绎不绝的媒人踏烂。可您偏偏钟情我那一贫如洗、拖着两个孩子的父亲。二十五岁嫁给父亲后，您才成为一朵完全绽放的花朵。女儿常常在想，山之所以绵绵延延，是因它要包围寂寞的水；树之所以风雨不动，是因它要给暮归的倦鸟一个归宿。而在佛教看来，爱也是苦行。人只有摆脱爱欲，才有可能获得正果。于是，红尘中的姻缘即"千里姻缘来相会"，便是对苦难的轮回。只有到了人道主义那里，这轮回才停了下来。这茫茫红尘中的姻缘，才成为人类心灵的相遇。有幸遇到一个人，你很爱他，他也很爱你，那么就是这辈子最好的姻缘。

我的老父母，世间最好的姻缘莫过于您俩了。您俩一辈子坚韧顽强，幽默乐观，关心体贴，相互扶持，相濡以沫，同甘共苦，不离不弃，生死相依。

　　父亲您这一生，都与土地打交道。犁铧、铁锹、老牛是您最亲密的伙伴。您每天除了给村里做账、给四邻八乡的人看病，便是无休止地劳作。为了支撑破落衰败的家，您和母亲历经风霜，含辛茹苦，忍辱负重，经历了常人难以想象的痛苦与磨难，但您俩一直顽强地与命运抗争，从未有过任何的争吵和埋怨。正是这种和谐的家庭氛围感染着我们，使我们从小对物质生活没有太多奢求，只知道努力读书。而当我们一个个成了品德端正的读书人，在外出人头地、光耀门楣之时，便会更加深切地怀念您俩。

　　怀念不息，悲伤不止。

　　我的老父亲，记得您出殡的那天，正要封棺时，女儿抑制住撕心裂肺之痛，默默地注视着您，刻骨铭心的最后一面。一桩奇怪的事情发生了：只见您紧闭的双眼，忽然间，从眼角流出一滴浑浊的泪，久久地停留在面颊上。女儿知道，您的泪是为您的爱妻我的母亲流下的，您不舍得一个人先走。又或许您先走，是要到一个地方，好好等候我的母亲。您俩说好了要一起走的，风雨相伴几十年，老屋作证，小山见证。而在您离开的日子里，您不知道母亲有多想念您。身患您同样绝症的母亲，在生命最后的日子里，去祖坟山看了您，替您看了老屋最后的样子。母亲走了，带着对老屋的眷恋，赴您奈何桥之约。

　　我的老母亲，您活了一辈子，累了一辈子，苦了一辈子。临终，竟然是大姐，您的继女，守孝在身边。这让我们情何以堪？您就那样走了，走得很突然，不孝的女儿，没有聆听到您临终的只言片语。抱憾的女儿，为您悲痛，更为您骄傲和自豪。母亲您是女子，和大多数女子一样，因命运不济甚至连学校大门都没有跨进一步。母亲您是党员，优秀的中国共产党党员，闪耀着无数老党员默默奉献的高尚品德。母亲您是先进模范，心中有无我的伟大情怀，以及不怕牺牲的忘我精神。这种精神力量无论用在何处，足以战胜一切。无论遭受怎样的劫难，您从不在我们面前表露，总是独自落泪，默默承受。粗心的女儿，以为您还年轻，身体很好，尽孝来日方长。未曾料想女儿错了，大错特错。恨自己醒悟得太晚太迟，没来得及尽一个女儿的孝道，您就猝然走了。

树欲静而风不止，子欲养而亲不待。生命，有时一个转身，一句再见，一声慢走，就是最后一面，从此阴阳两隔。

又见清明，落字成殇。女儿至诚祈求：这文字能抵达天堂！

黑夜独白

黑夜独白

子夜未央
倚莲窗

不知两鬓
一夜雪霜侵

亦不知心恨谁
但见泪痕湿

知否　知否
粉身碎骨又或许是
一场重生

一个人的黑夜

　　习惯站在黑暗之中，一个人，看万家灯火，闪闪烁烁。那些窗口，与情爱的悲喜无关，与麻木的触觉有关，与自然的习惯有关。

　　黑夜是一条河，虚空一切，藏匿一切，淹没一切。于黑暗中点燃自己，燃烧抑或熄灭，一切在涅槃中。无法看清，无法握住，无法拯救。一如扑火的飞蛾，追逐无望的爱情。

　　一只夜鸟鸣叫。一枚星子黯然。一个稻草人低泣。

　　我不知道，那只固执的夜鸟，是怎样的一位歌者？一生只唱一首歌，一首不属于自己的歌，它为谁歌唱？我也不知道，那枚遥远的星子，是怎样的一位使者？一生只闪烁一种光芒，执着为谁？而那个低泣的稻草人，是如何亲眼看着别人的爱情故事在阳光下蔓延，又是如何枯槁于无边的夜色，卑微于鄙夷的目光，小心翼翼捡拾琐屑而孤独的残梦？

　　乌鸦掠起，枯枝之上，刻薄地嘲笑。

　　我只知道，应该是激情燃烧的盛夏，必须时刻准备着肉体与灵魂的炙烤，没有任何理由藏匿于黑暗与潮湿之中。即便很多年前，一口气吞下了不该吞下的那个词；即便苍凉的手指，敲击一个人的茕茕孑立。

我注定是暗夜的拾荒者。

抚琴船头忧伤的杜十娘，借酒消愁轻叹的李清照，高楼夹缝里心河早已干涸的人们。

我在失眠里，看到更多失眠的人。

黑夜是我的情人，我的思想是他的灵魂。当我以生命做赌注，博弈爱情，灵魂便一次次从身体分离。而这没有温暖的夜色，便是我豪赌的赎金，押上全部赌注之后，早已输光最后一滴血。当叹息的力气只能想象背影，你是否在暗示，我应该随时准备退出一片狼藉，不留一丝痕迹？原只想用我的目光，将你溶解。只要你记住，那夜晚，那星光，那古桥，那流水。

一场爱情与婚姻的博弈，注定没有输赢。

易中天说："人和爱情一样，错过了爱情就错过了人生。"也许，没有人能拒绝爱情的光芒，也没有人能拒绝生命的灰烬。也许，爱情只是一个虚拟的词，拒绝肤浅，害怕说出。可它是义务，是责任，是成熟，还是再生？是虚无和缥缈，还是习惯和麻木？一个人的黑夜，一个人的宿命，无法救赎。夜色在窗外，在字里行间埋怨我。

当白皙的肌肤敷着一层初阳的红润，以一种纯净的姿势静默升华，滤清灵魂中仅有的一点杂质时，我相信，总会有一个人，可以在我的灵魂与肉体之间，自由起伏。只要我准备好前行的旗帜，照亮黑暗的灯盏与亮破黑暗的语言。

一个人的情爱，注定放弃情爱。

一个人的黑夜，只能松开黑夜。

黑夜是一条河。需要穿越，需要覆盖，并在穿越与覆盖中更新。那么，一只夜鸟，一枚星子，一个稻草人，还有一个人的窗口，与黎明一道，醒来。

女人如烟　恋上谁的指尖

　　一支烟的轻燃，燃着苍白忧郁的唯美，燃尽女人的一生。

——题记

　　如果说酒是苦涩的替身，泪是悲伤的替身，那么，烟就是寂寞的替身。而女人，便是一支孤单而寂寞的烟。

　　一支烟，从点燃到燃尽，不过短短一瞬。然而，就是这短短一瞬，却让无数纯情而痴傻的女人，前赴后继地纵身火海，一任刹那的热情灼伤自己，而后化为灰烬。

　　女人如烟，恋上谁的指尖。她的来处，是不为人知的一隅，等待某根手指将她拈起、点燃。她的去处，是燃烧之后，或被从高空抛下，颤颤悠悠地消失掉；或被按在烟灰缸里，使原本冒着烟泛着红色火光的头部变成了一片黑色的粉末焦炭；或被轻轻地扔到行走的前方，调整脚步，踩灭的。一如爱情，逝去的那一刻，是短促是孤单是寂寞是不幸。

　　爱情与香烟，都是一个燃烧的过程。据说抽烟最好的办法是慢吐慢吸，细细品味。对待爱情的最好办法是轻取轻放，慢慢品尝。爱情幻灭如同烟灰，终究归于尘土。而爱情际遇，一如买香烟。

当你从街头小贩的摊上，或从金碧辉煌的商场，买回一包香烟时，你并不知道，哪一支烟会是你的爱情，或者，究竟是否有你的爱情。当你在街上行走，抑或于某个无眠的深夜，你同样无法预知，自己是否会点燃一支烟，或者，你会在什么时候点燃。爱情的来去，没有先兆，无法安排。很多时候，在没有预设的情况下，你遭遇了爱情，或者，点燃了一支烟。

当然，香烟可以一支又一支地抽吸。而爱情，却很难一次接着一次享受。真正的爱情，属于你的可能只有一次，唯一一次生命的燃烧。其实，很多人一生无缘爱情。不是爱情不存在，而是它不一定会眷顾你；也不是爱情离开了人间，而是它可能会离开你，回到它永恒寂寞的守候中。

忽然想起一个场景来。

她安心地偎在他的怀里，这是她在梦里无数次出现的情景。闻着他身上的气息，安然睡去的她，双手还环绕着他的脖子，憔悴的脸上挂着幸福而满足的微笑。他缓缓地抽出一只手，在她的脸上轻轻地摩挲着，很柔、很轻。他听到她的呼吸轻微而均匀，嘴角露出了美丽的微笑。梦里的她，竟是如此幸福着自己的幸福。怀里的她，如此之快地睡着了，快到有些让他心疼。他的眼角润湿了，一滴、二滴、三滴，滑过棱角分明的脸颊，缓缓地滴落在她的脸上。

她惊醒了，疑惑地看着他，柔声地问："亲爱的，怎么了，是不是发生什么伤心事，又或是我的这种睡姿让你不舒服？"

"亲爱的，不是，你别多想。抱歉，惊了你的好梦。我只是、只是……"他不再说了。他不想让她这么快从好梦中醒来，他要尽最大的努力，让她尽可能延长一秒又一秒的快乐与幸福。

四目相对，潸然泪下。他为何落泪，她知道。落泪的他更知道，自己是一个极为自私的男人，给不了她未来，却不肯放手。这份情，让他感动万分又羞愧难当。满心的爱，却不能全部给。从认识的那天起，就注定了彼此的爱情，只是半支烟。

她为他拭泪，轻轻哼唱："女人如烟，恋上谁的指尖。你用柔情将我点燃，我开始变成你手中的烟，你轻轻地将我含在唇间，我的身姿弥漫了你的眼，你漫不经心燃烧我的生命，我也心甘情愿做你的烟。也许你不经意的一个微笑，我就义无反顾地来到你身边。你说过，今生与烟为伴；你说过，女人如烟你已习惯；你说过，聚散离合随遇而安，可我来世还要做你手中的烟。想我了，就请你把我点燃，任我幸福的泪缠绵你指尖，化成灰也没有一丝遗憾，让我今生来世为你陪伴，空气中，寂寞在悄悄蔓延，就算我化为烟雾也不忍离散。"遭遇半支爱情烟的她，在不属于自己的怀抱，在不属于自己的指尖，轻轻哼唱着、幸福着、燃烧着。

　　张爱玲说："女人一旦爱上男人，如赐予女人一杯毒酒，心甘情愿地以一种最美的姿势一饮而尽，一切的心交出去，生死度外。"一代才情女子尚难逃情网羁绊，心甘情愿地被男人点燃，无怨无悔地化作烟，化成灰。何况平凡普通女人。

　　女人如烟。或寂寞于紧紧裹住的薄薄纸片里，或藏身于华丽的烟斗洞穴中，静静守望一枚火花。若无火种的点燃，便舞不出她的蹁跹、幻不出她的美艳、喷不出她的热情、散不出她的娇艳。而当她一旦被点燃，便忘却自我，尽情燃烧。只是每一次的燃烧，往往是一曲悲歌。于是很多痴傻而执着的女人，成了爱情的殉葬。

　　爱情是美好的、缥缈的、虚无的，香烟是美丽的、销魂的、短暂的。也许所有美好美丽销魂的东西，都是短暂的。也正因其短暂，才更加美丽，更加诱人。

　　有人说，食烟，性也。烟，不仅是一种生理需求，也是一种心理需要。都说男人抽烟是因为需要，是种享受。男人捏烟，如同捏住女人的柔骨；男人抽烟，仿佛吸入女人的芳香。女人卷入一次，就投入一次；女人燃烧一次，就芳香一次；女人光焰一次，就毁灭一次。等到烟丝尽了，烟灭了，女人的爱情与生命便香消玉殒。选择烟，也就选择了一种绝美；选择爱，也就选择了一种伤害。女人在伤害中寻找绝美，女人在绝美中忘却伤害。也许想起，或者忘却，那些爱过伤过的人或事，都需要烟。

　　当男人惬意地夹起一支香烟，悠闲地吐着烟圈的时候，我不知道，懂得品味香烟的他们，是否也懂得品味女人？珍爱香烟的他们，是否也懂得真爱女人？想起无数神情忧郁的女子，在忧郁的爱情里燃烧的姿势，总有一种说不出的伤悲与心痛。

　　也许女人，只有彻底丢弃那满是香气的尼古丁烟草，不依赖那害人的麻醉，不恋上那淡淡烟草味的手指，才不会被灼伤。只是如烟的女人，总在寻找那个叫作永远的终点，在指尖寻觅那个叫作爱情的烟火。曾经以为，自己是所爱男人心中永远的春天。却忘了，春天的后面是酷暑，是冷秋，是寒冬。也曾经以为，自己可以戒情、戒爱、戒烟，却忘了，最难戒的是那个带给自己伤痛的男人。都说真正的爱情，是在能爱的时候，懂得珍惜；在无法爱的时候，懂得放手。

　　相同的香烟相同的爱情，不同的指尖不同的命运。

　　爱情之外，指尖之上，隐隐看见血液在流淌，滋润着那金黄色的烟头，烟头外包裹着一层银白色的烟灰。袅袅娜娜，缭缭绕绕，缥缥缈缈。一如理想与现实之间，那苦苦追寻却可望不可即的距离；一如爱情或婚姻之中，那痴痴死守却无法预料的突然与骤变。

　　女人如烟，恋上谁的指尖。

　　短暂烟火，寂寞流年，女人如烟孤独恋。

爱人　得到又失去

　　人的生命中有两件最悲伤的事：得到你所爱的人和失去你所爱的人。

——奥斯卡·王尔德

　　没有谁会明了，兰子会受那么两次痛，两次刻骨铭心的痛！事隔多年之后，她才醒悟到：婚姻如衣服，再怎么样毕竟是件完整的衣服；情人如布头，毕竟那只是块漂亮的布头。

　　私情不解渴，可自己当初那种忧郁的执着，完全源自于一种缠绵的诱惑。

　　兰子独身一人居住在一片幽静山林的小木屋里，陪伴她的是一块小小的菜地，几只小鸡。她总是在有星有月的夜晚，缓缓走向深山更深处，扯起一片淡淡的月光，一次次把深深熄灭的梦点燃。只是每次梦虽如月光般洒满小屋，她却无法拾起。

　　兰子清楚地记得，在一个皓月当空的夏夜，有汹涌的暴风雨袭来，击打她的情爱。顷刻，她的堤坝崩裂，一股巨流汩汩流淌，她的心灵，一步步坠入幽幽的森林。

从此，她被一个名字囚禁，那是一名叫静林的医生。静林与兰子的哥哥麦子在一次"谷雨诗会"上认识，尔后便成了无话不谈的好朋友。一次麦子与静林谈到了自己的妹妹兰子的坎坷命运，潸然泪下，让静林心里有一种异样的东西骤然涌起。静林就这样接近兰子的故事，洞察她的悲伤。

兰子是一个离婚女人，其实她知道自己的离婚是极不聪明的，但她为了心灵的完整，只能如此。

兰子的前夫叫平泉，他们结婚不足三个月，平泉就患病住院，这一病将近十年。在近十年生活中，兰子不知道自己流过多少泪，挨过多少打，只知道默默地挨着过憔悴的日子，也许是双亲的磨难对兰子影响太深太深的缘故。

平泉的病辗转无数家医院之后，总算治愈了。病好之后，平泉拼命挣钱，几年下来，不仅还清了债款，还在市区盖起一幢漂亮的三层楼房。

说来也怪，日子愈来愈好后，兰子再无须为病人折腾时，她内心凝聚的脆弱却猝然碎裂。平泉在家的日子愈来愈少，兰子在孤独与隐痛中度日。无数次冥思苦想之后，她猛然惊醒，其实从来就没有爱情震动过她浅薄的水域。于是兰子决定离开平泉。她心中还依然盛开着一丛无法凋谢的浪漫。

兰子的同事吴诺，极合时宜地来浇灌这份浪漫，用他男人特有的温柔和体贴摧毁了兰子世俗的樊篱，吴诺泪流满面地承诺要给兰子一生的幸福！一定与自己的老婆离婚。幼稚的兰子信以为真。她哪里知道，自古至今，相爱容易相处难，尤其是男人的承诺，最不可信。都说做女人一定要经得起谎言，受得起敷衍，忍得住欺骗，忘得了诺言，宁愿相信世上有鬼，也不能相信男人那张破嘴。可天真幼稚糊涂的兰子，偏偏信了。

糊涂的她，那玲珑剔透的心，再一次锁定在无情的冰点之下，病倒了，成了静林的病人。在静林百般呵护、千般柔情，细细抚慰之下，兰子那颗冷却的心，开始融化。渐渐地，兰子感觉到自己开始沦陷。静林已成为她心底的一脉芳馨，一股绿意弥漫心间，仿佛已逝的慈母曾在遥远的山村摇曳出的缕缕炊烟，把兰子的心絮得暖暖的、柔柔的。出院的那一天，静林特意请了一天假送兰子。在车上，静林目不转睛地看着兰子，眼睛里爱意浓烈。兰子预感到要发生什么。正如两种有所反应的化学物质的接触，兰子与静林双方都发生了变化。不知不觉中，彼此陷入了爱的狂流。静林觉得这爱让他内心产生一种痛苦，这种痛苦便是来自对兰子美丽的第一印象和由此而来的朝思暮想。

于是，在一个很美的黄昏，他们相约去了一片幽静的树林，溪水在深情地讲述着一个夏天的童话。静林动情地对兰子说："真想在此搭建小木屋与你长相厮守。"兰子未细想，只觉得那一晚的月光，透视了大地所有的心事。

　　从那一晚以后，兰子仿佛有了少女般炽热的初恋，对静林牵挂起来。又一个很美的黄昏，他们依然去了那片林子，刚去时天还好好的，不料转眼乌云密布，空气极其沉闷，兰子直觉得呼吸都有些困难，一阵雷声滚过，兰子不禁颤抖了一下。静林紧紧地搂着她，语无伦次地说，他的老婆患有精神分裂症。兰子猛然挣脱静林的怀抱，光着脚在雨中狂奔。她做梦也未曾想到，自己从一场感情纠葛走向另一场感情纠葛，爱神像一个贪玩的孩子，把她像风筝一样戏来弄去。

　　也许，这世上有很多的事情，注定是没有结果的。于是伤心的她，带着静林的影子，凄然上山。

失　语

　　曾经以为失语的世界一定有着独特的神秘与妙趣之感。可以不说那么多的废话，可以不用斟酌回答他人的话语，甚至可以降低他人对自己、抑或自己对自己很多的要求。一个安静的世界，许多的事情不需要语言。没有语言，那么思想则更为生动，灵魂更为真实，生活更为纯粹，一切都是默默的。心灵与魂灵成为彼此相惜的知己。

　　然而，当这个夏天，这个比往常来得闷、来得潮、来得长的夏天，我庸常的生活被阳光炙烤得泛白的时候；当我真的陷入失语的境地，真的失了语，进行一次人生前所未有的体悟，体悟之前想象的那种神秘、妙趣与安静的时候。我猛然发现，这样的世界太过宁静与死寂，太过无奈与无助，太过凄楚与悲苦，它的安静让我有一种莫名的心慌，那是一种窒息的感觉。想要说，想要叫，想要唱，可声音丢失了，不知道栖落于何处。

　　我是那种见了石头都可以说话的健谈之人。夏天被诊断患了声带息肉，未做手术之前，医生嘱咐要禁声两周，可我怎么也控制不了自己不说话，以致病情愈来愈严重，医生不得不把声带息肉给做掉，且嘱咐一定要禁声一个月。于是我便不可抑制地失了语。

　　身体带有残缺的人，尽管我只是短暂的失语而已，但总是在一个社会的边缘，总是不得不让你来适应与习惯这个社会与人群。比如我，事先在家准备一小卡片：我声带息肉术后禁声一个月，有事请发信息或笔谈。每每在路上遇见了熟人打招呼就把卡片拿出来。我随身带一支笔与一沓卡片，买菜的时候，就在卡片上面写着：黄瓜、冬瓜、白菜。若之后买菜不出示卡片，老板则会主动给我拿相同的菜。每天选择在同一家买菜，即便价钱不同或短斤少两，即便蔬菜的品种少也不新鲜。若换了不认识的卖家，也不知道是短暂失语，我常常挑好了菜就直接上秤，卖家总会一边看秤一边说："看，是个哑巴。"每每此时，旁边一起卖菜的定会接腔："咦，真是怪事，哑巴也知道买菜。"眼里与话里满是不屑与鄙视。特别可气的是有一次买猪油，那个女老板拍着胸脯对我说，她家的猪油是整个菜场里最好的，又好又厚，很划算。可买回家一看，原来是两块很薄的猪油重叠在一起，外行人压根就看不出来。当然这还不算什么，最可气可恨的是遇见了个奸商，把底下一块布满红色斑点的问题猪油藏得严严实实的。我本想去找她，可我不能说话，她不会认账的，结果只好把那块猪油给扔了。还有一回买水果，我也没仔细看秤算价钱，谁知那个水果店的老板干脆就直接把钱多算了。他见我是个哑巴，明明白白就给我吃个哑巴亏。

　　我不能说话，可我听得见，这让我更加痛苦。我所做的事情就是远离很多人，尽量少买东西，日子过简单一点，反正就是一个月，忍一忍就过去了，往后注意就好。尤其记住孝顺懂事女儿的叮嘱："绝对禁声，对嗓子恢复有利。不说话，也没人把你当哑巴。这次失语一月，就是对你平时说话太多给的教训，明白么。"尾音的"么"拉得很长，意味深长。

我知道，身体的疾病应该防患于未然，尽管是短暂的。但痛定之后要思痛，好了伤疤不忘痛。而那些终生身体有缺失的人，他们之中绝大多数人其实并不是自己的错。我的同学患聋哑病，就是三岁时的一次打针造成的。史铁生也是当年要下乡参加劳作，由于劳动过量，再加上心情的苦闷，小疾衍成大患，瘫痪了。所幸他有文学支撑。他说，在科学的迷茫之处，在命运的混沌之点，人唯有乞灵于自己的精神。

当人们走进社会与人群，就必须接受检阅与审视，可人又不是物件，不合格可以维修。特别是那些身体不健全的人，很多是天生的，没有任何办法可以维修。于是，他们总会带着憾恨艰难活着，受尽了冷漠与歧视。

有位聋哑人凄凉地写道："我不敢有爱情，因为缺陷，所以不敢，不敢就是不敢，很多人难以理解，我也不想让人理解，貌似关心的背后，也不愿意怎么去理解。谁都想与众不同，可是对于我们，却是一种忌讳。我必须划分我与他们，除了我，其他人都是一类。不过今天的网络让我觉得有了说话的地方，于是，我也来写，也来证明自己的存在。因为在这里，别人不知道我是哑巴。但我还总是宿命般地想到，我为什么是个哑巴？"也许，这就是人群，这就是冷漠的人群；也许，这就是现实，这就是无情与残酷的现实。而只有那些弱势的人们才明白，自己的日子，就是哑巴吃黄连，有苦说不出，有难道不来。

《哑夫妻》的故事令我潸然泪下。男主人公是个哑巴，他的邻居妹妹执意要嫁给他，男子断然拒绝。有一天，妹妹喉咙里长了一个瘤，虽然切除了，却破坏了声带。于是他们结合了。很多年了，没有人听过他们讲述过一句话。他们用手、用笔、用眼睛交谈，分享喜悦与悲伤，他们成了男女羡慕的对象。人们常说，那是一对多么幸福的哑夫妻啊。当爱情无法阻挡死神的来临，他撇下她独自离去的时候，撕心裂肺的她突然开口讲话了：爱人已去，谎言也该揭穿了。从此依然不再讲话，不久也离开了人世。

我常常在想，摒弃世俗的她，拥有了精彩绝伦的爱情童话。那么谎言，因爱的真相而美丽。因爱之荆棘中鲜艳的玫瑰而美丽。她是不幸的，同时又是幸福与幸运的。然而，她幸福的背后，是否有过无尽的苦与痛、悲与伤呢？

也许，红尘有爱，一切可以抵达永远吧。

佛对我说："你心中有尘。"于是我用力地擦拭。佛接着说："你错了，尘是擦不掉的。"我索性将心递给他，佛又说："你又错了，尘本非尘，你何来有尘。"意思是说，如果用力擦拭自己的这颗心，就是执着于这个相了。本来就无一物，却要用力去擦拭，岂不是想太多了。

　　尘本非尘，何来有尘；凡所有相，皆是虚妄。

　　也许，你不幸福，是因为你想要的太多；也许，你幸福，是因为你给予了很多。上天是公平的，它在赐予你不幸与劫难的同时，也一定会赐予你可以挑战极限的勇气与大气。都说上天给每个人的磨难，都是人们可以承受的。还说倘若命运在某一方面亏欠了你，就一定会在另一方面补偿你。

　　《都挺好》作为正午阳光的又一力作，剧集一经开播，就引起了观众们的热烈讨论。它给观众传递的不仅只有家庭关系这一点。它通过反映家庭问题的这个背景，向观众传递了一个更深刻的人生意义，它告诉人们，生活在某一方面所亏欠你的，一定会在另一个地方补偿回来。换句话说就是，生活对待每一个人都很公平。在这世间，万事万物皆有它的法则，不会对一个人给予太多，也不会对一个人索取太多。

　　万物平衡，方得永恒。

　　当仿佛被这个夏天抛弃，孤独难耐失语的我，于人群中真切感受到一种遗落在冷漠里的目光时，我想，也许残缺之人，要的仅仅是最起码的尊重，以及些许关爱、关注与理解吧。那么，我们一定不要让它成了奢望！一月比之一生一世，何其短暂。难以想象与体悟到，那些不幸的人们心中无法言说的辛酸与不易！正是此次声带息肉术后的短暂失语，让我如此贴近边缘化的他们，关于生命、关于感情、关于活着的真实感受，我的心真的痛了。

心痛的我，要郑重地告诉他们，如果有一天你觉得生活太残忍了，你不停地质问：为什么自己身体残缺别人健康，为什么你总是在失去却从来没有得到，为什么这个世界待你如此苛刻如此不公平时，请不要心急，也不要心焦，更不要心伤。或许某个转角，未来某个时刻，生活就把所有亏欠你的，用另一种方式补偿给你了。即便你的世界阴霾如晦；即便你望穿岁月，承载的依然是哀愁与沉重；即便唯一可见的只是一缕清痕。你也要学会笑对一切，把忧伤轻吟。让快乐与幸福慢慢地滑过你的天空，不让残缺的人生留有空白与遗憾。

我还要郑重提醒另一些人，尽管你们注定属于白天与灯光，注定一生在众人目光聚焦处起舞，也请切勿漠视那些生活在地狱里且默默守望天堂的人们。

不想说，不说少说，直到沉默；想为，多为少为，甚至无为。人生，往往需要这样的过程。

莲　子

最是那一低头的温柔，像一朵水莲花不胜凉风的娇羞。

——徐志摩

一

易寒侧卧在弥漫药水味的空气里，他蜷缩着身子，不停地咳嗽，不停地喘着粗气，努力想坐起来。天已经很凉了，可是他的额头、脸颊和鼻子上却全是冷汗，刚拿了一块餐巾纸慢慢地擦了一把，可是没过多久，又不知从哪里渗出许多。费了很大的功夫，他终于坐了起来。忽然间想起了什么似的，艰难地从床头柜里拿出一个非常精致的粉色盒子，双手颤抖从里面取出一个笔记簿。打开笔记簿，只见里面写满了小诗，还夹了很多书信，信笺的年月已经很久了，有些泛黄，字迹也有些模糊。易寒顾不得病痛，戴上老花眼镜，捧着笔记簿仔细地看了起来。他眉头紧锁着，额头上的皱纹清晰可见，好像用刀子雕刻的一样。看了一会儿，他取下老花眼镜，不停地擦拭眼角，一边擦拭一边长叹不已，也咳嗽不止。稍稍舒缓了些，他又仔细地看了起来，手不停地在字迹上摩挲着。大概是实在坚持不住了，便把书信折叠好，夹进笔记簿，小心翼翼地放进盒子里。

住院这段日子以来，除了打针吃药外，他每天就这样反反复复地摩挲着这笔记簿，来来回回地看着书信，痴痴傻傻地望着窗外。窗外一棵梧桐树，在寒风中低吟着，最后一片叶子，固执地不肯落下。

易寒知道，那片不肯落下的叶子，一定和自己一样，还有梦，还有未了的心愿。这让他不禁想起了美国著名作家利奥·巴斯卡利亚《一片叶子落下来》那关于生命的童话。书中一片叫作弗雷迪的叶子和它的伙伴们经历了四季的变化，逐渐懂得了生命的意义在于经历美好的事物，在于给别人带来快乐。明白了死亡并不是代表一切毁灭，而是另一种形式的新生。叶子飘零是叶子新生的一个前兆。对于一棵树而言，这一年的叶子飘落了，化作养料入根，只要根还在，明年还会有新的叶子长出来。

生命流逝，希望永存，树叶飘零哀伤却不至绝望。

然而，对于易寒来说，他不是一棵树，他只是一片叶子，一片即将落下的叶子。对于一片落叶而言，短暂就是它生命的全部。来年它已经看不见枝繁叶茂的景象，它只是默默地化作尘土，将它全部的生命都融入那曾经给它耀眼的树。他知道，当他的至爱转身离开的刹那，他已经死了，活在世上的，不过是行尸走肉。有关她的一切，一如烙印，时刻灼烧着已碎千瓣的心。可脆弱的心，承受不了极度的幸福与极度的痛苦。一个笃信爱情的男子，已是不幸，更不幸的是爱上了自己不该爱的人，辜负了最不该辜负的痴情女子。

易寒悲伤地想，自己是不可能像弗雷迪和它的伙伴丹尼尔那样，安详微笑地离去。病痛让他没法睡上安稳觉，一张饱经风霜的脸上，两只深邃的眼睛深深地陷了下去，岁月的霜刀布满了整个脸颊。他的脸，消瘦而苍白。乱蓬蓬的头发，长长的胡须。佝偻的身子，整个人看上去已是皮包骨头了。这个刚过花甲便身患绝症的消瘦男人，每天捧着泛黄的笔记簿，在等一个人，一个被他辜负了整整四十年的女人。那是一个冰清玉洁、超凡脱俗、不食人间烟火的美丽痴情女子，有一个美丽而诗意的名字，叫莲子。

世人都说，她是怎样一个奇特的女子："如醉如痴香逶迤，半开半合气温醇。深谷聊寄浮生梦，碧水轻烟远俗尘。香淡淡，水盈盈，风流俏转倾城生。"当易寒知道自己不久于人世时，便愈发地思念莲子，想当面向她忏悔。

暮色四合，心痛的记忆如幽灵般复活，纠缠在他纷繁可怖的梦魇里。关于爱情、关于憾恨、关于生死，还有在心里那个叫作秘密的地方，那个深入骨髓的爱人与那回不去的过往。他已生无可恋，唯有一死，才能忏悔、才能解脱。只是无论易寒怎样翘首以待，怎样苦苦等候，莲子依然没有来。

二

天不老，情难绝，只因一念一人。求不得，放不下，见不着，别不了。

易寒有些绝望，绝望的他，一如窗外那棵老树上最后一片落叶，那片在寒风中瑟瑟发抖而又固执不肯落下的叶子。他的心不由得随着紧缩，又是一个生命的凋零。它没有了昔日耀眼的绿，很渺小，路人都不曾对它留心。如果不是生病，自己又何曾留心过如此卑微、弱小的生命。它没有了生命，无法与命运抗争，终将静静地坠落下来，被无数的泥点溅中，从此就被长埋地下，不再看见它的影子，没有了痕迹，悄然无息。他不禁为这片叶子更为自己难过。这片即将落下的叶子，在它还未埋入泥土之前，是否还有某种愿望，又或许想自己返绿，生命重来……

遥望着窗外的他，半侧着面，目光上视，凝注的眼神，盼望之中有一丝凄然与落寞。叶子的离开，是因为风的追求，还是树的不挽留？他不知道。但病入膏肓的他，无论怎样地愿望，如今都是痴望、奢望或空望。倒不是怕死，人固有一死，早一天晚一天的事。只是他太想见莲子最后一面，太想在临终前向她忏悔。身患绝症的他，不想带着对人生的无限眷恋和对莲子的深深歉疚，永远离开人世。四十年了，整整四十年。四十年坎坷的命运，早就把易寒的幸福与信心压迫得干干净净。如今，唯有忏悔，唯有在临终前真诚忏悔，才能够减轻自己的罪孽，才能安心离去。否则？否则会怎样，他不敢想，也怕想。死不瞑目是一定的。或狰狞，或扭曲，或丑陋，或痛苦，又或是自己无法想象的惨状。

曾子言曰："鸟之将死，其鸣也哀；人之将死，其言也善。"意思是说，鸟快要死的时候，鸣叫的声音是悲哀的；人快要死的时候，说出来的话也是善良的。换句话的意思是，鸟因为怕死而发出凄厉悲哀的叫声，人因为到了生命的尽头，反省自己的一生，回归生命的本质，所以说出善良的话来。人到生命的尽头，一切的争斗，一切的算计，一切的荣耀或耻辱，一切的奢望与祈求，都将成为过去，现世渐渐退隐而恍若彼岸，与自己渺然无缘。

然而，易寒临终的善言与哀鸣，怕是无人愿意倾听了。他的心情，正如纳兰性德词所曰："近来无限伤心事，谁与话长更？从教分付，绿窗红泪，早雁初莺。当时领略，而今断送，总负多情。忽疑君到，漆灯风飐，痴数春星。""此恨何时已。滴空阶、寒更雨歇，葬花天气。三载悠悠魂梦杳，是梦久应醒矣。料也觉、人间无味。不及夜台尘土隔，冷清清、一片埋愁地。钗钿约，竟抛弃。重泉若有双鱼寄。好知他、年来苦乐，与谁相倚。我自中宵成转侧，忍听湘弦重理。待结个、他生知己。还怕两人俱薄命，再缘悭、剩月零风里。清泪尽，纸灰起。"

忽然一阵冷风吹来，他不禁打了个寒战，清晰地听见秋风与枝叶发出缠绵的声响。似乎在哭，如果爱我的话别让我流泪，如果恨我的话也请别伤悲。似乎在唱，如果可以的话请带我离开，如果可以的话请再次爱上我。即便寂寞永无逝日，黑夜不再醒来，有曾经的温暖安慰，彼此的心就不会太远太冷。太远的是路途，太冷的是等待。而自己，只是倦了累了，总有一天会回到她的怀抱。似乎在诵："风絮飘残已化萍，泥莲刚倩藕丝萦；珍重别拈香一瓣，记前生。人到情多情转薄，而今真个悔多情；又到断肠回首处，泪偷零。"

听到秋风与枝叶如此感伤的悲歌，易寒陷入了沉思。他不知道，四十年前与莲子那天崩地裂的一见钟情，为什么就那样毫无防备地降临了？他也不知道，那次邂逅，是命运对自己的奖赏还是惩罚？而今，他不得不为彼此的错过，更为自己此生最大的过错，作永远的诀别。开始的故事，究竟是谁先爱上谁，他也记不得了。只记得彼此从简单的交谈到夜晚的深聊，便相爱了。相爱了就开始错着，一直错下去，错在该与不该之间。以为自己可以心静如水，殊不知涟漪突然泛起。恋爱中的人，也总是在这种弱智状态下编织着自己的爱情故事并受尽折磨。外表矜持的背后，藏匿着无限的渴望，渴望着爱情的眷顾，渴望着爱人的眷恋。以至于输去了自己，也输去了莲子的人生。

斜江风起动横波，劈开莲子苦心多。

苦心苦情的莲子，离开时的情景，他却清楚地记得。当她踏上火车的那一刻，他的泪终于滑了下来。隔着厚厚的玻璃窗，他远远地注视着她，就那样悲伤地离开他的视线，带着单薄的生命，带着破碎的心灵，带着无助绝望的眼神。也许只要他轻轻的一个转头、一句挽留，他就可以发现她还爱他，她也可能留下。那么痴情的女子，爱情至上的女子，为什么自己不肯明白地告诉她，让她不至于完全失落失望，进而死掉那颗纯美纯真之心？他是她的劫，她懂，可她躲不过。心一点点沦陷，一点点被占领，可他什么都给不了。这一生一世，想要将那样的一种缘分继续下去，直至生命尽头，简直就是奢望。她知道，现世的他，身处围城，且无论如何也逃不出来，与她红尘做伴。于是她决定离开。

哲人说，走错了路，要记得回头；看错了人，要懂得放手。用眼看人，会走眼，用心感受，才是真。而这个爱已成痴的女子，用人生做砝码，换来了片刻的欢愉。值与不值，只有自己最清楚。与其苦苦挣扎在欲爱不可、欲罢不能的旋涡里，还不如把自己永远留给他做记忆。她也不知道："是谁导演这场戏，在这孤单角色里。对白总是自言自语，对手都是回忆，看不出什么结局。自始至终全是你，让我投入太彻底。"于是，彻底的她，要用彻底的方式，在他的心里，深深地刻上了"莲子"二字，再刻上"憾恨"二字。

荷叶生时春恨生，荷叶枯时秋恨成。

谁知身在情长在，怅望江头江水声。

易寒恨自己，恨自己的无情无义毁掉了莲子的一生。恨自己的年少轻狂，介入莲子的感情生活，却又无法担当起她未来的人生。他更恨自己，没能陪莲子远走他乡，一起看风起云涌，一起看细水长流。而今，不断追悔不断哀叹，不断回忆不断想起。

三

江南风景秀，最忆在青莲，婀娜似仙子，清风送香远。

有人说："如果你想要倾诉，想要吐露心迹，那么一定要和自己相似的人，最好是爱沉默之人，而且和自己有着共同弱点的人。"其实，沉默之人，有时不说话并不代表无话可说，或许她有太多的话想说，只是要和自己有共同或相似之处的人，彼此身上或多或少有一些相同的地方。易寒和莲子之间，有太多相同的地方，有太多的话想说。互诉衷肠时，她偎依在他的怀里，脸止不住地发红发烫，烫得像是被火烧灼的。她想到他的唇吻着她，那柔嫩至极的感觉。而他，也一定是颤抖着，张口欲言又不敢说话，如是反复。突然，他的指尖在他的唇上弹跳而起，脸颊也瞬间绯红，而她则佯装羞恼地盯着。他似乎偷笑了一声，灼热的唇贴上灼热的脸颊，细细啄吻，手指还不断轻拂过那飘顺的长发。炽热着彼此的炽热，浪漫着彼此的浪漫，渴盼着彼此的渴盼。该来的都来了，带着悸动与颤栗，带着潮湿与柔软，带着酣畅与淋漓。由远及近，由浅而深，由淡而浓。落英满怀，暗香盈袖，莫道不销魂。

爱情，是销魂的。他们深切感受到爱情来临时，每一个毛孔里流淌出来的缠绵，为之倾情，为之悱恻，继而为之甘愿赴一场没有结局的誓约，飞蛾扑火般搭上一生的美好快乐时光。然而，越是销魂的爱情，越是悲情。他们不得不承认，天底下没有比爱情更美好快乐的事，亦没有比爱情的责罚更痛苦不堪的了。正因为如此，当这份爱情难逃悲伤的结果，成为无言的结局时，除了默默地理解，默默地遗憾，默默地守望，然后默默地离开，她不知道自己还能够做些什么。一如江水没有尽头，唯有离开，唯有漂泊与飘摇。

细雨飘，清风摇，蝴蝶春梦短。

秋叶落，秋风寒，秋思秋念长。

有时候分手，不是不再爱，而是无力承受那残缺不全的感情。当攒够了失望之后，已经不再对彼此的感情抱任何希望了，与其不快不堪地继续，不如一个人安静地走开。也许爱情，从来就是这样，越是销魂越是短暂，越是温暖越是凛冽，何况他们不被祝福的爱情。很多时候，“我爱你”三个字说出来容易，真的要将爱情进行到底绝非易事。对于易寒和莲子来说，要么盛开，要么凋谢。

花开终有落，花落终成空。

易寒是多么想守着那一场盛世花开，守着那一份浮世清欢，守着那千年古桥。断肠曲，销魂梦，看那秋枫似血，对这冰心无咽。他心里总在强烈呼喊：亲爱的，离别后，当秋风扫过落叶你会在哪里，当冬雪覆盖古桥你又会在哪里？你是否还记得我，记得只属于我们两个人的约定，如今它快变成了哀乐。你又是否记得那只属于我们的秘密地方。树失去了叶子还是树，水结成了冰还是水，桥失去了故事还是桥。可我的爱情没有了你，还是爱情吗？此情已自成追忆，零落鸳鸯，雨歇微凉，四十年前梦一场。

莲子，我的至爱，四十年过去了，还记得《太阳和落叶的故事》么？一棵树一年四季只生长两片叶子。人们都为两片叶子的凄美而感动。其实人们不知道，故事最后的结语是：如果我是那片快要掉下的叶，就让我看完这个落日；如果我是那个快要落下的日，就让我对着枝叶祈祷。

我在此岸，你在彼岸。两两相忘，两两相望。

四

易寒悲从中来，老泪纵横。他哆哆嗦嗦地把信件放置枕头底下。突然双膝跪在床上，双手合十，闭上眼睛，一脸虔诚，流着泪低声絮叨着什么，呼吸十分急促。易寒的这个样子把病友吓了一跳，刚想扶他躺下，见他很虔诚很悲戚的样子，便把手给缩了回去。他的病友是位退休教师，叫杨柳，易寒习惯称呼杨老师。住院的这段日子，易寒终于明白，自己酿下的苦酒只有自己咽下。他禁不住趴在床上痛哭失声，嘴中念念有词。杨柳听不清他念了些什么，也不便劝慰，只好默默地陪坐床边，给他递上一杯水。

能不失声痛哭么？一直以来，他的眼里有一颗泪滴，包含着很多的无奈与憾恨，经不起哭泣，一哭就红。有些不愿回忆、不愿触碰的尘封往事，经不起触碰，一碰就疼。他终于明白："善恶终有报，天道好轮回，不信抬头看，苍天饶过谁。"他自己造的孽自己承受，谁料亲人接连受到了上苍惩罚。妻子三十年前就患绝症死了，唯一的儿子一直体弱多病，不久前也患上了绝症，命不久矣。他知道，这一切的一切，都是报应。善恶到头终有报。记得莲子离开时曾对他说："出来混，迟早还，玩弄感情最终都会有报应。"

爱总在最深时，落下帷幕；心总在最痛时，开始复苏。

哭过一阵之后，他再次哆哆嗦嗦地从枕头底下摸出信件，在一大叠书信里翻找到了一封长信，边垂泪边细细地看起来。

　　亲爱的莲子，还记得我们在断桥水岸的邂逅吗？今夕何夕，见此邂逅。美丽的邂逅有美丽的故事，美丽的故事往往有忧伤的结局："寻不到花的折翼枯叶蝶，永远也看不见凋谢，江南夜色下的小桥屋檐，读不懂塞北的荒野。梅开时节因寂寞而缠绵，春归后又很快湮灭，独留我赏烟花飞满天，摇曳后就随风飘远。"

缘起断桥，缘灭水岸。

大错铸成，泪落满衫。太多的错过，足以击垮我。相爱那么美，结局那么悲。懦弱自私的我，竟然像个缩头乌龟一样，把无法收拾的残局丢给你。我无法想象，无数白天后的黑夜，无数黑夜后的白天，你，一个弱女子，是怎样煎熬，又是如何承受？如今让我死一百次一千次一万次都不够。我甚至没有为你尽过任何的责任与义务。我给你的只是一些空话，一些废话，一些根本无法兑现的承诺，浪费你的美好年华。

往事怎堪哀，对桥徘徊。

有一天离开这个世界，我希望自己最后的归宿是在断桥水岸。想来悲壮，无论是平凡到不能再平凡、普通到不能再普通的我们，那秘密的断桥水岸，还是举世闻名遗梦的廊桥、魂断的蓝桥、惊鸿一瞥的春波桥……凄美的爱情、凄惨的故事，悲情总是由纤弱的小桥来承载。也许，桥之于爱情，已不单单是桥。

　　《廊桥遗梦》讲述的是一个美国乡村发生的爱情故事。故事里家庭美满的女主人公在丈夫和子女外出时邂逅了她从未预料到的刻骨铭心的爱情。这本小说并不仅仅是一场婚外恋情，而是通过它揭示出了中年人的伦理价值观与情感平衡问题。

　　《魂断蓝桥》讲述了陆军中尉罗伊与舞蹈演员玛拉在滑铁卢桥上相爱，但最终分离的悲壮爱情故事。

　　千古绝唱《钗头凤》，则让我们常常想起一千多年前，一位饱经风霜的老人，独自一人无限悲伤地徘徊在浙江绍兴沈园的春波桥上。他因负情于自己的最爱，以至于内心的忏悔与愧疚一如恶魔挥之不去。这位老人，就是南宋著名爱国诗人陆游。陆游一生，仕途坎坷，爱情亦不幸。二十岁时，同年轻貌美、温柔多情的表妹唐婉结婚，婚后感情很好，如鱼似水，形影不离。可陆游的母亲却不喜欢唐婉，且以结婚多年未生育为由，棒打鸳鸯，强迫陆游休妻，硬生生地拆散了一对挚爱。孝子陆游，迫于母命难违，只得答应把唐婉送归娘家。就这样，一对生死相依的鸳鸯终日哀鸣。也许缘分未尽，也许上苍眷顾，在一个繁花竞妍的春日晌午，陆游与唐婉在禹迹寺沈园深处的春波桥上不期而遇，那一刹那，时光与目光都凝固了，只留下惊鸿一瞥："城上斜阳画角哀，沈园非复旧池台。伤心桥下春波绿，曾是惊鸿照影来。"

五

一怀愁绪，几年离索；山盟虽在，锦书难托。

怕人寻问，咽泪装欢；欲笺心事，独语斜栏。

莲子，我的至爱，记得每次说起廊桥、蓝桥、春波桥时，特别钟情于桥的我们，也总会说起杭州的三大情人桥：断桥、长桥、西泠桥，还有"尾生抱柱"的故事。

"孤山不孤，断桥不断，长桥不长"被誉为西湖三绝。断桥位于杭州里西湖和外西湖的分水点上，一端跨着北山路，另一端接通白堤。断桥之名得于唐朝。其名由来，一说孤山之路到此而断，故名；一说段家桥简称段桥，谐音为断桥。传说白娘子与许仙断桥相会，确为断桥景物增添了浪漫色彩。白娘子与许仙因逢雨借伞而定情，他们相遇、相知、相爱都在断桥之上，却因法海的介入，一座雷峰塔让有情人咫尺天涯。越剧《白蛇传》中白娘子有凄美唱词为证："西湖山水还依旧，看到断桥桥未断，我寸肠断，一片深情付东流。"

长桥与断桥一样，都是情人桥。长桥主要有两个爱情故事，一是南宋江南名妓陶师儿与书生王宣教的爱情故事，一是梁山伯与祝英台的爱情故事。祝英台女扮男装，和梁山伯一起在杭州万松岭上的万松书院寒窗共读。两人先是草桥结拜，之后同窗共读三载而别。祝英台被家父召唤回去，梁祝二人难舍难分。于是便有了戏剧里一段经典"十八里相送"。在长桥上，梁山伯十八里相送，走走停停，兰舟催发，依依惜别。"送君送了十八里，长桥不长情意长。"后梁山伯与祝英台双双殉情化蝶而去。

西泠桥，承载的却是真实发生的故事。南齐时候，钱塘才女苏小小有一次出游，在白堤遇到阮郁（南齐宰相阮道之子），骑着马从断桥缓缓而来，两人一见倾心。苏小小虽为风月中人，却有一颗高贵干净洁净之心。阮郁被父亲囚禁，阮府送递给苏小小修书一封。自此，苏小小日日在西泠桥上盼阮郁归来。"妾乘油壁车，郎骑青骢马。何处结同心？西陵松柏下。"这是苏小小写给阮郁的诗。诗中的西陵，就是现在的西泠桥，苏小小死后就葬在西泠畔西泠桥侧。由于苏小小与阮郁在西泠桥上的那首定情诗，所以这儿也被称作"苏小结同心处"。"千载芳名留古迹，六朝韵事著西泠。"后代文人，如白居易、苏东坡、李贺等多有诗歌咏唱，赞叹苏小小的多情，把她视为知己。

尾生抱柱的故事，在《史记》《战国策》《庄子》《淮南子》《论语》《汉书·古今人表》《艺文类聚》等均有记载。"尾生与女子期于梁下，女子不来，水至不去，抱梁柱而死。"

春秋时，鲁国曲阜有个年轻人名叫尾生，与圣人孔子是同乡。尾生为人正直，乐于助人，和朋友交往很守信用，受到四乡八邻高度赞誉。后来，尾生迁居梁地（今陕西韩城南）。他在那里认识了一位年轻漂亮的姑娘。两人一见钟情，君子淑女，终身私订。可姑娘的父母嫌弃尾生家境贫寒，坚决反对这门亲事。为了追求爱情和幸福，姑娘决定背着父母私奔，随心爱的尾生回到曲阜老家去。那一天，两人约定在韩城外的一座木桥边见面，双双远走高飞。黄昏时分，尾生提前来到桥上等候。不料，刚刚还好好的天气，突然乌云密布，狂风怒吼，雷鸣电闪，滂沱大雨倾盆而下。瞬间山洪暴发，滚滚江水裹挟泥沙席卷而来，淹没了桥面，没过了尾生的膝盖。此时的尾生，想起了与姑娘的旦旦信誓"城外桥下，不见不散"。可环顾四顾，茫茫一片，哪里有姑娘的身影。洪水越来越大，眼看就要没过颈部，换作他人，肯定早就游上岸了。可特别守信的尾生，却寸步不离，死死抱着桥柱，最终被活活淹死。而姑娘之所以未按时赴约，实乃私奔念头泄露，被父母囚禁家中，不得脱身。等她伺机逃出家门，冒雨来到城外桥边，此时洪水已渐渐退去。姑娘看到紧抱桥柱而死的尾生，悲恸欲绝。她抱着尾生的尸体号啕大哭，阴阳相隔，生死一体。哭罢，便相拥纵身投入滚滚江中，演绎了一幕惊心动魄、感人至深的爱情悲剧。

尾生抱柱，至死方休。

生死相随，奈何桥上。

六

与桥同在，与爱永生。

奈何前世的离别，奈何今生的相见，奈何来世的重逢。

奈何桥的民间信仰在中国由来甚久。唐人张读所撰《宣室志》上曾提到，奈河出自地府。关于奈何桥，存在两种流行的说法。一说因地府有河名为奈河。中国古代向来就有地府与阳间且二者有河流相隔，亡魂须过渡以桥的观念。一说因为汉语中"无可奈何"之意，刚好对应了人在转世投胎时对自己生前愿望的遗憾和无奈。在民间口碑文学里，桥梁及其象征性甚至更多地被人们用来在天与地、生与死之间建立联系或形成过渡与中介。即生命与死亡的交替和转化，是以桥为中介而实现的。

相恋只盼长相守，奈何桥上等千年。

我坚信，即便喝下奈何桥边那碗遗忘前世的孟婆汤，来世，我依然能够带着对断桥水岸的记忆找到你。那一天如果真的来临，亲爱的，请不要为我落泪，不值得。只要每年相约的日子，你能去只属于我们的秘密之所，那个我们共同取名的"断桥水岸"。那时我一定像从前一样，早早守候在那儿。你的低语，我当仔细倾听……

易寒再也看不下去了，他始料未及，自己竟然一语成谶，一切将成为永诀。此番离去，自己怕是再也见不着莲子了。他的一生，潦草一生，苟且一生，糊涂一生，懦弱一生，悔恨一生，就要这样黯然离场、黯然结束了。从此后，世间便留下了永远的遗憾，一条无法弥补的忏悔之路。他不敢奢望莲子能来送自己一程，也不愿意亦不甘心自己就这样抱憾而去。然而，即便他有一千个不愿意、一万个不甘心，又能如何，莲子终归是没有来。她若肯原谅，送他来了，也已经是一棺横陈，生死两界。到那时，经文停止，寂静无声，像是葬下了万古宇宙。他不再奢求什么，只希望亲人能依了他，把骨灰撒在断桥水岸。他希望自己能快点死去，希望自己的死能带走一切。

时光荏苒，物是人非，人间悲剧。

早已泣不成声的易寒，整个人都在颤抖，咳嗽不止。杨柳见状，忙不迭地帮忙拍着后背，又递给他一杯水，他才缓过气，慢慢地躺了下来。杨老师劝慰他要想开些，乐观些，忘却过往。他何尝不想忘却，只是几十年的往事偏偏来到自己眼前，让他的眼睛无法休息。空气在病房里肆意游荡，尘封的记忆开始不眠不休。

七

时光不染，回忆不淡。刻在心里，只为回忆。

初相遇，那是怎样一场令人难以忘怀的邂逅。四十年前的一次诗会，谷雨时节邂逅丁香花。丁香花尽情地绽放，却不喧宾夺主，只在绿叶丛中，散发着对这个世间的款款深情。它们有自己的个性，不随波逐流，不妖媚做作。自然开花，自然绽放，于平淡中体现着本真。穿行于丁香花丛中，素然的花，幽然的香，烦躁的心渐渐平静，忘却了生活的艰辛坎坷，忘却了日子的琐碎波折。心中洋溢的，是春天的美好，生活的美好。小小的丁香花，绽放在时光里，衣上有花香，眉间有清风，于嫣然中静静编织心中五彩的梦，在春天的花海中飘散。幽静的林荫道上满是紫色，几树梨花点缀着嫩白的花瓣，小燕子来回在林中穿跳。在紫藤山庄，正是一年最好的景致。生命有沧桑，却依旧有一方桃花源。

易寒参加省谷雨诗会，就在紫藤山庄花厅的窗台边，一丛丁香花盛开，只见一清秀绝俗女子，身形婀娜，容色照人，一袭黑衣，更衬得肌肤胜雪，一双手一如白玉，白到让所有女人不敢正视抑或嫉妒。她正托着腮帮，清澈的大眼睛凝视着窗外，嘴角边微含笑意。易寒是乡村小镇上的一名青年教师，一直生活在穷山沟里，何曾见过如此绝色脱俗的女子。当他屏住呼吸正要退出门去时，谁知那女子回眸一笑。正是这一笑，让易寒慌乱之极，很久才缓过神来。也正是这一笑，让他鼓足勇气折了回来。他们不知道，之后几十年的感情纠葛，也源于这一笑。他们攀谈起来。说来太巧了，眼前这个超凡脱俗的女子，竟然就是易寒暗恋多年的诗人莲子。

目光穿越时空相遇，刹那，滔天巨浪冲击着心海，感动如同飓风般强烈，心与心诉说着美丽。易寒不敢看莲子的眼睛，低下头去，可是莲子那温柔的声音令他颤抖。他不知道天色是何时暗淡下来的，花厅里的灯又是何时亮起的。他只知道，那一刻，仿佛时光凝固，繁花盛开。怦然与心动，美丽与炫目，原来就在初相遇。

他们成了恋人，一见钟情，那是第一次见面。而他知道她的名字，却要早很多年。莲子的才情，特别是对亲情眷恋的美文，深深打动了他，他不可抑制地爱上了她，但这始终是没有机会让她知道的秘密。若不是上天安排这次偶遇，易寒是想把这个秘密深埋心底一辈子的。

哲人说，爱情是一种遇见，不能预期，无法等候，只能在那个未知的时间里，只能与恰恰在那个时间里出现的那个人，那一下怦然的心动，宣告它的来临，或对或错，就这样遇见了。而这样的遇见，往往让人猝不及防。只是很不幸的是，他们遇见时，已经没有了相爱的资格与权利。可是，面对炽热的爱情，很难让人理智。之前，受父母之命媒妁之言的那份感情，一直也是风平浪静的。然而，他们发现，这一次才是真正的爱情。原来彼此的一生，只为彼此而来。

易寒，儒雅、沉稳、英俊、帅气、内敛。一米七六的个头，体重一百五十斤左右。国字脸，眉毛浓黑而整齐，宽宽的浓眉下边，闪动着一对精明、深沉的小眼睛，单眼皮。看人时，十分注意；微笑时，露出一口整齐洁白的牙齿；特别在说话的时候，很引人注目；他又是一个极好的倾听者，倾听的时候，喜欢一手托着腮，神情很专注。

人生自是有情痴，恨无关，清风明月。天上人间，共婵娟一片。

在这个尔虞我诈的红尘，莲子以为遇见了自己的爱情且完整地拥有了。于是她用心爱着这个自己不应该爱的男人，用心去守护自己想要守护的他。深深地爱上了，在不应该再相信爱情的时候。遇一场丁香花的邂逅，点一盏温暖的心灯。彼此每时每刻思念着，每一次拥吻都会告诉对方，眼里和心里，除了彼此还是彼此。她不知道，美丽的爱情竟是如此地令她怦然心动、柔情万分。每天被他拥着吻着抚着是如此地幸福。以至于幸福的她，忘情地穿过风雨，穿过荆棘，穿过千山和万水。月下、桥上、水岸、溪旁、林中、亭里。夏日、晚秋、冬夜、春晨。暖阳、细雨、冷风、雾霭、寒霜、冰雪。她发誓要做山崖上的百合，荆棘里的玫瑰，日夜承受呼啸而来的飓风。

明知道有些事不能做，明知道有些话不能说，却还是说了做了，伤人伤己。

莲子心中有一个最深的地方，那个地方只有一盏灯可以照亮。可惜的是，那盏灯还只是刚刚看到，没有来得及触摸的时候，竟然发现灯光照亮的并不完全是自己。伤心的她，没有来得及看清楚自己内心的时候，只有熄灭那不属于自己的光芒。其实她，并不是渴望艳遇，只是渴望一场彼此懂得的相遇。命运召唤她与他遇见了。于是，一场为拯救彼此的旷世之恋，终将拉开序幕。两个原来平静的家庭，不再平静。而两个从废墟中想逃脱出来的人，以"输掉世界赢得你"为代价，终归却没能走到一起。尽管他们，是相爱的。爱得那么深，那么真，抛弃一切，甘愿为对方承受世俗的奚落、白眼、讥讽、谩骂、驱逐，甚至众叛亲离。可他们，也只是想让这份爱情存活下去。

然而，这样的爱情，要如何存活？在现实社会中，真爱之花是难以存活的。花，固然是美丽的，可它还有叶子、有枝干、有根茎、有土壤，还有阳光雨露。它不能说：我只为我美丽的花而活。谁都可以为自己的美丽而活，像花一样。但花的美丽是离不开叶子根茎、阳光雨露和土壤的。缺少这些，它无法存活。这份于他们而言最美好的爱情，在最为盛放之时戛然而止，留下无尽的惋惜，无尽的痛苦。双方的配偶以死相挟，上吊、割腕、跳楼、喝药、跳江的戏码轮番上演，以致到了不可控制和无法收拾的地步。是一如既往地相爱下去，还是放爱一条生路，彼此很苦恼也很纠结。纠结太久，是会累的。累了，就会放手。对于莲子来说，成全别人的幸福，也是给自己机会。她决定放弃，也放过自己。感情是不能勉强的，得不到自己爱的人，不如大方地放手。

除了放手，别无选择。每个人都有不可言说的"死穴"，骨肉亲情是牵扯人最痛的那根弦，就系在人最柔软的那个穴位上。这就是为什么很多难以逮着的十恶不赦大魔头，到最后都会被亲情感化或钳制。他们无论逃多远，总会抱着侥幸回家，看看自己的亲人。这，就是最柔软的那个穴位。结果一次的侥幸，往往就被逮着了。

海誓山盟的易寒与莲子，最终也在骨肉亲情面前缴械投降了。因为爱情，是两个人的事，更是两个家庭的事。反反复复，兜兜转转，最终还是回到了各自的家。即便还喜欢，还爱，还心动，可一段不被认可的爱情，终究走不远。试想，谁和谁擦肩，谁和谁永远，谁在残阳如血的时光中等待花落。而时间，不是让人不痛苦，也不是让人忘记痛苦，而是让人习惯痛、习惯苦。

四十年过去了，很多人认为，莲子过得很苦，带着孩子。是苦，每个人都觉得苦，想想都觉得苦，当事人更是觉得苦。但是，你要一直认为带着孩子生活很苦，那你就无法坚强，无法让自己和孩子幸福。其实，只有她自己知道，并不苦。独自带着孩子，她们活得很幸福。有人说她命好，其实不是，而是不想认输。经历过了什么，没有几个人知道，也很少与人提起。她觉得对得起自己，对得起孩子，就足够。孩子知道她经历过什么，付出过什么，就没有遗憾。在努力工作的同时，把孩子放在第一位，不让孩子缺少陪伴和关心，力求把最好的都给她，让她知道跟自己的妈妈在一起生活很幸福。她做到了，她很满意，孩子也很满意。感情有时候，只是一个人的事情，和任何人无关。

爱或者不爱，自行了断，自我成全。

很多人也说，是易寒害了她，她应该找他，对她负责。她没有找他，他也从未找过她。他们之间，不了了之。仿佛不曾遇见，不曾许诺，不曾誓约，甚至不曾相爱过。软风吹过窗纱，心期便隔天涯。从此伤春伤别，黄昏只对梨花。

一念灭，沧海桑田。一念起，春来春去。

八

紫藤山庄的夜色渐渐暗了下来，易寒怦然的心亦渐渐平复。他不敢去刻意追求什么，奢望什么，他只是希望这美好的开端能有一个美好的结局，一如这春夜，静谧柔和缠绵。晚风拂过脸颊，掠起长发。淡月笼纱，月光如水。远方时时有山泉或河流淙淙而来，各色的鸟鸣舒缓而悠远。如烟的雾霭，柔软的黄昏。周围是花香四溢。易寒觉得自己的灵魂脱离了红尘俗世，飘飘化入了芬芳的空气中，那烟云一样缥缈的爱情梦境里。然而，就在风儿吹着的微微暖意里，时时送来布谷鸟恼人的叫声"春已归去，春已归去"。这让易寒渐渐平复的心开始变得有些烦乱。

他知道，与自己暗恋的莲子邂逅，得到短暂的幸福，留给自己的将是一条漫漫长路。正如池莉所说："谁都没有完满的人生。谁心的最里面都有遗憾。这种遗憾不是那些平常的遗憾，也不是那些大大小小的不如意，是一种很具体又很隐约的疼痛，是一种很模糊又很长久的难受，这遗憾想要倾诉却又无法倾诉，它轻于鸿毛却又重于泰山。人生携带着这种遗憾慢慢走过去，就像携带着自己的影子。纵然阳光灿烂，蓦然惊回首的一瞬间，无意中大睁的瞳孔，流露出的总是一抹苍凉，这苍凉本身，就是那种遗憾。"也许，爱情是爱情，婚姻是婚姻，婚姻是社会秩序的要素，而爱情只能存于诗歌中。若想在婚姻中寻找诗意的爱情，只能是自寻烦恼，结局只能是悲剧。

这么多年，易寒不曾有过畅快的笑容。生活的担子重重地压在双肩，无法卸下，无法轻松。老弱病残的一家人，就靠他每月的微薄工资艰难度日。父母年迈体弱；弟弟正在读大学；儿子刚出生不久，患有颅内血管瘤；妻子没有工作，且常年卧病在床。尽管他一直在挣扎，始终不肯屈服。可是愈挣扎，愈是窒息。

有人说，不幸的婚姻如果没有什么参照物的话，也许不幸的程度不会很大。而不幸的婚姻，若是有了可比的参照对象，才会使得婚姻当事人越发感到婚姻的不幸。假如一个男子同别的男子无甚区别，女子与其他的女子也无甚区分，那么随便谁和谁结婚均无大碍。然而，尽管人们的嗜好、事业、兴趣各不相同，仍希望找到一个情投意合的伴侣，否则就会麻木沮丧，觉得自己很不幸。而对于一直生活在不幸婚姻中的易寒而言，莲子，就是他不幸婚姻可比的参照对象。他与莲子一见钟情，瞬间碰撞出爱情火花。生命开出了美丽的花朵。他知道，这是生命中开出的第一束亦是最后一束花朵。从此，他全然忘却了自己已娶妻生子，早已没有了爱的资格。也全然不顾情路的坎坷与艰辛，他就是不肯放弃，也不愿意放弃。

不肯不愿放弃的易寒，每天给莲子写情书抑或情诗。

九

从来没有如此感动，也从来没有如此怦然心动。总是幻想时间停止，地球停止转动。茫茫人海，你我相遇相知这就是缘，漫漫人生，哪怕短暂相守，如同流星相撞，那一瞬便也美丽无限。如同鲜花，开放的刹那展现荣华。虽然我们看透了人生的四季，有温暖如春，更有冰霜雪雨，可是我们都不能欺骗自己，想糊涂也难得糊涂，想掩耳盗铃亦不可能。

无论沧海桑田，还是死亡之舞，你都要坚信：有一颗心永远放不下你，永远满装着你；有一双眼睛永远关爱着你。我们至真至纯的情，如同冰山上的雪莲花。更是那句"夏雨雪，冬雷阵阵，乃敢与君绝"。

我不会说，你是我生命中最重要的女人，那太俗气了。可你让我感受到我从未感受到的：何谓无拘无束，何谓自由，什么是爱、纯真、难得、丰富、成熟。也许，所有的语言在此刻都显得苍白无力，别人一辈子没有觅到的，被我觅到了。我是如此平凡，我是如此幸运。我不敢奢求永远，能灿烂已经很不错了。记得你曾经伏在我耳边呢喃：祝你快乐。我知道那是因为有你才快乐。

好怀念以前的点点滴滴，总回忆起那动人却心痛的故事。总是想起那茶、那泡茶的人、喝茶的氛围；那雨中，那伞，那三轮车；那桥，那水；那清晨，那静谧；那深夜，那温馨。每次梦中都有你，醒来却是好梦一场，泪眼蒙眬。心想能否把你忘记，可我不能欺骗自己。

亲爱的，你知道吗，你给我的许许多多的感受都是第一次，今生也就这一回，可只一回就足以回味一生一世。我知道，只有能懂山的褶皱之美，才能明白长江九曲回环之神韵。上有苍天，下有厚土，许多世纪的渴望焦灼着，许许多多的梦想也许都会被你肩负。在岁月不息的长河中，守护你、守护爱情，将是我生命中亘古不变的主题。也许没有未来，也许只是令人窒息的现在，可渴盼的心依然火热地为你跳动。没有鲜花没有掌声没有微笑，如何？风霜雪雨会来侵蚀，世态炎凉会来讥讽；荆棘一路，坎坷一生，又如何？我只知道，为你守候今生今世以至来生来世，是我神圣的使命。不计得失，不管荣辱，心中永远存着那份感动，永远存着那份真诚。深情的双眸在你身后默默凝望，纷牵的思绪总被你拽着放飞，你的影子总是缠缚我生命的每一天。

我的至爱，请不要给我回忆，回忆总暗示着过去，过去的一切如诗如画，如幻如梦。假如时光可以倒流，那每日的清晨我都同享你清丽的容颜，你芬芳的笑靥时刻温暖我冰冷的内心。你的歌声，好听如同仙乐耳渐明，可一切的一切都已经过去，然我心深处却时刻把你思念。无论黑夜白昼，沉思往事，泪暗滴。听秋雨滴窗，觉秋意渐凉。心灵之舟无处依傍，无奈又空空。无人面对，无人可语，短暂的分离仿佛隔着数载千重，才明白你意味着什么。于我，步履匆匆的人生，孤寂而又渴望温柔的心灵。有一种爱，明明是深爱，却表达不完美；有一种爱，明知道要放弃，却不甘心就此离开；有一种爱，明知是煎熬，却又躲不掉；有一种爱，明知无前路，心却早已收不回来。

那天你打电话来单位，我刚好有事请假了，听到同事说你找我，心里一直忐忑不安，不知道你发生了什么事情。后来通话，你很无助，听到你伤心欲绝的哭泣，我一晚无法入眠。你一个人要好好珍重，千万不要让灰色蒙住你动人的双眸，让忧郁填满你温柔的胸口。请勇敢地走过去，走过去前面就是一个天。记得张爱玲说过这样一句话："我要让你相信，在这个世上总有一个人在等你，无论在什么时候，无论在什么地方，反正总有这样一个人。"是的，这样的一个人，就是我，你的知心爱人。即便分离，我的一颗心总在你那儿；即便化作一缕青烟，也会环绕你左右。亲爱的，心若是遭受着苦役，就让心殇开出苦难唯美的花。

夜深人静的时候，常常想起只属于我们两个人的那些刻骨铭心的过往，让我无法动弹无力抹去。请相信有彩虹，阳光总在风雨后。我知道，爱情很远很模糊，相遇很近很美丽。如果美丽的相遇如烟，我要你活在我真实的梦里，而不仅仅只是虚幻。与你的相遇，让我真切地懂得了泰戈尔诗句中的心酸："世界上最远的距离，不是无法抵挡这般想念，却得故意装作丝毫没有把你放在心里，而是用冷漠的心对爱你的人掘了一条无法跨越的沟渠。"

是啊，心若是远了，再怎么努力都难以挽回，一如初相遇时的丁香花，凋零、飘逝。

错过花，错过雨，错过爱情错过你。

十

《美丽》

人海沙漠中 / 心灵饱受冷漠 / 爱情被折断了双翼 / 没有爱的清泉 / 我定会干涸而死 / 没有爱的温暖 / 我定会战栗不止 // 端坐在人生的盛宴前 / 太多的诱惑任我选择 / 我义无反顾地把真爱 / 揽进并不成熟 / 却很 / 执着的胸怀 // 我深知 / 岁月的风尘 / 必将掳走浮光掠影 / 留下真爱的足金 / 当韶华已逝 / 徘徊于生命的尽头 // 回忆 / 唯有你值得 / 感动的泪花 / 流满双颊 / 邂逅你 / 生命才格外美丽

《心愿》

你以万千柔情的诚挚呢喃 / 牵引我漠然而木然的心 / 走

出无欢无乐的笼子／进占你那如痴如醉的深深庭院／／在你的庭院里／美丽的鲜花嫣红了我的脸／温柔的阳光温存着我的心／／沿芬芳拾级而上／看见池塘一角有鱼儿嬉戏／我甘愿做一条水草／感受鱼儿游过的气息／／无论晨阳初透之时／还是夜雨叩窗之际／你的四季花卉都有我编织色彩斑斓的梦／／无论痴情远眺之时／还是脉脉无语之间／你的门前都有我曼妙摇曳的姿影／／浓荫环绕／鸟语花香的庭院／可否给我舒心惬意的等候／／尽心尽情的你／会否屈服于任性的俗世／／一只没有巢的鸟儿／只想在你的深深庭院／筑个浅浅的小窝／就是这点／心愿

《永远的浪漫》

驶过喧闹沸腾的港口，深入渺无人烟的岛屿，感觉有清新而凉爽、温柔而湿润的浪漫气息徐徐而来，惬意之极！

站在船头歌唱的人，毫不掩饰地唱着悠悠情爱，歌声动情、甜美，醉卧了一尾小鱼，连水草也轻轻摇曳，点燃氛围。

也许，这无人的岛屿谁也不曾问津。

也许，这无伴奏的歌唱谁都不曾听懂。

好在，这轻风，这小鱼，这水草，能懂。

足够！

《雨誓》

心事，郁郁芊芊。

心雨，淅淅沥沥。

生命缘此而勃发，日子再也不会孤独地老；爱情缘此而滋润，花朵再也不会零落成泥。

黄昏，唯美诱人。

雨誓，浪漫动人。

枕着你的呢喃，沿着你的导引，我终于游入你干涸寂然的心河。那里砂石裸露，寒色一片。

顷刻，脆弱之心承受着一种疼痛的敲打。

一切我都看见，一切我都无言。

难道聪明的你，如同我一样，曾十分傻气地用青春做过一宗叫爱情与婚姻的交易？一如蜗牛，色彩斑斓的外壳，裹紧的却是一颗黯然神伤的柔软之心？

也许，你还未完全读懂我，我早已懂你。

我懂你独步春天的怀想，忧伤地滑过一个个夜晚和黎明；我懂你潸然泪下时，穿过淅沥的雨巷，把一枝丁香花斜插于秀发中；我懂你欲说还休的沉默，把一捧心事洒在雪地上，透明的，如一个孩子。

那么，我该以何种姿态，怀抱一把油纸伞，挡住绵绵的冷雨，飘飞的寒季，让你的心境不再迷茫。

认识你之前，木然便是我面对世人的唯一表情。你来了，真诚地注视着我，洞穿我的忧伤。我才明白，谁能为我守候一生，我又为谁守候一生？

风再大，雨再急，又何妨。

阳光，如期而至。

美丽，如期而至。

《窗》

那扇窗 / 给我无数的梦想 / 翘首以望 / 它虽然破旧却很美 / 美的是倚窗人 // 无数个黄昏雨清晨 / 我都在遐想 / 那窗也在遐想中变幻色彩 / 那窗后的佳人是在伏案抒怀 / 还是在哼着《情网》// 现在 / 那窗依然 / 可看见那窗 / 我的心有血在流淌 / 因为 / 佳人已去远方流浪

《思念》

思念是一种痛 / 一种会呼吸的痛 / 它活在我身上所有角落 // 一床冷被单 / 望向繁华窗外 // 秋风落叶人孤单 / 寂寞月光照人影 // 思念是心魔 / 你不控制它 / 它便吞噬你 // 曾偏执认为的地久天长 / 渐渐褪色 / 一如老照片 // 无法拒绝开始 / 无法拒绝结束 // 淡淡的思念 / 淡淡的痛 // 而我 / 总在不断记住忘却我的人

《我的雨季》

打捞一段愈来愈浓的经历 / 独自翻阅浸透的情节 / 湿湿的心绪密封着 / 在无人问津的湿滑小径上 / 相思雨滴不圆我的心愿 / 季节风飘不动我的衣衫 / 跌跌撞撞的语句 / 在方格的经纬上总难找准位置 / 雨的冷 / 风的寒 // 让我体验至深 / 虽然 / 我的心中 / 萌生着春天的小草 / 可我单薄的身子 / 怎么御得住一地冬寒 // 多想叩醒一扇温馨的小窗 / 把我潮湿的心烘干 / 倘若能握住一串风铃 / 和我的雨季挥挥手 / 真好

《二重性》

如今 / 你站在人生最美的大门口 / 一只脚伸向门外 / 梦境中的海市蜃楼 / 仿佛楼前的一缕轻风 / 都会婆娑你的指尖微微震颤 / 因为亭台楼宇的轮廓 / 是你用心画的 // 你说我是你楼中的主人 // 于是我拿起心灵的彩笔 / 绘就你的美 / 雕刻你的真 / 我夜以继日地 / 用我的情绪色彩渲染你 // 我以我最真生命的呼吸 / 环绕你 / 时而是柔柔的细语 / 时而是幽幽的叹息 // 不想你独饮寂寞 // 如今 / 你站在人生最美的大门口 / 一只脚还在门里 / 现实中的寂静家园 / 仿佛园中的一丝细雨 / 都会打湿你的鞋底泥泞淤积 / 因为檐前的点点滴滴 / 滴不活你心如止水 // 多想靠近你 / 告诉你我一直都懂你 / 默默地承受 / 悄悄地寻觅 // 把心给了我 / 把世界给了我 / 从此没有你自己

《画》

漫漫风雨一如晦暗的心绪 / 从来没有过晴天 / 太阳不断地挣脱乌云的羁绊 / 也只是灿烂一瞬 // 不断思索 / 长久煎熬 / 幡然醒悟 / 将生命的繁华一层层剥落 / 结局如此苍白 /

没有最珍贵的 / 生命犹如一张白纸 // 将我生命 / 涂抹得那么绚丽的人 / 是你 / 你是我最出色的画家 / 深深的底蕴 / 随意地涂抹 / 都是一幅绝世的风景 // 你是用心 / 用浸满浓情的画笔 / 去描绘的 / 绝对没有 / 一丝世俗的念头 / 为名或利 / 那么清新脱俗 / 不想出售抑或展览 / 而是将它置放 / 心房最显眼处 // 虽然我们不能朝夕厮守 / 可这幅画有了我们的情感 / 岁月永远不可能将它 / 冲走

《路标》

在通往情感的阡陌小径 / 你会拾到一枚心形的邮票 / 长满相思 // 也许 / 你并不知道小径的心事 / 你只是好奇地走走 / 而后 / 悄然离去 // 可小径的尽头 / 那枚心形邮票 / 早已长成 / 路标

《读你》

用满怀关切的目光读你 / 轻掀你那素淡而美丽的扉页 / 扉页上用浓浓的相思镌刻 / 给我最爱的人欣赏 // 读到这里 / 我有些惶惑 / 但我不迟疑 / 我觉得我爱这本书 / 胜过我的生

命／字字珠玑／敲打着我的琴弦／那美丽的景致／使我忘怀忘俗／／读你／如同与至爱漫步／相拥呢喃／感觉真好／／读你／如同与至爱／天各一方／思念刻骨

《逼近死亡》

在一个风雨如晦之夜／忧伤的我把生命／搁浅于一片无人问津的荒草地／／凄厉之风／苦涩之雨／扬成了我人生苦难而苍凉的背景／落寞的我幽思龟裂／／呼吸如檐前的点点滴滴／缓慢／艰难／天空／滴着冬天最后的眼泪／／心心念念／打捞那段愈来愈浓的往事／翻阅湿漉漉的情节／／斑斑驳驳／忧郁的侵蚀让岁月老去／心事如冬天的雪花／纷纷扬扬／／结尾／住着冬天的风／／无情的风／无力的泪／无法穿透的暗夜／／挡住太阳光的是悲伤的云／天荒地老／寂寞红尘／终极的感觉如此粗糙／／僵寂的心上／承载太多苦楚／谁是黑色的拾荒者／／无人问津的荒草地啊／枯寂／遥远／风雨如晦的夜啊／空洞／寂然／／它们沉沉地睡了／睡在太多悲哀的岁月里／睡在太多欺骗的谎言中／／幸而有黎明之鸟／啼血奋飞

《爱又如何》

当思念潮水般涌来时 / 雾水潮湿了我的双眸 / 潮湿了我的心 / 她汹涌地冲刷着我的心堤 / 无法阻挡 // 每一次拍打都是心灵的震颤 / 每一次拍打都是心灵的创伤 / 假如 / 日月可以传情 / 我一定不会孤单 / 假如思想的火花可以碰撞 / 我一定不会惆怅 // 多想 / 思念是一只小船 / 载着我去梦想的地方 / 多想 / 思念是一缕清风 / 伴你度过每一个心碎的夜晚 / 多想 / 思念是一棵桂花树 / 芬芳你那炽热的心房 / 多想 / 思念是你的影子 / 让你永远不再孤单 / 多想 / 可 / 爱又如何

《我想》

我想 / 某年某月的某一天 / 有个人一定有着同样的感受 / 在我人生苍茫的港口停泊 // 她说 / 雷雨前的厚幕是你的心情 / 沉重 / 我要拨去厚幕 / 让冬日暖阳永驻 / 你的心间 / 瘦雨落叶是你的样子 / 憔悴 / 我不忍卒读 / 我要用水一样的柔情去滋养 // 我想 / 如果是那样 / 我会用整个生命做 / 一撑长篙 / 共渡与她 / 即使我的技术还不娴熟 / 我想她也不会踌躇 / 即使有暗礁有潜流 / 也一样无法阻挡 / 只要爱

之舟 / 无忧地漂流 / 没有目的 / 亦无妨 / 即使是海角抑或是天的尽头 // 没有喧嚣 / 没有干扰 / 没有危险 / 没有疑惧 / 没有企求 / 只有一种无法诉说的感动 / 还有浓浓的美酒 / 炉火般的温暖

《解救自己》

你含笑而来 / 带着特有的魅力 / 把第一次悸动给了我 / 把第一次涨潮给了我 // 于是 / 悄悄构筑 / 我们不可能拥有的世界 // 虽然构筑的材料是那么简单 / 但有如精卫填海 // 从此 / 生命的激流 / 穿越崇山峻岭 / 万丈深渊 / 汩汩流淌 // 流淌至真至美的童话 / 流淌精彩绝伦的梦幻 // 终于 / 在一个薄蝉轻漾的夜晚 / 你颤抖着 / 撩开雾霭的面纱 // 以火的语言 / 以火的行动 / 以火的炽热 // 以雷霆万钧之势 / 解救自己

《爱过》

寂寞丛生的路上 / 可有我们心手相牵 / 寄一片枫叶 / 可否慰藉你的喜或悲 / 把灵魂放逐 / 是否能邂逅 / 同样苦苦追

寻的另一个灵魂 / 让她抵挡我心灵的尘埃 / 让她擦拭我混浊的双眸 / 让她与我的灵魂 / 奏出天籁之音 // 在繁杂喧嚣的尘世 / 共同呵护着那份 / 弥足珍贵的爱情 / 在灵魂的深处 / 永存那份感动 / 永存那份激情 / 即使上帝说 / 我带你走 / 我也无怨无悔 / 我曾经爱过 / 拥有过

《月光曲》

月光下 / 树叶儿簌簌作响 / 它在弹奏一首《月光曲》 / 婉约而凄美 / 悠远而深长 // 也许是红尘太远 / 也许是孤独太长 // 思苦自看明月苦 / 人愁亦是月华愁 // 风潇潇 / 花寥寥 / 夜在风的指尖跳舞 // 藏在月光深处的云儿 / 默默地悄悄地在流泪 / 却没有掉下来

《迫临薄暮》

迫临薄暮 / 你走了 / 我只希望你同我 / 说声"再见"罢了 / 你往日说过的话 / 我竟没听见 // 也许 / 你侧目看了我一眼 / 我那弯曲的身体 / 如同一枚被啄空的核桃壳 / 也许 / 你走得无可奈何 / 只是我顿悟 / 我的长长思念毫无意义 //

魂牵梦绕系成的情结 / 就这么不经意地散了 // 处处寂静无声 / 房子像是无人居住 / 静静地立在雨中 // 薄暮的微光 / 一如产妇苍白的脸 / 绕在我生命的曲线上 // 窗外枝头浮出几声长长的叹息 / 叹息谁的粗疏草率 / 丢下了最宝贵的东西 // 薄暮迫临 / 夜色渐浓

《阳光》

谁也不曾想惊醒湖水 / 浑然不觉 / 心跳已把太阳染成绯红 / 只是 / 长久地渴望 // 每天狂饮 / 你眼里 / 流淌出来的深情 / 梦呓般的低语 / 吹皱水面 // 苦涩的相思长在湖畔 // 谁也不曾想采撷放弃 / 于是思念之湖 / 苦涩着甜蜜的 / 浪漫 // 走过风雨 / 走过四季 / 浪漫击碎了冬 / 虽说悲壮 / 然而美好 // 美好瞬间 / 却裹着刺骨 // 但愿 / 一个快乐的调子 / 伏上冬的耳朵 // 一束暖暖的阳光 / 灿烂春的远方

《今生只为你守候》

我守着 / 一份古老的诺言 / 你是我玲珑的珍宝 / 夜夜缠绕 / 我生命的青藤 / 没有你的日子 / 我沐浴 / 宁静的心雨 /

独享一份空灵回荡的孤独 // 当启明星升起 / 我用晨光擦新记忆 / 斟一杯香茗 / 煮沸昨日的温情 / 让一片梦幻的香浓 / 弥漫我的心扉 / 夜幕降临只是曙光的前奏 / 我依旧倚栏 / 等你回来

十一

《致莲子》

如同盛开的夏荷，暴风雨的摧残也不能摧垮，你看似娇弱其实无比坚强的心灵。秋雨般滴落，溅起你心灵涟漪，心花已悄悄粉红，春风揉碎了你的馥郁。把思念酿成酒，它是如此芳醇如此甜美，只与你斟酌、与你品味——找一个远离尘嚣的所在，倾听你柔柔的细语。把至爱拥在怀里，忧伤不再、寂寞不再，让快乐浸润你美丽的容颜，舒展眉头的愁结，时间就此停止变成永恒，定格成一幅画——我总想。

当爱不能爱时，其实就成了一种伤害。你总是感叹生命无常，命途多舛，世事沧桑。你那么多愁善感，又经历那么多。春花秋叶都能勾起你的伤感，春风秋雨也能激起你的涟漪。你透明易碎的心，又怎能经受尘世的磨砺，又怎不黯然泪下，又怎不愁肠百结。我很愧疚，这一切都因我而起。如果不是发生了这件事，你每天都是那么阳光、乐观、幽默、向上。不会有太多的无奈，更不会有太多的伤感。

一尊石像深情地对一朵莲花说："莲儿，你沉寂的身影在灿烂的阳光下，让我有种心痛的感觉。心痛，你明白吗？为什么会这样，难道因为我是一座冷漠的雕像？你的美太极致，以至于没有心的我也会有心痛的感觉。春天来了，雪没有忘记自己的眷恋，穿越到了这不属于它的季节，很美。我已被雪覆盖，与世隔绝。沉寂的莲儿，终于绽放了，绝美的容颜连雪儿也失色。可是，它竟这么忍心，连这最后的美也不愿意向我展示。雪化了，我也回到了这个世界，可是心中的牵挂已不知所终，它真的这么忍心，只因为我是没有心的石像？"石像尚且如此，可是我呢？

该死的我，是不配谈爱的。你最真挚炽热的情爱，原本纯洁干净得如一张白纸，但是在半途，被糊涂愚昧自私的我修改了。如果说与你的相遇是一次偶然，与你相识是一种缘分，与你相交是一种浪漫，那么，与你分离则是一种宿命。命运让我们远隔千山与万水。于是，与你相离终究成为一种无奈，我始终只能够站在爱情里的另一端，想你念你，亦怨你。

　　我怨你，不该用那销魂的文字敲开我封闭的心窗，让彩色的流云，挤进思念阴暗的小屋；我也怨你，不该用淋漓的欢乐来冲洗我心底的苦涩，让需要温泉的生命，渗进分离的冷液；我更怨你，不该只是从我的生命驿站经过，留下一阵没有方向的风，让渴望开花的梦，再去承受期待的折磨。站在爱情的另一端，想你。一颗为你跳动的心，徘徊在你的诗行间，感受着你蓬勃的心脉。轻轻地呼唤着你的名字，不知远方的你，能否感应山长水远的思念，海样深邃的情怀。与你走过生命的四季，在温情的日子里涅槃成诗。一天一点、一天一滴的努力，即使不能紧紧相依，哪怕只能以凄楚的美丽，互相致意，也期盼或许总有相互靠近的际遇。

　　多么希望成为你的唯一，多么希望能够陪你到地老天荒。然而，太多太多的希望都是无望奢望。我们的爱情，犹如墙上的山水画，只能在一个不可触及的距离方可欣赏。试想，来自不同世界的两个人，奢望在一个世界里相爱，遥远的距离成就了一份柏拉图式的恋情，注定痛苦，注定分离。请原谅我站在爱情的另一端，想你！

　　当所有灵犀在无望的岩石上，化作串串晶莹的沉默；当注定飘零的枫叶，在眼前凄美地滑过。方知时光的流转，才是唯一的真实。情愿让瞬间的澎湃，定格成永恒的美丽；情愿乘风归去，在最初的邂逅里，读你，最初的明朗。

今夜，又站在爱情的另一端，想你。抬头望望窗外的天际，有一朵雨做的云。

十二

云飘过，雨下过。雪花飘落，阳光散落。

在这个安静的午后，手里的书一页一页地翻着，心里想念着远方的你。亲爱的，知道吗？我就像一个拾荒者，悄悄收藏起时光的底片，让它变成陈年的私酿，然后在这个夏日的午后，晾晒出任何与你有关的画面。时间在流逝，有些东西终究会被遗忘，遗忘那些让我温暖过的笑容，遗忘那些曾经让我感动过的忧伤，遗忘那些不曾让我珍惜的快乐。

天涯咫尺，咫尺天涯，究竟我们的距离有多远？属于我的东西，终究被你带走了。属于你的东西，我都好好珍藏。也许我们，都在努力做着改变。比如容貌不如从前娇美，手心不如从前温暖。但我要告诉你，当你的声音不再柔美，腰肢不再婀娜，我依然爱你。我已习惯爱你，就像爱自己一样。我们的爱情故事终于落幕。缘尽缘散，你划着轻舟，驶向远方。而我，还留在初相遇的地方，回味昔日的温甜。

回忆越甜越伤人。

亲爱的，你知道吗，这场世纪情爱，把我团团包围，仿佛一场魅惑，以千变万化的姿态盛放在我眼前。我没有反抗，没有言语。我不知道自己是怎样把你给弄丢了，也把自己给弄丢了，同时丢掉了仰望已久的情爱、盼望已久的渴念。人生纱纱，岁月匆匆。许多人从我身边走过，成为过客。唯独你，一直在我的眼里心里生命里灵魂里骨髓里。我已经遗忘过去的感情，开始与你并行。尽管我们，不知道路会走向哪里，我开始漫无目的地寻找。每天坐在水库坝上，总是奢望下一段与你的幸福在某个时刻降临。

看那天地日月，恒静无言；青山长河，世代绵延。就像在我心中，你从未离去，也从未改变。

都说爱情，是令人日渐消瘦的心事，是举箸前莫名的伤悲，是记忆里一场不散的筵席，是不能饮不可饮也要拼命的一醉。我们，就那么义无反顾地醉了，醉在一场虚幻缥缈的梦里。彼此心里是清楚的，虽然很近很近，但却有着森严的距离，不能越雷池半步。命运为何如此弄人，安排不能相爱的人遇见，为了分离而来。再见之日，遥遥无期："惆怅彩云飞，碧落知何许？不见合欢花，空倚相思树。总是别时情，那得分明语。判得最长宵，数尽厌厌雨。"

十三

亲爱的莲子，看一眼你的笑脸就驱散了我的愁云，听到你细心的问候，就一切冰消雪化。当新年的钟声敲响的那一刻，我在心中默默地为你祝福：新年快乐，永远快乐！

一生有你，只愿一生爱一人。前世今生，为你锁爱，不离不弃。走过潇潇暮雨，走过皑皑白雪。

回想起从前的点点滴滴，不尽的思念汩汩地流淌，变幻成思念的海洋，会把我淹死的。我知道，没有谁能帮助我，只有你。你就是我今生来世的唯一，你就是我今生来世永远不变的美丽风景，今生来世只为你守候。不必说海誓山盟，也不管狂风暴雨，只要你我心手相牵度过风雨人生路。虽然有很多痛苦，有很多无奈，有很多不得已的苦衷，我都能承受，你也一样，是吗？没有你，我的日子就一片空白，你懂吗？让我伏在你的耳边轻声地说：我爱你宝贝，让我们的爱跨越千年！

沉默抑或表白，走近抑或离去，都不那么重要，重要的是灵犀相通。大爱无言，大爱无声，但我今天终于不能摆脱这种俗念，在新年之际把它付诸笔端，结成文字，传递给你。这是我无法遏止的灵动，它将随我把人生道路走完；这是你轻轻飘来的灵性，它会使你美丽永远。

昨天晚上梦见你双眼潮湿，眼泪一滴一滴落在我的掌心。有一团火把我们围困，火光中你泪眼含怨，雪白的脸被火光照耀，白里泛红，甚是娇美。也就是在那样的梦里，我才能无数次找到你，清晰地感觉到了泪从脸上流下来。而那个梦中的自己，是在生命的尽头，我以为就会那么死去。外面淫雨霏霏，天空一片雾蒙蒙的。伤痕累累的我捂着伤口，看你走来，笑容在风中散开。

情逝爱难离，千山复万水。

尽管我们早已分别，可你夏荷般的娇颜仍在我心间跳跃。你走了，带着落地有声的忧愁走了，我却依旧活在有你的一袭美丽残梦里。每一个安静的午后或寂静的深夜，你轻轻地走来，粲然一笑，将我拥抱。我不知道，春天的江南会飘起纷乱的雪花。伫立在纷飞的雪地里，一任多情的雪花飘进我的肉体与灵魂。真想这雪将我凝成一世的冰雕。那么，你我美丽的邂逅，相识在春天，相去亦在春天。

亲爱的，我固执地相信，你就是唐诗宋词元曲，是我用三生三世等来的女子。慌乱而浅薄的我，送你一束红玫瑰，从此漫漫长夜不会再有寂寞。只是我们的爱一如古桥的流水与月光，美好而朦胧了一段时间的荒凉。春寒依旧，料峭依旧，我心依旧依然。不系之舟，一苇可渡，一人可渡？

　　每天站在教室的窗前，看风吹起窗帘，想起李清照的那句瘦词。我的卷帘人，你在哪里？寻不到你，我开始变得放荡不羁，动辄雷霆大发，毫不隐瞒自己的情绪，似乎进入了更年期。生气的时候，会肆无忌惮不顾后果。哭泣的时候，会躲藏在被子里，一任泪眼婆娑。我不知道自己还要痛多久、隐藏多久。我也不知道时间消失了多久，世界又过去了多久。我变得漠然麻木。我们注定无法靠近。时间不对，地点不对，人物不对。

　　不想离开，不曾留下，不能挽留。

　　当春雨潇潇，当夏日炎炎，当秋叶纷纷，当冬雪飘飘，亲爱的，你会想起我吗，会想起我们古典的爱情吗？会想起"昏鸦尽，小立恨因谁。急雪乍翻香阁絮，轻风吹到胆瓶梅，心字已成灰。风雨潇潇路漫漫，满地残枝悲寂寥。而今已是他乡客，山也迢迢，水也迢迢，此后孤身守良宵"吗？

　　孤身的我，即便没有良宵可守，但有你时时刻刻分分秒秒的真情相依，我的心灵便可自由飞翔。许许多多的时候，我都为你的真心彻底纯洁而流泪。我觉得，尘世中可遇不可求的爱情被我觅到了。可我为我爱所做太少，愧疚太多。许多的事压在心头，我不堪。我知道，如果命运安排，我们一定能够并肩前行，前方无论坦途抑或是歧路，于你我都能坦然面对。我相信，痛苦于你我都是暂时的，终有一天能够拨云见日，把我们的情与爱演绎得绚丽缤纷——那一天会是不远的将来，你会等是吗？我不愿也不能启口对你说声谢谢，因为那太轻了。我会永远把你珍藏在心灵最深处。

爱一个人常常很小心，仿佛手中捧着水晶。你的双眸一如小诗，有时狂野，有时神秘。随你的心情，左右而行。脚步乱了，但是心甘如饴。悸动的情愫，在你的眼角，深深地沉沦。不经意读你，读成了一种情绪，读成了一种心事，读成了一种寂寞，读成了一种渴望，读成了一种思念。也曾试着不再想你，也曾想过学会放弃。怕有一天，不得不选择独自远离，不得不重新面对孤寂。但依旧执着地在风中想你，期盼与你一起从秋天出发，走过冬春，走过盛夏，走进生命的最后一个秋天。然后，我们在秋光中一起涅槃。有时候，正是为了爱才悄悄躲开。躲开的是身影，躲不开的却是那份脉脉与默默。

一直以来，总想用文字铺满有你的天空，想让歌曲纯白你盈袖的莲衣，看那流云飞舞，看那细水长流。所有的字里行间都是你的影子，所有的浅唱低吟都是你的气息，缱绻尘世桃源。

十四

易寒给莲子写了太多太多的情书与情诗，他们的爱情故事，不可抑制地发生了。当情感的狂澜冲决了理智的大堤，狂热的爱恋掀翻婚姻篱笆的时候。每一天晨起是热切的渴盼，盼望彼此相见；每一个黄昏是难耐的离别。于易寒和莲子而言，若说人生有太多的际遇，最美的际遇就是彼此遇见；如果人生有太多的企盼，最美的企盼就是长相厮守。

春已归去，夏日将来。

七月，透蓝的天空，悬着火球似的太阳，云彩好似被太阳烧化了，也消失得无影无踪。那是一个久旱不雨的夏天。那个春天，还未来得及打个句号，夏天就用滚滚的雷声另起一行了。夏的激情把易寒和莲子的心装满了，他们相约去了一个山清水秀的地方。莲子是个含蓄羞涩的女子，温驯如猫，蜷缩在被窝里，双眼慵懒地微眯着，那张白皙如玉、美若天仙的脸，在乌云一般蓬松零乱的秀发的衬托下，更显出了一种别样的韵味。她的眼神，正情意绵绵地凝注着躺在自己身侧的易寒身上。那眼神里，有着奶一般浓郁的柔情与蜜意，浓得化不开。易寒被这目光深深地陶醉了，舒服地闭上眼尽情地享受着这一刻的旖旎。他的手开始不安分起来，缓慢地上下游移着。她的眼神开始迷离，气息开始粗重。他的手上似乎带着一种奇特的火焰，并不灼人，却又有着极强烈的热度，所抚触过的地方，无一处不引起她强烈的反应。那一刻，热血沸腾，呼吸的节奏越来越快。一下子，他用宽阔的双臂把她全部拥在怀里。她的肌肤饥渴地呐喊着，她知道接下来要发生什么。他们拥抱、接吻，再也掩饰不住那喷薄的激情。他的胸肌是那么饱满、健壮，让她感受到力量。她热烈地回应着，两人的世界就那样融合了。那一夜，是天翻地覆的一夜，整个房间都散发着夏日的芳香。他枕在她饱满的胸口，感受那温和柔软的起伏。

一刹烟火，活色生香。转身离去，便是天涯。

那个夏天，那个回不去的夏天。

十五

此去经年，蓦然回首，多寂寥。人海茫茫，十里繁华，余生情未了，宁愿为你孑然一身。

子然一身的莲子，一如鸵鸟，每天只好把头埋入草丛或者沙堆里。那么尊贵的一个女子，沦为爱情的牺牲品，甚至孤独终老。为了那个梦，那个远方，那座千年古桥，一路乐此不疲地追逐着，自欺欺人地幻想着。不断追逐，奔向那遥不可及和若隐若现的点点星光。不断幻想，用流年丈量生命的长度和易逝的时光，悄然于每一个不经意的瞬间，从指尖，划过。殊不知，在感伤中，韶华负了东流水。

两手空空，十指苍苍。

"近来无限伤心事，谁与话长更？从教分付，绿窗红泪，早雁初莺。当时领略，而今断送，总负多情。忽疑君到，漆灯风飐，痴数春星。"自古以来，爱情都是人类生活中一个无法绕开的主题，无数痴男怨女上演着一幕幕悲欢离合之剧。无论爱情带给他们的是快乐还是痛苦，深陷其中的人们，往往无法自拔。也许，这就是爱情的魔力与魅力。

当魔力魅力的爱情，遭遇阻碍时，是抽身而去还是为爱争取，是继续还是该放弃，这是个难题。面对这个难题，莲子做出了她的选择。但是事后证明，为爱痴狂的她，为了这份感情却使自己陷入了万劫不复的深渊。她也曾傻傻地想，若悲伤早就幻化，那么，即便是栖在黄叶里的乌鸦，抖落身上的光线，欠身掩入黑暗，埋入草丛或者沙堆。从断桥水岸这头跑到那头，跑回昨天，只要昨天的还在。可是昨天，已经远去。梦醉梦醒，醒来太迟。自己在最年轻美丽的时候，邂逅了心灵残缺的男人，注定悲剧。

有人说，世上没有残缺的人生，只有残缺的心灵。从哲学角度看，残缺的人生是客观存在的。不论残缺还是圆满，每一个人的人生经历都是真实的、客观的。残缺的心灵却是主观的，心灵本质上是一种感觉。而影响感觉的因素有性格、思想、经历等。

还有人说，残缺的人生不可怕，残缺的心灵才可怕。

她终于明白，他残缺的心灵，让她失去了爱，人生变得残缺不堪，每天像鸵鸟一样活着。她用一生换取一份破碎的爱，若不是爱得刻骨，又怎会如此彻底。越是彻底，越是失败。越是信任，越是背叛。越是付出，越是伤害。

当恋情不得已结束的时候，一定是付出多的那一方更伤心。然而，缘起缘灭，乃上天注定，没有结果的事不能强求，只能随缘。该是自己的跑不掉，不该是你的，再怎么也不是你的，再怎么强留也没有用。曾经的美好，曾经的快乐，曾经的冲动，曾经的激情，曾经的执着，一切的一切，就像打碎的琉璃瓶，无论怎样努力，终究无法修复。

心已死，泪也干。梦已醒，情也断。

十六

易寒觉得生活味同嚼蜡。在外人看来，他有一个还算幸福的家庭。自己有稳定的工作，有活泼可爱的儿子，住着一套复式楼房。事实上，那个家对他来说却像是冰窖，没有温暖，没有欢乐。他只能从儿子的身上找到一点乐趣和希望。他曾经有过无数次离婚的打算，可是妻子每次都以死相要挟，妻子的娘家人还无数次大打出手，扬言只要他敢离婚，就把他赶出小镇，让他死无葬身之地。倒不是怕死，只是他真的不想再折腾，觉得很没意思，日子无趣无味。于是，他就那么忍受着煎熬着，直到莲子出现。

　　知识的悬殊，境界的不同，人生观、价值观的巨大差异，成了易寒婚姻最大的礁石。他曾妄想以为，感情可以慢慢培养，妻子和孩子不能没有他，只要自己毫无保留地爱他们，一切都会好起来的，朝着自己希望的方向。渐渐地，他明白了，什么都可以抵达，除了爱情。对于这段没有爱情的婚姻，易寒想选择结束。可妻子一哭二闹三上吊，让他不知道该拿自己怎么办。婚姻对他来说，就算再怎么努力迁就、忍耐，还是缺憾满满，毫无幸福可言。很多时候，生命里的悲哀，并不是不能近在咫尺地相拥，而是近在咫尺地相拥，也不能够让彼此心生欢喜与愉悦。正如燕妮·马克思所说："没有爱情的婚姻，只不过是庸俗的契约，生锈的锁链，互相的折磨，决不会有什么幸福。"试想，一起生活的人，不能相互适应、相互合作、理解彼此、成全彼此，而是把日子过得要么一潭死水，要么鸡犬不宁。那这样的婚姻，又有何意。倒不如一个人生活，来得干净与清静。

进退不得的他，常常想起德国一古老风俗。在德国的某一个地区，有一种古老的风俗，来试验一对未婚夫妻是否适合于一起过婚姻生活。在结婚典礼之前，新郎和新娘先被带到一片广场，那儿已经事先安置好一棵砍倒的大树，他们要用一把两端都有把手的锯子，将这棵树的躯干锯成两半。由这个实验，可以看出他们两人愿意和对方合作的程度有多高。如果他们之间无法协调合作，他们彼此为对方掣肘，而终将一事无成。如果他们之一想要居功，什么事都要自己来，而另一个又不甘心让开，那么他们的工作将会事倍功半。他们两人都必须积极进取，而且他们的积极进取还必须结合在一起。这些德国农人已经知道：合作与合适是婚姻的充要条件。于是他总是告诉自己：耐心等待吧，等待时机。

等待，是一生最初的苍老。

当人们习惯于自己的生存模式时，将会忘记激情与感动。而等待，就是希望在某一天或某一个时刻，打开自己，与真实的自己对话，与自己赤裸的灵魂接近。易寒与很多男人一样，希望有这样一个机会，遇见一个能倾听他心语的女子。这个女子或是同事或是朋友，更或者是在一些其他场合认识的人。不管这个女子是谁，又是个怎样的人，总之她能走进他的内心，能欣赏他懂得他。成他的红颜，成他的知己。烦闷时，她来聆听；失败时，她给他力量，给他抚慰。而这些内心的等待与渴盼，是他的妻子断然给不了的。

念念不忘，必有回响。

在紫藤山庄邂逅的莲子，正是这样一个才貌双全的女子，她满足了易寒对女人的所有幻想。那是一个善良悲悯、纯粹透明、知性品位、宽容豁达、平和沉稳、幽默乐观、善解人意、才情横溢的奇女子。

费尔巴哈说："爱就是成就一个人。"是的，男人一生最好的投资不是房子，不是金子，而是一个对的妻子。什么样的女人成就什么样的男人。都说男人的一生，站得高不高、走得远不远，取决于能否遇到个好女人。这女人可以是热心朋友、知心爱人、红颜知己。凡此种种，最重要的就是能欣赏、肯定、鼓励、鞭策、懂得这个男人。然而，人生最大的难题是什么？就是明明遇到了如此完美的他或她，却不属于自己。或者不能属于自己，却依然深爱着。这样的爱情，永远像一根细小的针，将人的心刺得又酸又痛。有时候，又将人抛入深不见底的潭渊。

每当夜深人静的时候，易寒就会疯狂地跳进那个深渊，妄图找寻那些爱的痕迹，哪怕是一丝丝一点点，可结果却总是一无所获，只独自蜷缩在黑暗的角落，一根根抽着寂寞的烟，一杯杯饮着孤独的酒。他知道，有些话不说出口，并不意味着不能了解；有些人不见，并不等于两两相忘。

记不清多少个安静的午后，又有多少个失眠的午夜，想起自己与莲子那难得而不得的爱情。而今，又该何去何从，他不知道。他本来不抽烟的，也不想依赖烟，却总在难过的时候想到烟、想到酒。烟酒对于痛苦的他来说，是最好的安慰。无须言语，无须伪装。跌入深渊的他只想知道，怀抱油纸伞的伊人，是否在水一方，是否在等一个人，是否从雨巷中深情款款地走来，又是否在轻轻吟咏："诗情画意为君留，情深意长为君念，盼过今宵，盼明日。只愿与君长相守！幽幽琴声痴怨多，春风落花诗意浓，愿做鸳鸯与双蝶，与君双栖同双飞。"

十七

旧时庭院在，不见雁归来。

秋风起，落叶下。午夜沉陷，夜不能寐。孤单的夜色，恼人的秋风，吹乱了长发，吹乱了心情。莲子也不明白，四十年来一直放下的过往，为什么还会在心里掀起滔天巨浪，拍打往事。不是早就决定忘却，不再爱了、不再想了吗？为什么此刻，所有的过往还是如此清晰地让她想起？那一幕幕又重新闪现在脑际。是断肠人在天涯，那个几近哀求的电话？

当熟悉而喘息的声音，再次在耳畔响起的时候，时间仿佛凝住，她的心好疼，有一股莫名的窒息感，让她几乎透不过气。然而，表面上依旧装作没事人的样子。还好，她的不平静，他看不见。他低沉而缓慢地说："我怕我没有机会跟你说一声再见。从仰慕你，到欣赏你，到暗恋你，到喜欢你，到真正地爱上你，心里没有任何的虚伪，也绝不是年少轻狂一时冲动。你碧澄透彻的目光与深情优美的文字，牵引我一步步走到你的面前。我没有犹豫，没有迟疑。你是我前世的知音，今生的知己。我知道我的爱深深地伤害了你，但请你一笑泯恩仇。忘却所有的背叛、伤害、悲凉、悲哀……"他停下来拼命地咳嗽。突然用几近于哀求的语气补了一句："莲子，我好想你，想见你一面，就最后一面，行吗？"长时间的沉默，之后挂机。莲子始终没有接腔，也没有答复。彼此也没有说再见，也不会再见的。她本想直接挂电话，可却鬼使神差地听他一直说了下去。

四十年了，当易寒略显低沉的磁性嗓音伴着不停的咳嗽声突然传来，莲子觉得声音还是那么熟悉。瞬间，鼓噪起一阵暴风，掀起一道暗涌，与房间里昏暗泛白的灯光、空气里忧伤的旋律极不吻合。她蜷缩在沙发里，穿着红色的睡裙，身子不停地颤抖，裹上宽大的毛毯，想依靠它来平复心绪。头深埋于胸口，感受早已不再热烈的心跳。在若有若无的张望里，在似是而非的清醒里，不断环顾深藏在墙脚的慌张与迟疑。

风月无情，旧梦无意，朱颜暗换，岁月流转。

莲子清楚地知道，自己今天的一切遭际都是因他而起，拜他所赐。四十年过去了，她不再怪他，只恨自己。记得有人这样说："没有爱就没有恨。我们之所以恨某个人，往往是那个人伤害了我们的一份真情，伤害了我们的一份爱，尤其是伤害了我们的一颗无处安放的心。然而，恨归恨，即便再恨，曾经用了真情，曾经真心爱过，不管恨有多深，依然是忘不了那个人，甚至一直还爱着那个人。"也许，这话用在莲子身上再合适不过了。就在那个电话挂机的刹那，她的胸口似乎被人狠狠地捶了一下，瞬间感觉特别难受。她不禁问自己，天长地久有没有？当然有。为什么人们不能相信？没有找到人生旅途中最适合自己的那一个，也就是冥冥中注定的那一个。为什么找不到？茫茫人海，人生如露，要找到那个最适合自己的谈何容易。或许你要到三四十岁时才找到上苍注定的那一个，可是你能等到那时候吗，不能。你在二十多岁时找不到，却不得不结婚。到三四十岁找到了，又不得不放手。凡此种种。

易寒太遗憾，天意多弄人。

莲子心独苦，莲花不可见。

当她再次听到那熟悉的声音，随着电话的挂断戛然而止时，她的胸口莫名地疼，心居然也紧了一下。那魔咒一样的声音，一直在耳边环绕："我怕我没有机会跟你说一声再见"，这让她有种不祥的预感，觉得易寒肯定发生了什么大事，不然也不会失联几十年后，突然联系，想见最后一面。她很纠结，但又无法确定真实情况。自己该以怎样的身份出现，能不能出现，要不要出现，要不要原谅他，她没了主意。

丁香花，一世念，散似烟，年华限。

遥远古桥下，传来鸣琴一般淙淙的水声：无论你将来是成功还是失败，我永远都会为你捧场。我总期盼明天的天空可以很亮，我总痴盼不要被忘却。

思君如满月，夜夜见清辉。

十八

说好就此放手，说好不为彼此停留，可回忆说走又不走。

初逢美丽的易寒和莲子，感到无比地快乐与幸福，只是那些快乐与幸福一如昙花。曾经的过往里，多少梦想，多少青春，多少情爱，都随着时间消失殆尽，无影无踪。那一个夜晚，那一缕星光，那一声叹息。错误时间遇见错误的人，是一阵荒唐；错误时间遇见正确的人，是一世可惜。

有人说"婚姻"两字的含义：拆开"婚"字，是"女人昏了头"；拆开"姻"，是"女人是起因"。换句话说，爱情是两个人的纠缠，而一切似乎是女人决定的。婚姻的结构里，似乎没有男人什么事。既然没男人啥事儿，为什么绝大多数婚姻又必然是男女结合呢，只因婚姻又是两个人的事。于女人来说，婚姻对其影响更大。然婚姻对于女人来说，又是个陷阱。婚姻的悲剧不是让女人没有幸福，而是摧毁了女人的幸福。婚姻，让女人永远束缚在一个男人身上，束缚在一个家庭身上，束缚在一个孩子身上。生活千篇一律，年复一年日复一日。

追者怅惘，拥者失落，爱者离散。

对于浪漫的莲子来说，她需要真实的婚姻，也需要梦幻的爱情。她的思绪，被凉夜浸润得葳蕤多姿起来。她不知道，身患绝症的易寒，此刻正捧着她离开时还给他的全部信件，泪流满面。她更不知道，此刻的他，想起与她那超越凡尘的绝恋。那份不由自主的倾慕，那份无法遏制的思念，正是生命最初的守护与最后的慰藉。他也曾试着忘却，却发现，爱上她，只用了几秒，忘却她，却要用尽一生的时间。

满塘素红碧，风起玉珠落。炎夏雨后月，春归桥寂寞。

塘的清新自然，荷的娇媚神韵，铺就荷塘月色。若问天涯，桥为何物，必是承载；若问岁月，桥为何物，该是痛楚。从一开始，易寒就明白，与莲子的这场爱恋，是自己一生最隆重最弥足珍贵的情感。它具有很高的纯度，比友情浓烈，比亲情深入。思念的时候，感觉很好很美，却无人知道那是怎样的一种痛。更没有人告诉他，此刻的等待，仿佛银河，织呀织呀，终归是织不出一只渡河的小船。

晚秋灰暗的苍穹，枝丫纷纷低头俯瞰，是谁在秋风扫落叶的时候拜祭爱情？一路邂逅，一路云烟，一路风雪一路歌。那么，歌一阕吧，在这个最后的秋天，就让酥手挽素衣，在白色的夜风中，站成祭奠的模样。

易寒身上那件老旧的毛衣，开始掉线，缺失了半只衣袖。他觉得自己的呼吸快结成了冰，开出大朵的冰花，晶亮透明。无力的眼神，找寻着远方的温暖。相思如雪，那漫天飞舞的雪花，恰似纷纷扬扬的思绪。那一种刻骨铭心，那一份天长地久，不用刻意去表白什么。书信、情诗不足以表达思念，电话、情话也不能慰藉渴求的心灵。四十年来，总有一份期待、一份牵挂，化作那急切的船票、机票、车票，但都未能成行。

带着枷锁的男人，婚姻于他食之无味。婚后才知道，原来婚姻是个沉重的枷锁。可儿子意外降临，意外得子使他心情矛盾，担心孩子日后出现问题。三岁不足，孩子果真身体出了状况。他要尽一个父亲的责任好好爱他，儿子成了易寒生活的重心。与媒妁之言成婚的妻子貌合神离，也从未把真心交付与她。他只想等儿子大了，从那个抱残守缺的家抽身而去。

都说婚姻是一张彩票，即使输了也不能一撕了事。男人下的注是自由，而女人下的注往往是幸福。正如达赫玛·欧肯妮在《美满的夫妻情爱》里说的：相信每一个人都醉心于激情绽放时的心神颤动。年轻时迷恋超级明星、摇滚歌手的那份震撼，实在是狂热得无以伦比。但是在婚姻围栏的人们若是还想品尝婚外的颤栗激烈，很快就会混淆在幻想与现实的夹缝中，许许多多遗弃妻子的男人，在娶回梦中的爱侣之后，所感受到的竟是与先前同样的抑郁和禁锢。因为原本的梦境一旦变成现实，那份狂热颤栗也在一夜之间化为乌有，留下的却是一个悲剧的轮回。然而，最大的悲剧却是人们尤其是女人们愚昧地不去回避、不去遏制，就像飞蛾扑火般地自陷绝境。

生活是现实的，现实是残酷的。现实而残酷的人生，常常又是变幻不定的，很多意想不到的事情都会发生。对于爱情，不单是一句"我爱你"，而是要经历很多不同的考验与折磨，要有足够的耐心去面对。无论人生变化多大，无论这个变化影响多大，我们都要记住：如果相爱，请千万不要折腾；如果分手，请千万不要以伤害为代价，伤人又伤己。对婚姻要负责，对爱情也不必勉强。

懂得爱，也懂得离开。

十九

无限悲伤的易寒，又哆哆嗦嗦地找到了莲子离开时，寄给他的最后一封长信。

人生在世，于我们而言，无时无刻不在面临放弃和获取。

那一份放弃，那一份获取，是心间常开不败的花。有一种心情叫失落，有一种美丽叫放弃。放弃无缘之人，放弃无味之感，放弃无魂之灵。每每此时，总也会生出一种无以言说的伤感。

伤感如斯，孤寂如许。

可生命，需要升华出超然之精神。明白的人懂得放弃，善良的人懂得牺牲，宽容的人懂得超脱。虽然我不是因你而来到这个世界，却因你而更加眷恋这个世界。若能和你在一起，我会对这个世界满怀感激；若不能和你在一起，我会默默地离开，却仍然对这个世界充满爱和感激。感谢上苍让我与你相遇，与你别离，让我有机会完成上苍赐予的赞美诗。爱情给了我无尽的悲哀，也给了我永远的命题。安然一份放弃，固守一份超脱。我不会强求任何一个人爱我，也不会挽留任何一个离开我的人。

我虽彷徨也勇敢，我虽脆弱也坚强，我虽付出也无悔。

风若有情，会把我的祝福送到；花若有爱，会把花心留给你。五月玫瑰盛开过，七月夏夜澎湃过，人间至爱沐浴过。寂寞时凝望夜空，你是最亮的那颗星；孤独时凝望天空，你是最近的那片云；闲暇时漫步幽径，你是擦肩的那片叶子；夜深时安然入眠，你是最深的那段梦境。无论是生命的插曲，还是完整的乐章，我都会珍藏。

一次相约不易，再次相会无期。

当依稀往事渐去渐远，所有的悲欢离合，蓦然回首却如此通透而简单。有一种心情常萦绕，有一份情爱永不变。无论你现在如何，将来如何，你还是我看到的第一眼。这种感觉，要淡化要忘记，将要花费很长的时间，乃至一生。

茫茫人海，你我相遇，偶然又必然。

那天，我步行去上班，其实平时我很少走那条小路的，结果在十字路口，你正好下车。那一次，清明节，我借用的车子坏在半路上，正不知如何是好，一辆路过的的士停车，司机下来帮忙，结果那辆车就是你租的，你正好也在车上。还有在七夕公园，在妇幼保健院，在观音桥，在桃花源，在映日荷花……你说那是命运不让我们朝夕厮守，却以另一种方式补给。缘来时，猝不及防；缘去时，无力阻止。唯一能做的就是，遇见时，好好珍惜；离别时，道一声珍重。

一个人的黑夜，一个人的行走。

窗外，是没有边际的黑暗。我试图在黑暗中寻找一些东西：诗和远方，月和星光。你知道吗，当我带着种种心情，踏上火车的那一刻，我才发现自己如此愚昧痴傻，且是如此不堪一击。离开这座城市，这个我熟悉的地方，这个承载了我悲喜的地方，我不知道什么时候能再回到这里，也可能一辈子不再回来。

前路漫漫，未来不可期。

我们的故事，开始就写好了结局。你给的承诺太多太多，说出口的时候就已经碎裂。残缺的生活，每天行尸走肉般蜷缩在坚硬而冰冷的房子里。我好累，累的时候，也想有一个依靠，最后发现，能依靠的不过是自己的影子。它告诉我曾经是那么真实地拥有过，又是那么真实地失去了。

又是一个雨后黄昏，天是灰色的，竟然想起了你。我叹息着摇摇头，觉得自己太可笑，怎么会想起一个对自己无情无义的男人？我发誓，我要开始习惯一个人行走在另一个城市。穿着黑色风衣，露出很好看的笑容，头发上散发着阳光的味道，风在耳边低吟。走过那些繁华的街道，没有人会注视我。

怎能说失去呢，从来就不曾拥有过。只有我的文字属于我，承载着我的一切。时间慢慢流失，我也慢慢习惯。习惯一个人在文字里取暖。与所有的过往说再见，与你说再见。

二十

过往不断回放，易寒不断长叹。

易寒记得莲子曾说："爱情是以微笑开始，以吻生长，以泪结束。很多时候，一段催人泪下的爱情故事，只不过是导演为获得更高收视率的筹码。"那么，他和莲子之间，是谁导演了这场戏，不等剧终人已离去，留下一段难解的谜底，还有无尽的声声叹息。莲子还说，母亲在她很小的时候就说她命带桃花，甚是担忧，于是就让她早早地嫁人，早早地成家，早早地摆脱担忧。然而母亲没有想到，自己担忧的女儿，会以一个难题的形式出现在感情里。而让易寒也没有想到的是，曾经的柔情蜜意，会消失在云里雾里。往日的心有灵犀，会成为遥远的回忆。他不知道，是谁修改了这结局，埋葬了所有的美丽。然而，就算删除全部的记忆，莲子的身影还是挥之不去。

伤心绝望的他，毫不避讳杨柳，颤颤抖抖地在稿纸上写了起来，想用尽最后的一点力气。他嘱托杨柳，自己若有不测，请把信当面交给莲子。

莲子，我的爱，你知道吗，你能够走出我的视野，却永远走不出我对你的深切思念。你可以远离我爱的烈焰，却永远无法隔断我对你的无限思念。有一种感觉是心疼，总在失眠时；有一种缘分能永恒，总在梦醒后；有一种心情是惆怅，总在别离后。在时间的轮回里，我被定格，为你，为爱。有人说，爱是用一生去想念，用三生去守候。一个人未必孤单，想念一个人却一定倍加孤单。曾经以为自己很洒脱，对于感情，拿得起放得下，进得去出得来。可是，为何对你、对这份爱却进退不得。只能说，今生我欠了你的情债，来生一定要偿还。

遥想当年，遥想那灯火阑珊的往事，就当作，爱情不曾来过，一切已成过往，改变了模样。我知道，如果不是我的出现，就不会有你四十年的痛苦与折磨、孤单和无助。

这些年，习惯了一个人的寂寞，在空荡荡的房间里找寻可以蜷缩的角落，任由泪水滴落。放手以后，我就这样孤单地过着每一天。而那些过往的回忆，仿佛是玻璃碎片，在昏暗的角落里闪烁着光芒。其实，我何曾把爱放开。这么多年过去了，总以为对你的感情已经走远，它却始终停留在原点。终于明白，思念一个人是怎样的滋味。手机总是拿在手里，一遍又一遍地拨着那几个烂熟于心的阿拉伯数字，却永远没有勇气拨出去。松开你的手让你走，没有人会知道我的痛。

亲爱的莲子，总是奢望你能再次回到我的身边，总是希望我想你的时候，你也在想我，你说我是不是疯了？你选择了离开，我选择了放手，我们的爱，就那样无声无息谢幕了。

爱一旦擦肩，咫尺就是天涯。

若说爱情是伤人的，那最伤人之处就是，不是她不爱你，或者，你不爱他。是明明相爱了，她爱不了你，或者说，你爱不了他。看着，却不可以拥抱；想着，却不可以拥有；走着，却不可以牵手；说着，却不可以对视。即便用尽一生的力气，透支一世的幸运，都无法靠近。

想你的时候，总是用酒精麻醉自己，假装忘记。可醒了之后又会想起更多，终于体会到爱一个人有多痛。每当新修的铁轨上有火车不时从我门前经过，通往你的城市时，我总有一种怦然与亲切感，想象着这条长路一头连着你，一头牵着我。这样，即使天涯亦咫尺，我们总有重逢的一刻。总想对你说，亲爱的，若重逢，再不言离散，你能答应吗？

哲人说："缘分是本书，翻得不经意会错过，读得太认真会泪流。封面漂亮的书容易吸引人的眼球，但值得品味和珍藏的不多；用心血去写书的人往往没有时间和金钱去做装潢；许多书从形式到内容都枯燥无味，但平淡无奇确实也是人生的一种。"我说缘分是冥冥中的安排，不可预知，也不可刻意追求。没有谁对谁错，也没有谁对不起谁，只有谁爱谁多一点，谁更不懂得珍惜谁。此刻，想起你，感觉从未有过的温暖与温馨。千山万水的距离不代表心的距离，少有电话不代表少有牵挂，不见面更不代表没有思念。

亲爱的莲子，也许你会说，我不够爱你，但请你相信，终有一天你会明白，我非常爱你。只是我的爱，一直那么卑微，那么安静。爱你，超出了想象；爱你，忘记了自己；爱你，心痛有谁知？

你走了，留长长的思念与我，留苦苦的等候与我，从此，欢乐于我画上了句号。真想抛开一切去寻你，天涯抑或是海角。倘若寻不到你，我便忘情地扑进上帝的怀抱。我想，上帝定然会以仁慈的微笑接纳万念俱灰、孤立无助的我。

在上帝的怀抱里，忧愁离我远去，烦恼了无踪影，没有尘世的纷扰，亦无世俗的抗争，一任我自由的灵魂追随你左右。正如痴情的杜丽娘魂系多情的柳梦梅，生死相依，永不分离！

在上帝的怀抱里，我把至真至纯的情感汩汩流淌予你，你的心从此不再干涸，你的容颜从此不再憔悴。没有揪心的离别，亦无沉重的责任，一任你张开热情的双臂温暖我冰冷破碎的心。

在上帝的怀抱里，处处草长莺飞，百花吐艳，没有高山阻隔，亦无江河拦绝，一任你我万年的情愫悄悄放飞！

不知因何与死亡共舞，我想是你的至爱让我有了痛不欲生、生不如死的感觉。一如荆棘鸟，一生为了唯一一次的歌唱，耗尽了毕生的精力，才找到归宿。奄奄一息时，上帝在向它微笑。又如精卫鸟。相传炎帝的女儿被东海淹死之后，冤魂不散，化作精卫鸟，奋翼飞翔，衔石填海，何等执着的鸟儿！你知道的，我也是一只鸟儿，一只早已折断翅膀的鸟儿。我也想歌唱，也想奋翼飞翔。只是，一支火药枪，早就瞄准了我。

之所以谈你写你读你诵你，全是因为这相知相许的人生太弥足珍贵；之所以失去灵魂乃至肉体，全是因为你我注定今生缘尽。

面对凡尘、面对世俗、面对爱情、面对憾恨，我已没有时间和精力。只有上帝才能拯救我这个快被情爱溺死之人的灵魂。我的世界只剩下灰色。如今只有天堂，才是我要去的地方。选择这样的结束，应该是最圆满的。

上帝在苍穹里微笑，死亡之舞的乐曲正缓缓响起，伴着纳兰性德的词："此恨何时已。滴空阶、寒更雨歇，葬花天气。三载悠悠魂梦杳，是梦久应醒矣。料也觉、人间无味。不及夜台尘土隔，冷清清、一片埋愁地。钗钿约，竟抛弃。重泉若有双鱼寄。好知他、年来苦乐，与谁相倚。我自中宵成转侧，忍听湘弦重理。待结个、他生知己。还怕两人俱薄命，再缘悭、剩月零风里。清泪尽，纸灰起。"

莲子，我的至爱，请一定照顾好自己，也请宽恕我的一切。离开这个世界，我希望自己最后的归宿是在断桥水岸。今生已错过，我用沉默道珍重。下辈子如果你还记得我，我们死也要在一起。此刻，像是陷入催眠的距离，我已开始昏迷不醒。此时，我不要你许我厮守终老的承诺，只愿你能来，见我最后一面，哪怕是看一眼，就此死去，亦无憾矣。

二十一

枕间榻上偶惊梦，翻覆始知此生休。

天长地久有时尽，此恨绵绵无绝期。

瞬息浮生，薄命如斯。梦好难留，诗残莫续。泪咽却无声，只向从前悔薄情。一座空城，一个空心人，与世诀别，忘却尘世间的繁华缭乱，深埋黄土下的凄绝怅然。

莲子怜子，易寒遗憾。

行将就木的易寒很困惑，既然自己早已错过了花开的季节，错过了选择的时间，为何上苍又让他遇见爱情？既然命中注定的爱人莲子要出现在自己的世界里，又为何姗姗来迟？错过了花期，错过了雨季，错过了收获，那为何还要来？

何故幽叹无缘见，夏风十里一潭碧。

紫藤山庄初相遇，断桥水岸唱离歌。

再回首，泪眼蒙眬。泛黄的信笺上，隐约可见初遇的幸然，最是那一低头的温柔，像一朵水莲花不胜凉风的娇羞。

月落乌啼处，风起云归时。吹尽旧日愁，解开丁香结。

当爱已成往事，当往事已成回忆，当回忆已成怀念时，易寒知道自己将不久于人世。生无可恋的他，清楚地知道，唯有一死，才能忏悔、才能解脱。而关于生死、关于爱情、关于遗憾，还有他心里那个秘密之所在，那个深入骨髓的爱人与那回不去的过往，正不断闪现。只是无论他怎样翘首以待，怎样苦苦等候，莲子依然没有来。而死神，一直追随他的脚步，嗅闻他的行踪，只是暂时尚未下定决心，给他最后一击。

往事不可追，追忆空留回忆。会痛，会哭，会想起，会埋入坟茔。

点滴往昔心欲碎，声声催忆当初。欲眠还展旧时书。重看一半模糊，幽窗冷风一叶孤。

西风鸣络纬，不许愁人睡。怀着对莲子的最后奢望，入院以来一直备受病痛折磨、寝食难安的易寒，在一阵又一阵的痛哭流涕、撕心裂肺之后，捧着书信，竟沉沉地睡去了。

杨柳很是心疼，看见睡梦中的易寒，苍白的脸颊突然潮红，不停地唤着"莲子、莲子"。他不禁想，易寒梦中的莲子，一定是肤色晶莹、柔美如玉、明艳端丽、腼腆嫣然、秀外慧中的才情女子。他仔细地替易寒把被子盖好，轻轻地在他额头上抚了一下，又轻轻地走出房外，慢慢地关上了房门。

风静了，四周一片死寂。夜幕降临，云气收尽，天地间充满了寒意。而将生命的希望寄托在窗外最后一片叶子上，当那片叶子落下之时，便是易寒的生命结束之时。

一切就这样了，不必再等什么，也不必再苦苦地记着。孤独而遥远的断桥水岸，将是他最后的回忆与归宿……

我等候的爱情终归没有来

我一直相信两个相爱的人一定会相遇，因为那是一个约定，一个冥冥中的约定。而我，注定此生是个与爱擦肩而过、与爱无缘的女子。

——题记

秋风秋雨秋惆怅。夜深，心乱，静坐，无语。默默沉浸在那让我心灵悸动的声音中，缓缓地诉说一种漫长复漫长的等候。我常常自问，是造化弄人，还是命运不许，为什么在我年复一年的等候中，依然没有遇见你，许我一个美丽的情缘，激活我死寂的人生。痴痴傻傻苦苦等候只为爱，一份干净透明忠诚善良的情爱。没有世俗，没有羁绊，没有欺骗，没有伤害。

当等待与期待成为习惯，当炽情与痴情成为习惯，当无助与无望成为习惯，当讥笑与讥讽成为习惯。青丝成了暮雪，沧海成为桑田，我有种跨越生死轮回万水千山的慨然。我不知道，自己是否还有足够的时间和勇气等候与你的邂逅。我也不知道，除开等候我还能做些什么。也许你并不知道我在等你，亦无从感知我是如此热切地期待着能与你地老天荒、死生契阔；也许你曾经来过，终于潇洒而华丽地转身，空留我独自品味曲终人散的凄凉。

一直渴望有个懂我的男子，能借个肩膀，给予些许温柔与慰藉。我不奢望我的世界可以完美，我也不允许他人随心随意随性地进入我的世界，只为等你！

一年又一年，我等候的爱情终归没有来。伤心绝望的我，很想放弃。可我的亲人说，再多一点点耐心和从容，爱的期望值可以不要太高，但永远不要放弃自己的期待。总有一天，你会欣喜地等到那个真心爱你的人。

爱情，是等来的。

1991 年 5 月的一天，女作家铁凝去拜访冰心。"你有男朋友了吗？"冰心问铁凝。"还没找呢。"铁凝回答。再过四个月她满三十四周岁。"你不要找，你要等。"九十岁的冰心老人说。2007 年 5 月，铁凝与五十四岁的燕京华侨大学校长、经济学家华生结婚。"一个人在等，一个人也没有找，这就是我跟华生这些年的状态。"接受媒体采访时，铁凝说她一直记得冰心老人充满禅机的话，"我不是独身主义者。我对婚姻也有期望，但我做好了失望的准备，才可能迎来希望。一个人真的遇见爱情，恐怕还是要结婚的。婚姻应该是爱情的自然的归宿。爱情是双方相互理解、相互欣赏、相互交融的过程。爱情达到这样一个程度，就需要婚姻这个形式。婚姻家庭既是物质的承载，也是心灵的港湾。海誓山盟的誓言从来就是重要的。但婚姻最重要的基础是相互的爱慕、欣赏、信赖和感情的交融，以及对责任和义务的共同承担。"

铁凝是幸运幸福的。她在知天命之年达到了完满。不仅事业攀上巅峰，更找到了属于自己的美满婚姻。她说自己对待爱情有足够的耐心，对婚姻有较高的期待，宁愿没有也不要一个凑合的婚姻。尽管这一等就是五十年，但她终于等来了自己的知心爱人。

"我要你知道，在这个世界上总有一个人是等着你的，不管在什么时候，不管在什么地方，反正你知道，总有这么个人。"这是张爱玲的经典名言。张爱玲与胡兰成的倾城之恋，是个等来的传奇，虽然残缺却也美好。

美国作家霍桑和妻子互相感谢等来了彼此。他们的结合也非常神奇。从作家霍桑的自传中，了解他是一个性情暴烈的人，且体弱多病，而他的婚姻给了他幸福的生活。霍桑最好的作品都是在结婚以后写出来的。霍桑说，一个好的婚姻能使一个人起死回生。

海清隐婚生子的消息，虽然没有引起轩然大波，但是杀伤力也不小。某杂志日前为海清拍摄了一组时尚婚纱写真，还特别采访了海清。海清说："我一直认为爱情是等来的，不是找来的，冥冥之中会有一股力量，牵引你走向最终的归宿。许多人盲目地去求索、找寻，有时候，真爱就在这个过程中，擦肩而过了。只要你肯静静地、用心地等待，总有一个人会在对的时间、对的地点，走进你的心里。"海清对于爱情的描述，同样令人如痴如醉。

他们无疑都是幸运幸福的。在或长或短的时光中，等来了自己想要的爱情，很好地诠释了冰心老人那充满禅机的话。

记得柏拉图《对话录》有这么一段假设：原来的人都是两性人，自从上帝把人一劈为二，所有的这一半都在苍茫人世寻找那一半。爱情，就是我们渴求着失去了的那一半自己。于是，我们穷尽一生的时光去寻觅自己的另一半。这个过程难免孤独和寂寞，也难免失望和痛苦且非常漫长。然而，我们本是雌雄同体的，自我复原是一种本能。另一半能修复我们身上和心上所有的缺口，两个孤单的灵魂最终合二为一。这就是柏拉图关于爱情的一个浪漫并充满了神话色彩的著名假设。曾有人对这个假设进行推导，结果可能出现这么三种：有的人找对了那一半，即良缘；有的人找错了那一半，即孽缘；有的人一直孤单着，即无缘。《一千零一夜》也有类似的故事：当阿拉丁召唤出关在神灯中的蓝色精灵后，精灵许诺可以帮助他实现任意的三个愿望，但是同时又告诫有三样东西是无法实现的：一、帮助他杀人；二、让死去的人起死回生；三、使一个人爱上他。

爱一个人不容易，让另一个人爱上自己也不容易。

然而，爱是什么？柏拉图曾经请教他的老师。老师说，爱情是田野里最大、最丰硕的果实。于是柏拉图出去寻找，结果空手而归。他总认为前面还有更丰硕的果实在等着自己。于是，他不断地寻找又不断地放弃，一个出发点又一个出发点，依然两手空空。这也让我想起了一位女作家。她才情横溢，内外兼修，事业有成。唯美完美的她，信奉爱情至上，期望爱情像一杯浓厚的酒，不能兑水，兑水了，爱情便不再醇厚。于是寻寻觅觅，渴望邂逅一份没有兑水的爱情。然而，四十多年过去了，她没有谈过一次恋爱，其间也有好多次相亲的经历，但都只是见过一面，没有怦然心动的感觉。而当看到自己的同龄人一个个为人妻、为人母时，也没有幡然醒悟。她无法说服自己随便嫁掉，心里始终憧憬一份浪漫。觉得一定要有那么一个人，第一眼能让她怦然心动，才可以接受。如今，不惑之年，还是孑然一身。她很迷茫也很彷徨，难道是自己不够优秀不够完美？于是乎，更加努力地打造自己，完善自己。可愈是如此，进入视线的男人愈少。

男人因为孤独而优秀，女人因为优秀而孤独。

大凡优秀女子，往往在物质上完全独立，在精神上相对独立，对爱情有着更高更理想化的期待。坚持自己的品味与品位，宁缺毋滥，不愿意迁就，不轻易妥协，导致很难走近爱情，走进婚姻。其实，她们也不是独身主义者，之所以迟迟不肯走入婚姻殿堂，她们顾虑的，往往不是到了适婚年龄能否把自己嫁掉，而是嫁出去之后要如何面对今后的人生，获取怎样的幸福。

不同的婚恋，不同的生活，不同的幸福。

幸福是看不透、摸不着，却能感受得到的。然而，幸福并不意味着永远占有幸福的感觉。关于幸福，有时候我也忍不住去想，究竟是一种怎样的感觉？也许，幸福就是抛弃物质上的追求与期待，聆听灵魂深处最真切的呼唤吧。我最憧憬的幸福，就是在山清水秀的古朴乡村，买一栋小小的房子，与自己的至爱，共度生命的旅程。山花烂漫也好，荆棘丛生也罢，愿意用最美丽的生命赴冥冥中的约定。春去秋来，日出日落，低吟浅唱，淡定从容。心灵从此有了依傍，梦境从此有了归属。生命的长短无关紧要，紧要的是我们能够有缘。

万事皆缘定，齐缘则合。世上很多事皆可求，唯缘难求难合。佛家说，缘乃前世临终时感情的延续，是此生轮回前不变的誓言，是彼此的幸福约定，是再为人时还能相遇的美好梦想。然而，茫茫人海，浮华世界，有多少人真正能寻觅到自己最完美的归属，又有多少人在擦肩而过中错失了最好的机缘，还有多少人有正确的选择却站在了错误的时间和地点。来是缘，去也是缘；已得是缘，未得亦是缘。缘来缘去，缘走缘留，往往就在人们的一念之间。若有缘，时间空间都不是距离；若无缘，终是相聚也无法会意。凡事不必太在意，更无须强求。世间万物皆幻象，一切随缘生而生，随缘灭而灭。一个缘字看破一切，一个缘字了却一切。在我们的爱人、亲人、朋友、知己等，你能遇见谁，这都是修得的缘分。能擦肩而过是缘薄，能说上几句话是有缘，能成为知己是续前缘，能成为爱人是满缘。如此循环乃命中注定，一切都会在对应的时间遇见对应的人。

　　忽然想起这么一个故事：在一大学课堂上，教授要一位学生把自己比较熟悉的人全写在黑板上。接着分多次要学生把相对不重要的人删去。多次循环以后，黑板上只留下了学生的父母和丈夫。对于普通人，这三个最亲的人是我们可以为之舍弃生命的人，没有他们，我们的生活也就缺失了。而教授却再次要求学生删去一组"不重要的人"。学生哭了，她坐在地上，想了很久，把父母删了。教授问学生为什么做这样的选择，学生回答："亲戚可以是表面的，友谊也可以流逝，最爱我的人是父母，而陪我走完余生的人，是我丈夫。"

　　也许，幸福的密码，正是这看似无情的选择。

　　人生即选择，幸福如此，爱情亦如此。爱情之路很少是平坦的，更多的是崎岖。一旦在选择上出现偏差，影响我们的可能是一个时期，也可能是一生。在爱情的世界里，很多女人误读婚姻就是嫁一个男人，不懂得还要嫁给这个男人的习惯、性格，甚至缺点，还包括这个男人背后的家庭家族，等等。而很多男人也容易误读婚姻就是娶一个女人，忽略了还要娶过来女人成长的环境、自身的追求，对人生、对生活、对女人、对家庭的理解，等等。有歌如此唱："人间情多，真爱难说，心里能有几分把握，来来往往，你你我我，谁又知道最后结果。有缘无缘小心错过，一时欢笑，一时寂寞，一生相伴最难得。问不出为什么，止不住你和我，心甘情愿受折磨，一年一年这样过。"

　　放弃一个很爱你的人，也许不痛苦；放弃一个你很爱的人，那是一定痛苦；爱上一个不爱你不懂你的人，那是真的痛苦。一如我，尽一生的柔情等候，可我的爱情终归没有来。即便如此，我也依然相信，总有一个人，值得我去等候、去爱恋，直至灵肉合一。也许，他就生活在一个没有我的世界，而我，居住在一个只有他的天空；也许，对于世界，我是一个人，而之于他，我可能是整个世界。我知道："爱情是一个难题，我们一起学习，怎么样成为患难情侣，时间是致命武器，别让它消灭回忆，相爱需要勇气。爱情是一个难题，是很长的距离，两个人要走多少公里，是未知的路，所以会走得惊险，一起哭也一起呼吸，也许在某个夜里，可能有一个奇迹，等着我也等着你。"

在花开、在花落、在云卷、在云舒。

他若是飞流的山泉，我只要一滴甘露，便随他浪迹天涯；他若是挺拔的竹子，只要植入我深深的沃土，我一定咬定青山不放松；他若是匆匆过客，也请在我生命垂危的时候，将爱熄灭。我的低吟，只为他颤动；我的寂寞，只为他倾注；我的爱情，只为他等候。

哲人说，两个人总比一个人好，因为二人劳碌同得美好的效果。若是跌倒，这人可以扶起他的同伴；若是孤身跌倒，没有别人扶起他来，这人就有祸了。再者，二人同睡就都暖和，一人独睡怎能暖和呢？诗人说，爱情只需等候，等候是一个人的承诺，约定是两个人的誓言。我想说，一人独睡身体是可以暖和的，内心却寒冷。如果可能，即便到了八十岁，我也相信有美好的爱情和适合我的男人。只要我苦苦坚守，痴痴等候，直到红颜老去，直到热血流尽。我相信，我是他前世失散的精灵，他是我的伴侣、至爱与至尊；我是他前世造下的缘，今生已珍藏，在一个无人触及的地方。又或许前世，我欠他一杯水的恩情、一枝花的馈赠、一首歌的缠绵、一把伞的遮挡，终归是欠下的情，暗藏了一世姻缘。

一世姻缘，一生等候。

一个人愿意等候，另一个人才愿意出现。

如果爱情是突如其来的，我已为此等候千年。如果把我的人生分成两半，前一半是用来输的，后一半是用来等的。那么，我也只想等候一个懂我的人，过后半辈子。

只是我等候的爱情，终归没有来。

黑夜将熄

日子荒芜丛生如斯。生命寂寞苍白如斯。黑夜冷寂邈远如斯。

因了不可忘却的纪念，因了潮汐漫过的荒原，因了苍凉手指弹拨的激情与温情。尘埃之水打湿了我，亦打湿了宿命的缘分。从此，坠入长长的暗夜，无法泅渡。

在一个夕阳沉静、山花摇曳的黄昏，你牵我冰凉的玉腕走向无人的旷野，走向一个只属于你我的神秘幽夜。一切被夜色淹没。淹没喧嚣，淹没疯狂，淹没企图。只有两个缠绵的影子，缠绵成古老的神话，若亘古荒原走过的亚当与夏娃。又仿佛原始森林中弱小的麋鹿，于虎狼即将袭击之时，用自己长长的鸣叫呼唤彼此，逃出森林的死寂，一同奔向生命欢腾的原野。

衣袂飘飘，飘扬于春天的前沿、黎明的前沿。

然而，当我们呼唤彼此的时候，似乎没有了在一起的资格。可人海茫茫，两颗孤独的灵魂能有如此美丽的邂逅与碰撞，尽管这份迟来的爱，无法陪伴各自走完生命的历程，亦无法挽留春光、抵达黎明，但我俩谁都不愿意，不愿意把它说出来。

有时候不是不愿意，只是不能说；有时候不是不懂得，只是不想懂；有时候不是不知道，只是不想说出来；有时候不是不明白，而是明白了也不知道该怎么做。于是只有沉默。有些话，不必多说；有些话，不知道从何说起，不如不说；而有些话，只能成为秘密。

当夜渐次深入，你展开双臂拥我入怀，揉碎所有的顾虑，呼喊远方灼热的太阳，只是我并不习惯你太阳般的光芒。尽管我的花园里，早已为你修剪好片片诱人的春光。黑暗中，你含泪说："也许，前世你我擦肩而过，今生情深缘浅，即便有再多的爱、再多的情，亦是枉然。也许，来生还是有缘无分。所以今夜，一定要珍惜此刻拥有短暂而美好的时光。多么希望今生今世、来生来世都能够与你长相厮守！即便不能，但我的心为你牵念生生世世。如果哪天我走了，永远地离去了，请勿悲伤，你只要记得曾经有一个我，非常非常地爱你，甚过自己的生命，就足够。我知道，你是世上最好的女人，可我不是个好男人，但也不情愿给无辜的生命平添伤痛。有些缘分注定要失去，有些情爱注定要舍下。时间会让你了解我的爱情，证明我的爱情。尽管还没有开始，就要结束。但这一生，我真诚地爱你，只爱你，用尽整个生命。"我为你拭泪，叫你不要难过，可你说怎么能够，今夜就这一次，今生就这一回。黑暗中，寂寞深似海，我们不再说话，无奈地望着天空，世界是黑白的。

誓言再真，终究抵不过流年；蝴蝶再美，终究飞不过沧海；童话再美，也有结束的时候。

　　一个男人，能够于茫茫人海中，邂逅并成为我有情有义抑或无情无义之人，那么，就一定有别于他人的地方。他爱我，抑或曾经爱过我。不管他动机如何，也不管他真诚与否，我熟悉他的声音，熟悉他的味道，甚至熟悉他的一切。那么，无论结局如何，圆满也好，残缺也罢，他都应该让我此生铭记。他不是过客，更不是陌路。

　　大凡男人，他们惧怕尖刻而不够宽容的女人。尤其惧怕那种叉腰骂街、怨天尤人、唠叨絮烦、像防贼一样地防着丈夫，在外人面前趾高气扬贬责自己的凶悍女人！都说最好的爱，是要让她的男人充满自信，在关键处要善于给男人面子，使他觉得女人在身边就是靠山，是温暖。讥讽、挖苦，拿男人的短处和别人的长处去比较，只会让男人更畏缩，更不自信。男人需要温柔女人的温暖、鼓励、疼爱、欣赏、仰慕。好男人都是有这样的好女人扶助、关注、欣赏、打磨才锻造的。在她不断参悟人生、完善自我的同时，也在不断地完善他。她把真情、豁达、幽默、快乐、自信、自强、豪气、大气传递给他。告诉他能要什么、不能要什么，什么可为、什么不可为。更多的时候，他的疲惫、烦恼、失意、失败、浮躁等，一一消散在她的善解人意、通情达理、贤淑贤惠、知心懂得里。她是水，能包容他；她是火，能点亮他。一如母爱的包容与关怀，知己的倾心与温存，一种无怨无悔的心灵契合。无论成功失败、得意失意都不离不弃的感动。

　　一个成功的男人背后，必有一个好女人。拥有成百上千女人的古代皇帝，最有资格谈论什么样的女人是好女人，暂不去考证。现代男人最不喜欢那些真正需要他们保护的柔弱愚昧的女人。他们真正爱的是有思想有韵致的个性凸显的女性，真正需要的也是那种既给他妩媚又给他力量的温柔温情温暖的女子。

男人需要好女人，女人也需要好男人。

女人需要一个欣赏、理解、体谅、疼爱、呵护、尊重、懂得、包容自己的好男人。他有责任心、上进心、事业心、无私心、悲悯心、宽容心、平常心、感恩心。

洞悉世事胸襟阔，阅尽人情眼界宽。

爱情至上的现代女性，不再因为生存或安全等传统理由需要男人。她们需要男人给予情感上的慰藉与滋润、关爱与呵护，以抵达高层次情感上的满足需求。关心她的幸福，了解她的遭遇，包容她的情绪；即便选择专职母亲而不得不依赖男人养活，其需求亦如此。其实，要让女人感觉满足，并非难事，男人并不见得一定要马上就照顾到女人所有需求。男人只需渐进式地一点一点去满足女人的需求。只要让女人怀抱希望，让她觉得自己情感上的需求终归有完全照顾到的时刻。而为了那一时刻的到来，女人一定会死心塌地把男人爱到一塌糊涂。女人在给予的过程中，已经获取了最大满足。而当男人对女人做出情感给予时，不仅女人感受到身心支持，男人本身也因此获得成就感、满足感。

一个女人要活得独立、自尊、自爱、自强，才能活出高贵高雅高尚高洁的人生。新时代的女性，更应让自己成为美好幸福生活的创造者。很多女人在爱情或婚姻中容易犯低级且致命的错误，那就是把感情看得太重，往往忽略自己，失去自我。感情固然重要，但是，女人一定要知道，它不是生活的全部，只是一部分而已。

当然，无论男人女人，都有好的一面，只是看对谁好了。其实再好的男人女人，也不是完人，也会有一些缺点、一些不足。彼此在一起，同样免不了矛盾的存在。适合你的可能不爱你，爱你的又不一定适合你。适不适合与爱不爱不要用耳朵去听，也不要只用眼睛去看，要用心去感受。一个男人若真心爱你，就会无条件付出，把自己所有的都给你，每天让你开心让你笑，对于你来说，他就是个好男人。而每天让你伤心让你哭的，即便条件再好再爱再喜欢，也不能要。一如我的这段感情，只能藏在黑夜，成为永远的秘密。

夜凉如水，心事如秋。

为着彼此深藏的秘密，想要传递给对方的温暖，始终无法泅渡至彼岸。感情的事，往往就是这样，有缘遇见却无缘拥有，能够深入却无法浅出。曾以为很深的情爱，待留岁月，才知道，像一段荒芜了很久的旧日，一本被搁置了很久的黄页书。不经意之间，黑夜与白昼，一寸一寸转换，一步一步走近。而一直习惯黑暗的我，早已醒来。

黑夜将熄。

相　遇

相　遇

一把油纸伞
徐徐打开了江南

不是青石小巷
不是杨柳木桥
不是红墙碧瓦的深院
也不是长亭古道

前方路口
小径幽幽
远方更在远方外

花事荼蘼
春色尽
时光不老

人约黄昏后
永遇乐
弄兰舟

有些花要随风　有些爱要随缘

　　我决定忘却，忘却前尘。那些梦境似的旧事，那些飘逝的旧日飞花，那些蜃景的美丽与虚幻。在衣袂飘飘的红尘，在生命聚散的渡口，让花与爱的影子一同零落为泥。

　　很多年了，许多旧事，开出浅色的花朵。只是那些花儿生长在荒漠里，凄美而孤独。而你我，亦早已失散。流年似水，岁月长河。那时的清纯与美丽，年少与轻狂，幼稚与冲动，早已消失于千年古桥的流水之上，那些燃烧的情爱，和尘埃一起，落定。

　　还记得吗？那五月的黄昏，七月的深夜；那苍茫寂寥的古桥，奔腾不息的河水；那一方坚韧的石刻，一条幽深的峡谷，一片旷古的原野。两朵火焰的舞蹈，火拥着火，不熄地热烈，不熄地燃烧。或红或朱，或柔或软，或起或落，或开或合。情与爱的夹缝，另一样式的舞蹈。也许，我们只是想让自己原生态的生命演绎原生味的自由张力，于暗夜证明自己的光芒而激情燃烧，然情爱于你我，只是一个虚词，没有证词，没有依据。

　　知道吗？抽屉里那本诗集，那盘磁带，那些书信与照片，静静地散发经年泛黄的淡淡味道。相吻、相依、相拥、相缠，每一个细节浪漫而温馨、牵念而怀想。每当潮湿夜色袭来，灵魂深处的花园里，总有许多难以言说的心绪淡淡晕染着我。

　　黄昏那一束跳动的玫瑰，子夜那一壶沸腾的香茗，清晨那一片诗意的旷野，午后那相依相携的背影。那一刻，阳光早已从天而降，穿透风雨，穿透尘世里守望的灵魂。尽管彼此世界的雨兀自下着，可我们的心头却燃着阳光，燃着万盏心荷。阳光里，有激情、有温情、有炫目、有唯美，还有一缕穿过我的记忆，叫感动与感伤。

　　岁月渐行渐远，生命愈来愈轻。当红玫瑰悄然变幻成另一种颜色，爱情步入虚无的时候，面对旧事，面对情缘，面对梦魇般无休止地流浪，轻轻绕过的我，不想再看那些曾经的美丽，那些关于记忆的记忆，还有那些只属于你我的夏日约定。

　　注定无法走过那座高高的古桥，涉过那条深深的河流，跨越崇山峻岭、危沟险壑，让眠于唇边的一个动词成为激流，流经你我干涸的高地，抵达季节之外、桑田之后，天地融合之至境。

　　爱情，注定等不来春天。

　　阿罗伊加苦苦挽留的纤纤素手，终归被天才莫扎特松开；勃拉姆斯的执着心灵，亦因克拉拉忠于永逝的爱人而碎裂。柴科夫斯基和梅克夫人，他们没有让欲望任意驰骋，把爱的欢乐放在和理性等距离的位置上，让它升华成崇高的品格，升华成完美的人性，升华成一个永恒的故事。然而，交响曲亦注定是悲怆的。

《悲怆交响曲》是柴科夫斯基的代表作，也是其绝笔。大约在1893 年 8 月末至 9 月间完成。柴科夫斯基一生历尽坎坷，心灵维度极为深厚。正如标题所示，作品强烈地表现出"悲怆"的情绪，描写了人们为生活而熙熙攘攘的情景，揭示了一个永恒的真理：死亡是绝对的、无可避免的。而生活中所有的欢乐转瞬即逝。人生的奋斗、爱情、兴奋直至恐怖、绝望、失败、消逝等，充满了挣扎、追忆和悲恸的情绪。该曲与李斯特的《前奏》一样，是作曲家悲怆一生的写照。

"天才乡村歌手"叶赛宁，俄罗斯著名抒情诗人。这位农民之子，乡村歌手，沙龙王子，以忧伤的调子歌唱俄罗斯的农村与大自然。他的一生短暂、灿烂而又动荡、郁悒。高尔基这样评价："与其说叶赛宁是一个人，不如说是一架风琴，是为了诗歌，为了倾吐绵绵不绝的'田园的忧伤'，对世上一切生物的爱，和对人们具有的仁慈，被大自然所特别创造的一架风琴。"

听风抚琴，婉转悠长，乡村歌手，落寞情怀。忧伤的田园，瘦小的绳子，告别爱与哀愁。

1925 年 12 月 28 日拂晓，年仅三十岁的叶赛宁，在列宁格勒的一家旅馆投缳自尽，噩耗传开，举国哀恸。而苦恋诗人的加丽雅，一个为人正直、热情、落落大方，深得众人喜爱的纯粹女子，在叶赛宁周年纪念日上，在他的墓前开枪自杀。加丽雅一直默默崇拜苦恋叶赛宁，但她从未提出过任何自私的情感要求，而是把全部精力放在整理、编辑、出版他的作品上。特别在诗人情场失落、意志消沉的时候，更是悉心呵护。当只有在叶赛宁身上才能寄托赖以生存的信念，而随着诗人的早逝猝然崩溃时，年轻的加丽雅毅然选择了殉情。

请不要问我，为什么女子总是那么彻底，那么富有牺牲精神。即便原来是倔强的，在爱情中也会变得柔弱与温顺；即便全身上下闪耀着天才的光辉，为了爱情亦心甘情愿让光辉蒙尘；即便从不畏惧强权、男权的杰出女子，在爱情中同样会全身心地忍耐与忍让。

有时候，就是这样，没有理由，没有为什么。

荆棘鸟的传说知道吗？荆棘鸟，是自然界一种奇特的动物，它一生只唱一次歌。从离开窠巢开始，便不停执着地寻找荆棘树。当它如愿以偿时，就把自己娇小的身体扎进一株最长、最尖的荆棘上，流着血和泪放声歌唱。它那凄美动人、婉转如霞的歌声，让世间所有的声音刹那间黯然失色。一曲终了，荆棘鸟也气竭命殒，以身殉歌。

在非洲的戈壁滩上，有一种叫依米的小花，默默无闻，很少有人注意过它，许多游人以为它只是一株草而已。但是，它会在某个清晨突然绽放出美丽的花朵。每朵花有四个花瓣，一个花瓣一种颜色，红、黄、蓝、白，似乎要占尽世间所有色彩。花瓣呈莲叶状，与非洲大地上空的毒日抗争。它的花期很短，只有四十八小时。四十八小时后它就会枯萎。开花意味着它生命的终结。

生命只有一次，美丽只有一次。一如荆棘鸟，一如依米花。

瞬间的美丽，载一朵，轻云不起。春色三分，二分尘土，一分流水。细看来不是飞花，点点是、离人泪。

有些事，不想发生却不得不接受；有些人，不想失去却不得不放手。

哲人说："我们很多时候都在命运的淫威下苟活，不能左右自己的命运，不能和命运抗争，不能违背命运。"是的，人不能违背命运，注定的命运。有些遇见，注定一生无法忘怀；有些守候，注定永远没有结果。原以为等来了命定归宿，却是劳燕分飞、独自流浪。

当繁茂走至尽头，容貌的春天，一年一年萧条的时候，所有关于你我的爱情故事，在苍白无力的誓言中默默垂下帷幕。我的悲哀在自己的世界里开花，每一个花瓣都昭示着我固步自封的心痛。为你，我悸动过、痴迷过、悲伤过。我以为我们可以相扶相守，牵手终生，谁料却成为最熟悉的陌生人。

真心只有一颗，真爱只有一次，悲歌一曲随风寄。

五月玫瑰，七月流萤。一帘幽梦，三分细雨。断桥临风，孤山投影。

我不知道，七月的夜晚，竟是那样地多雨，又是那样地多情。花与花的距离，忽远忽近。愈是临近花开，时光愈是流动不安。花瓣雨，纷飞盛夏。夏之夜，水之湄，桥之畔，林之间，花之上。一枝红玫瑰，柔软地开在幽深的山谷，点亮星光；一朵野百合，娇羞着朦胧的月色，于行云流水的节拍中起伏。所有的花儿不再羞涩，一点点、一片片，摇曳着，等待如期而至的潮讯，等待如约而至的花海。花儿，绽放在子夜。绽放的声音，一如天籁。你说我是一朵藏在你心深处的花儿，娇柔的花蕊，在波光潋滟中为你独燃。燃烧的焰火，越过沧海，越过桑田，辉映在千年古桥之上。古桥、溪水、花儿。寂静，海一样寂静。汹涌，海一样汹涌。燃烧，火一样燃烧。眩晕的我什么都记不得了，只记得你说"此时此刻，你只要想象一轮太阳正从海面升起"。你还说："无论时光如何变迁，世界怎样改变，我的生命只为你存在，我的世界只为你精彩。当此情不再，我愿意，化作千年古桥下的溪流，一生只为你轻唱。错过太阳不要流泪，错过月亮不要悲伤，但请切莫辜负今夜的点点星光。"

月光如水，月影如帘。我们就那样缠绵于月夜水岸，向明月呈上虔诚的祈祷，把梦中的爱情，千年的激情，演绎成三生三世十里桃花。把一脉相思深种，把一世情爱守望。若不是夜鸟打破寂静，夏风吹落残红，或许借一滴花露，便可以繁茂我一生。

邂逅一个人，只需片刻。爱上一个人，往往会是一生。

当走过山高水远，走过晨钟暮鼓的时候，终于明白，世界上没有一样东西能为爱情保鲜，也没有一样东西能鉴别爱情的真伪：心有情，字无意，爱恨无常满目哀；道离别，叹无奈，红尘聚散谁相惜；月微凉，人独醉，广寒寂寞千年痴。惆怅凄凄秋暮天。萧条离别后，已经年。

等闲变却故人心，却道故人心易变。

散文作家周芬伶说："我们都应该有一间屋子，放置一切欲望；也应该有一座后花园，在疲惫与悲伤中，推开后门，去看看清风明月行云流水。这园子里栽的是智慧树，流的是忘忧泉，开的是自在花，搭的是逍遥桥。"只是在这短促红尘，谁又能如此幸运地真正完美拥有？而我，空寂的屋子依然无法安放孤单的灵魂；后花园里，深深浅浅的旧日飞花正在凋谢；而那一个动词，早已虚无于春天之前。尽管怀旧的味道依然透着无限的牵念与苍凉，但我不想始终活在不属于我的爱情之中，不想追忆那早已散落的光阴，亦不想再次点燃自己与火相拥而蹈，更不想再去理会那殷殷复切切的挽留。

我知道，萍水相逢随即转身不是过错，刻骨相爱天荒地老也并非完美。在注定的因缘际遇里，真的别无他法。人生没有完美，爱情更没有完美。随风、随雨、随季节，转身已是春秋；随爱、随缘、随命运，转瞬就是暮年。我还知道，今生想要与你十指相扣，只是一种奢求。所有的聚散离合，不甘心也好，不情愿也罢，一切早已远去，我不再奢望什么。那初遇时的美好，终归是海市蜃楼、昙花一现。

心源将止水，世事甚浮云。

时光远了，旧事去了，花儿淡了，焰火熄了，情缘了了。

一夜秋风起，满地落叶残。还请不要问为什么，也不必说再见。把一切交给时间，我只需要一个理由与依据，让自己走出阴霾，重新出发，守望下一个春暖花开的季节。

不说离别，不说再见。忘却，就是最好的纪念。

有些花要随风，有些爱要随缘。

你到底要什么

　　岁月犹如沙漏，一点一滴从指缝流走。时间太瘦，指缝太宽。烟花易冷，繁华易散。越想握紧，越不想放手，越无法挽留。越是在乎，越是害怕，越容易失去。不想错过却已成昨，不想失去却成虚空。什么是虚无，什么是充盈？什么是缘分，什么是宿命？心有多深，路有多长？短暂有多短，永远有多远？什么能要，什么不能要？有多少爱可以重来，有多少情可以放淡，又有多少世事能够悟得透？看不破参不透悟不出，就会摆脱不了烦扰，一如困兽斗。

　　也许，这就是人生。人活一世，奔波一生。或庸庸碌碌，平平淡淡；或纠纠结结，缠缠绕绕；或轻轻松松，从从容容；或沽名钓誉，利欲熏心；或尔虞我诈，钩心斗角；或贪得无厌，追逐无休。你可能永远都在追求，但你永远不知道自己要什么。

　　你到底要什么？不同的人，不同的答案。有的人要爱情，有的人要家庭，有的人要金钱，有的人要名利，有的人要权力，有的人要智慧，有的人要美貌，有的人要名誉，有的人要健康，有的人想"鱼与熊掌兼得"。然而，要得太多，结果是"逐二兔而二兔皆失"。

　　不同环境，不同时间，不同的人，要的也不同。

无论你要什么，得什么，你都不会满足。即便你拥有再多，总还有你想要的。正是应了那句话"人心不足蛇吞象"。相传上古帝王舜有一子，名曰象。舜曾制象棋以启其智。象饲一大蛇，颇通人性。一日象母病，需蛇心一片以为药引。象与蛇商量，蛇因可自行修复伤处，遂同意。象持刀入蛇腹，想取心一片若母病不愈，奈何？乃将蛇心全部割下。蛇亡口闭，将象吞入腹中亦死。

人心不足蛇吞象，世事到头螳捕蝉。

这，就是人性的贪婪。很多人在寻找自己的人生路时，都会陷入这样的迷惘。永远不满足，永远得寸进尺，又永远不知道自己到底要什么，只知道一味地追求。追到求到之后，又会把辛辛苦苦得来的束之高阁。见一样，爱一样；取一样，舍一样；得一样，弃一样。失去了想拥有，拥有了不珍惜。错过了不反思，得到了要更多。一山总比一山高，一水总比一水长。要的东西愈多，烦恼与痛苦也就愈多。生命有限，欲求无穷。用有限的生命去追、去求，结果可想而知。

庐山烟雨浙江潮，未到千般恨不消。

都说满腹才情、一腔抱负的三国英雄周瑜是被诸葛亮给活活气死的。每当周瑜发现诸葛亮才智比自己强的时候，要么设法加害欲除之而后快，要么气到口吐鲜血。甚至临到绝命时还发出"既生瑜，何生亮"的长叹。

史上第一书法家王羲之，据说也是因为生气郁郁寡欢而逝。王羲之有个同龄同族，名叫王述，因书法上无法超越王羲之，于是走仕途不错，管理扬州一片，正好管着王羲之。王羲之性刚，不肯低人一头，上报朝廷，要把自己的区域独立出去，这样就能与王述平起平坐，朝廷没答应。王羲之一直耿耿于怀，没几年就病逝了。在多数人看来，文采风流才情俊逸的王羲之近乎完人。可究竟是什么大不了的事情让王羲之痛彻肺腑，以至于有损名士风范，发毒誓不进官场？原来不过是对王蓝田（王述）的负性使气。据《世说新语·仇隙第三十六》记载："王右军素轻蓝田。蓝田晚节论誉转重，右军尤不平。"王羲之当会稽内史的时候曾兼任右军将军，所以称为王右军。王羲之与王述，同姓而不同宗，羲之为琅琊王氏，而述为太原王氏。虽无同族之亲，也不至于互相仇视。实则恰恰相反，王羲之向来瞧不起王述，两人相互轻视，源于两人齐名，有竞争关系。特别是当王述的官职位在王羲之之上，名望也超过王羲之时，敌视情绪则更为强烈。"右军遂称疾去郡，以愤慨至终，卒年五十九。"

亚父范增，秦朝末期农民战争中霸王项羽的主要谋士，秦末著名政治家。因在鸿门宴上多次以目示意项羽杀刘邦，以及指使项庄舞剑刺杀刘邦未果的故事，而在中国家喻户晓。鸿门宴上，范增暗示项羽杀刘邦，项羽自大，没有听取范增的进言。刘邦走后给范增送了礼物，范增在收到礼物后，气愤项羽及刘邦，说了一句"竖子不足为谋"，用力把礼物摔在地上，然后告病回家，走到半路越想越气，结果活活被气死了。

想来令人扼腕，人真的就是活一口气。试想，如果周瑜、王羲之、范增他们宰相肚里能撑船，把心放宽，把事看轻，把人看淡，不贪心，不要那么多，是不是结局就不同，也未可知。

斯人已矣，不复归兮。

事实上，人生很多的不幸，往往就是因为人们要得太多造成的。其实有些摩擦仅是一些小事或小利，到最后却弄得双方僵持不下，也是因为太在乎争一时之长短，令自己情绪失控，小摩擦演变成大问题，甚至让矛盾激化，酿成大祸，损人又损己。

罗更·史密斯说，生命中只有两个目标：其一，追求你所要的；其二，享受你所追求到的。而人生，无非是一个不断丧失的过程。很宝贵的东西，会一个接一个，像梳子豁了齿一样，从你手中滑落。取而代之落入你手中的，全是些不值一提的伪劣品。体能和心智、美梦和理想、信念和意义，或你所爱的人，一样接着一样，一人接着一人，从你身旁悄然而逝。喜欢尽善尽美，却非我所愿。得到的往往不是自己想要的，想要的偏偏又不是自己想求的。一如年轻的女子，总盼望邂逅温雅的男子，雨夜里频频为她添香。年轻的男子，总希望遇见温柔的女子，暮光中悄悄为他泡茶。最后，执手的，却总是那笨手笨脚为她添衣的男人，那粗声粗气为他盛饭的女人。

女人，真正的软肋是爱情至上。大凡女人，大凡受过一些教育的女人，大凡已经不再为吃饱穿暖而担忧的女人，心里最想要的，恐怕就是爱情了。爱情各色各样，女人各色各样，想法也各色各样。有姿色的女人，想要的往往是白马王子。没有姿色的女人，当然也不甘寂寞。小窗独坐，几分幻想几许悲伤。女人最渴望一往情深的男人、懂她的男人，知道她真正想要的是什么。

有这么一则故事。

国王亚瑟被俘，本应被处死，但对方国王见他年轻乐观，十分欣赏，他要求亚瑟回答一个十分难的问题，答出来就可以得到自由。这个问题就是："女人真正想要的是什么？"亚瑟开始向身边的每个人征求答案：公主、牧师、智者……结果没有一个人能给他满意的回答。有人告诉亚瑟，郊外的阴森城堡里住着一个老女巫，据说她无所不知，但收费高昂，且要求离奇。

期限马上就到了，亚瑟别无选择，只好去找女巫，女巫答应回答他的问题，但条件是：要和亚瑟最高贵的圆桌骑士之一，他最亲近的朋友加温结婚。亚瑟惊骇极了，他看着女巫，驼背、丑陋不堪、只有一颗牙齿，身上散发着臭水沟难闻的气味。而加温高大英俊、诚实善良，是最勇敢的骑士。亚瑟说："不，我不能为了自由强迫我的朋友娶你这样的女人，否则我一辈子都不会原谅自己。"加温知道这个消息后，对亚瑟说："我愿意娶她，为了你和我们的国家。"于是婚礼被公之于世。

　　女巫回答了这个问题："女人真正想要的，是主宰自己的命运。"每个人都知道女巫说出了一条伟大的真理。于是亚瑟自由了。婚礼上女巫用手抓东西吃、打嗝、说脏话，令所有的人都感到恶心。亚瑟极为痛苦，加温却一如既往地谦和。

　　新婚之夜，加温不顾众人劝阻坚持走进新房，准备面对一切。然而，一个从没见过面的绝世美女却躺在他的床上。女巫说："我在一天的时间里，一半是丑陋的女巫，一半是倾城的美女。加温，你想我白天或是夜晚是哪一面呢？"

　　这个问题如此残酷，如果你是加温，你会怎样选择呢？当人格心理学教授询问他的学生时，同学们先是静默，继而开始热烈讨论，答案五花八门。不过归纳起来不外乎两种：白天是女巫，夜晚是美女，因为老婆是自己的，不必爱慕虚荣；另一种选白天是美女，因为可以得到别人羡慕的眼光，而晚上可以在外作乐，回到家一团漆黑，美丑无所谓。可加温却是这么回答："既然你说女人真正想要的是主宰自己的命运，那么就由你自己决定吧！"女巫终于热泪盈眶："我选择白天夜晚都是美丽的女人，因为我爱你！"

　　这是一个多么美丽而温暖的爱情故事，可惜加温式的好男人太少。如今很多人都中了物质的蛊，物质打败了爱情。撇开物质，就说外表。据英国一项网络调查，外表在男人心中的地位比我们想象中高多了。研究称大多数男人都是外貌控，他们更看重外表。对待爱情与婚姻，不是操之过急，就是急着打退堂鼓，不会站在女人的角度，思考女人要什么。这就是为什么没有一个人能做出加温的选择。每个人都是从自己的需要角度出发，想让女巫做什么，而没有想到从她的角度出发，让她考虑自己想要什么。

也许，女人真正想要的是彷徨无助孤单寂寞时，有可以依靠的男人。而男人，希望疲惫时，能在自己女人身边安然而卧。但无论男人女人，要时刻明白一个道理：重要的不是他或她有什么，重要的是他或她舍得给你什么。世界很大也很小，你永远不知道自己会遇见什么人，会遭遇什么事。而这人或这事，会打破你的原则，改变你的习惯，成为你的例外，这就是所谓的命运。

说起命运，给你的无非两样东西：机遇和挫折。一是你想要的，一是你不想要却无法躲避的。有时候一个小小的机遇，可能会改变你的一生；一个小小的挫折，常常也会把你击倒。但只要你好好把握机遇，勇敢面对挫折，你就能主宰自己的命运。记得莎拉·雷纳在《一晨一刻》中这样写道："我愿意与世界握手言和，温柔地向世界妥协。或许是目睹了生死才能恍然大悟，自己有多么想要遇见一个人，想成为一个有用的人，原则没那么重要，底线也没那么死板，妥协也不代表软弱。让自己松弛下来，才能从沉重的过往中解脱自己。"

解脱，是成全自己的开始。梭罗短暂的一生，试图鼓励人们简化生活，将时间腾出来，深入生命，品味人生。他通过自己的生活实验，告诉世人不要被纷繁复杂的生活所迷惑，从而失去生活的方向和意义。哈佛毕业的梭罗，与贫困为伍，不走寻常路。他认为，假如人们能过宇宙法则规定的简朴生活，就不会有那么多的焦虑来扰乱内心的宁静。

心灵的宁静，是对人生的大彻大悟、大善大美。知可为而为，知不可为而不为；知其该为而为，不该为而不为。到了一定年龄要少言，喜怒不形于色，大事看淡，有自己的底线。用一些时间，看清一些事；用一些事，看清一些人；从一些人一些事，看清自己到底要什么。

洪应明《菜根谭》说："宠辱不惊，闲看庭前花开花落；去留无意，漫随天外云卷云舒。"它终究会让你明白，别人怎么看你，你如何生活，都不重要。重要的是无论长短得失，你必须以一颗真实、干净的内心，一种真实、淡然的方式，珍惜指缝间雨水般漏下的时间。

时间去哪儿了。我总是一次次问自己：你，到底要什么，想要什么，能要什么，敢要什么，又要到了什么？

人生是一场修行

不知何时起，每近黄昏，就要掩上帘幕，怕夕阳穿过窗牖，落于书台。似在提醒我，我的人生，已没有多少美丽光阴可以任意虚度，更没有多少美好年华可以随性蹉跎。那些匆匆而过的人，那些急急而去的事，总是那样迫不及待。时光飞度，岁月远走，已然不知第几个秋了。窗外淡淡的阳光，一如这清简的日子。那厚厚的落叶，如同满腹心事，一层一层隐藏。忧伤往日，率性今朝，太多期许，一并落了。

有人说我这辈子，也就这样了。再怎么辛劳，再怎么努力，我还是够不着翻云覆雨的日子，够不着远山近水的人生。

山水无言，岁月有痕，佐一杯往日的薄酒，诉说人比黄花瘦的心事。走过春天，走过四季，走过我自己，留下太多空白、太多遗憾。时间总是带着假象流淌，看不破的永远是真相。但无论怎样，我始终相信，平湖烟雨，岁月山河，能够历尽劫数、尝遍百味之人，一定是生动而干净的人。不求功名利禄，不求声名远播，只想摊开一卷素纸，静静写下一副清联：

生活处处是道场，人生处处是修行。

其实生活，是一个逐渐剔除的过程，也是一个不断深刻的过程。

一直以来，固执而愚昧的我，总是活在过去，活在虚幻里，活在谎言中。对于很多人和事都看不清，看清了也想不开，想开了又放不下，放下了亦做不到。喜欢多愁善感，容易伤春悲秋。尤其喜欢在有风有雨的日子，在变幻无常的季节，把无尽的落寞与忧伤渗透在无边的文字里。不愿改变，不想妥协，不敢呼喊。内心的虚怯让我惶恐烦乱，纠结忐忑拧巴。当然，有些藏在心底的话，也并不是故意要去隐瞒，只是，并不是所有的疼痛，都可以呼喊。"不要向任何人表示你的痛苦，因为百分之二十的人不关心，剩下的百分之八十的人听到后很高兴。"也许，太过善良透明幼稚纯真也是种危险。偶尔厉害一点，虚假一些，才能免受伤害。也许，不是世道无情，不是自己薄幸，人心本来就难测，世间本来就无常。

无常人生，尽是荒芜。

四十多年了，我不知道，哪滴雨是我轻狂跑过时散落的？我也不知道，哪间房有我缱绻达旦、燃尽红烛的卧榻？我向往美好的爱情，每天在亭台楼阁的公园穿梭，在桃花流水间辨认，可那令我神迷的容颜始终没有出现。我追求美丽的人生，可美丽总在别处，灰暗常绕心头。无论怎样珍惜与挽留，懂得与付出，生命的田地终是荒芜一片，我无力留下什么。看身边人流如织，驻足者寥寥。秋风恣意，秋叶静美，唯独我一怀愁绪。我更不知道，谁能找回江南的诗意，改写哀伤的过往，让往事重来？谁能追回虚掷的光阴，弥补过失，重圆错过的美丽与美好？经年之后，寂寞染指芬芳，谁还会记得一场盛世的花开。

流年陌路，终是一声叹息。

多少不解情缘终归平淡，多少盛世欢宴终将离散，多少潮起潮涌终将平静平复，多少地老天荒终归云淡风轻。而我，只想凭着自我的追寻，寻一种感觉，寻一处港湾，停泊或路过。又抑或将心底的言辞安放于某页书册，等待尘埃掩住伤口，情节如初。

人生，就像一场舞会。教会自己最初舞步的人，未必能陪你走到散场。能走到最后的，就是对的人。而当一个人不盲从于世俗标准，真正活出自己的个性与人生的时候，本身就会焕发着无法比拟的人格魅力。都说最好的女人，并不是明艳动人，也不是雍容华贵，更不是性感迷人，而是有一种历尽风霜后的淡定，有一种阅尽世事后的恬然，不害怕痛苦和伤悲。一切的伤痛，到最后都会令自己变得更好。心里的伤疤，是女人成长的标志。人怎么才能淡定？等到眼泪流干，自然云淡风轻。如果有一天，我们不再大喜大悲，对于任何人和事也不再掺杂过多情绪时，便知道，这时光、这生活给了我们什么，为了成长，我们又付出了什么。生命中，总有那么一些人、一些事、一些时光，充满迷惘，充满不安，可除了勇敢面对，潜心修行，我们别无选择。

人生是一场修行。

佛家说，修行就是走一条路，一条通往内心最深远处的路。而在这条路的尽头，可以找到一种智慧，这种智慧能够让人了解到生命的真谛。这些年，一个人行走、赶路，就是为了有朝一日转头回顾，见到自己被留在身后，而后认出每个阶段蜕变的自己，重新出发。而生命，就是以不断出发的姿态得到重生，以某些只有自己感知到的、来自内心的召唤。无论对错，皆有缘由；无论成败，都要看开。唯有看开，才能放下。唯有放下，才能懂得。懂得了，才会少犯错，少走弯路。懂得了，才不会轻易走入误区，走入深渊。知道自己要什么很重要，知道自己不要什么更重要，最重要的不是知道自己要什么，而是明白自己不想要什么。一个人，要走过很多路，历经生命中无数突如其来的繁华与苍凉之后，才会变得成熟。这些年，历经人世间风雨无数，也许并不是对我个人命运的故意凌辱，而是上苍要成就我的成熟与坚强。

学会坚强，才能避免伤害；学会成熟，才能正确选择。如果放弃，不是因为输了，而是因为懂了。透过成败，明白通达的重要；透过得失，懂得淡泊的可贵。从平淡看生活，会看见幸福；从接受看命运，会看见坦然；从宽厚看是非，会看见洒脱；从反省看内心，会看见成长；从善良看他人，会看见悲悯；从随缘看人生，会看见平和。

有缘即住无缘去，一任清风送白云。

人生有所求，得之我喜，不得我亦无忧。得失随缘，苦乐随心。以出世的心态做人，以入世的心态做事，便是修行的最高境界。

　　修行，不外乎两个条件：内因和外缘。内因就是直面自己，观照自己，改变自己。这是寂寞之道，亦是独行之道，无人能替代，此为修行大苦。因为直面自己，很多时候我们不愿意接受，不愿意接受自己的缺点弱点短处错处。换言之，就是不愿意接受自私自利的我、自暴自弃的我、自傲自负的我、自怨自艾的我、自卑自怜的我，我们总是放纵自己、掩护自己、开脱自己、包庇自己。而修行，就是要有勇气让这个"我"呈现，且毫不留情地与之决裂。这就要求我们"吾日三省吾身"，不断地反省自己，反思自己，成全自己。而外缘，就是有好的师长、好的同行、好的修行道场等。

　　古人云：生我者父母，成我者朋友。亲近良师益友，如同雾中前行。有雾的天，没有下雨，尽管不能打湿衣服，却常常很湿润。润物无声的良师益友，能让我们种善根、走正道。《法句譬喻经》有曰："贤夫染人，如附香熏，进智习善，行成芳洁。"意即为亲近贤人，如同接近香洁的物品，增长智慧善行，自己就成了品格高尚的人。

　　据说世间有四种鸟。一种是声音美妙而形体丑陋的，如拘翅罗鸟；一种是外形出色而声音难听的，如鸒鸟；一种是声音刺耳而形体也丑陋的，如兔枭；一种是形体好看且声音也悦耳的，如孔雀。我们修行，就是要学习孔雀，形声兼美。正如《增广贤文》所言："好学者如禾如稻，不好学者如蒿如草。"说明学习是为了自己，只要我们肯努力向优秀的人学习，"人皆可以为尧舜"。陆贾《新语》亦云："不违天时，不夺物性。"意思是说，明白宇宙人生都是因缘和合，缘聚则成，缘灭则散。庄子妻死，他之所以能"顺天安命，鼓盆而歌"，就是因为庄子明白，生死如春夏秋冬四季变化，不能改变，不可抗拒。这也让我们明白：生活中，要在原则下恪守不变；学习中，要在正道上随缘修行。

生活中处处体现修行，修行中时时处于生活。生活其实很简单，就在当下。修行也很简单，就在身边。

当时间从身边悄悄走过，失去的只是过去，未来还在自己手中，我们都要好好活。都说爱情，可以了解一切，可以证明一切，也可以推翻一切。有些人无法相守，却一辈子住在心里；有些人相守一生，却未曾相知片刻。幸好爱情不是一切，幸好一切都不是爱情。最感恩的，总在百转千回间；最难忘的，总是陌上花开的惊鸿一瞥。有人忽然走来，有人猝然离去。明明一路修行，一路赏阅风景，可其中一些人，何时形同陌路，何时悄然走远，无从知晓，亦无法预料。忘记孤独，模糊悲喜。该来的早晚要来，该去的注定要去；不挽留，不刻意；缘来珍惜，缘去随意；各有各的活法，各有各的宿命，强求不得，改变不了。离去的都是风景，留下的才是人生。人生如戏，戏如人生。每个人既是自己人生的导演，也是一生的主角，如何以自己为主角，导演一部精彩的人生之剧，关键在于各自的修行。与时间修行，与命运修行。认真的人改变自己，执着的人改变命运。很多人其实不明白，在修行的过程中，实际上是在改变自己的命运。

世界太大，人生太短。把头昂起，将心放低。

修行就是修心，修持一颗安静而干净的心。修行不在远方，而在心底。只有心是清澈的，才能看透世间万物。走过流年的山高水长，尝尽人间的百味烟火，历尽红尘的万般劫难，守望生命的如初美丽。尽管时间是个可怕的东西，可怕到让人的来去不留半点痕迹。好在一个人的心，可以很辽阔，你以为走到了终点，殊不知，是生命的另一场轮回。而当我们拥有了这份广阔的心胸，拥有了这份坦然与自然时，便是真正地踏上了修行之路！

人生，就是一场修行。

女人如发

　　曾经写过一篇《女人如烟　恋上谁的指尖》的文章，觉得女人简直就是为情爱而生。无论婉约的还是豪放的，理想的还是现实的，为了情抑或爱，她们往往不惜燃烧自己。每个女人，都是一朵烟花，指尖开，指尖落。花开为春，花落为秋。花开花落，春去秋来，如花亦如发。

　　女人如发。头发于年轻女子又称青丝，"青"与"情"谐音，"丝"与"思"谐音，故"青丝"即为"情思"之意。这也就是为什么自古女子的长发常用作定情信物的原因。

　　王实甫《西厢记》里张生进京赶考临别前，崔莺莺赠送的就是一缕青丝。杨贵妃也曾经两次因为感情纠葛被唐玄宗送回娘家，可难得的是杨贵妃不仅重新回到了后宫，还因此奠定了六宫专宠的地位，成就一段爱情佳话。据说杨贵妃被遣回杨家闭门思过时，每天扯着一头秀发，愁肠百结，寝食难安。终日冥思苦想的她，趁着唐玄宗派人察看的机会，委托来人给皇帝送去一缕青丝。睹物思人，唐玄宗不忍卒看，即命高力士用香车细辇，迎贵妃入宫，自此愈加宠幸。

　　张爱玲亦有着浓浓的头发情结。她的《红玫瑰与白玫瑰》里男女主角初相见时，王娇蕊正在洗头发，堆着一头肥皂泡沫，高高砌出云石塑像似的雪白的波鬈。她抚弄头发的动作看似无心，却在无意之中散发着妩媚与性感，让佟振保浮想联翩，从此陷入相思之中。当然，张爱玲是与众不同的个性作家。在她人物关系的小说中，头发作为特殊意象，不仅能传情，更多的反映了民族文化心理。以头发暗示、铺垫，言说主人公的命运和归宿。从女性独特的视角出发，通过头发意象，展现一个色彩鲜明、意蕴丰厚的头发世界，阐释特定时代女性的生存本相。

她在《太太万岁》中这样描写："一个夏天晒下来，已经和秋草一样的黄了。我在阳台上篦头，也像落叶似的掉头发，一阵阵掉下来，在我手臂上披披拂拂，如同夜雨。远远近近，有许多汽车喇叭仓皇地叫着，逐渐暗下来的天，四面展开如同烟霞万顷的湖面。对过一幢房子的最下层有一个窗洞里冒出一缕淡白色的炊烟，非常犹疑地上升，仿佛不大知道天在何方。露水下来了，头发湿了就更涩，越篦越篦不通，赤着脚，风吹过来寒嗖嗖的，我后来就进去了。"这段老到的文字，出自年仅二十多岁的张爱玲，字体行间透出的苍凉与哀伤无法言说。张爱玲的很多文字总是给人一种沉闷压抑的感觉，让人透不过气来。但又不可否认，黯淡隐秘人性背后的实质。

然而，就是这样一个天才作家，对于爱情，似乎看得很透彻，透彻到甚至丢失了自己，让人心痛与心酸。其实任何人，不管男人女人，恋爱中都不能失去自己，要保持本来的自我，做出正确的判断与抉择。就是那句古话：男怕入错行，女怕嫁错郎。嫁人有风险，结婚需谨慎。也许女人，想要握住爱情、握住幸福，保持独立、保持自我，不用青丝带，不用月老的红绳，仅一根头发丝就行。

"夜来幽梦忽还乡，小轩窗，正梳妆，相顾无言，惟有泪千行。"这是北宋文学家苏轼写给亡妻的《江城子·乙卯正月二十日夜记梦》中的名句。作者结合自己十年来政治生涯中的不幸遭遇和无限感慨，形象地反映出对亡妻永难忘怀的真挚情感和深沉忆念，而最让他魂牵梦绕的，依然是那一缕青丝。

青丝三千为谁绾，绿云一缕待君盘。

杜牧《阿房宫赋》中写阿房宫内的宫女之多，从宫女们梳妆打扮的盛况可见一斑："明星荧荧，开妆镜也；绿云扰扰，梳晓鬟；渭流涨腻，弃脂水也。"明亮的星光晶莹闪烁，像打开梳妆镜，洗脸倒掉的胭脂水，使渭水涨起油腻。杜牧用"绿云"比喻乌黑浓密的头发，颇为奇特。古诗词还出现过"绿鬓""绿娥"之说。如吴均"绿鬓愁中减，红颜啼里灭"，白居易"红绡带缓绿鬓低"，许浑"遥羡落帆逢旧友，绿娥青鬓醉横塘"。"绿"到极致，与青色无异。故"青丝"即为"黑发"。

如果说青丝黑发是天生的，那么女人不断变换的发式与颜色则是动态的、感性的。长发是心情，短发是状态。没有恋爱时，剪个男孩发型，往往是比较奔放的女孩，与男孩混在一起，哥们气十足。失恋的女人，也会剪发，长长短短，短短长长，一寸一寸如在挣扎，看着碎了一地的情缘，伤心不已。而遭遇重大变故时，女人亦会借发疗伤。轻则剪去长发，以示与往事诀别；重者削发为尼，从此与红尘隔绝。剪掉三千烦恼丝，遁入空门寻清静。多说女人创造了男人，不如说男人成就了女人。心上人喜欢长发，女人就不会剪短。喜欢黑头发，女人就不会染其他颜色，正所谓"青丝要为爱人留"。可见女人的喜好往往取决于男人的审美取向。男人要想读懂女人，就要读懂女人的头发。

"风住尘香花已尽，日晚倦梳头。"于女人而言，头发是泄露心情的密码。以头发试验女人的心情或爱情，百试不爽。君不见，几千年来，女人在"头等大事"上不遗余力，做足功夫。染色、卷曲、拉直、盘发、编辫子等，花费了女人很多的精力、智力与财力。据《周易命理》上讲，变换头发不仅仅为了美，还可以开运旺运。说一个女人若想运气转好，不妨将周易命理运用到自己的生活中，从头发的颜色、长短、曲直入手。

董桥曾说：女人的发式是社会道德的晴雨表。发式会传达出人物身份、境遇和个性特征。女人一生的历程都在通过发型演绎和显示。幼时的羊角辫，蹦跳中抒发天真；少女时的披肩长发，柔顺中蕴含多情；走进婚姻，简洁的短发诠释成熟与干练。而韶华易逝，红颜易老，浮华落尽，平淡归真，则是女人一生的心情写照。

·

长眉凝绿几千年，暮雪一夕缘何生。

据说大多男人喜欢长发飘飘且直泻如瀑的女子，古今皆然。直，昭示女人的柔顺；长，彰显女人的妩媚。恋爱中的男人第一眼注视的就是女人的头发。观其形，闻其味，摸其质，见面一次，可能五官都活动不起来，但头发却能记得一清二楚。正如《子夜歌》所曰："伊昔不梳头，秀发披两肩。婉转郎膝上，何处不可怜。"烛影摇红，碧纱朦胧，美人如玉，君子难舍。男人的手，从女人的秀发间轻掠浅拂，千娇百媚的佳人躺在怀中，秀发如瀑。这是很多男人期盼的情调，也是很多女人最渴望的爱情表达。正是"娥眉顾盼纱灯暖，墨香瀑布荡衣衫。执手提梳浓情过，却留发丝绕前缘"。

女人如发，发如女人。走过山水之间，最喜欢的是你给我梳头发了，一根一根的青丝有今生前缘。而当你拿起一把木梳，划过无数银白的时光，看花一朵又一朵地开了，又谢了，你的手，一定微微颤抖着。那梳妆台上，遗落的几缕青丝，是否，挽住了这青春，这岁月。

相遇 在最懂得的年华

红尘陌上，每天都会有很多际遇。与某个人擦肩，与某件事相连，抑或与某条河某朵花相对。但能够让我们为之停留、为之倾注感情的，总是那些能够通过它们看到自己、感觉到自己的东西。常说冷暖自知，也许，我们的遭遇，没有谁能够真正感同身受。最了解自己的，终究还是自己。最关心和最爱自己的，往往也只有自己。

也许，人的一生都在邂逅自己。很多时候，我会莫名感到孤独，没有存在感。身处熙攘的人群，如流的街市，感到苍白，感到落寞。没有一处风景属于自己，没有一个人能懂自己。不愿被人懂，也没有人会懂。即便置身热闹融于集体，也仿佛是个冷眼旁观的局外人。然而，在平日里，在很多人眼中，我却是十足的乐天派。幽默开朗，乐观坚强，不乏往来的朋友。其实，很多人都有过这种感觉。很多时候，我们对外界展露的，只是那个理智的自己。理智地笑，理智地闹，理智地面对周身的人和事。最真实的情感，往往只有少数几个人能懂。而这些懂得自己的人，又总是与自己有着某些相似的经历、相似的性格，一如另一个自己。

因为自己，所以深爱；因为懂得，所以相遇。

相遇，不早不晚，在最懂得的年华。

与你相遇，是否早已缘定，我不知道，但凝眸过后，我深信有一种情，叫一见倾心。爱，穿越蒹葭苍苍的水湄，涉水而来，怦然一份初相见。

这份遇见，没有预约，一旦根植，却可以盛开到惊艳。

时光深处，静待花开。习惯在文字的芬芳里，与你低吟浅唱。点点星光撩拨一帘幽梦，滴滴晨露打湿一窗清响。起起伏伏，平平仄仄，轻轻柔柔。一如清风细雨，缓缓渗入相知相守的灵魂，于岁月深处开出绚烂花朵。而我，在花香的恬静里，想象温柔指尖纯白的爱恋。

我始终相信，文字是有灵性的。青灯墨下，素手轻拈，红笺小字，句句读你。读你柔情的目光，也许，伤痛太多，更习惯沉默。将这份众里寻他千百度，悄然置放于一刹那眸光的交融；读你宽容的性格，也许，孤单太久，更喜欢任性。将这份迟来的爱，悸动江南二月的雅静。

千里之外，你用含蓄而浪漫的文字悄悄诉说着对我的思念，让我欢喜让我忧。你说很多人都在我们生命的列车，上上下下，而你要成为我永远的风景，不是匆匆过客。见不到我，你说好煎熬，每天数着分秒度过。相识的日子，你每天写诗，说要好好记住这美丽而诗意的感觉。

三月初醒，一切开始温暖起来，春的气息一步步走近，席卷每一个角落。春暖花开，漫步桃林，请原谅我的迟疑与迟缓。你知道的，我等候了十二年。十二年一轮回，足以改变一个如花似水的女子，改变一个怜花爱草的女子。但每次看到你坐在电脑前沉默不语抽烟的样子，看着你深邃忧郁的目光，还有那一张一合的唇，我的心也会颤抖不已。我们不说话，只默默相对，只静静感受，却笃定知道，心里早有彼此。可我还是怕，怕花开花落花成空。对于诗歌，我们错过了唐宋错过了明清，甚至可能错过一生。对于爱情，我们错过了青春错过了美丽，甚至错过了拥有的资格。梦里，总是黑白的风景。醒来，总是对镜锁眉的惆怅。看身边的人来来去去，一切显得那么从容，而我，却总是无所适从。

面对且喜且忧的我，你说只要给我一点时间，再给时间一点时间，我会相信爱，相信心底最真的感觉。你娓娓讲述了这样一则故事。

一个男子所钟爱的女子嫁人了，而新郎不是他，他伤心欲绝，准备爬上断崖一死了之。断崖上有一个寺庙名曰白云，在男子跳下去的一刹那，白云寺的方丈拉住了他。"施主，"方丈掌心合十轻轻地说，"你想不想随我来，看一些东西你再跳也不迟。"男子疑惑地随他走进了禅房，方丈拿出一个钵，用袖子随意地拂了一下，男子探过头去，他发现钵里是另外一个世界：一个女子赤身裸体僵死在路旁，过往的行人要么掩鼻而过，要么只是轻轻地摇一下头，但没有人停下来。过了一会儿，一个进京赶考的书生路过这里，他实在不忍心看到女子赤着身任人观望，迟疑了一下，便脱下了自己的外套盖在了女子的身上才转身离去。又过了一些日子，另外一个好心的过路人，募集了一些银子买了一口棺材，埋葬了女子。钵里的画面至此渐渐隐去了。男子还是不解。"施主，"老方丈摇了一下头说，"这就是你的前世今生啊。路边躺着的女子，是你今生所钟爱的人，你，是第一个路人，那个赶考的书生。而娶她的，是第二个埋葬她的人。你与她有缘，因为她要还你前生的一衣之恩，所以她今生要陪你走过这一程，可她最终总要离去，因为她今生需要以身报答的，却是那个前世埋葬她的人。那么，你还要跳吗？"方丈闭口不再多言，转身离去。男子彻悟。

也许，这就是佛家在经典中累积了无数的前世案例，并很有智慧地解释了相关的因缘际会。作为生命不可分割的神圣片段，灵魂不灭，因而，生命是永恒的，爱情亦然。

爱情，有时是很神奇的际遇。驻守生活，我们总会遇见一些人。不承想，就将一个人装进心里挥之不去，思念在想念里不断升华，爱就此衍生。这些年，我一直在等待，也相信爱会有奇迹。幸运的是，我平生最执着的坚守，换来了与你的相遇。也许正如你故事所述，在此之前，在六道中已经有了数千年的轮回，我们才得以在今生相遇。只是我不知道，是苦苦等待的我遇见了你，还是慢慢寻觅的你遇见了我？是不期而遇，还是三生约定？

约定，只为最美的约定；遇见，只为最懂的遇见。

在江南，在二月，在无数温馨的夜晚，我捧起你的小诗，读你，写你。你走进了我灰暗的空间，找寻我每片心情的叶子，仔细拾起，细心阅读。你读懂了我，走近了我，不肯离去。我本能地拒绝着你，却又渴望着你。我知道，人生中能遇到一个懂自己的人，比爱更重要。懂比爱更让我着迷，让我心动。

我懂，你更懂。

有人懂得是一种幸福，能懂得别人是一种境界。你我之间，是一种高山流水千古知音的情怀，是一种斯世同怀视之的默契，如清风之于明月，虽无形，却自有一缕清辉洒落彼此的心河。端坐水湄，你吟诵而来，一声念好，已是相知相惜。都说知音难寻几相逢，红尘未有几人同。踏破铁鞋无觅处，有缘自有灵犀梦。我想，我的心一定是穿越了三生三世的誓言，才静静地沐浴在阳光下。我信，三生石上早就注定了你我今生的缘分，注定和你一起，看日出日落，品云卷云舒。

心事浅读，与你相遇相识的分分秒秒，似静水流深，于不经意间，滑过时光水岸，轻摇一地相思瘦。潮湿过往，不经意间邂逅。湖心泛舟，馨香淡淡，浅浅深深，直抵心间。这一刻，除了惊喜，除了感动，除了与你相遇的美好，我的心里还能有什么。尽管极目远眺也无法看到你的城市，我却分明感受到一种久违的温润与渴盼，我的心也因这种纯净从容的靠近而倍感温暖。

中年多情人更惜，黄昏把酒祝东风，且从容。

　　记得有人说过，要想把握幸福就要保持三种状态：对过去要淡，对现在要惜，对将来要信。是的，我相信。我相信我们是经历了五千年的暮鼓晨钟，经历了五千年的古佛青灯，才会在千千万万时间的旷野中，于千千万万个轮回转世，在今生，相逢；在绿肥红瘦的烟雨江南里，相遇；在斟满人比黄花瘦的金樽清酒中，相知。只因有你，我才有爱情，才懂得爱情。

　　总想为你写最美的文字，想为你执笔一生，只要你愿意。只因我们是同类人，喜欢文字，痴迷文字，干净单纯，心无旁骛。透过文字，我们轻而易举地走近对方，走近彼此。关怀点点，字字无声，宁静而温暖。这样的两情相悦，这样的相濡以沫，是一个温暖男子给一个温柔小女子的。素锦时光，红尘一隅，看流光飞舞，看人来人往，静静相守，静静感受。或庄重或随性地用文字，记下每一个鲜明生动的日子，记下每一个细微感动的瞬间。不管人生岁月如何变迁，不管生活场景如何置换，安然远离喧嚣，远离红尘物欲，只在文字里浅笑嫣然。

　　最美的文字，就是平淡生活里的细节，欢声笑谈间的温暖。锦字绣句未必花尽心思，轻描淡写亦赏心悦目。最好的时光，就是你在我在，爱在情在，健康在平安在快乐在幸福在，一家人一辈子，相亲相爱相依相伴。

　　我知道，有些人，即便素昧平生，即便仅凭文字之缘，也能在初见的刹那，滋生出相见恨晚的情愫。于你我，便是如此。彼时，暖阳下，一方屏前，读奇崛文字、笔墨生香的你，看见的是被古诗词熏染的儒雅才情。那些尚未解意，已经令我沉迷的文字，春光潋滟般入了心扉。曾经一遍遍地想，你深邃的眸里，盛着怎样斑斓的景致？你柔软的心里，又蕴藏着怎样的才情，才会令你生出那般灵感，写出那般奇崛的文字。面对那些文字，我总会想起台湾作家林清玄先生的一句话："我的写作，不只是在告诉人关于这人间的美丽，而是在唤起一些沉睡着的美丽的心。"

是的，你就是这样唤醒了我沉睡着的美丽的心。于是，不再迟疑迟缓的我，决定做你幸福的小女人。小女人当优雅，与年龄无关，与心态相连，乃精致女子，喜时拈花一笑，闲时且听风吟，拥一阕云水禅心，浅歌流年；小女人当善良，贵在气质，美在心灵，乃温暖女子，记得感恩，懂得珍惜，善待他人，善待自己；小女人当美丽，活得自在，活得洒脱，乃姣好女子。心似水明净，情如诗美好。也许未来的某一刻转身回眸间，也会有淡淡的忧伤，而缘灭之时，孤独和爱也会洒落一地，亦无妨。我们的相遇，只为懂得而来。

也许，有些相遇，虽惊艳流年，却注定无法温暖彼此的生命；有些感情，虽平淡无奇，却会在细水长流里见证永恒。有些事有些人，总要经历，才会看清；有些情有些爱，只有懂得，才能相遇，进而学会正确爱人和爱对的人。经年后，发如雪，鬓如霜，回首，刻骨铭心的，依然是这相知相守的难得与懂得。

相遇，温柔了一场懂得。懂得，相遇了一场温柔。

相遇已是难事，何况温柔，何况懂得。是一颗心对另一颗心的欣赏，是一段情对另一段情的欢愉，是一种爱对另一种爱的坚守。在倾心倾情的絮语中，在梦里梦外的挂念里，在载歌载舞的律动中，在且歌且吟的韵脚里。一声，我懂你。天涯化咫尺，沙漠变绿洲。一直都以为，不离不弃是个厚重的承诺，于是我们都不说。这一个路口遇见，这一程山水相伴，涉水而来的你，临水而歌的我，只想在文字中绽放成花。为了盛开，我们一直努力寻找自己前世今生懂得的那个人。它源于爱、始于情，散发出淡淡的芬芳。

陌上花开，坐定云水，轻拥禅心。做静美的小女人，守候热闹边缘，保持独立品格；做细微的小女人，不在热烈中昂首，独在平淡里浅行，于细节中看见美好，于柔和里浅放魅力；做优雅的小女人，不为过去忧思，不为未来愁眉，不因争吵自贬，不因美丽自负；做善良的小女人，不是鲜花一眼灼人，只如梅花暗香浮动，用真诚和真情来护佑，用爱心和宽心去化解，用灵气与大气去守望。

花与花相惜，心与心相暖，灵与灵相望。灵魂的相依是懂得，生命的懂得是陪伴，风雨的陪伴是慈悲，温柔的慈悲是珍惜，永恒的珍惜是真爱。不想知道，我们能相伴涉过多少水，因情，深于水；不想知道，我们能携手翻过多少山，因爱，重于山。山高水远，烟云渺渺，岁月流沙。深知，这一路守望，这半生等候，也许会流了岁月，荒了时光，唯情，仍鲜活葱茏。更知，你不会遇见第二个我，我也不会遇见第二个你。

早在很久前你就说，要来浔城，陪我一起生活，只是碍于现实环境，一直没有兑现，直到去年夏天，你婉拒国外的高薪聘请，结束手边的工作，拎着一箱行李，以休整的形式，一站一站向我靠近。倚在春的门楣，月色朦胧中，我看见越过季节的长廊，匆匆赶路的你。同一颗柔软的心，同一种不肯轻易附和世情的姿态，谦谦温润。为了你的一句话，我就像一朵花，无数次违抗百花仙子的命令，积蓄全部的力量，只为在你面前呈现最美的样子，只为等你来时才飞蛾扑火般在不是开花的日子里，激情绽放。

夏蝉在墙角躲着，她说害怕酷暑的炙热。我的声音，出乎意料地轻柔，仿佛一用力，就会破碎。都说越是坚强的人，越是脆弱，无论心灵还是表面，只有在乎他们的人才能看见，才会懂得。一见面你就说，我天生就是让人捧在手心来疼爱的女子。开始我还不愿认同，因为我的坚强，在很多人看来，更适于保护别人，有足够的踏实和安全感。然而，与你相处之后，我不得不相信这句话。尽管我，能上厅堂，能下厨房，该果断时绝不拖拉，该温柔时也几乎无人能够抵挡。可只有你知道，让人心疼的女子，总是有太多的隐忍，而其中的苦涩，都被遗忘在欢笑背后。

生命，因相遇而脉脉含情。生活，因懂得而袅袅生香。

清晨，你会早早起床，做好早餐，将我从美梦中轻轻唤醒。下班推开门，你也早已把饭菜做好。心，忽就在那一刻，涌满温暖。

曾几何时，孤寒与寂寥，几乎成了年复一年的疼痛。习惯一支素笔，两袖清风，三餐素食。倚在萧瑟深秋抑或肃杀严冬，我像一只白鸟折断了羽翼。任凭人间四月，燕子双栖，心中的阴霾无法散去。而今，抖落满身的疲惫和荒芜，如花飘洒，只把万千柔情对你诉说。良辰美景，轻言软语，只想沉浸在有你的梦里，不再醒来。

这一生，有你真好。这一世，有你真好。我再也不用担心油烟把自己熏成黄脸婆，再也不会孤寂落泪到天明，再也不用遭受冷言冷语，再也不要故作坚强。你千方百计宠我疼我，一切由着我。你会陪我逛街一直到钱包空空；会在每一个节日送我意外惊喜；会在我颈椎疼痛时给我按摩；会在我无法入睡时轻轻哼唱；会在我想看肥皂剧时立刻把遥控器递给我，哪怕电视里正播放你最喜欢的鉴宝或美食节目；会在我下班回家后察言观色，看我一天的工作是否顺心。我若耷拉着脸，你会幽默搞怪，挖空心思让我开心快乐，让我在下班之后的时间里，完全放松。你一心一意照顾我，怕我吃不好睡不好，更怕我受半点委屈丁点伤害。只要休假在家，你每天天不亮就会忙碌起来，买菜，做饭，洗碗，拖地，送我上班。上班路上，你一手拎着我的包，一手牵着我的手。你说无论在何处，都希望一直牵着我的手，不松开。人潮汹涌的街头，向所有人宣告，你是我的，百分之百的爱。遇上下雨或者天太热，你便叫我在家里等着，自己一个人出门打好车。每每司机见我上车，都会羡慕我好福气，找了个好男人。你说你的世界只有我一个人，你只为我一个人开心快乐或者忧伤。所有的一切，只为我一个人。

一生一世为一人，花开花放只为情。一生一次，一双人的爱情。一言一语，诉尽苍茫；一日一夜，思尽铅华；一季一年，相濡以沫；一生一世，白首共老。

遇见，不早不晚；懂得，不少不多。

活出自我

　　禅茶一盏，品到光阴荏苒，品出岁月蹉跎。

　　这些年，习惯一个人坐在素淡的光阴里，独自清欢。看风雨路过，看季节走远，渐渐淡去躲在角落里的寂寞，留下一片片清喜，默默把玩。人生得意相见欢，人生失意多悲落。自古万事唯利是，梧桐心事愁自说，费心伤感为几何？终于明白，许多的梦和幻，许多的人和事，终因遥远的距离，无法抵达而搁浅。

　　很多人都知道，我不开微博，不用微信。借用白岩松的解释就是："其实，这涉及我的生活方式问题。首先，我不需要更多发言的空间。即使不上微博微信，其中有价值的信息也会最终来到你的面前，但你却省去了很多在无用的信息上浪费的时间。其次，我也不需要在朋友圈看别人怎么活着，因为我连自己怎么活着都没搞明白，我哪有兴致去了解别人是怎么活着的？最好，我希望留更多时间，自己跟自己对话。"

　　自己跟自己对话，自己活给自己看。只有不断地跟自己对话，才会懂得思考和自省，才能活得真实，活出自我。试想，身体是自己的，生命是自己的，灵魂是自己的，人生也是自己的，既然都是自己的，何苦活给别人看。

活给别人看，那就是死要面子，会活受罪的。此类故事中外有之。法国著名作家莫泊桑《项链》中的女主人公玛蒂尔德为参加一次晚会，向朋友借了一串钻石项链，来炫耀自己的美丽。不料，项链在回家途中不慎丢失。在遍寻无果的情况下，只好赔偿。在首饰行里，她找到了一串一模一样的项链，价值三万六千法郎。由于本身生活并不宽裕，她不得不四处借债，买下那串钻石项链还给物主。为了偿还债务，她节衣缩食，为别人打短工，整整劳苦了十年。后来的一天，玛蒂尔德遇见项链的主人佛来思节夫人，交谈中才得知先前借给她的那条项链是赝品，顶多值五百法郎。

无独有偶。西楚霸王项羽，秦末农民大起义中显赫一时的英雄人物，为男人称道女人仰首。项羽自认为力能举鼎，不听劝谏，结果在乌江自刎之时，一声长叹："天之亡我，我何渡为！且籍与江东子弟八千人渡江而西，今无一人还，纵江东父兄怜而王我，我何面目见之？"项羽觉得自己打了败仗，没有面子见江东父老，饮酒中，对着宠姬唱起悲壮的"力拔山兮气盖世，时不利兮骓不逝，骓不逝兮可奈何，虞兮虞兮奈若何！"他自觉无颜再见江东父老，于是在江边自刎而亡。由此引出了中国历史上一段落败英雄的动人故事。这就是"无颜见江东父老"一语由来。著名女词人李清照"生当作人杰，死亦为鬼雄。至今思项羽，不肯过江东"的诗句，表达了对这一段可歌可泣的史事的无限感慨。

这都是面子惹的祸，为别人而活。若不是为了面子，玛蒂尔德就不用为了那串赝品项链，整整辛劳十年。而项羽重回江东，东山再起也不是没有可能，但于他而言，面子比活着更为重要。

这让我想起从前的自己。那时的我，很容易被外界氛围所感染，被他人情绪所左右，被美丽谎言所欺骗，被无耻小人所击倒。每天行走在人群中，总感觉有无数穿心掠肺的目光，很多飞短流长冷言冷语。渐渐地，我封闭自己，束缚自己，不再微笑，不再相信任何人，用伪装的乐观幽默的坚强外壳努力保护自己，只为在人前不受伤害。

我也许不是文人，但文人的品质我有，一直想为文人写点什么。时时听到文人感叹，文学正在边缘化，正在逐渐脱离这个社会，他们真诚地说话，却是听者寥寥，应者无声。其实，文人只要拥有自己的一片心灵圣地，让有限的生命尽情尽兴地挥洒，就可不问来处，不问归时。云过留影，雁过留声。而生命，能够留下最真最纯最美最善的一抹，就足够。

有人说，迂腐清高是文人胎里带的毛病，书生气十足是文人的致命弱点。争权夺势常处于下风，钩心斗角亦缺乏经验，孤芳自赏、顾影自怜。加上脸皮太薄心太软，该拍马奉迎时，"安能摧眉折腰事权贵"；该请客送礼时，又觉"君子之交淡如水"。因而文人，即便入了官场，也很难做长做久、做大做强。但无论如何，文人大都要活出自我。

仕而优则学，学而优则仕。

大凡中国古代文人，都要去做官，走仕途。文人为官，大都是好官。文气与正气连通，真情与性情相系。诸如李白、范仲淹、苏东坡等千古名人，留下了千古名作。

遥想李太白，嗜酒好诗，一生写下许多脍炙人口的诗篇。既有"清水出芙蓉，天然去雕饰"的清俗，亦有"举头望明月，低头思故乡"之愁情。唐玄宗时官至翰林待诏，后被赐金还乡。安史之乱中，追随永王平叛战乱，后因永王与肃宗争夺帝位受到株连，流放夜郎，途中遇赦写下《早发白帝城》。而当我们盛赞李白"斗酒诗百篇"的万丈豪情与"笔落惊风雨，诗成泣鬼神"的巨大魔力时，却不得不为顶礼膜拜的心中偶像那坎坷悲愤的一生叹惋！如此旷世奇才，本当功成名就，平步青云。然李白的一生与政治似乎相去甚远，其"济苍生""安社稷"的政治抱负也未曾实现。是他勘破俗世吗，不是；是他看清官场吗，也不是。究其原因，就是因他在任何时候都不受任何诱惑，坚持中国文人最真的本心、最真的自我。

活出自我的古代文人，不仅为官清正，为文优美，且身负历史感、使命感，有大局意识，北宋文人尤为突出。范仲淹是出将入相、忧国忧民的好官，同时也是文韬武略、文武兼备的杰出人才，是我国历史上著名的思想家、政治家、军事家和文学家。范仲淹两岁的时候，父亲病逝，幼小的他随母亲改嫁，来到了长山县的朱氏家中，励志苦读于醴泉寺。因家境贫寒，便用两升小米煮粥，隔夜粥凝固后，用刀切为四块，早晚各食两块，再切一些腌菜佐食。成年后，到应天书院刻苦攻读，冬天读书疲倦发困时，便用冷水洗脸，没有东西吃，就喝稀粥度日。忍受了常人难以忍受的艰难困苦。少年时即为秀才的他，就以天下为己任，素有敢言之名。日夜苦读，终于进士及第，官至参知政事。为官清廉，尽职尽责。工于诗词散文，文辞秀美，气度豁达。喜好弹琴，然平日只弹《履霜》一曲，故时人称之为范履霜。其《岳阳楼记》中"先天下之忧而忧，后天下之乐而乐"的济世情怀与高远境界，是他一生爱国的写照，至今仍广泛传诵，激励后人。他一生治国有略，教子有方，两个儿子先后成为宰相。

　　旷达的天之骄子、千年一遇的天纵奇才苏东坡，是唯一入选法国《世界报》"千年人物"的中国人。历经千年，堪称中华优秀传统文化的杰出代表，乃中国传统文人典范之标本。央视人文历史纪录片《苏东坡》一经播出后，引起巨大反响。人民日报网刊发了《做官有止境，干事无止境》的文章。光明日报网也刊登评析文章《苏轼的魅力也是传统文化的魅力》，强调后世应学习苏东坡"以为民办事为己任，以造福百姓为追求"的品格和精神。"九死蛮荒吾不恨"的他，辗转几万里，百折不挠，为百姓谋幸福，一如尧舜再世，造福天下苍生。宦游几十年，足迹半个中国。无论是初在京师，还是后来屡遭排贬、四处漂泊，总能于起起伏伏的浮生，活出自我。

少年的苏东坡，家境不错。母亲的教导，父亲的影响，给予他一颗悲悯之心；眉州的钟灵毓秀、人杰地灵，给予他一个向往世界；父亲苏洵的发愤与远游，又给予他书籍的广阔与眼界的旷远。作为中国古代的个体生命，苏东坡无疑绝无仅有。他既抵达了生命的广度、厚度与深度极限，又提纯了人类文化强大的遗传基因。

一门三父子，都是大文豪。诗赋传千古，峨眉共比高。

"竹杖芒鞋轻胜马，谁怕？一蓑烟雨任平生"的逆境魅力，"回首向来萧瑟处，归去，也无风雨也无晴"的高远境界，读罢全词，人生的沉浮、情感的忧乐，自有一番全新的体悟。此词作于他黄州贬后的第三个春天，于野外途中偶遇风雨。简朴中见深意，寻常处生奇警，表现出旷达超脱的胸襟，寄寓着超凡脱俗的人生理想。既然自然界的雨晴也属寻常，那人生中的政治风云、荣辱得失，又何足挂怀。

这，就是旷达的天之骄子苏东坡。为官为人处世处事，可上可下、可内可外、可圈可点。既能给皇帝做老师，又能与老农地头闲聊。上得了朝堂，入得了厨房。拿得起墨笔，扛得起锄头。至柔伴爱人，至深悼亡妻。既在江海又在人世，集诗文书画食于一身。其生命之强悍，意志之坚韧，举止之平和，造福之广阔，文笔之大气，爱情之坚贞，感情之深沉，古今罕见。他是中国古代美政推崇极致者，又是文化巅峰继往开来的大宗师，让文化与美政完美结合。

　　这，就是千年一遇的天纵奇才苏东坡。生活在古代，却比现代人更现代。活出了本真，活出了自我。

　　活出自我，就是活出自己的个性，活出自己的价值。不说"采菊东篱下，悠然见南山"的陶渊明；也不说"史家之绝唱，无韵之离骚""通古今之变，成一家之言"著成《史记》的司马迁；单说中国现代文化大师鲁迅，也曾当过教育部小吏，可生性耿直、宁折不屈的他，连教育部长都敢告上法庭，实在无法干下去，便去教书，再往后，干脆辞去公职，做了自由撰稿人。

　　我想，李白、范仲淹、苏东坡、鲁迅以及那些和他们一样的中国文人，之所以使人望其项背终生敬仰，保持人格独立是其一。因为他们，既没有社会贤达的拘泥礼数，亦没有名人雅士的峨冠博带，只是独来独往，特立独行。再就是"真"。他们敢于言人所不言，言人所不敢言。即便处在没有真言的时代，也要用手中的笔去言真。正如乔布斯所言："你要记住你不是为别人而活，你是为自己而活。"强调不能被别人左右，要坚持自己的信念，走属于自己的道路，实现自己的价值。

　　其实，真正大智若愚、大巧若拙、大音希声者，都只想活得真、活得实。而那些唯恐别人瞧不起的自负自傲自恋自卑之人，才会每天高高在上、端着个架子、摆着个脸孔，一副骄傲冷漠、不可一世的样子。自以为是个大人物，拿着鸡毛当令箭，打肿脸来充胖子。尤其是对抢得一官半职孜孜以求、万分迷恋，耍尽各种计谋、用尽各种手段，跑官要官买官吵官乐此不疲。之后，在一定区域范围，形成"家天下"的局面，顺我者昌，逆我者亡，广大群众敢怒不敢言，小人得志，横行无忌。还是鲁迅先生说得妙："中国人的官瘾实在深，汉重孝廉而有埋儿刻木，宋重理学而有高帽破靴，清重帖括而有'且夫''然则'。总而言之：那魂灵就在做官——行官势，摆官腔，打官话。"

据说汉朝时代想做官，多通过举孝廉而得。"埋儿"指西汉郭巨，二十四孝之一。郭巨担心儿子会妨碍其赡养老母，于是决定把儿子给埋了，在挖坑的时候得到一坛黄金，还有一铁券，上书："天赐郭巨，官不得取，民不得夺。""刻木"指丁兰，少时丧母，于是刻个木头母亲，后邻居把木头砸了，结果他把邻居给杀了。汉宣帝听说后，封丁兰为大官。

"宋重理学而有高帽破靴"，意即为宋朝重程朱理学，理学家穿的就是"高帽破靴"，若想为官，先备好这身行头再说。

"清重帖括而有'且夫''然则'"，"帖括"指科举应试文章。明清时亦用指八股文。而"且夫""然则"都是八股文必用词汇。写好八股文，官帽自然来。

官帽也好，官服也罢，一句话，一切奔着做官去。

然而，做官一时，做人一世，名利只是扬尘，人生不过一瞬。长亭更短亭，又能如何？"短的是人生，长的是磨难。"张爱玲道出了人活着，很累；人活着，不易。为官也好，平头百姓也罢，无论贫富，无论贵贱，无论长短。

一生一程，一茶一盏，一禅一味。秋水长天，对月无眠，似水流年。即便光阴荏苒，岁月蹉跎，只要真心真意真实真切地活着，活出自我，就好。

前尘叹

前尘叹

花开凝香
花落成殇

惜春春去
别恨难穷
一朝更比一朝长

夜风已冷
前尘如梦

妄悲切
空叹息
一声更比一声长

小镇上的故事

这是一个真实的故事。

庐山五老峰下有一个很不起眼的小镇，镇上的街道坑坑注注的，密匝匝的人家，相互挤着。以至于谁家的孩子尿床挨打了，谁家的小夫妻吵架了，谁家出了桃色新闻，都知道得一清二楚。这不，小镇上最近就发生了一件令人咋舌的事情。田嫂怀着田师傅两个月的孩子跟和尚私奔了，这消息在小镇传得沸沸扬扬。平静的小镇开始躁动不安，过去那古板而又有些悠然自得的神情正在消逝。

田嫂是一个三十开外的漂亮女人，和田师傅结婚八年也没生下一男半女，这可把夫妻俩给急坏了。四处求医问药不说，还虔诚地信上佛了。也许是药到病除，又或许菩萨保佑，田嫂竟然怀上了。夫妻俩整天乐得合不拢嘴，隔三差五去山上的海会寺烧香磕头。

说起海会寺，海内外闻名。有道是"不到海会寺，不识庐山真面目"。很多人都知道，庐山有"五大丛林"（丛林是佛院的代名词）。奇怪的是，到了近、现代，"五大丛林"中名声最显赫的不是归宗、秀峰等，而是位于五老峰下、离海会镇不远的海会寺。海会镇，俗名茶庵。因宋代有僧人在此建茶庵，夏季免费给行人供应茶水，故至今仍有"茶庵"一说。1933 年，蒋介石在海会寺附近办军官训练团，更名为海会镇。海会寺是在海会庵的故址上建立的。海会庵于明万历四十六年（公元 1618 年）由西来的和尚兴建。庵背靠五老峰，面临鄱阳湖，庵名"海会"，取百川汇海之意。咸丰三年（公元 1853 年）遭兵燹，房舍一片瓦砾。光绪年间，有位法名至善的和尚来此，斫木伐竹，盖茅棚独居，清苦一生。姑塘驿官魏兴林每次乘船经过鄱阳湖，遥望五老峰，只见云雾缭绕，风光奇秀，感觉定有非同寻常人居住。一日，他寻至五老峰下，见茅棚里一老僧正在参禅，不禁肃然起敬。待老僧坐禅已毕，与之交谈，不禁跪下就拜，尊之为师，且决定捐出巨款，重建该寺。

重建后的海会寺，殿宇宏伟，云房清雅，题匾横额，金碧辉煌，僧徒香客猛增。山门题额为"莲邦海域"，二门题额为"真面目"。山门外有一半月形莲池，长三丈，宽五丈，围以石栏，栏杆有雕刻着"虎溪三笑""水漫金山"等十几幅佛教故事的石雕。图像精雕细镂，栩栩如生。入山门为"念佛堂"，阶下种观音莲，阔叶如掌，荷花亭亭玉立，据说由南海普陀山移植而来。最著名的三层藏经阁，有赵孟頫的《妙法莲华经》五十页，旧存木质经板一千六百多块，计二十六部。还有普超法师血写的《华严经》八十一卷。普超 1868 年生，博通儒学，曾积极支持变法维新。戊戌变法失败后，愤而削发为僧，拜至善为师。为表示对佛教的虔诚，普超用自己的鲜血抄写经书，字径半寸，一律小楷，笔画圆润，历时十五年。书成后，因失血太多，旋即而逝，时年四十五岁。这部血色殷红的《华严经》感动了很多名人，康有为、梁启超等都在血经上题跋，高度赞扬普超对于宗教的献身精神。此部血写的《华严经》用白果木做成的盒子贮藏。1938年日军侵占庐山，该寺住持会通怀此珍品，逃难于湘桂边境，抗战胜利后才返回。会通在血经后自题《临难出走》，叙述护经之苦："头眩足辟眼朦花，霹雳弹声震迩遐。静默徘徊云窟路，忙中检点布袈裟。手接藤萝飞岭外，肩担贝叶走天涯。吩咐猫儿随我去，莫将落入敌人家。"该部血经现珍藏于庐山博物馆。

海会寺抗战前之所以名声显赫，还在于蒋介石1933年7月起在此兴办"庐山军官训练团"。先训练上校以下、少尉以上的中下级军官，后规模愈来愈大，训练校级以上的高级军官，乃至党政人员（专员、县长等）。蒋看中此地，因这里环境清幽、景色宜人，对于受训者消除疲劳、增强训练效果十分有益。还由于这里既有陡峭山地，怪石险峰，可供军训团模拟山地攻防演习；又有平地漫坡，便于建成容纳数千人的训练场地。另附近还有华严寺、龙云寺、白鹿洞书院等地作为教官、德国顾问、工作人员的宿舍。训练团长陈诚，陆军大学校长杨杰为总教官，一大批颇有资历又谙熟军事的将领担任各项课程的教官。为了便于训练，蒋还专门调了两个团的士兵日夜施工，7月18日第一期学员开始举行开学典礼。每一期二十天左右，受训学员一千至两千不等。毕业后发给毕业证和"军人魂"短剑一把。未能毕业的留转下一期。数年不到，便有大礼堂、大会场、委员长官邸、办公厅、教室、仓库、运动场、游泳池、学员宿舍等庞大建筑群。蒋介石多次亲临训话，陈立夫、张治中等中央要员也频频出入训练团。一时间，高官云集，好不热闹。五年来，共训练军官两万多名。当蒋欲扩大训练对象范围时，抗日战争爆发，最后一批学员毕业，该团遂告结束停办。

1938 年夏，日军进攻庐山，此地被日军炮火夷为平地，成了一片废墟。抗战胜利后，海会寺得到修复，但规模气势大不如从前。中华人民共和国成立以后，又建起了不少楼房。诸如"共产主义劳动大学庐山分校"、九江市海会师范学校、海会师范留守处等。如今，是人们旅游休闲好去处。

海会寺背靠五老峰，地理位置较高，地势开阔，山坡倾斜不大，适宜种植庐山云雾茶，满山遍野的。尽管当年的辉煌不再，但香火依然旺盛。早先寺里住着两个尼姑，后又来了几个和尚。其中有个和尚姓宋，据说是被九江市能仁寺开除的。宋姓和尚乃十足假和尚，不守清规戒律。每次见到漂亮的田嫂时，总是套近乎，一回生二回熟，遂生据为己有之邪念。于是他想尽一切办法接近田嫂夫妻俩，尤其与田师傅打得火热。田师傅是个厚道人，以为宋和尚与自己有缘，完全没有戒备。谁料不久，宋和尚竟然把田嫂给拐跑了，并且把田师傅辛辛苦苦卖茶叶的钱也给席卷一空。田师傅那个悔恨啊，他悔恨自己太粗心太大意，居然中了和尚虚虚实实、声东击西的诡计，连自己的老婆给拐跑了，居然没有一点察觉。可怜人财两空的他，一下子苍老了很多，每天长吁短叹亦于事无补。

这是两年前的事了。

小镇上的人们，除了种田，还搞多种副业。诸如开小店、做小工之类的。亲朋好友们看到田师傅总是唉声叹气的，就劝他出去散散心，做做小工什么的，就是换个环境。于是，从未出过远门的田师傅走了。可走后不久又回来了，还抱着个孩子，一岁多的样子，挺可爱的，长得和田师傅一模一样的。大家都替田师傅高兴，田家总算有后了。

都说在这易变的尘世间，你总会和一些人，起初同途，后来异路，最后相忘于江湖。还说世上的山和山不会相碰，可有缘之人，就是钻狗洞也会遇上。这不，田师傅在他做小工的地方，叫新潮县，竟然遇上了田嫂。暗暗跟踪，得知已生下他们的孩子。于是，田师傅天天在附近转悠，当然是避着田嫂和宋和尚。趁着宋和尚不在家，田嫂去河边洗衣服的空当，把小孩给偷了出来，一路上小心翼翼的。回来后，田师傅向当地公安机关报案，状告那宋和尚是骗财骗色的假和尚。因新潮县流动人口多，特别是做小工、搞副业的多，结果让宋和尚钻了当地政府的空子。

话说田师傅把自己的孩子抱回家后，每天弄得手足无措的，也真难为他了，毕竟一个大男人，从未带过孩子，弄得孩子天天哭闹。隔壁的桃花，每天听见孩子哭声，实在于心不忍，也就常常过去帮忙。在桃花眼里，田师傅相貌堂堂，人又幽默，让桃花很是开心，于是到田师傅家更勤了。时间一长，两人擦出了浪漫火花，竟偷偷过起了地下夫妻生活。很快，田师傅和桃花有一腿的事儿就在小镇上传开了。人们指指点点，说些难听的话。干活的时候，也没有人愿意亲近她。就连之前的闺蜜，也都疏远她。镇上很多女人，尤其是一些相貌丑陋的女人，像防贼似的防着桃花，生怕她会抢了自己的男人。桃花绝望了，无法承受小镇的压力，精神崩溃了，选择自尽。幸亏田师傅发现及时，帮桃花捡回了一条命。终于有一天，他俩从小镇消失了。

　　再后来，听说他们以合法夫妻身份重回小镇，听说还生了孩子。日子过得紧巴巴的，但新生活就此开始。

玻璃城堡

他与她，或不能、或不愿、或不敢、或不忍将城堡的玻璃打碎，其中缘由，个中滋味，唯他们自知。

故事一：

张华　男　三十三岁　中学语文教师

十八岁那年我师范毕业，分配到了一所仅有八位教师的农村小学任教，其中有一位叫珠的女教师，还是临时代课的。我们八个人，坐在一间大办公室里，几位稍年长且已婚的教师，天天拿珠和我开玩笑，要我俩买喜糖吃。珠比我大五岁，人长得极丑也极为老相，我俩站在一起，极不相称，可不知怎的，我竟稀里糊涂和她走到了一起。

婚后的生活一直很乏味，我感觉到自己从未爱过珠，对于自己草率的行为也很是懊悔，但慢慢地习惯了。

在儿子出生后不久，我调入镇上的中学，就在新学期教师节的文艺汇演中，我被同事叶儿的诗朗诵深深打动了，她成了我最仰慕的人。再后来，我们相爱了，爱得非常认真，非常辛苦。除开婚姻外，叶儿是我"亲密接触"的唯一异性。我坚定要离婚，先是协议不成，而后便起诉到法院。珠知道后，跳楼跳水割脉撞车，寻死觅活的手段都用上了，我觉得好累。她父亲说不会便宜了我，他的女儿是怎样都不会离婚的，要拖死我，我一直都很坚定。就在我去意已决之时，偏偏儿子患重病住院。一趟北京手术回来，家里已是债台高筑。而其中的一大部分医药费，都是向叶儿借的，那是她的全部积蓄。

对于有叶儿这么一位温柔美丽、善良执着的女子，陪我走过风雨人生路，我觉得三生有幸。于是自己暗暗发誓，今生今世绝不负她！

一场冷战之后，珠同意和我离婚，但必须满足她两个条件：一是要补偿她青春损失费十万元。二是儿子要随她生活，我每月付给儿子生活费五百元。其他教育费、医药费用等均由我负责。

天哪！我一穷教书匠，每月工资不足百元，儿子治病早已让我一贫如洗。十万元钱对我来说，简直就是一个天文数字！珠这分明就是不想离婚。再说，儿子若与她单独生活，她脾气那么暴躁，动辄打儿子，我怎么能放心？就这样，我这婚没离成。我恨自己，辜负了一个世上最美最好的女人。这一生，我注定背上了沉重的十字架！

故事二：

曹建学　男　四十岁　杂志总编

我原籍山东，十几年前，我是北京一家杂志社驻山东烟台记者站站长，几经周折、几番辛酸与努力之后，成了该杂志的总编。想想初来北京闯荡的那会儿，白天东奔西跑，联系业务各方面事宜，为了节省生活费用，晚上睡在冰冷的大桥底下，常常是落泪到天明。

好在上苍善待我，总算苦尽甘来。本以为霉运远去，好日子开始了。谁料家门不幸，妻子红杏出墙，弄得满城风雨。一番痛定思痛之后，我想到自己这十几年来，一心只顾着自己的事业，年迈的双亲及幼小的儿子都交给了妻子，让她瘦弱的双肩承受太多的压力，同时又倍感孤独和寂寞。也可能是她婚后发现与婚前设想的不符，虽然经历了那么多的困难，还是想选择分开。而我出门走了，被别的男人钻了空子。

于是，我打算离婚，成全妻子。可是，就在我准备放手的时候，那个对她海誓山盟的男人，却突然抛弃了她！她整个人瞬间垮了。每天躺在床上，不吃不喝的。看到她伤心落泪、憔悴失落的样子，我决定原谅她。老实说，我真恨不得把那个无情无义的家伙给狠狠揍一顿，让他再也不敢明目张胆地胡作非为，给他一个血的教训，看他以后还敢不敢这么无情无义！但耻辱而愤怒的我，还是克制住了。面对崩溃的妻子，毕竟那么多年的夫妻情分，要割舍也是难以割舍的，岂能说散就散？加上这些年在外打拼，早已身心疲惫，不想折腾了。于是，我放弃了离婚的念头。

如今，外人看上去，我俩似乎更恩爱了。只有自己知道，其实我的心早已死了，激情荡然无存。

故事三：

宋玲玲　女　四十三岁　下岗女工

十五年前，我可是吃香的抢手货：国营工厂里的厂花。厂里效益非常好，再加上文化程度较高，又有位做厂长的爸爸，追求我的小伙子是一茬又一茬，可谓是众星捧月一般。

机会多了，免不了挑三拣四。不承想"七拣八拣，拣个瞎眼；千拣万拣，拣个烂眼"的俗话应验在我的身上，我嫁给了厂子弟学校的普通教师范伟平。

范伟平家在农村，兄弟姐妹好几个，他父亲是位典型的大男子主义者。许多知情的好心人都劝我要慎重，可热恋中的我哪里听得进去。

　　都说女人的心思你别猜，其实男人的心思你也别猜。对于女人来说，也许大都不明白，为什么男人在结婚前后不一样。结婚之前，对自己可谓是百般顺从，然而到了婚后却像变了个人。也许男人在恋爱中，总会形成一种感觉，即女人是软弱的，所以普遍关心照顾她们。女人也因为总是被教育"对喜欢的男人，不要太主动了"，所以，总表现出依存性和似乎软弱的样子。可是，当妻子在结婚后的一段时间里，也是一如既往高高兴兴地为丈夫准备好饭菜、烧好洗澡水时，丈夫可能会自然而然认为这是理所应当的，天定如此。如果有一天没有这样，他则质问："为什么今天没有烧洗澡水？"在他看来，"我是干活的，你是吃饭的"已经是一种模式了。有一天妻子也会乞求："偶尔也在外面吃一顿饭吧。"他便会在心里开始嘀咕："真是花钱的东西。找了这么个懒人，我真糊涂。"显然，男人结婚多半是信赖一种现实原则。恋爱时，可能女人的浪漫和美丽多情可以迷惑他一时，可抱定了信念准备结婚的男人却不看这个。男人结婚的现实原则多半是依据女人是否有"我是干活的人，你是吃饭的人"的行为模式来行事。如此下去，不难想象，裂缝将随之而来。范伟平便是如此，而且像极了他的父亲，动不动就打人。

　　婚后不久，他就撕掉伪装，露出真实而又凶残的面目。开始对我动武，常常把我打得鼻青脸肿，每次还脏话连篇，根本不像个教师。当我和父亲要和他理论时，他则一副追悔莫及、痛哭流涕的样子，让我一而再再而三地原谅他，我真的受够了。而这样惯着，反而更助长了他的气焰，形成了恶性循环。特别是我父亲退居二线之后，他更加嚣张了。隔三差五的，不是在家里，就是在大众场合对我大打出手。有一回，他用烟灰缸砸，我侥幸避开了，却把前来劝架邻居的腰给砸伤了。

我开始厌倦这个家，痛下决心要结束这场悲剧婚姻。可每每看到幼小的孩子，我又狠不下心来。总是告诉自己再忍一忍、挺一挺、拖一拖，就过去了。就这样，一拖竟拖到了儿子读大学。本想儿子读大学了，我也就无所顾忌、了无牵挂了。无奈自己下岗，生活都没有着落，何谈感情。真是雪上加霜。

唉，想想自己已是四十好几的人了，往后连最起码的生活保障都没有，哪还有心情寻思别的。恐怕只能这样煎熬着，苟活下去。苟活下去，只是浪费生命而已。但无论怎样，我也不会与范伟平离婚的。

故事四：

李晓英　女　三十岁　护士

人生最大的不幸莫过于遭遇亲人的猝然离去。

五年前，我的丈夫不幸意外身亡，留下吃奶的女儿与我相依为命。从此，我只有靠回忆生活。每每想起从前与丈夫之间的那份温馨，那份默契，那相亲相爱的每一个细节，点点滴滴刻骨铭心。

没有他的日子一片黯淡、一片死寂。真想抛开一切去寻他，可女儿的啼哭总让我想起他临终前的嘱托："英子，答应我，一定要坚强地活下去，重新找个好男人嫁了，把女儿抚养成人，我再也不能陪你了！"

为了女儿，我苟且偷生，好在时间可以疗伤，为我缓缓抚平心灵的创伤。几年后，我的生活中又出现了另一个男人，他非常诚实随和，对我和女儿百般地呵护与疼爱！

然而，我却对他怎么都心动不起来。

面对这么一位好男人，虽然我不爱他，但我真的不忍心与他分手。

后　记

性格即命，环境即运。婚姻的或喜或怒或苦或甜，似乎都是定数。玻璃碎了，会诞生无数的眼睛。

男人如猫

　　时光之河悠长而又荒凉，似水年华竟也溅不起一丝波纹荡漾。因不起波澜而深不可测，足以淹没任何男人。有人说男人如书，每个男人是不同内涵的书，不同的阶段不同的风格。有人说男人如山，无论高低，是山，就要有山的坚强、山的毅力、山的品格。也有人说男人如酒，愈久愈醇，愈久愈名贵。还有人说男人如狗如狼如虎，奴性加色性加贪性。我说，男人如猫。

　　猫者，猫科动物。具夜眼，善察，嗜鱼腥，敏捷，爪利，喜夜行。老虎是世界上最大的猫科动物，食肉猛兽，性情凶猛，不好合群，通常单独捕猎，昼伏夜出，杀伤力巨大，一如男人。我想，以猫来比喻一群以掠夺为本性的男人，无疑是准确的。

　　男人如猫，其血管自出生起就充满了躁动和狂野，这就注定了他们终归要走出家门，不愿意也不甘心永远束缚在狭小的空间里。据说男人的血液里至少有两种颜色——浪漫的红色与饥饿的绿色。红色是女人手里的玫瑰，也就是美其名曰的爱情。绿色是男人的胃口，是猿猴学会直立行走后返璞归真的性需要与面子工程。撇开面子工程，科学研究证明：男人每七秒想一次性。换言之，男人的脑袋瓜里装满了性。即使步入了婚姻，只要逮着机会，男人就会出轨。哪怕只有一次出轨的男人，一如闻过了腥味的猫，上了瘾的瘾君子。

最近，英国出了一本书叫《男人除了性还在想什么》，是一本无字天书，销售火爆，一度超过《哈里·波特》和《达芬奇密码》。该书除了封面上印有博人眼球的"男人除了性还想什么"外，书内二百页都是白纸——意即男人除了性啥也没想。毕业于牛津大学的英国作者自称是花三十九年时间研究的结果。此事引起了网友热议。暂且不说作者炒作与否，这确实是个有意思的话题，男人除了性之外还想什么。研究进一步证明：除了性，男人想的最多的是权和钱。权和钱，是男人的隐性生殖器，对于男人来说，没有了它们似乎就没有了一切。

这些如猫的男人，常常被这样一个巨大的幻想鼓舞着：更大的权力，更多的金钱。他们的一生，似乎从来没为自己活过，他们只想一定要出人头地，要成为人上人。为父母、为配偶、为子女、为亲朋、为好友。于是他们心甘情愿地放弃了某些东西，比如爱情。而当他们一旦成功后，尝到了权力与金钱带来的快感时，那种终于要为自己而活的感觉便会压倒一切，那曾经被他们放弃的爱情，便以泛滥的情欲来填补。然而，这样的填补不是真爱，而是偷腥；不是饿，而是馋，并且你给他吃得越饱他就越馋。吃上瘾了，他就会主动去偷腥。

也许就是几个短消息，几个电话调调小情儿，有贼心没贼胆的那一种。但最后的下场则往往是羊肉没吃到反惹一身臊，顺便把没头没脑没心没肺的女人，拖下不清不白不干不净的浑水中去。而一旦遇上美貌女人，男人第一欲望则是幻想占用，再就是渴望这女人是否能自己送与怀中，尽其享乐。还有的男人有暗恋情怀，对自己心仪的女子，暗藏心底，或跟踪或偷窥。如果条件允许，便会不择手段去勾引，不达目的决不罢休。还有的男人则干脆吃软饭，甚至明目张胆理直气壮地骗财骗色。猛然创造出野蛮、流氓、恶搞、黑客、诈骗、色情、残暴等关键词充满着我们的网络世界。这样的男人如果多起来，真正疯狂起来，很可怕，他们完全就是时代弊病下的一群具有严重畸形心理的男人，这无疑是社会伦理道德败坏的源头。近年来因不雅视频被免职的官员屡屡曝光，裸聊、淫乱、开房等，无聊无耻至极。

试想，一个个社会地位光鲜、学识知识丰富的官员，他们在官场拼杀多年，大多从基层一步步迁至高位，官场如战场，步步惊心，足够谨小慎微。然而，为什么他们不能够毅然决然地拒绝年轻貌美的女人主动的性诱惑？在他们所谓寂寞的背后，为什么会隐藏着如此不堪入目的东西，做出如此龌龊之事？据有关部门调查，很可能这些男人是被对方"下了套"。但是，他们为什么那么容易被"下套"，为什么令自己的信仰极度地缺失，道德极度地堕落？答案显而易见：苍蝇不叮无缝的蛋，没有不食荤腥的猫。

男人如猫，嗅觉灵敏，即便距离很远，也能闻到鱼腥味；男人如猫，天性爱玩，一旦抓到鱼后不是马上吃掉，而是玩耍一番；男人如猫，拈花惹草，明明自己有鱼吃，却还要到外面去弄鱼。典型的吃着碗里，占着锅里，瞧着别人碗里，还惦记着那没有下锅的。这些猫，采用欲擒故纵的伎俩，游走于每个城市每个乡村的每个角落。他们热了不行冷了不行，侍候不到位不行，没腥味还不行。其姿势往往是向猎物匍匐前进，突然起身跳跃，前爪抓，利齿咬。尽管他们清楚地知道，有些东西是不能碰不能抢不能偷的，但他们就是禁不起诱惑，亦不可能心甘情愿地离开诱惑物。即便腹中饱饱的猫，在看到动着的蝉、蝗虫、老鼠等都会抑制不住上前袭击的冲动，一副地道的狩猎姿势。

男人，是狩猎者；男人，更是孤独者。

男人如猫。猫科是孤傲寂寞的战士，习惯独自打拼，习惯我行我素。据说猫不会死在自己家里，喜欢选择寂寞的角落。而男人，在精神上又都是单身汉，不适合社团生活。一如一群大鱼，永远不会群聚在一起。家庭和女人对他们来说更多的是束缚，这些束缚将他们绑在了责任心的大树上，直到力竭而死。他们总以为自己很了解女人，殊不知自己有时候看到的只不过是一层纱、一阵风、一缕烟。有人说，男人看女人，就好比一个半大的孩子用高倍望远镜在傻傻地看一只不经意从水中露出头的鲤鱼，惬意是惬意了，志得意满的满足感也有了，却不知道阳光永远只能照亮水的表层，却无法深入到水底的阴影。还有人说女人如河，蹚过女人河的男人就会成熟，懂得女人的内心世界，学会怜香惜玉了。只是古往今来，多少风流韵事，大多是男人惹的祸，却总把女人称为红颜祸水，这显然有失公平。

在男权社会里，搅乱红颜、推波祸水的主体是男人。女人好比一个多项选择题，就看男人接受她怎样的影响以及给她施加怎样的压力与影响。没有商纣的选择，就没有妲己祸害商朝的舞台。也许，女人在很多时候对男人是怀着恨的。而女人一辈子最怀恨的，就是不顾她的痛苦在她身上作乐的男人。

柯莉特在《流浪者》中这样描述：肉欲之乐，虽极炽热，但在无垠的爱之沙漠，只占据极小的地位，它闪烁得那么明亮，初一瞥，似乎其他皆为乌有。包围着变化多端的野火四周，是厄运，是不知。当女人从一个短暂的拥抱里抽身，或从一夜缠绵中苏醒，女人依从命的现实需要，重新出现。其实女人向往追求与需要的爱，从来就不需要那些华丽纷繁的点缀。而男人"祛刚舍柔，中空不塞，迷糊其道，韧之久之"。换句话说，君子之道与猫的德行一致，男人与猫，同属一科。

忽然想起两个小故事。有一天，老鼠对猫说：我喜欢你。猫对老鼠说：喜欢个屁，我都想吃你，滚！接着，老鼠摆着尾巴闪开了。但是，谁也没有想到，老鼠走后，猫竟然哭了。其实，有一种爱叫作放弃。还有一则：在猫的眼里，狗花心，谁对它好谁就是主人；在狗的眼里，猫绝情，一次欺凌会悄悄恨你一辈子。猫不懂狗，狗其实不是花心，是善良；狗也不懂猫，猫不是不会爱，是不敢爱。猫狗如此，男女亦然。

都说男人的一半是女人，女人是男人的一所学校。女人影响着男人，男人影响着世界。其实，我们每个人都是弱者。俗世红尘，太过赤裸的色情诱惑，太过熏心的利益争斗，太过血腥的权力暴力。也许，从猫的角度，以猫的方式，让猫远离腥味，女人才能更客观更公正更全面更彻底地了解男人。也许，男人是为了生存不得不争做强者，不得不如猫吧。

毁于心中的小九九

刘洁洁的尸体停放在一间低矮、潮湿的土房里，一股浓重的农药味弥漫整个小屋，满屋子的人都傻呆呆地看着吴建军在细细地抚摸着刘洁洁。对于眼前这个并不是刘洁洁丈夫的男人，如此轻浮之举动，竟无一人上前阻止。猛然，一声撕心裂肺的惨叫声，吴建军昏死过去。

吴建军是个小学教师，性格非常内向，家境贫寒，很是懦弱的他，总想为自己寻一个"靠山"。于是，镇上一位相貌奇丑，满口惨不忍睹的黄龅牙，脾气非常暴躁，俨然一泼妇的代课教师辣子，便成了他的妻子。

他的丑妻不知道吴建军心中的小九九，竟常常为他的惊世骇俗之举感动得泪雨滂沱。其实，吴建军根本看不上辣子，他看上了辣子的父亲是分管文教的副镇长，想日后仗着岳父大人的权势，在镇上或学校弄个一官半职。偏偏事与愿违，他的岳父大人在一次车祸中撒手走了，这让吴建军的希望化为泡影。雪上加霜的是，出生不久的儿子犯癫痫，三天两头发病，给吴建军没有爱情的婚姻套上了沉重的枷锁，他愈发沉默寡言了。

吴建军觉得苦不堪言，对于不爱的妻子他不愿沟通，对于曾经爱过的恋人又无法启齿。

早年读师范时，他喜欢上了比他性格更为腼腆的姑娘帅琳，两人天天有空便在一起打乒乓球，很是默契，只是到了毕业分别时，谁都没有捅破那层纸、吐出那个动词。

吴建军清楚地知道，三年的师范生活，是他最自由快乐的岁月，帅琳是他可结为连理的好姑娘。然而，帅琳纵有千般的好，却怎么也成不了吴建军的"靠山"。于是，吴建军毅然挥剑斩情丝，与辣子结婚。帅琳得知这一消息后，犹如五雷轰顶，整个人被击垮了，竟得了精神病，着实让吴建军懊恼、愧疚了许久。

倘若吴建军能幡然悔悟，不再那么卑鄙龌龊，那么另一名女子刘洁洁，是根本不可能"红杏出墙"的。

刘洁洁是位美丽、善良、极有品位和才华的女子，拥有一个颇让外人羡慕的家，只是丈夫长年在外做生意。

善于察言观色，揣摩别人心思的吴建军，便以借书、学写作、弹琴、唱歌、主持、朗诵为由，接近刘洁洁。刘洁洁为人非常率真，对于吴建军的企图毫无防备，有时吴建军用非常磁性的男中音说些挑逗的话，她也总是笑笑，不会当真。

人们都说，性格决定命运。的确如此，刘洁洁的悲剧就源于她性格上的缺陷。渐渐地，她有些招架不住了，终于陷了进去，无法自拔。所幸的是，吴建军这个游戏人生的男人，面对刘洁洁却也痴情纯粹得可以，决定把"娶刘洁洁为妻，给她一生的幸福"当作他此生此世最重要的事业！

现实注定了这出恋情，终归是一场悲剧。辣子的娘家以人多势众相威逼，扬言要把吴建军赶出小镇。辣子又以杀死儿子和刘洁洁相恫吓，软弱的吴建军想想自己犯病的儿子，只好乖乖就范。宛若行尸走肉一般，回到了他的那个城堡。

刘洁洁彻悟了，放弃了。她知道，与吴建军朝夕厮守是不可能，与丈夫回到从前已不可以。伤心、绝望的她，服下了大量的农药甲胺磷，带着爱与恨、羞与辱，绝望地走了。

美丽的错误

方琪芯下班后匆匆往家赶，走到楼下打开邮筒，里面有她的一封信，没有发信人地址。她有些纳闷，但一进家门，还是快速把信拆开了，一行扎眼又扎心的字跳入眼帘：

方琪芯老师好！

二十年前，那个被你遗弃的女婴，如今竟然爱上了我的丈夫，请您三日后去忘情谷面谈。

方琪芯的脸顿时煞白，她怎么也想不到，那件令她伤痛的事，在二十年后的今天，会再次被提起。她的双眼死死盯住"那个被你遗弃的女婴"几个字，顿感头晕目眩，险些栽倒。她踉跄地走进卧室，打开床头柜，拿出一张发黄的婴儿照片，颤抖的双手不停地摩挲着，嘴里喃喃喊着"芸芸，芸芸，我苦命的孩子"。想到二十年来的折磨，方老师再也控制不住自己的情绪，低声啜泣起来，眼泪像断线的珠子一样，大颗大颗滴落在照片上，记忆似春蚕抽丝般把她带向了遥远……

方琪芯的人跟她的名字一样美丽漂亮。天仙一般的脸蛋儿含羞微偏，水汪汪的眸子，溢满似水柔情。整整齐齐披着或挽着的秀发。特别是胸前那对诱人的欢蹦乱跳的小鹿，惹得山村小伙子们彻夜难眠！他们的心思，她不是不懂，可她有自己的想法。面对前赴后继的追求者，她始终挑挑拣拣，不愿意轻易走近接受任何人。她清楚地知道，自己是个山里妹子，要想改变命运，就必须走出大山，成为城里人。做城里人，是山里人毕生的梦想。

有一次，邻居英子姑娘从城里相亲回来，脸上满是得意，说起城里的情形，方琪芯听得惊诧万分，啧啧不已。英子翘着头，一脸高傲而不屑的样子，让她感到英子既好笑，又自负。但她还是有些羡慕英子，也希望自己能如愿以偿。方琪芯向英子讨要纳鞋底的纸样，英子从箱底翻出厚厚一叠旧画报给她挑，让她一看就走了神：那里面全是些洋房和风景，有花园、喷泉、装饰华美的卧室，还有穿着花裙的女人，西装革履的男人。有散步的，有品茶的，还有躺在草地上晒太阳的……她简直不敢相信，天底下竟然还有那样美丽美好的世界！

有时去山上砍柴累了，方琪芯便钻进附近的山洞里小憩。微闭双眼，感受着眼皮上从罅隙里漏下阳光的轻轻撩拨，谛听耳边微风的叹息和小鸟的啁啾，会不期而然地产生一种幻觉，仿佛听见自远而近传来嘚嘚的马蹄声，一位英俊的白马王子飘落到头顶。可当自己渴望他伸手牵她时，他却突然扭过头，拍马扬尘而去。但不管怎样，执着的方琪芯，每天都做着这样的梦。

　　无巧不成书。说来太巧，天遂人愿，城里人来了，为大理石矿石开采而来。方琪芯一听到这个激动人心的消息，不禁欣喜若狂，顿感好梦即将成真。山里人都来看热闹，开采队长说这山上藏有大量有色大理石。队长田夫，约摸三十开外，高大魁梧健壮，英俊潇洒风流倜傥，有着高仓健式的冷峻深沉智慧而又不失浪漫。自从见到田夫后，方琪芯更爱到山上砍柴了。不久，便和田夫他们相当熟识了。田夫有什么好吃的，都会喊方琪芯一块吃。方琪芯也常常抽空帮田夫他们洗衣服、床单之类。却不想这一来二往，方琪芯竟真心喜欢上了田夫。有一回做梦，梦见自己把头枕在田夫结实的胸膛。醒来后，她突然觉得自己的呼吸变得有些急促，心如擂鼓一般，脸烫得厉害。

　　爱情是童话，老天自有安排。一天，采矿队分头在几个山坡上进行勘察。早上出门时，天气还好好的，只是有些闷热，没想到突然就下起了大雨。方琪芯正独自一人在山上砍柴，于是赶忙躲到附近的山洞里避雨。平时上山砍柴累了，她和伙伴们常常去山洞里休息。附近有几座山，有几个山洞，她都十分清楚。有的洞壁都被触摸得很光滑了。雨下得很大，还伴有雷声，方琪芯有些害怕。正在这时，恰巧田夫也被大雨赶到这个山洞里来了。他是前不久上山勘查时，无意中发现了这个山洞，没想到派上了用场。方琪芯看见了田夫走进了山洞，如同哥伦布发现了新大陆，那份惊喜与兴奋无法言表。

　　不知是寒冷还是激动，她整个身子好像一棵小树感受到微风的吹拂，颤巍巍地抖动着。田夫见状，连忙脱下自己的衣服给她披上，这下方琪芯的心突然一下跳到了嗓子眼。雨越下越大，洞口有雨飘进来，洞本来就不大，结果他俩只好挤在一块儿。激动中，她把头倚在了田夫的胸前，田夫也顺势搂住了她的腰。突然一声惊雷，山洞里的她，把梦给圆了。

有人说，男人的魅力不在于对女人说"你是我的"，而是他会说"我是你的"。其实，男人得到一个女人的方式，是把一个完整的自己给她。女人一生的荣耀，不在于有多少个爱过她的男人，而在于某个男人为她放弃了多少诱惑。就在那次山洞避雨后不久，方琪芯才知道田夫是有家室的人。他的妻子善良宽容、贤惠能干。知道丈夫犯下错误后，她痛不欲生。田夫自知愧对妻子，向单位申请调到一个非常偏僻的林区工作。

田夫走后，度日如年的方琪芯，全然不觉自己竟怀上了田夫的骨肉。父母的责骂，乡邻的唾弃，旁人的嘲讽与鄙视，让她痛不欲生。正当她处于一种求生不得、求死不能的尴尬境地时，是田夫善良宽容、豁达能干的妻子接纳了她。不仅让她顺利生下了女儿，而且亲自抚养。

谁说爱是自私的。有时也因为包容、接纳、谅解和帮助，使人更加善待生活，善待他人。这一切的背后，蕴含着爱的隐忍和坚强。包容，不是欣赏对方的优秀，而是真正接受他的缺点；接纳，不是忍受对方到极限，而是让他远离极限；谅解，不是让对方继续犯错，而是让他停止犯错；帮助，不是让对方心灰意冷，而是让他从头再来。

爱情，从来就不是十全十美，唯有互相包容、接纳、谅解和帮助。憧憬的婚姻很美，可谁也无法领略情路的艰辛和曲折。胸襟的大小，决定命运的格局。能包容多少，就能拥有多少。学会隐忍，懂得克制。退却时理智，谦让时大度，天地才会壮阔辽远。万事先修德，养性必制怒，除去私心杂念，删除繁枝末节，人生方可行云流水，成就大风景。

田夫的妻子，就是这般了不起的女人！她用善良、包容、隐忍与豁达，挽救了两条生命。可谁曾料到，孩子出生不久，由于山洪暴发引发严重山体滑坡，田夫永远留在了那片林区的山谷里。那条山谷，叫忘情谷。这些事情都是方琪芯做了老师以后才知道的。

忘情谷，多么诗意而忧伤的名字。那飘飘浮浮的叶片总在方琪芯的眼前晃动。那条在山风鼓噪下的忘情谷，沿着山势起起伏伏，荡起一波波的浪，一会儿绿波荡漾，一会儿黄浪盖顶，远远望去，黄绿相间的山谷，竟是绿不压黄、黄胜过绿。她很喜欢鲜花盛开时的忘情谷，花期很长，从四月开到十月。还有什么花能够盛开这么长久，她不知道。

方琪芯早已泪流满面，泣不成声了。美丽的她，犯了美丽的错。这些年，就因为这个错，让她一直活在扼腕、叹息、愧疚、憾恨之中。对于那条忘情谷，她甚至连名字都不敢触碰，更不要说赴约面谈了。可她，能不去么？

前　尘

　　叶儿与吴驰曾结一段尘缘。

　　缘从何来，唯心而已。只是如今，缘尽心碎人已空。时间贫血，无力拉回渐远的心距。美丽的梦注定走不进美丽的情节，美丽的故事注定总是悲伤的结局。

　　叶儿，这个让男人见了骤生爱意的美丽人儿，从此宛若一朵萎去之花，忧伤在夏日的眸子里，情爱的藤蔓亦被扯断，丢在尘埃里。

　　说起叶儿，那是很多人心中的女神。瀑布一般的长发，淡雅的连衣裙，稳重端庄的气质，再调皮的人见了都会规规矩矩、小心翼翼。那么美丽多姿，那么热情似火，又那么恬淡简朴，一种不可名状的爱慕之情，蓦然会在心中升起。给人最深刻的印象是，眉宇之间有种超越年龄的惊人美丽。淡淡的柳眉也没仔细地修饰过，长长的睫毛忽闪忽闪，一双漂亮到令人心悸的大眼睛，异常灵动有神。双眸剪秋水，十指剥春葱。曾有人这样赞叹：你是那么美，美得像一首抒情诗。那湖水般清澈的眸子以及那长长的睫毛，充溢着少女的纯情和青春的气息。像是探询，像是关切，又像是问候。一如傲雪寒梅，又如山间百合，伫立在幽静山谷，恬淡优雅，径自开放。无论多少人仰慕、注视，你总是独自置身于空无一人的旷野，眉梢眼角，无不洋溢着山花烂漫的气息。即便秀美娥眉微蹙，细嫩脸庞忧伤淡淡，更添一份我见犹怜之美。一颦一笑一蹙眉，一言一哭一声悲，让人不得不惊叹于这世间如此忧伤清雅灵秀之光芒。

叶儿，一个自带光芒、气质高贵、魅力绽放、光彩照人的独一无二的女子，却为爱情而疯狂。她的笑容，是五月天中飞扬的红裙。她的爱情，是五月花下美丽的童话。可是，她以为自己遇见了爱情童话，却没想到童话故事都是骗人的。痴傻的她，像所有女人一样，需要男人安慰、呵护、欣赏与懂得，倾听她所有的快乐与伤悲。她是个通体透明女子，心中许多的痛苦与不快，被细心的吴驰一一捕捉到了。于是，他便及时地扮演起了叶儿生命中最忠实的倾听者和追随者。

他俩是同事，办公室仅一墙之隔。

吴驰，一米七六的瘦高个儿，显得极单薄，小眼睛、小鼻子、小嘴巴，再配上一对小招风耳，倒也蛮协调，只是走起路来身子扭得厉害，颇带女人气。只要一有空，他就会去隔壁陪叶儿，一手托着腮，神情专注。两人其实也不多说话，只是静静地坐着，静静地相伴。偶尔四目相对，也会快速移开，不敢长时间注视，彼此间有强烈的激动与悸动。

也许，人生最痛苦的，不是不能和心爱的人在一起，也不是自己的亲人生病或者离开了，而是自己的快乐无人分享，自己的悲伤无人分忧，自己的做法亦不被人理解与懂得，最重要的是自己的心声，没有人愿意倾听。

美好倾听，静好岁月。美丽风景，不在远方。美丽爱情，就在五月。叶儿真想在这个五月，去看一场花海，放一回风筝，赏一湖春水。赴爱情之约，赴时光之约，寻找精神的家园，寻找心灵的原乡。苍白的她，苍白的生活一直不敢让人深探，也从未有过一个真正的春天，让她娇艳。日子深深，心事深深，寂寞亦深深。她知道，在人心倾轧的今天，在物欲横流的俗世，一颗心与另一颗心，能相互温暖相互守护，又能相互倾听相互懂得，那是一种心有灵犀的默契，一种心照不宣的爱情。

爱情之上，倾听之间，忘了来路，不知归程。

一

叶儿与吴驰说起了自己的母亲。

古人云：人生最痛苦的事莫过于早年丧父。母亲五岁时，外公便去世了。外婆是位小脚女人，不过干起活来倒也利索。外婆的左眉下方接近眼睛的边缘，长了一颗小红痣。凡过往的相术先生，均说此痣生得极佳，天生携带着好财气，一辈子财运很不错，长寿绵绵。痣乃常见的皮肤肿瘤，是表皮与真皮内黑色素细胞增多而引起的皮肤现象，大多是良性的，可生长于身体的任何部位，数量也有多有少，无自觉症状。据说二十岁以内，痣出现之后会逐渐长大，有的还会长出毛发，摸起来不疼不痒，那么这样的红痣对身体无大碍，也不会影响身体健康，故不必惊慌。若出现某些异常，则需要就医，排除疾病的可能。

谁料外婆这颗所谓兆示幸福的小红痣，却原来是个肉瘤，所幸是良性的。也曾去过医院，终因支付不起昂贵的手术费用，便只好一直拖着，肉瘤也就愈来愈大，以至于把整只眼睛给覆盖住了，直到外婆离世，那个肉瘤也没摘除。

贫穷意味着，面对病痛默默忍受，面对本可以挽留的死亡更无能为力。听母亲说，早年村子里饿死了不少人，包括她的父亲，我的外公。有些人实在饿得不行，就逃了出去，那时候叫"逃荒"。母亲一家人熏黑的面孔，带着无尽苦楚，日子更加孤独更加难熬。难熬时，总渴望能有人给予帮助。孤独时，总希望能有人陪伴。可生命中难熬的日子多的是，孤独的日子更是少不了。母亲必须忍耐那些痛苦的时光，必须习惯那种煎熬。

煎熬过后，衍生千变万化的结局。

母亲有两个姐姐、两个弟弟，靠乞讨度日，十分悲惨。贫穷，是一种想象不到的绝望。面对贫穷，面临饿死，外婆实在没法子，就让母亲四岁的大姐做了陈姓人家的童养媳，她的丈夫后来成了装修工。两岁的二姐做了汪姓人家的童养媳，她的丈夫后来做了高官，享不尽的荣华富贵。母亲由于要照顾两个年幼的弟弟，年纪稍稍大些，也在九岁那年，接受了同样的命运，做了刘姓人家的童养媳。母亲的小丈夫，是个唯母命是从的孝子。不管对与错，不敢吭一声。母亲艰辛苦难的命运，早已注定。

母亲乃低眉顺眼、逆来顺受之柔弱女子。柔弱的她认命了，觉得这就是穷人的命，就是自己的命。她无力反抗，甚至无力怨恨。我想，母亲之所以选择遵从外婆的意愿，同时选择忍受婆婆的虐待，更多的是为了尽孝。

自九岁那年的秋天起，每天天未亮，母亲就端着比自己身子大很多的洗脚盆，去池塘边洗衣服。一家十余口人，全是些干粗活脏活的，衣服特别难洗，遇到白颜色的衣服就更加难以清洗了，非要用鞋刷使劲地来回刷，有时候衣服快刷破了，污渍仍在。一大脚盆的衣服洗下来，母亲是蹲一会儿，跪一会儿，膝盖既红又肿，又酸又麻。衣服洗回家，婆婆都要仔细地检查，凡是她认为没洗干净或洗破了的，就会凶神恶煞地拿起大扫帚，把母亲打得青一块、紫一块，且不让母亲吃早饭，可田里的农活还得照做不误。夜深人静时，母亲仍在厨房弄猪草、劈柴，可她的手还不如刀柄粗！等把所有的活儿做好，鸡早已啼过头遍，而母亲则总会在洗澡盆里睡着了，都是活儿太多太累的缘故啊！母亲已是竭尽全力了，可婆婆还是横挑鼻子竖挑眼的，动辄打骂。

母亲的心，成了一口枯井，再也映不出明月了。子规声声，唤不来春天。在刘家，母亲俨然是免费童工。这样的生活对母亲来说，是屈辱更是劫难。但从小就失去父爱的柔弱母亲，内心是坚强的，并不惧怕生活被冰雪覆盖，一直努力使生活能够返青，祈求天边的新月唱一弯心曲。

当心曲渐渐响起，稻香淡淡时，年轻的母亲怀孕了，那年她二十岁不足。这给母亲苦涩暗淡的生活，照进了一缕阳光。怀孕期间，婆婆习难依旧，丈夫愚孝依旧。我可怜的母亲，夜以继日地干活，由于营养不良，加上每天劳作，腿浮肿得特别厉害。即便如此，知足的母亲依然满心欢喜，倍觉幸福。可是幸福才刚刚开始，不幸就再次降临。人生无常，突如其来的苦难无声无息地来了。就在儿子不足两岁，她的丈夫竟意外身亡！从此，母亲的生活锁定在无情的冰点以下，坠入没有黎明的梦魇，被巨石牢牢压着。本来就凶恶的婆婆，这下面目更加狰狞，每天对母亲更是横挑鼻子竖挑眼的。

母亲的命实在是太苦了。若不是有相依为命的儿子，加上外婆的开导劝慰，把母亲从巨大的打击中挽救出来，指不定母亲会做出什么傻事来。这让我想起《孔雀东南飞》中的刘兰芝。刘兰芝的命运极具悲剧性，她是那么完美，却为了捍卫灵魂的高贵不得不投水自尽。她的悲剧具有必然性，无论怎样选择，她都摆脱不了悲剧命运。刘兰芝的悲剧命运是焦母、焦仲卿、刘兄共同造成的，也是时代和社会造成的。她是人与人之间关系的牺牲品，更是封建等级制度的牺牲品。

我无法感知刘兰芝曾有着怎样的辛酸，也不敢妄自推测她身后的故事，但是有一点可以肯定，她是一位完美的柔弱女子。而我的母亲，就是刘兰芝一样完美柔弱的苦命女子。

"妇人弱也，而为母则强"，意即为女子原本是柔弱的，需要人保护的，但一旦成为母亲就会变得坚强。有担当，为了保护自己的孩子，她们柔弱的身躯变得无坚不摧。自古以来，生孩子、养育孩子，是大自然赋予女人的天性，每一个女人成为母亲之后都会为了孩子奋斗终生。

身为人母，只有坚韧地活着，别无选择。

白天地里忙活，还可以把痛苦暂时放一放，可是到了晚上，孤儿寡母身居陋室，倍觉忧伤袭人。婆婆是个极为狠心且迷信的老女人，认为母亲命硬克夫，竟把母亲赶到西边一间小柴房里居住。天晴倒无所谓，可一到下雨天就苦不堪言。农村的土房，即便是最好的，每逢下雨，屋里都是滴滴答答的，何况非常简易的小柴房。母亲把脸盆、瓦罐之类的东西全用上，依然无济于事。凄风、苦雨、孤寒、冷寂，一一从瓦缝里爬进来。

花季的母亲，在人生最美的季节，不幸遭遇丈夫意外离世的厄运，承受人生四大悲事之一：寡妇携儿泣。她的儿子，也就是我的二哥，幼年丧父，亦是大不幸。男人是家里的顶梁柱，顶梁柱没了，日子要如何过。无法想象，带着年幼儿子的母亲，是如何存活下来的，也不知究竟遭遇了多少冷眼与冷语，冷漠与轻视。

面对如此厄运，母亲的责任，让她不能卸下沉重的包袱；母亲的慈爱，让她不能放下怀中的孩子；母亲的伟大，让她不能选择退缩。尽管苦难的生活，过早地将母亲的身子压弯，可是母亲的眼里没有一丝畏惧和抱怨，更多的是坚毅和坚强。尽管每一步都走得很艰难，但那双渴望幸福的眼睛，却透露出十分坚毅与执着的神情。我一直在想，是什么力量撑起母亲那柔弱的身躯，是什么信念支持她艰难前行，又是什么力量使她迈出沉重的步伐？就因为她是一个母亲。对，一个母亲，就是这么简单。

生而为母，定护儿周全。

最美的光芒，从最深的伤口出发。儿子是母亲的希望，是母亲的太阳。也许，母亲那长久以来的苦痛，是为了另一份完美，为了另一份馨香的感觉从四面八方拂来，为了在另一个温柔温暖温情的男人掌心做巢。这个男人，便是我的父亲。当不幸的母亲带着儿子嫁给我的父亲时，更为不幸的父亲已连丧两妻，身边有两个孩子。

我的父母是苦难的，更是幸福的。从此，瘦草一样的母亲，在草尖的雨露上醒来，日见从未有过的红颜。红尘之上，日子之间，父亲成为母亲日夜提醒幸福的风铃，让这份迟来的爱情，动情歌唱。我诗人一样的父亲说："有的人，最后活成了一口枯井；有的人，最后活成了一条河流。"

母亲是一条河流，一条春天的河，流淌着温馨与浪漫；父亲是一座高山，一座守护的山，承载着收获与希望。

二

叶儿与吴驰，就在这深情款款的诉说中愈走愈近。叶儿伤心落泪，他的心亦会潮湿；叶儿凝眸含笑，他的唇则更为粲然。每次叶儿演出，他陪伴左右；叶儿出差，他挂念旅途。在叶儿多元化的梦呓里，他每分每秒，为她仔细缝补那件被岁月泛白的粗糙衣衫。两颗心，互相缠绕，互相慰藉。

对于一直生活在寂寞苦闷之中的叶儿，何曾见过如此极力迎合自己每一种心境的细腻男人。仿佛跋涉在浩瀚无垠的沙漠，蓦然发现一片鲜嫩的芳草地，那份惊喜与感动，难以言说。于是，一切便在吴驰的多情与叶儿的无心之间碰撞。可柔情似水、脆弱之极的叶儿，怎能禁得起这甜柔的触碰。于是，星星点点的火花终于在一个五月的黄昏溅出，意外铺满整个夏天。

那天黄昏，吴驰来叶儿家借书。顷刻，一股异样的感觉与渴望在两人心中弥漫。满脸绯红的吴驰，正襟危坐在半旧的沙发上，两眼盯着叶儿，两只手不停地把上衣的小角边反复揉搓。据说只有那些聊天的时候，眼睛会盯着你看的男人，才是对你有兴趣。你要相信，这样的男人是很想要了解你，并且想要和你进一步发展。如果你看懂了就要抓住机会，别让爱情溜走。

叶儿慌乱极了，为了掩饰自己的窘态，便去厨房泡了一杯茶，吴驰颤抖地接过茶杯，手险些烫着，心是已经烫着了！手足无措的他，不停地把茶杯盖子拿起放下，放下拿起，彼此有窒息的感觉。吴驰是如何离开的，叶儿不知道，只知道拿走了一本《因为爱情》的诗集。

钱钟书说，大凡男女之间的爱情，大都从借书开始。自那个黄昏之后，两人的心间同时挤进了缕缕柔情，亦挤进了根根白发！一种无法遏止的情感，正以排山倒海之势，于心海翻腾，爱情震动了彼此深深的水域。三天后，吴驰还书，书里夹着一封信。

叶儿：

向你借书只是个借口，借走你的心才是真的。你的心宛若一朵娇嫩的玫瑰，一瓣一瓣绽放于心，每一瓣上都生长着三个字。虽然春去冬来，年深日久，她却一直鲜艳如初。

五年前，我从外地调来这儿，第一眼看见你，我就明白，你就是我今生今世相识相知相守的女子！当时，我正和几位同事闲聊，你从学校筒子楼的二楼下来，经过我身边时，微笑着看了我一眼。从此，在思想的图腾里，我便沦陷于这微笑，沦陷于你的目光之网。后来，我渐渐知道，你是个极为不幸的女子，丈夫没有固定工作，整天游手好闲，赌博成瘾。每次你的工资刚发到手，他便幽灵似的出现，把工资劫掠一空，稍有不满意，对你更是大打出手。

叶儿，或许你不相信。这五年来，你的每一个想法，每一抹微笑，每一次流泪，乃至每一声叹息，我都知道；你一年有几套衣裙，发型改变过几次，我都清楚。记得去年年终，学校给我们教师每人发一双皮鞋，作为年终福利。可你固执地不要皮鞋，要领导考虑补点钱。他们都认为你不合群也太过现实，只有我知道，你是想为生病的学生捐款。

无数个深夜，徘徊于你寂寥的窗前，总想为你做点什么，总想对你坦露心声，但我又担心，一旦说出，会不会给你带来无穷尽的困扰。于是，我便只想默默地看着你，关心着你，爱着你，让这份美丽的情感深居幽处。然而，暗恋又是一种极痛的美丽。如今，已是无法自拔，无法隐藏。

叶儿，如果你是一缕阳光，是选择冬天，还是春天？如果你是一片叶儿，是选择湿地，还是荒漠？其实，我们每个人，都是伫立在人生风雨之中的独行者，很渴望有温暖柔软之所，歇息生命的心与愿，无论绽开抑或闭合，都能够婉约成一缕温情，弥散香气细致的浪漫。

然而，俗世红尘中，满大街都是空心无情之人，谁还在用心用情生活？真诚与坦率愈来愈少，敏感与执着愈来愈少，纯洁与透明愈来愈少，懂爱与惜爱愈来愈少。况且，人生太多的时候，太多的事情，由不得自己选择。即便可以选择，可春花易凋，冬雪易逝，或许平添的，徒有遗憾与伤悲。可与你的这份迟来的爱，若失之交臂，彼此错过，一定会让我抱憾终生！

总想你悄声细语的柔情袭来，像缀满阳光的夏风，潜入我的幽梦，贲张我的血脉；总想你纤手花香的相拥袭来，像洒满月光的柳梢，诗意我的约定，欢腾我的心河。夜色阑珊，端坐月下，你的一切早已开成我生命的玫瑰，你的倩影夜夜走失于我无眠的河床。远隔天涯，见与不见，都是牵念。相连咫尺，念与不念，都是渴盼。我的心河，永远泊于河，永远钟于岸。只要你在河岸，只要你在等候。我一定踏水而歌，涉水而来。那么，你美丽而高贵的旗袍之上，高潮如期而至。

五月花海，五月激情。执子之手，与子偕老。亲爱的叶儿，请打开深冬束紧的第一件裙裾，追寻伊甸园的幽深宁静吧。拆掉那道篱笆，你就握住另一样式的幸福了。我的心河，于一夜之间涨满，可否给我一个缺口？

一直以来，独自行走于苍凉寂寥的小径，蓦然回首，我被遗弃了，弃于荒无人烟的最深处，直至五月的暖风来临之前。请勿见笑，口口声声说爱我的妻子，其实并不懂爱，也不懂情为何物。所有的日子于我，都是无味无趣的，一如冻结的水面，就连死水微澜也没有。然而，冻结的情感，却总在企图让阳光照进来。

想你花香的温软，想你如梦的轻诉。那么，我生命的葱郁，便会随之涌来，告诉自己今生与你同生长。渴盼你能成为我生命中一个恒久的动词，成为我独秀的风景。爱如阳光，温暖你我，人生最甜蜜的话语不是我爱你，而是我想给你一个家，一处能给予我们情感温暖与心灵栖息的居所，叶儿，你愿意吗？

吴驰

五月十八日

叶儿是水做的骨肉，水做的心。从此，吴驰这个男人就那么柔柔地泊于心上，另一个春天就那么缱绻于她古典的旗袍。从此，五月的阳光一点点透于窗前，开放成最惬意、最肆意的花朵。

日子如此缓慢，却也美丽无限。五月玫瑰，馨香叶儿的分分秒秒。于是，她便柔软地伏于之上。那惬意、肆意的花朵，无论月落还是晨起，忽开忽合。星月相偎，幽合着同一个梦。梦里，它们摆出最为缠绵的姿影，丝与缕纠结着，于迷蒙的意象之海。它们，要在黎明到来之前，等待弄潮儿穿越野性的河流，以不可抵挡之势，让一切的平静，湍急沸腾起来。

叶儿感性却不张狂，典雅却不孤傲，内敛却不刻板，有原则有分寸，尤其是对待男女关系。她知道，凡事应适可而止，知道丈夫以外的任何男人触碰不得。然而，生活是平静的，又是单调的；人生是散淡的，又是艰难的；生活是缤纷的，却是无奈的；人生是复杂的，又是美好的。正因如此，叶儿分明感觉到，一种莫名的诱惑忽远忽近，若即若离，出其不意地一下子俘虏了她。于是，平素颇为稳重的她，便开始与吴驰忧郁的目光共舞，一任情爱无限蔓延，一泻千里，无法把持。从此，一片灼人的光辉，一缕待留岁月斟酌的感觉，一场狂风暴雨如期而至！而后，狂风暴雨又梳理成温顺的河流，固执地流向季节的深处，撩拨无法拒绝的走向，蓬勃成紫色的浪漫。怦然心动的她，终日惴惴不安，却又按捺不住内心的慌乱与向往，想去寻找这心跳声。终于，她不再犹豫地跳入湖心，泛舟而去。

吴驰：

我是你那页洁白信笺上，放弃其余所有选择的伊人。在相思河畔，湖心泛舟，来不及细想就迫不及待地走近你。捧着你的爱恋与允诺，我能忘却俗世的一切烦忧。因了你心灵的泉水濯洗贫血倦怠之心，因了你撩人的气息环绕凌乱死寂的日子，慰藉日渐消瘦的人儿。渴望爱情的弹拨，叩响心弦的沉寂，战栗永远的隐秘，固守你我的爱恋。

如果说，两情相悦是爱的理由，那么，相知相许便是爱的依据。我知道，作为黑夜的补给，月亮的出现，往往带有悲剧的色彩。月光的清辉，总会被悲伤的云遮住。但人生最大悲剧，却莫过于心灵广场永远的暗夜。尽管我们，沐浴阳光中，但眼睛却留有黑色的元素。只有用爱去滋养它们，才有可能清晰地看见枯叶和枯花的慢慢鲜活。复活的它们，再次活泼泼地跳跃。我不知道，勇士，你从哪儿来。可疯长的爱情，已然改写了我黯然的履历，激活了寂静的动词。

叶儿

五月二十日

三

有人说，感情这东西，想多了就是小心眼，想少了就是缺心眼，一直想就是死心眼，不想就是没心眼。还有人说，一见钟情，很浪漫，可是它充满了冒险性，所以更多的人会期待日久生情。对于一见钟情，人们不是不喜欢，而是不敢奢望。日久生情的男女关系，不外乎这几种类型。比如，上下级关系、业务关系、有过节，等等。能够日久生情的男女，不一定在初相识时就有好感，很多时候，他们一见面就死磕，看对方特别不顺眼，哪儿哪儿都不得劲，甚至还给对方使绊子、设障碍，经过一些日子相处后，两人竟然化干戈为玉帛，互相帮衬，互相提携，于是相互之间便有了情愫。又有人说，人是感情动物，不管用哪种方式变得熟悉和了解，只要两人打不散，骂不走，那就算有缘了。有些恋人，表面上看起来很和睦，还很恭敬，甚至特别谦和，可是他们之间，没有太多鲜活的气息，时刻用完美的一面对待彼此，不肯卸下伪装，又不敢轻易情绪化，最后却不了了之了。不真实才是感情的危险因素，敢于做自己才有可能天长地久。

敢于做自己，也敢于相信，相信一切都是最好的安排。吴驰给叶儿讲了一个这样的故事。

一天，国王到森林打猎，一箭射了一只花豹。国王下马检视。没想到，花豹使出最后的力气，扑向国王，将国王的小指咬掉一截。国王叫宰相来饮酒解愁，谁知宰相却微笑着说："大王啊，想开一点，一切都是最好的安排！"国王听了很愤怒："如果寡人把你关进监狱，这也是最好的安排？"宰相微笑说："如果是这样，我也深信这是最好的安排。"国王大怒，派人将宰相押入监狱。一个月后，国王养好伤，独自出游。他来到一处偏远的山林，忽然从山上冲下一队土著人，把他五花大绑，带回部落！

山上的原始部落每逢月圆之日就会下山寻找祭祀满月女神的牺牲品，土著人准备将国王烧死。正当国王绝望之时，祭司忽然大惊失色，他发现国王的小指头少了小半截，是个并不完美的祭品，收到这样的祭品满月女神会发怒，于是土著人将国王放了。

国王大喜若狂，回宫后叫人释放宰相，摆酒宴请，国王向宰相敬酒说："你说的真是一点也不错，果然，一切都是最好的安排！如果不是被花豹咬一口，今天连命都没了。"国王忽然想到什么，问宰相："可是你无缘无故在监狱里蹲了一个多月，这又怎么说呢？"宰相慢条斯理喝下一口酒，才说："如果我不是在监狱里，那么陪伴您微服私巡的人一定是我，当土著人发现国王您不适合祭祀，那岂不是就轮到我了？"国王忍不住哈哈大笑，说："果然没错，一切都是最好的安排！"

叶儿被吴驰的故事感染着，相信着。坠入情网的她，对吴驰的话向来深信不疑。吴驰还及时地借用大仲马的名言鼓励叶儿："真正坠入情网的女人，往往都会具有那种超出常理的勇气。"这让叶儿勇气倍增，觉得吴驰就是那个最懂她、心疼她、呵护她的男人。他的呵护，让她很贴心，她接受了吴驰。不过很快就意识到，这段感情是一个错误的开始，而此时她却难以自拔。吴驰邀请她去喝茶、听音乐，他们侃侃而谈、游玩嬉笑；一起去郊外，在月光下放手提录音机，然后两个人翩翩起舞。吴驰善解人意的体贴和成熟的男人气概，像是一壶陈年老酒，让叶儿逐渐沉醉其中。

女人终究是感性的。一旦被某种情绪触碰到了内心最柔软的位置，她的认知瞬间就被颠覆。叶儿与吴驰之间，迅速擦出炙热的爱情火花，这也为日后纷乱的情感纠葛埋下了种子。

培根说："就是神，在爱情中也难以保持聪明。"于是乎，无数陷入爱情的泥沼中的人们，无法保持聪明，亦无法自拔。之后，往往被搞得狼狈不堪。聪明的叶儿也犯糊涂了，也陷入了爱情的泥沼里，很难抽身出来，远离这爱情，这与她喜欢琼瑶小说有关。

琼瑶小说或其言情影视剧，曾风靡一时，万人空巷，剧情夸张得很。男女主人公，要爱到"山无棱、天地合"，弄得死去活来的，才叫真爱。然而现实生活中，即便是真爱，也很少有人为他或她去死，觉得不值得。即便有这样的人，对方就一定会珍惜吗？未必。其实这种近乎痴情的卑微爱情，在剧情的渲染下是美丽感人的，一旦放到现实中，可能就会变得廉价。

吴驰和叶儿，不是活在剧情中、真空里。他们不被常规接受的爱情，很快便在世俗的空气里传播开来。吴驰的妻子杨小凤多次以死相挟，让他陷入一种错综复杂的抑郁里。而叶儿的丈夫也多次也以死相拼，亦把她抛入无边阴冷的恐惧中。两颗心一同坠入万丈深渊。从此，冰雪叶儿，从宿命的掌纹出发，退守心的一隅。娇媚花朵在俗世的摧毁下，终归萎谢。生活再次归于死寂，日子再次蒙尘。

爱情不复存在，活色生香不再。

乡间，一位老农把喂牛的草料铲到一间小茅屋的屋檐上，有人问道："老公公，你为什么不把喂牛的草放在地上，让它吃？"老农说："这种草草质不好，我要是放在地上它就不屑一顾；但是我放到让它勉强可够得着的屋檐上，它会努力去吃，直到把全部草料吃个精光。"多么智慧的老农。换言之，若每个人对自己的未来一览无遗，一切便会索然无味。

吴驰与叶儿之间，不是没有爱情，只是没有未来；不是不爱了，只是不能爱了。一场迟来的爱，成了今生无法释怀、无法纠改的错。命犯桃花，桃花的绽放何其惊艳，又何其短暂。正是那句话：大多骤然降临的幸福，易包含不幸的成分。而精神家园的苍白，又让人很想放纵情感，很想远离枯燥无味的真实生活。

焚琴煮鹤，覆水难收。人间鲜有铁骨不折于权贵，鲜有情爱不没于庸俗。尽管他们不愿意放手，但这场从五月黄昏开始的、短促春天的絮语，该收场了。灰色一片，他们注定没有未来；锈锁沉沉，他们注定无法跨越枯藤中那道世俗的门槛。红尘有爱，爱在不能爱里。于是，吴驰在一个寒冷的冬日悄然离去，不知所终。只留下一封长信。

四

叶儿：

在生命颜色除了你就是一片黯然的今天，在物欲横流、人心倾轧的今天，在几乎失却纯真与执着的今天，你就是我心灵的伊甸园，不倒的菩提树。直到生命的终结，你的纯情与美丽，善良与敏感，聪慧与才气，是我终生的财富。

叶儿，你知道的，我是个极为内向之人，个性尤其懦弱，却觅到了知己，那便是你。你眼里飞出的柔光，身上散发的香气，心中透出的圣洁，每时每刻缠绕着我。分分秒秒溢出对你的思念，汇成海洋把我淹没，没有谁能救我，只有你。你早已融入我的血液而至骨髓，是我骨子里的女子。早就想告诉你，当你的声音不再柔美，腰肢不再婀娜，我依然爱你。如果你离开了我，便把我的灵魂带走了，我有如行尸走肉；如果没有了你，这个世界也没有什么让我挂念。心如死灰的感觉如同恶魔缠身，总也撵不走。

叶儿，我要郑重地告诉你：为了爱，我可以放下生死；为了爱，我就会选择死亡！假如我死了，我想你会默默为我送行。每年的五月十八日，在我的坟头插一束鲜花，唱一支《未了情》。希望在你的心田里，留有一小块绿荫，让我的灵魂能安详地在那儿栖息；希望你永远记得，曾经有那么一个痴情的男人，曾真心实意、刻骨铭心地爱过你，把你当成他生命的全部；希望你把我写给你的小诗，当成纸钱焚化于我饱受沧桑的灵魂前。也许，年纪轻轻的我，不该有如此灰色的念头，只是怎么能够。茫茫人海，我只有一红颜知己，却不能听她轻唱，与她细语。虽然近在咫尺却如同天涯。于我，生有何欢，死又何惧？

逝水如斯，风拂前尘。每每翻阅与你的情感往事，点点滴滴萦绕于心。我生命的春天，是以春天的灼热，于你的世界融化。

记得那次下艾山找你吗？艾山高深莫测，时有野兽出没，平时若要经过，均结伴同行。而当我独自一人穿行在崇山峻岭，心儿却如放出笼子的鸟儿，竟没有一丝丝的惧怕。那时我真真切切地体会到两个字：自由。路边的清泉为我叮咚歌唱，脚旁的野花为我深情起舞。独自一人，却很温暖，因为心中有梦，那梦种儿便是你。由于见你心切，几次险些跌入深谷。我想，即便有什么不测，我的嘴角一定挂着笑，犹如天边的云彩那般美丽。但也总担心你久等，担心你会不会伤心。走累了，便在路边的石块刻下：我爱叶儿。也许旁人不懂，但我刻下的每一笔都倾注了所有的真情。当我拖着疲惫的身子下到山脚时，看见你柔坐于一片草地上。一股极大的冲动，顷刻填满了我的整个心胸。忍不住从后腰紧紧环绕着你，你微闭着双眼，像只小绵羊似的依偎着我，谁也没有说话，彼此的呼吸非常急促。我脱下上衣让你躺着，就在那片草地，一朵烂漫的山花随风摇曳。

记得那次去心桥等你吗？当第一缕曙光爬上窗棂的时候，我便出发了，在那儿等了你足足十小时。我一会儿在桥下小憩，一会儿去路口张望。当红衣裙的你走下桥来，调皮地把水洒向我的时候，一种幸福淋透全身。我不知道是怎样把你抱向桥下更幽更深处的，两只水鸟从水面轻轻掠过。

记得那次为你过生日吗？我俩在茂林深处相拥相吻直至月上柳梢头，才想起一整天没有吃饭。傻笑着敲开一家乡村小店，纯朴的店主殷勤地炒了两个菜，放置竹床上。我俩于是便对饮在蛙声如歌的夏夜，共享一轮月华的微晕。而后，便又跌跌撞撞地进了林子，把你拥于怀中，竟不觉潸然泪下。你为我拭泪，叫我不要难过，可自己的泪却倾泻而下。我们清楚地知道，当黎明送来第一缕晨光时，便要离开，我们终归不能索要真正的光明。就那么相拥细语，一整晚。那天你恰巧来月经，因久坐不小心把裙子染红。当你穿着我的衣服，蹲在水边看我洗裙子的样子，我就明白，有你的地方，才是我今生今世真正的家！

与你相爱并不漫长，可我的心仿佛跋涉万水千山。在灵魂的窗前，许许多多的感受都是第一次。对你说声谢谢，我不愿启齿，因为那太轻了。唯有把你置于心灵最深处，用整个的生命日夜守护与呵护，我才安心。

遇见你之前，我的生活狼藉一片。含垢忍辱的我，心灵早已凋谢得没有一丝声响。我师范毕业，分配到一所极为偏僻的山村小学，小学坐落在一个荒山坡上，全校就几位老师，其中还包括一位代课的。那个代课教师就是我现在的妻子杨小凤。

往事不堪回首。

当年的小学有个惯例，每到年终就会聚餐一次。记得那是我到学校的第一个学期末，依然是聚餐。平时我是不太沾酒的，可那天不知为何却喝了很多。现在想起来，应该是和杨小凤劝酒特别殷勤有关。你知道，我是个腼腆之人，不太会拒绝别人。酒喝了好多，自己都不知道是怎么回的宿舍，直到第二天醒来，头依然疼得厉害。当稍稍清醒的我正准备翻身起床时，竟然发现杨小凤躺在身边，只穿了内衣内裤，我整个人惊呆了。接下来发生的事情，你一定能猜测得到。她及她的家人对我软硬兼施，一切那么蹊跷，那么突然，让我来不及思考，就成了她的丈夫。

渐渐地，我开始梳理生活中凌乱不堪的脉络之时，愤怒地发现，这竟然是一出丑剧，一个陷阱！其实那天我根本未曾碰过她，我感到陷阱的龌龊与后怕。是丑陋的她，把我推向了人生悲剧的舞台，抛置于无穷尽的黑暗之中。于是我便想到了离婚，可她总是以死相逼，和此次如出一辙。离婚之战拉锯般地拖了这么多年，我是欲合不能，欲罢也不能。其实，在离婚无望时，我曾想到过死，也许死了就解脱了。然而，我年迈的双亲，要如何承受。就这样，我就一直这么不情不愿，不死不活的。万般无奈，便又想到了逃离。于是，带着一颗蒙羞之心，来到了现在的学校。

沧海无水，巫山却有云。五月的黄昏，偶遇慌乱而迟疑的脚步。亲爱的叶儿，你是我愿意用生命换取的温柔女子，如黎明的纤纤素手，熄灭了我的漫漫长夜，点燃我的目光。让历经洪荒、历经狂涛的我，终于打破生活的死寂，走到了光明的所在。我知道，这光明并不能真正属于我，但你的盈盈一握，已让我握住了千年！从此，我们的爱情于最深刻、最满足的瞬间，达成了永恒；从此，我们便留有彼此最柔软、最温暖的部分！

都说完美的东西总有负面，完美的东西终归短暂，尤其爱情。流星灼灼地划过夜空，出奇地美丽，出奇地短促。可我真的愿意为你，为你——我的挚爱死去。那么，你只要倾心于五月玫瑰的殉祭，以喜剧的形式，选择我的葬礼！

亲爱的叶儿，如果说与你相爱是上苍安排的插曲，那么，插曲不可能不结束。请原谅我的不辞而别，也请原谅我选择这样的方式结束。开始与结束，太过匆忙，太过草率，太过难堪。最想请你原谅的是，不该把你撇下，让你独自一人捡拾冬日里光秃秃的寒枝，恐要用一辈子去捡拾去修复。一步错，步步错，错得出奇，错得离谱。我知道，我不配得到你的原谅！

"芳心向春尽，所得是沾衣。"叶儿，请彻底忘却我这个懦弱自私、只知逃离的男人，彻底地把我这一页翻过去吧。若有来生，于一世一劫之后，但愿能，早早遇见！

我走了，选择远方，让心中的梦在远方的风雨里飞翔。请不要啜泣，独自悲伤；也不要叹恨传说中那些凄美的故事，独自感怀。而我，与浪漫有约之人，与完美有约之人，与魂灵有约之人，注定走失于暗夜。伤离别，离别是情深缘浅的无奈与遗憾。往后余生，五月是你，七月是你，秋黄是你，冬眠亦是你。

余生很短，来世再会！

吴驰

十一月十一日

叶儿捧着吴驰的长信，心口仿佛被撕裂开来，血流不上。她努力地仰着头，可眼泪还是忍不住地往下掉。未曾想过，有多少爱多少恨，早已灰飞烟灭。也未曾料想，吴驰会突然不辞而别。那么一个人，命中注定遇到了，原以为是美丽的童话，却只是幻梦一场，孽缘一场。终于明白，什么叫糊涂，什么叫遗憾。

匆匆那年，好久不见。

终有一天，时间会吹散一切。所有的伤痛、所有的迷惘，以及所有的不安都将隐去，直至一尘不染。想起过往，一如白月光的河流，静静地流淌，有鱼儿在上面欢欣跳跃。也终于懂得，过去的都是风景，留下的才是人生。而那些封存在岁月里的窖酿，亦会在适当之时开启。于某个风清月朗的日子，抑或某个点点星光的夜晚，淡淡品尝，慢慢品味。

归去来兮▍

归去来兮

疏雨过
长风起
一隔阴阳两不知

云阶月地
关锁万重

浮槎去
不相逢

聚散抟沙
炎凉转烛

人空瘦
落花辞

离歌恰如春草
更行更远还生
归去来兮

岁岁清明

岁岁都有清明，岁岁都有悲伤。

四月的天空，将悲伤挥洒得如此轻盈，冷风瘦雨，又给怀念的日子抹上了一层寒。年年岁岁，岁岁年年，多少杏花，多少愁绪，都被这清明雨带入远山，带向那孤坟黄土。往事沉浮，岁月荣枯，不朽的名字雕刻在叶脉上。落花成冢，盛开在每年的清明。

父亲胡代梅，字占春，名代梅。占春，即"梅开百花之先，独天下而春"之意。代梅，即代表"宝剑锋从磨砺出，梅花香自苦寒来"。古今中外很多文人墨客对梅花高度赞誉，不惧风雪，不惧严寒，傲然独放。最有品格、最有灵魂、最有骨气。这正是父亲坚韧顽强、高洁高尚、不屈不挠、风骨气节的高贵品质。

当世间万物归于沉寂，一枝梅蕾初绽，疏影横斜，暗香浮动。置身于尘寰万象之中，无论命运如何艰难，归隐江南，梅的气息缓缓雕琢进骨子里。不声不响，不喧不闹，不争不抢。风雪守望，只待春归，邂逅另一朵花。

不负四月，不负夏情，一直走在与茨藜花相遇的路上。

母亲汪茨英，四月生人，茨英取茨藜花之意。茨藜为蔷薇科植物缫丝花的果实，又名刺梨、茨梨、木梨子，是滋补健身的营养珍果。良田沃土中，看不到茨藜扎根的身影，只有漫步山野路旁、泥埂小道，小小茨藜丛才会映入眼帘。

茨藜花，尘世最美的花儿。母亲，一个内外兼修的茨藜花女子，淡雅逸世、恬静洁好、万古芳华、风雅高格。沉静的底蕴、顽强的意志、无私的胸襟。几度春秋、几番风霜，敢于秉绝世容颜，倾情于暗香浮动的世界。

一场花事，一场邂逅，一场注定的红尘之恋。

当岁月的年轮一次次碾过红尘，风烟深处，烟火人间。梅花、茨藜花依旧美得超凡脱尘，不忍卒读。

我的小哥才情堪比曹植。那年父亲猝然离去，几近失声的小哥，万分悲伤地坐在老屋的大门槛上，强忍巨大悲痛，为父亲撰写铭文："宦里竹轩，子嗣绵绵，时惟大清，梅占春先，经霜而发，骨傲心远，一朝而凋，万里云天。"我的村庄叫宦里胡，拜皇帝所赐。竹轩是祖父的字，占春是父亲的字。寥寥三十二字，形象概括，诗句精准，寓意深邃，每每读来感慨万分、感动不已。父亲离去不久，母亲也走了。才情横溢的小哥又为母亲撰写铭文："庐岳南延，乃吉山焉，双峰成岭，哺我甘泉，寒暑易节，鹤归牛眠，保佑子孙，代代繁衍。"吉山是我村子上的，在庐山南边。早年秋天，家家户户到吉山砍柴，按照人口分山。吉山还出产一种青石。老父母合葬，墓碑碑面是青石的。

青石又名石灰石，于谦《石灰吟》："千锤万凿出深山，烈火焚烧若等闲。粉骨碎身浑不怕，要留清白在人间。"说的就是青石。青石经石匠从深山开凿切割成板块后，广泛应用于泥土房的墙基、门槛、屋面，客厅餐桌桌面、墓碑碑面等。青石与天然大理石相比，其优点在于主要成分是碳酸钙，无污染，无辐射，属于绿色产品。这些年由于邻村人大量开采，对吉山毁坏相当严重，青石所剩无几。我的老父母就长眠在吉山脚下。

未曾开言泪满腮，未曾深爱已言别。

二十多年过去了，山还是那座山，土还是那堆土，石还是那块石。故乡故土，无论离开多少年，一朝相逢，都能从她那幽幽的山谷中读懂岁月的变迁。父亲母亲，无论离去多久多远，从梅花与茨藜花的簇拥里，定能感受到生生世世轮回的盛放。

佛家说，这就是因缘与姻缘。

何为因缘？因乃事物生起的主要条件，缘则是事物生起的次要条件，有因有缘，必然成果，便是佛家所说"因缘果报"。试想，芸芸众生，我们不可能什么都见过，什么人都可以成为家人成为朋友。缘厚缘深的，成为家人，成了父母，成了兄弟姐妹，成了儿子儿女。缘薄缘浅的，也许擦肩而过回眸一笑，也许似曾相识驻足片刻，也许不开心则干脆瞪一眼。凡此种种，都是因缘。

一切姻缘，皆因因缘。

因缘是因，姻缘是果。这世有了姻缘，来世便有因缘。故姻缘亦是因，因缘亦是果。因果循环，周而复始。生的某个结局，不会尽人如意，却会在冥冥中被安排得既合情又合理，只是有时叫偶然，有时叫缘分。

因缘姻缘，前世注定。

两个人的缘分是前世定下来的，这一世的因缘乃天作之合。若前世是夫妻，百年后再转世做夫妻，称为前世姻缘。或者，前世是非婚姻状态，由于感情纠葛，约定来世再定夫妻关系。佛家在解读贾宝玉和林黛玉初相见时，就是从前世说起。贾宝玉第一次见林黛玉，惊叹"天上掉下个林妹妹"，说是在哪里见过。在以佛家思想为主题的《红楼梦》里，这自然和前世有因果关系。这也正是佛家的"姻缘说"。

红尘万丈，茫茫人海，遇见一个人，你很爱他，他很爱你，便是这辈子最好的姻缘，说的就是我的父母。

于天定姻缘的父母而言，生与死的界定，其实是在同一段生命里，只是节点和距离不同。"卿与吾有三世之约，死生相随，终不相负。"也许对于每一个生命来说，自有它延伸的方向和长度，只是长短不一而已。有人说，生命中所有的相遇，都是过客与过客的交替，即便不曾错过，死生之后，终归还是要失去。而人生最悲哀的，莫过于得而复失，与其注定要失去，莫如将一生交付给怀念。

岁岁清明，岁岁怀念。

怀念我的老父母，怀念轰然坍塌的老屋，怀念那杂草丛生的山路，还有山路上那永不停歇的杏花雨。怀念无穷无尽，心里无着无落。

总想起父亲临终的那个午后，犹如晴天霹雳，五雷轰顶，脑子"嗡嗡"作响，喉咙哽咽着，仿佛被什么东西堵住了似的，泪顷刻而下。慌乱而惶恐的我，猛然意识到，父亲不在了，家就散了，心瞬间空了一半。之后母亲也走了，我的整颗心则被完全掏空。

记得母亲离去时，由于担忧小妹小弟，故未告知母亲去世的消息。可远在北京的小妹，仅仅干净了几天的月经突然又来了，从未出现过这样的事情。小妹说，那一刻，异乎寻常，一种莫名的感觉，让她心神不宁。莫非母亲要走了，不祥之感袭上心头。那时候只有座机，可乡下老家连座机也没有。于是小妹不停地往城里哥哥姐姐家打电话，却一直无人接听。心急如焚的她，脑子里一片空白，只知道赶紧回家，见到老母亲，以至于连买火车票的钱都忘了带上，就直奔火车站，结果还是她同学送两百元钱赶了过去。她又赶紧通知正在合肥读大学的小弟，一起往家赶。令人难以置信的是，母亲去世的时间是下午三点一刻，小妹说正是那个时间，她的月经突然又来了。

母女连心，血脉相通，心灵感应。

说起心灵感应，它存在与否，至今尚无定论，这也许正是人类认识所限。然大千世界，无奇不有。《吕氏春秋·精通篇》就有此记述。有个叫申喜的周人，他的母亲失散了。有一天，他听到有个乞丐在门前唱歌，自己感到悲哀，脸色都变了。他告诉守门的人让唱歌的乞丐进来，亲自见她，并询问说："什么原因使你落到求乞的地步？"跟她交谈才知道，那乞丐原来正是自己的母亲。《淮南子·说山训》所谓"老母行歌而动申喜，精之至也"，说的就是申喜母子心灵感应的故事。另有钱钟书先生在《管锥编》论全后汉文卷三十八节里，引用应劭《风俗通义》的故事，其中记载："陈留太守吴文章少孤，遭忧衰之世，与兄伯武相失。别二十年后，相会下邳市中，争计共斗。伯武殴文章，文章欲报击之，心中凄怆，手不能举，大自怪也。"两兄弟在挥拳相向之际，突然产生心灵感应，立即把臂相认，悲喜交加。

心灵感应又称传心术或读心术，是第六感或超感知的一种。按照张春兴《现代心理学》上的定义，第六感是指在五种以生理作用为基础的感官之外，人有第六种不靠有形感官为管道，即可像无线电一样，接收到周围世界中的讯息。心灵感应是指两人之间不经由任何沟通工具或管道（语言、手势或表情等）而能彼此传达讯息的过程。比如两人之间相隔数百里，不通过电话、短信、微信等任何沟通工具，其中一人却能感知另一人此时此刻的想法或感觉。当然这两人事先并未约定，也不靠别人来传达信息。很多时候，当我们拿起电话，感觉到对方要打电话过来，结果很快电话就响了。而我母亲临终时与我小妹之间，虽在异处却彼此相通，心中挂念互相连接。

关于这一奇特现象，钱钟书先生说西方叫作"血声"，即一个人将自己的心感"隐示"给亲人的意思。按《吕氏春秋·精通篇》的解释就是：无论兄弟姐妹之间，还是父母对于子女、子女对于父母来说，实际是一个身体分而为两处，精气相同而呼吸各异，就像草莽有花有果，树木有根有心一样。虽在异处却可彼此相通，心中志向互相连接。有病痛互相救护，有忧思互相感怀，对方活着心里就高兴，对方不在了心里就悲伤。

岁岁悲伤，岁岁清明，岁岁守望。

我的老父母，女儿确信心灵相通，确信姻缘天定，确信您俩会时时回来。

清明未明

四月天，烟雨霏微，女儿又寻您俩来了，沿着野火燃尽的小径，蜿蜒而上。清风，穿越时空，穿透土地。

我的老父母，您俩知道吗？每到四月，站在这个特定的时间，与您俩相对，女儿已习惯静默地注视。听一听山风哽咽地走过，看一看蒿草寂寞地疯长。泪如雨下。您俩告诉女儿，人生如过客，来去匆匆，来到世上就是走一遭。不管从哪里开始，最后去同一终点。只是二十多个四月过去了，女儿却不知道您俩究竟在哪儿。

四月不清，清明未明。

一朝风雨，满地残红。湿了杏花，凉了哀伤，奈何人生无常。剪不断，又剪断，春断燕离鹧鸪天。冬雪转，第几遍，清风细雨缓流年。

佛家认为，人有前生来世，生生死死轮回不断。还有一说，认为人死后灵魂会回归到一个叫天堂的西方极乐世界，那是人类最终最美的家园。又有一说，人可以转世，即我这辈子必然有上辈子，必然有上上辈子，必然有更早一世的我。若如此，女儿愿意选择相信，等候您俩轮回转世的奇迹。

古人云："生死有命，富贵在天。"生死是生理变化的过程，即使活到百岁乃至千岁，仍不免一死。可事实上，在民间却流传着许多故事，描述着因果报应、轮回转世，真伪难辨。在诸家野史和笔记甚至正史中，皆有许多此类记事。如今，更有科学家声称，生死轮回是存在的。

我的老父母，女儿知道，生死轮回的想法很感性。人死如灯灭，亦如一片枯叶，冉冉而下，已经完成了人生的使命。没有所谓的灵魂，更没有所谓的转世，但女儿依然固执地选择相信。

如果可以选择，可不可以，让女儿给您俩一个温暖的肩膀，您俩不再孤独倦累，不再苦难心酸？如果可以重来，可不可以，不只为您俩，也为女儿和家人，让我们的人生只有灿烂的背景，没有灰暗？如果可以遗忘，可不可以，什么都不管，什么都放下，只要我们，生生世世，一起就好？

又是四月，又见清明。

我的老父母，女儿只想把每一个日子，堆砌成老屋的样子，在时光的水边。尽管老屋不断被雨水冲刷，不断被黑夜涂抹，直至坍塌。只要您俩熟悉的背影再次莅临，就是让女儿死一千次一万次，女儿愿意！

二十余载两茫茫，但愿相见勿相忘。

小松岗，月如霜，人如飘絮花亦伤。

对于故乡而言，女儿是一个逃离者。至于城区，女儿也可能会在某个时刻离开。女儿所坚守的城区不是故乡，它甚至无法消散女儿对一朵小小山花的怀念与倾诉。那些远去的过往，常常像野草一样绿了又黄、黄了又绿。

曾经的我，不谙世事，不懂时光易逝，生命无常。以至于留下了太多太多的遗憾，无法释怀亦无法抹去。女儿常常责问自己，为什么没有在您俩弥留的日子里，多多陪伴？那冬日里的阳光很温暖，为什么让父亲您，整日整夜痛苦而孤独地趴在破旧的木床上，几百个日子，没有见过一次阳光？为什么每次匆忙回家，没有多带些您俩爱吃的东西，没有在家多停留片刻，没有陪您俩好好说说话？为什么在每个无人的深夜，没有去厨房分担家务、帮帮单薄而忙碌的母亲，也没有用温热的水给您俩梳洗头发，更没有给您俩洗过一次脚。就连母亲您两次大手术住院，也没有悉心照顾。甚至连您不小心把腹腔化疗的管子弄掉了，女儿也不知道。所有这一切的一切，作为女儿，从未想过，更没有做过。

面对生命的脆弱，面对死亡的不可抗拒，愚蠢无知、束手无策的女儿，眼睁睁看见父亲您在停止心跳前，那渴望生命的最后一滴泪从眼眶滑落；又眼睁睁看见母亲您穿着极为不合身的寿衣，躯体渐渐冰冷。就在为您俩守灵的几天，女儿竟然经不住瞌睡的诱惑，没有在最后时刻为您俩守好灵。也就是那两个冬日的最后早晨，在手持拂尘的道士的导演下，随着一阵鞭炮的炸响、一曲唢呐的哀乐，从此，您俩磨难而辛劳的一生，画上了悲伤的句号。

情何以堪，心何以安，昔何以忆？

往昔无从怀念。遗失了的村庄，遗失了的老屋，遗失了的枯萎记忆。伸出手，抓不到任何东西。爱久了，成了一种习惯；憾久了，成了一种负担；痛久了，成了一道刻痕。

幽幽浮月，聚散流沙。半世荒凉，半世等候。

无论时间是否冲淡一切，无论轮回是否存在。这一份等候，一直在它原来的位置，以固执的方式，执着地跳跃着。记得龙应台这样说："很多时候不是我们去看父母的背影，而是承受他们追逐的目光，承受他们不舍的，不放心的，满眼的目送。最后才渐渐明白，这个世界上，再也没有任何人，可以像父母一样，爱我如生命。"女儿知道，生命是母亲的慈爱、是父亲的严厉、是爱人的柔情、是朋友的关切，是世上一切情感的组合体。我们每个人来到了这个世间，短短数十载的光阴，我们又回到了天堂。女儿还知道，生命是一项随时可以终止的契约，生命更是一个荒谬的玩笑。总是在最精彩时刻戛然而止，然后留下无数破碎片段，苦苦地折磨每一个活着的人。

记得父亲您说您一生最折磨的憾事，就是小时候的一个除夕夜，您和您患病的母亲外出乞讨。那个万家灯火、万家团圆的除夕夜，衣衫褴褛、饥寒交迫的您俩，一手端着个破饭碗，一手拄着个拐杖，哆哆嗦嗦地相互搀扶着，不知走进了多少户人家、遭遇了多少白眼与呵斥，最后只讨到小半碗米汤。万分饥饿的您，来不及多想，便一口气把米汤喝得干干净净。当您仔细地把整个饭碗舔了又舔时，您发现竟然没有给您的母亲留一小口，不觉愧疚泪下。您的母亲，心疼而心酸地抚摸着您的头，为您拭泪，安慰您不要伤心难过，说大人不怕饿。您听后破涕为笑，信以为真。几十年来，每每说起此事，您总会泪流满面。而那个除夕夜，是您和您母亲最后的一个除夕夜。

也许，时间会冲淡一切，可眼泪不会。始终，眼泪伴随着时间，不会融化。也许，过去的只是时间，而我们依然逃脱不出，想起了或痛苦或悲伤的宿命，那种宿命叫无能为力。在命途多舛需要倾诉的时候，在膝下承欢无法成全的时候，在成功喜悦需要分享的时候，那种无助和失落便成了永远的痛！女儿终于明白，时间无法掩去什么，反而更深刻了记忆。

岁月蹉跎，今生恨晚。时光如剪，一声长叹。

我的老父母，您的女儿做了岁月的奴隶，匆匆走在时光的背后，忘记自己最初想要的是什么，如今得到的又是什么。女儿不知道，时间却早就告诉了我，我是如何失去两个愿意用生命爱我的人！同样，时间也早已告诉了我，那些难挨的日子要怎样走过。

只有等到物是人非，才懂得珍惜，才懂得怀念。

都说最爱人间四月天，女儿却只有沉默。在一个又一个四月，那些深刻而清晰的记忆，一如手心残留的余温，被紧紧抓着，却什么也没抓住。孔子曰："父母在，不远游，游必有方。"可女儿总是迷失，找不到方向，兜兜转转仍旧徘徊在原点。此刻，女儿从凡尘俗事中挣脱了出来，与您俩静默注视。

　　我的老父母，如果女儿不能停止怀念，那么请您俩，试着轻唤女儿的乳名。女儿能感觉到，其实您俩一直不曾走远。女儿确信，天地之外，一定还有一个更深更远的存在！

　　四月想清，清明想明。就让杏花风雨，早早捎来消息吧。

此恨绵绵无绝期

"锄禾日当午，汗滴禾下土。谁知盘中餐，粒粒皆辛苦。"每每读到这首小诗时，总会想起我的老父亲，想起故乡那片红薯地，还有那"小暑大暑、上蒸下煮"的三伏天。不觉悲从中来，潜然泪下。泪眼朦胧中，仿佛又见老父亲，肩扛锄头，头戴草帽，身着常年不变的黑色卡其布衣服，顶着炎炎烈日，冒着高温酷暑，走向茅山垄上。正想呼喊之时，却倏然不见。青山空向，满是泪水。

中元日暮何处祭？天涯一望断人肠。

我的老父母，离开已经快三十年了。三十年来，我一刻也不曾忘记，三伏天的中午，整个茅山垄上，除开我锄草的父亲，看不见其余任何一个人。每每母亲叫我去给父亲送茶，只见挥汗如雨的父亲，佝偻着身子，在火辣辣的太阳下，在干得冒烟的红薯地里，身体如杠杆撬动。厚厚的黑色衣服被汗水浸透，早已不见一根干纱。父亲只戴个草帽，撸起袖子赤着胳膊，红薯地里的杂草不时地剐过父亲的胳膊，一阵生疼。有时不小心还会剐到眼睛，父亲也顾不上揉一下。

父亲说，红薯是藤蔓植物，在缓慢生长之时，每长出一枚叶片，只要遇到合适的生长条件，就会生根。若藤蔓上生了根，便会严重影响主根上红薯的生长，直接影响到红薯的产量。父亲还说，翻动红薯藤蔓，是个极为细致的活儿，需要特别小心。首先用手轻轻地把藤蔓提起来，挪到一个空的地方缓慢放下，一定要保证不让藤蔓损伤，再小心翼翼地把藤蔓上长出的扎入土中的根扯断，最后用锄头松土。有几回，我也试着帮忙，结果不是把整条藤蔓给扯断了，就是把整棵红薯连根拔起，便只好叹气作罢。

想来惭愧，对于翻动红薯藤蔓及锄草之类的活儿，总觉太过复杂与细致，一点也帮不上父亲的忙。不过每年放暑假回乡，有一项常见的农业活动，还是会参加的，就是"双抢"。

双抢，是指农村夏天抢收与抢种庄稼。水稻在南方一般种两季。七月，早稻成熟，收割后，立即耕田插秧，赶在立秋前后将晚稻秧苗插下。秧苗插下后，需两月余才能成熟。若晚了季节，收成便会大减，甚至颗粒无收。这期间，收割、犁田、耙田、插秧，十分繁忙。故双抢又称农忙。这是南方最炎热、汛期最集中的时节，也是农村人最繁忙、最热闹、最辛劳的日子。

足蒸暑土气，背灼炎天光。力尽不知热，但惜夏日长。

我的老父亲，女儿不知多少次，看见您戴着草帽，穿着黑衣，光着双脚，扛着锄头或犁耙，吆喝着那头老黄牛，走向茅山垄上，走向堰下梯田。您弯曲的身躯，在那熟悉的土地上挥汗成雨。每当女儿送茶去的时候，您总是急促地提起那把古老的瓷壶往嘴里送，茶水夹杂着汗水，顺着嘴角淌下。每每这时候，女儿总会悲伤地别过头去，不忍多看。眼泪不由自主地往下流，说不出一句话来。

悲莫悲兮生别离，别离亦复何恨？

原以为，女儿送茶，父亲劳作，这样的日子可以长长久久。未曾料想，我的老父亲，会在那年冬天倒下，毫无征兆。心如刀绞的女儿，束手无策，一筹莫展，恨自己太无能太没用。女儿更恨自己，明明看见您一年四季都穿着那件厚厚的黑色卡其布衣服，也知道黑色衣服尤其吸热——特别是三伏天，一年中最热的时节。上无纤云，下无微风，蝉声满树，闷热逼人。清晨出门，热气扑面而来，刹那间便大汗淋漓，更不用说中午时分。随着温度不断地攀升，太阳炙烤着大地，庄稼地里热气腾腾，温度特别高，异常闷热。即便坐在家中休息，脊背上也似小河淌水。女儿万分心疼，每年的三伏天，开启了"桑拿"模式之后，您经历的那一次次生死考验！女儿也记不清多少次，您突然重度中暑，险些丧失生命，幸好抢救及时，才避免了悲剧发生。可愚蠢的女儿，只知道心疼您，竟然没有想到，给您买一件轻薄透气凉快吸汗的衣服，这让女儿今生今世无法释怀。

此恨可追忆，绵绵无绝期。

三伏思，中元祭，人间再无我的老父母！

都说爱是可以穿越生死的。人世间的很多爱，都以长相守、永相聚、不分离为目的。只有一种爱，送别于不断目送，成全于相互分离，那就是我的老父母对儿女们的爱。

为了不让九个儿女忍饥挨饿，我的老父母，您俩披星戴月去堰下梯田劳作；夜以继日地去茅山垄上开荒：种红薯、种土豆、种花生、种荞麦……这样，全家人才稍微填饱肚子。可家里再穷，您俩还坚持送所有的儿女上学。您俩清楚地知道，知识改变命运。唯有读书，我们才能走出农门，走到更远更大的城市。我们也深知上学机会来之不易，故而愈发努力。记得您俩常说的两句话："庄稼，就是庄稼人的命！""好好努力，读书就是你们的出路。"

三更灯火五更鸡，正是儿女读书时。

又是一年中元至，又是人间三伏天。

爱未央，情已殇，恨亦长。千重山，万重山，山高水远人未还。多情自古空余恨，此恨绵绵无绝期。

听风听雨过清明

听山口的风吹来，竹有声声，林有叶落，又是一年春雨凉。

二十八年过去了。我以为，我已经把您俩藏好了，藏在那样深、那样蜿蜒的、曾经的心底。我以为，只要绝口不提，只要让日子悄然过去，那样我就不再悲伤。所以我努力告诉自己，这个四月，这个清明，我要微笑面对天国，面向您俩生活的地方：女儿我很好。我的老父母，您俩也挺好的吧。

不知何时起，我喜欢上了天空的颜色。那是一抹清新独特的色彩，时而灰暗、时而湛蓝。风起时，我便倚在窗前静静遥望；雨落时，我依然倚在窗前远眺。当远眺成了一抹不经意的念想时，当念想成了一种不可忘却的习惯时，陌上花开，一季又一季繁华散落在寒冬路口，疼痛由浅变深，由淡而浓。寂寞的小山林，寂静的短松岗，和着四月的风雨，顺着记忆的藤，开始那些行走不到的光阴。

光阴如水，岁月如禅。一缕炊烟起，两盏泛黄灯。当记忆变成故事，像一朵朵花开娓娓道来。想来，那种日出而作、日落而息的模式，更能激发人们某种内在的情愫。微笑看着儿女嬉戏，儿女扯着父母的衣角，守着袅袅升起的炊烟。三尺灶台是老母亲一生未曾离开的舞台，我们在袅袅炊烟和氤氲的热气中长大。无论春夏秋冬寒来暑往，总有两个佝偻的身影，站在灶台边，站在小路上，站在缠缠绕绕的炊烟中。

炊烟流淌，流淌幸福。一家大大小小，叽叽喳喳、打打闹闹、尔语我侬。白天蹦蹦跳跳上学去，朗朗书声中，熏陶童真。夕阳西下，一束束金光，照在大地上，照在一草一木上。一阵微风吹过，草木轻轻摇曳，一如翩翩起舞的少女。夜幕降临，飞鸟归林，皎洁明媚的月亮渐渐升起。辛劳的父母趁着大好月色不停地忙碌着，我们则在煤油灯下做作业。有时候，母亲也不会让灯光白白浪费，会围着桌子坐在我们旁边缝补衣服或者纳鞋底之类的。为了鼓励我们，母亲偶尔还会炒一些花生、黄豆作为奖励。每晚睡觉，我们不仅可以透过土墙缝隙看见隔壁房间微弱的灯光，还能清晰地听见彼此的呼吸声。有时半夜总会被老鼠的打架声惊醒，吓得赶紧把头钻进被窝。

那个时候，从不知道，何为悲伤，何为苦难，何为老去，何为聚散，何为生离，何为死别。那个时候的自己，就是最真的自我。想哭就哭，想笑就笑，想闹就闹。想说什么就说什么，想干什么就干什么，想怎样就怎样。要多开心有多开心，要多快乐有多快乐，要多幸福有多幸福。就是心疼父母一年到头起早摸黑，劳作三百六十五天，依然家徒四壁。但那一段清贫的岁月，依然是一生一段、一段一生最奢侈的幸福。都说最好的日子，无非就是你在闹，他在笑，岁月静好，温暖到老。只是幸福如此短暂，那些无拘无束、无忧无虑的日子，会在一个寒冷的冬日，终结。

我的老父亲，女儿清楚地记得，由于忍受不了病痛的折磨，一向高大的您只好每天蜷缩成一团，艰难地趴在棉被上，终日不眠不休，也不见阳光。愚昧的儿女，未曾搀扶您走出房门半步，哪怕是用摇椅把您抬出老屋，晒晒太阳。我的老母亲，女儿也不知道您的病情如何，只是知道您动了手术，三更半夜醒来，无意中把腹腔化疗的管子弄掉了。微弱呻吟里，女儿分明看见您红肿的双眼，紧咬的牙关，此时并不能感受您的伤口有多痛、心有多痛。更不知道，您从不穿棉袄，即便三九严寒也单衣单裤，是害怕某个诅咒成真。您总说自己不冷，愚蠢的女儿信以为真，竟然就让您那样走了，走完单薄而寒冷的五十九岁人生。

我的老父母，您俩离去后，老屋瞬间便有了四处漏风漏雨的感觉。这个世界，能留住人的不是房屋，能带走人的也不是道路。而今长叹，二十八年了，儿子再也见不到父亲，女儿再也见不到母亲。儿女在这里，我的老父母，你俩在哪里？女儿很想知道，是什么风将您俩吹往远天，又是什么雨把您俩阻住？难不成清明雨总是这样，风过处，林木惊醒。低垂静默的枝叶昂起头，把怀念纷纷挂上。

夜很短，梦很长；生命很短，香火很长。女儿不甘心就这样被疼痛把眸子里的炊烟燃尽。若一切还能重新拾捡回来，女儿要去拾取您俩的脚步和风，用夙愿做灯油，用守望做捻儿，点燃它，让您俩不忘回家的路。二十八年了，也该归来了吧，来看看青了又青、黄了又黄的满山松竹。一层层落叶铺在宦里胡公路上，踩着温暖的地毯归来吧，我落叶里沉睡的老父母啊！

也说前世今生，也说来世来生，也说世世生生。

记得父亲您常说："洞中方一日，世上已千年。"您说当凡人遇上仙人，仅与他们待上一会儿，人间早已过了十年百年甚至千年。您还说中国古籍里有很多关于神仙坐在海滨，谈论沧海桑田的变化。而父亲您说的"洞"其实就是"时空隧道"。

"时空隧道"是指穿越时空的一种途径，是一种超自然现象。它是客观存在，是物质性的，它看不见，摸不着，对于我们人类生活的物质世界，它既关闭，又不绝对关闭。偶尔开放"时空隧道"就有可能进入未来，或回到遥远的过去。因为在"时空隧道"里，时间具有方向性和可逆性，它可以正转，也可倒转，还可以相对静止。对于地球上的物质世界，进入"时空隧道"，就意味着神秘失踪。而从"时空隧道"中出来，又意味着神秘再现。由于"时空隧道"里时光可以相对静止，故而失踪几十年就像一天或半天一样。

据媒体报道，美国纽约一名叫霍迪斯的男子曾穿越时空隧道。该男子于1969年7月25日离开其位于布鲁克林区的寓所，本来是准备前去购买一条面包，但他竟然在三十二年后才重返家中。令人费解的是，他一点都不记得在这三十多年里曾到过哪些地方，亦难以置信悠长岁月就这样轻轻飘过。更异乎寻常的是，他回家时所穿的衣服，竟然就是他多年前离家时所穿的，他甚至还带着一条面包抵达家门，这条面包与其当年离家时所要买的相同。

尽管女儿不敢肯定，但更希望，有那么一天，我的老父母，您俩循着光来，穿越时空隧道，我们一起回到过去，回到老屋。然后我们见面：女儿我还小，您俩还年轻。

风还在吹，雨还在下。那场绵绵细雨，从过去一直下到现在，顺着家的屋檐，滑过女儿的脸庞与记忆。

夜坐听风昼眠听雨，听风听雨过清明。

莲花开了 ▌

莲花开了

盛夏太阳高悬
十里稻香

一把银色的镰刀游遍田野
一顶金色的草帽翻卷稻浪

儿童追赶蝴蝶
老牛横卧夕阳

蛙鸣浅水
犬吠深巷

炊烟袅袅升起
万家灯火闪亮

月上东山
鸟歇深林

清露转动念珠
小夜曲轻轻弹唱

小河淌水
莲花开了

湖心泛舟（组章）

心中有梦

把心放出去，就会有梦悄悄扣弦。有梦真好，让心漫步逍遥，与梦呓语，那种感觉，淋漓尽致。

思想没有束缚，心灵没有羁绊，一切无拘无束，梦遂心愿。一如鸟儿出笼，飞在广阔的天空里，方向是否正确无关紧要，紧要的是，可以自由自在地飞翔。

梦，是时隐时现的星，又是忽远忽近的眼。

静静地做一个梦。在这个梦的过程中，谁在远方，谁在诗间；谁在悠悠，谁在幽幽；谁在默默，谁在脉脉，都是些荡气回肠、魂牵梦绕的思绪。

有梦于心时，心应该放出去，飘飘、悠悠。

爱是一条河

有爱若你柔柔的呢喃，写进我的外貌与心灵。那是小柳河的第一丝涟漪，那是布谷鸟的第一声啼鸣，那是早晨欲滴的花露，那是夕阳渐去的背影。

其实，爱是一条河。

爱河，有时风平浪静，有时浪花飞溅，有时狂涛万丈，有时溃决成灾。我俩是哪一朵浪花，又是哪一颗水滴，欲沐爱河的什么地方，谁也说不清，谁也说不好。

我们就这样痴痴傻傻地出发，轻轻松松地徜徉。

也许岸边，有低垂的柳条深沉的祝福，抑或黑紫的菩提真心的守候。

沧海桑田，我们只是一粟。此生此世能幸运幸福永沐爱河共白首，真好！

其实，爱就是一条河。

春之歌

种子咬破了土，泛出一种新意，头高昂着，是一种生命更热烈、更执着的渴盼。一冬的沉默与抗争，何其艰辛与漫长的征程！

春天的身躯很单薄，清瘦至极。哪怕是一丝小雨的轻吻，一缕清风的摇曳，都会留些许温湿而温情的记忆。

春天的风有眼，无微不至地关注着每一叶莲窗里发生的故事。

绿意渐浓了，空间变得稠密，彼此的呼吸与心跳都能感受。何其惊喜与欢腾的背景！

在春天歌唱的人，心一定很年轻，满园春色可否铺就？树上的鸟巢隐蔽了，期待与春有约的鸟儿，共同呵护、吟咏。

雨　花

当电闪雷鸣撕破厚重的天幕时，此刻的大地，正渴盼一种倾情强烈袭来。而雨，这个从大地远嫁的女儿，总是殷勤而孝顺地一次又一次探视母亲。

雨呀，这绽放的花朵，将花茎伸张，开在大地龟裂的心田。大地的伤口慢慢愈合，一朵又一朵美丽苍穹。

雨花，是大地的希望，大地因此丰沛而丰润。于是，崇山峻岭，一马平川，江河湖海，山涧溪流，都朝着生命的最强音而歌。从此，春意的盎然由远而近，夏日的激情由远而近，秋高的天阔由远而近，冬雪的梨花由远而近。缓缓穿过四季，穿过苍茫，抖落满身的沧桑。

而泪花，则是大地母亲的另一场相思雨。

与心有约

当心境潮湿，勿黯然神伤；当结局无言，勿心灰意冷。淡泊一切，纵使无人呵护亦无所谓。无论春光明媚，夏日酷暑；抑或秋风飒飒，白雪纷纷。只要岁月让你真真切切地感受，生命为据，心灵为依，诱惑在远方，寻觅的是你！

此生此世，既会有风的肃杀，亦会有雨的无情。不要因为没有鲜花掌声就嗟然长叹，也不要因为荆棘丛生就游戏人生，更不要因为山外有山就止步前行。幸福在身旁，围绕的是你！

你不可能永远绽放，永不凋谢。那么，你就好好把握，主动点缀。

侧耳，花朵在柔柔细语，告诉你人生很美。其实一枝花朵就是一个人的一生。领悟了花开花谢的过程，就是读懂了生命的内涵。不要让你的灵魂之舟搁浅，哪怕是那叶方舟一天比一天脆弱。在你的心海里，高高低低的岛屿就是你人生无字的歌。

脆弱之心，载不动太多的美丽与哀愁。那么，就让我们给花朵一些诗意，给世界一些芳菲，给心灵一些慰藉，给生命一些充盈。给一切的不确定，一些可能与可以。

心若在，梦就在。

与你的心相约吧，它是你漫长人生的知音。

回音壁（组章）

难诉缅怀

夜深幽静，披着忧郁长发、身心远离欢乐人群的我，独独倚立于窗前，遥望深邃的苍穹，遥望寂静的远山，总想为我永远沉睡在故乡寒冷泥土中的父母，写一首深情的诗，唱一支深情的歌。

多么想念夜夜走入我梦乡中的父母，可我再也不能感受他们那高山般厚重、大海样深沉的爱了。撕心裂肺、饱含啜泣的那一刻，定格成我生命中刻骨铭心的痛苦风景，把永远的惦念留与我去咀嚼。我不相信但又希望人能轮回转世，那么，我只需泪渍斑斑地苦苦守候。也许，这并不意味着生命的终结，而仅仅昭示生命走向无穷深远！

虽然父母离开了他们留恋且牵挂的世界，可我仍不愿相信这残酷的事实。回首往事，心底涌动漫长悲壮的画卷：无论春寒料峭、夏日炎炎，还是秋霜弥漫、冬雪飘飘，在故乡弯曲的田野里，在低矮潮湿的土房中，我定能感受到他们日渐佝偻的腰，干瘪的身子，粗糙的双手，浑浊的双眼。一个个从晨曦滑到夜深的日子，还有我那难以言状的揪心与偷抹的一溪泪水。

如今，苦觅方格铅字的我，情感沉甸，无法卸下；空荡荡的日子灰尘积满，无法清扫；伤痕累累的漂泊之心，无法愈合。亦如此刻，失眠于寂寥深夜的窗前，凝视着月之苍白，思绪飘成了故乡的炊烟。把夜写得更孤独，唱得更凄然，一任酸楚静静地淌下，渲染这苍凉的意境，印证无语的朦胧月色。

渐渐地，父母又走进我的梦境，慈爱的话语如一缕风飘过：孩子，无论是行驶在得意的浪尖还是失意的河床，不要迷航；无论是行进在快乐的巅峰还是忧患的低谷，都要走好！

若只如初见

透过开满鲜花的月亮，沿长满相思的小径，悄然出发。抚摩路旁的每一株小草、每一朵鲜花、每一丛荆棘、每一滴露珠、每一粒尘埃，浅浅的、深深的，踏向你有波有浪的世界。浅浅深深的脚印，是我浅浅深深的向往与守望。

我尽情地阅读你的世界。阅读你宽容的性格，阅读你磁性的声音，阅读你深情的眸子，阅读你辽阔的心空，阅读你悸动的诗潮，阅读你律动的生命。用我一生的痴情与执着、柔情与守护，擦亮你忽明忽暗的人生！

从此，你忧郁的港口不再灰暗，悄然退于岁月的暗潮；凋谢的花瓣重新呼吸，芬芳我四周的空气。只见深红雪莲娇羞至极，等待一个人刻意的采撷；只见英俊白马意气风发，谁是王子？

一路走，一路望，望眼欲穿，望穿春水！渴了，我饮流淌的阳光；饥了，我觅温柔的月亮。

这是一次用痴傻与痴情铸就的远征！

为什么你深情的眸子，竟如此轻易点燃我？我并不渴求与奢望什么，可冥冥之中却总觉有什么在诱惑我。只是走近诱惑走近焰火的我，仿佛一尾被抛上沙滩的鱼儿，你以何种方式拯救我？也许，即便耗尽一生的苦与痛，亦无法抵达小径的尽头；也许，找寻幸福时幸福渐远，觅得快乐时快乐殆尽！因了阴霾，你我注定没有未来；因了锈锁，你注定无法跨越枯藤中那道传统的门槛。那么你我，若只如初见吧。

读　雨

读雨。

在心中。

雨丝纤细纤细的，仿佛情侣耳语式的纠缠。于是，便有一种细微至极的感觉慢慢浸润全身；于是，便有一种轻风吹皱水面般的梦境缓缓渗入心床。从此，枯萎的魂灵不再干涸；从此，旅途的炙烤不再焦渴！

读雨，若一部美妙绝伦的交响曲，快板的奏鸣之后，是缠绵的抒情，还是激越的高亢？

读雨，若一首清新的小诗，细品短短数行之余，是绯红的心跳，还是温婉的怀念？

读雨，若一部经典的巨著，掀开扉页的背后，是主人公快乐的咏叹，抑或深沉独白？

读雨，如读我发潮的心事。

读雨，在懂雨之人的心中！

躺在夜阑的月光里

月亮像一枚相思豆，植在我的心上，淡淡的清辉，绕着窗棂，点亮我的心事。

望月的女子，躺在夜阑的寂寞里，一遍遍幽怨嫦娥的遭遇。很多年了，依然无法捡拾破碎的情爱。也许，是未曾了悟风花雪月、悲欢离合的聚散吧。相聚的时候，无法留住值得珍藏的记忆；离散的时候，亦无法把握难以忘怀的瞬间。

缘在大地之上，分在月亮之外。

孤寂的女子，为爱情守寡，为婚姻守寡！

"我是夜，夜是该有月亮的。"也许，鲁迅先生的漫漫长夜，只能用月光才能慢慢漂白。而对于望月的孤寂女子呢？

遇上你是我的缘，是我最大的幸运。然你我无分，无法在宿命的齿轮上抓紧彼此。忘掉你是我的痛，是我最大的哀痛。今生只能坐在梦的台阶上想你，无法结伴同行。

你是我想爱又不能爱的人，你是我想随又不能同行的人。

你知道，我是一个为终极目标不懈朝圣的女子，此乃致命伤。因了你的刻意与故意，改变了我的一生；因了昙花的短促与短暂，干涸了我的长河。

你还知道，你爱的目的过于灰暗，形式过于不羁，结局过于不堪与不齿！让痛不欲生的我、狼藉的我，若一束没有水分的玫瑰瞬间萎谢；若无月之夜，无法仰望苍穹。

你更应该知道，既然你的肩膀无力扛起一座大山，为何要忽略小山的细微？既然你的目光无法投递远方，为何要错过近处的风景？既然你无法信守爱的誓言，为何进退忧烦的爱之谷，又为何信誓旦旦用所谓"给你一生一世的爱情与幸福"蛊惑我，把我整个的身心弄得伤痕累累？

你，是我永远的劫难！

以爱的名义，以情的告白，以花的寓意。

之后，在虚拟爱情的版图上，无声无息地消失了。

从此，枯萎落叶无法蔽日，凋谢花瓣无法盛开，凄迷残月无法晾晒！于是，躺在夜阑月光里晾晒心事的女子，不可抑制地做了爱之悼者。尔后，月亮隐去，渐至虚无。

咀嚼过往（组诗）

看桃花

三月
说来就来
说走就走了

桃花
说开就开
说谢就谢了

三月很浅
桃花很轻

你来了　　恰逢桃花三月天
你走了　　也是桃花三月天

你是如此浪漫
又是这般多情
悄悄为我摇下一场桃花雨

那粉色的小船
静静划过

把我从冬眠里轻轻唤醒

在那桃花盛开的地方
桃花的歌谣从未停歇

不敢奢望
我能把三月留住
你能把桃花吟醉

桃花无心
花自开落
又是一年阳春

三月还是三月
桃花还是桃花

而歌谣
说旧就旧了
人　说散就散了

那年那月那场桃花雨
还有那首桃花歌
已然飘零

如云的桃花啊
如梦的三月

明年

谁来陪我等春风
看桃花

谷雨未雨

又见春天
又是谷雨
空气里依然暗香浮动
只是潇潇不再
谷雨未雨

一如邂逅一场没有
花开的守候

那些缄默在风中的诉说
那些前世今生迷途的怅惘
藏匿于山水深处
不肯哭出声来

清明要明未明
谷雨要雨未雨
零摄氏度冻结一场华丽的
奢望

世事总无常

聚散总无常
想念无以为继

那个叫谷雨的花样男子
生在谷雨
死在谷雨

为了爱情纵身轮回成
一曲离殇

倔强的目光
割绝所有叹息
让更多的人站在一朵花面前
起誓

没有摘到春天的花朵
一样拥有春天

而心怀黎民之人
与独居村西深沟中的文圣人仓颉
再次相逢

一场谷子雨
如瀑如泻下了五千年

而最古老的象形文字
已然变形

谷雨至
春天归

无法再邂逅那样一朵花
无法再见证那样一场雨

又见谷雨
不见潇潇
谷雨未雨

梅一样的女子

冷月寂寂
长风寥寥
梅一样的女子
手提一盏前世的灯
循着词人的韵脚婉约地
一路走来

独步千年等候
千年在春天
之外

没有绿叶的枝头举着
绿色的梦

等候爱情的女子独守
一纸灯楣

灯影绰绰
笑颜阑珊
一如隔世烟花

夜不能寐
轻捻灯花
浅浅一笑江水河水
堆起忧愁的泪

梅一样的女子
不属于春天
先于春天抵达

以婉约的曲调
以梅花的名义
在枯瘦龟裂寒冷的枝头
在不属于自己的时间
开放

梅一样的女子
你的前世会不会是一株
千年的古梅
作梅注定伤心一生
孤独一生

人间风雨
岁月人凉
似水流年春来春水长

踏雪而来
寻梅而去
淡淡的梅花静静沉睡在
冰雪的梦呓里

梅花三弄
空断琴弦
在风月的轻纱流霜里琴音渐行
渐远若有
若无

吟哦声声
仄仄平平
我知道我没有资格去赏梅咏梅
在我看来
有资格赏梅咏梅的人不会很多

还是邀一朵桃花吧
半片红云在半掩的春风里
浅浅轻唱半掩的
词章

桃之夭夭
罗衫淡淡

只有冷月雪冻僵的风

梅一样的女子
你前世摘下的那朵梅花
在这个春天
依然暗香浮动吗

春之歌

在油菜花嵌满的春天里
一只报春鸟
夜以　继日　在郊外
低飞　穿越　啼鸣
亲和的声音　拂动春的耳朵
把大地叫醒

一滴鸟鸣　滴成春天的一朵新绿
一头水牛
把古典的身影斜投在
泥浪中

犁铧将大地温润的颜色
翻过来　又
翻过来

一卷浪花　绽开春天的一瓣笑靥

一群蜜蜂
以主人的身份
抵达季节深处
分分秒秒在花蕊中
舞蹈　舞蹈于
春天之上　大地
之上

大地　唱响春之歌
神农碎骨
女娲补天
夸父追日

注定来自草根
注定开天辟地
注定书写传奇

传奇　书写于
阳光之上

阳光
是春天的一部分
春天的另一部分藏在
远方

远方　在油菜花嵌满的春天里
歌唱

南山行吟（组诗）

飞往南方的燕子

你亮开翅膀
剪一抹四月的阳光
呢喃燕语之上
远山　近水　轻烟

遥念老屋
你心中的一方净土
梦里花落
我的诗歌多么孤独

林立的高楼隔断了
隐隐青山悠悠绿水
雾霾升腾到高空
遮住了太阳　月亮　星星

再耀眼的霓虹也无法挡住
你的眼睛
早已逝去的老屋
是你永不逝去的梦
两千多年前你就飞进

庄周的梦里
飞往南方
栖居在人类够不着的画梁之上

燕子啊我千百回呼唤的燕子
请告诉我你在哪里
人类开始思念你了
一种痛没有结束

春天又到了
你该回来了吧
我要为你留一扇门
在南方

我在等一个人

怀抱一把油纸伞　我
在等一个人

一个愿意为我遮风挡雨分享我的喜怒哀乐融入
我生命的人
一个愿意为我心灵归依构筑我的精神家园接纳
我灵魂的人
一个无论权高位卑富贵贫穷成功失败不卑不亢
的人

一个无论生老病死相知相守相惜相牵不离
不弃的人

风起的日子　我在等
雨落的时候　我在等

这是一种至死不渝的等待
这是一份用生命和灵魂交换的情爱
没有功利　没有索求
甚至都不曾想过　你的生命里
是否有容得下我的缝隙

夜深的时候　我在等
花落的日子　我在等

多少花开花落又花谢花飞
多少黑夜白昼又日出夕归

爱情　从来就是百转千回
等待　从来就是一声叹息

风很狂雨很大
漂泊欲何依

不怕风狂雨骤
恰才称　煮酒笺花
如今也　不成怀抱

怀 抱 一 把 油 纸 伞
我 在 等 一 个 人

我 不 确 定 还 要 等 多 久
我 也 不 知 道 你 会 以 何 种 方 式 到 来
但 我 确 信
在 时 间 无 垠 的 旷 野 里
不 早 一 秒　　不 晚 一 秒

油 纸 伞 撑 开 的 刹 那
就 在 际 遇 中 的 那 一 秒

我 在 等 一 个 人
一 个 愿 意 温 暖 温 情 幸 运 幸 福 完 美 完 全 完 成 我
的 人
一 个 愿 意 今 生 今 世 来 生 来 世 生 生 世 世 和 我 轮
回 的 人

怀 抱 一 把 油 纸 伞
我 在 等 一 个 人

长征颂

长 征
一 段 波 澜 壮 阔　 载 入 史 册 的 辉 煌 岁 月

星火燎原出民族复兴的伟大梦想

长征
一部动人心魄　可歌可泣的壮丽史诗
激情高亢出中华儿女最壮烈的国歌

那一道道山
那一道道水
那一道道沉重而坚实的步履

在天高阔远的山水间
在泥泞砾石的跋涉里
在毒蛇猛兽的侵袭中

为一个民族的苦难
为一个民族的崛起
为一个个用鲜血和生命铺就的长路
演绎两万五千里长征的动人绝唱

多少坎坷　多少曲折
多少惊险　多少磨难
在血与火的洗礼中
你们直面生死
在生与死的考验中
你们不忘初心　践行使命

回首八十年

风雨来时路　征程漫漫
历史的年轮滚滚向前
冲天的狼烟久久不散

敌人围剿算什么
茫茫草地　皑皑雪山又算什么
弯弯赤水　湍湍激流又能算什么

几百个日夜紧紧握住闪光的思想
几万双草鞋牢牢托起升腾的太阳

为了一个承诺　你们播种希望
为了一个承诺　你们穿越征途
为了一个承诺　你们把神圣的使命扛在肩上

身体倒下了
灵魂继续出发
化作一颗颗愤怒的子弹
化作一面面火红的旗帜

瑞金　见证红色的历史
遵义　把握命运的转折
会宁　唱响胜利的颂歌

一条高扬的红色飘带
从此镶嵌于地球之上
一种不朽的红色精神

从此传承不止　绵延不断

一个强大的新中国
一如东方冉冉升起的红太阳
在血染旗帜的引领下
走向复兴　走向辉煌

时代变迁　岁月流转
当年的战火已经散去
新的长征依然山高水长

黄河东流去

秋日的午后
我静静地倚着窗台
缓缓打开一本书
黄河东流去

忽然窗外传来一阵激越的钢琴奏鸣声
风暴般骤起的旋律
每个音符重重敲击在我的心上

风在吼　马在叫
黄河在咆哮　黄河
在咆哮

您咆哮着　翻滚着　撕扯着　簇拥着
聚集所有的仇恨和力量
狠狠地向坚硬的岩石撞去　　撞去
一年又　一年

从此
一个改变中华民族命运的日子
一个改写中华民族历史的日子
一个值得纪念更需要永远记住的日子
九月三日
深深地铭刻在每一个炎黄子孙的心中

这一天
凝聚了中华儿女不屈不挠　浴血奋战的英雄气概
这一天
谱写了中华民族可歌可泣　彪炳千秋的英雄史诗

这一天
让所有的中国人有了共同欢乐的理由
这一天
让所有的中国梦有了共同实现的依据

记住这一天　那是黄河的呐喊
记住这一天　那是母亲的呼唤

滔滔黄河

莽莽苍苍

您从浩瀚无垠的大西北

从古老而遥远的丝绸之路

带来了长河落日的无限瑰丽

带来了茫茫九派的磅礴大气

有人说您浑黄

那是岁月赋予您的颜色

有人说您倔强

那是苦难铸就您的品格

躺下去　您是一条巨龙

站起来　您是一座高山

今天　请允许年轻的我们

以《诗经》的歌喉

以《离骚》的音韵

唱您历史的恢宏

歌您岁月的辉煌

今天　请允许前行的我们

以古诗和新词

以叙述和抒情

读您的沧桑厚重

诵您的源远流长

为了春天

为了春天
我们积攒了整整一个冬季
岂止是十年寒窗
岂止是万里骄阳
五千年的风风雨雨
生生不息

为了春天
我们在大漠寻觅
冬呼唤着夏
春孕育着秋
四季更替
黄绿交织
永远的漂泊
正是你永远的气息

古老的符号
编码现代传奇
用声音擦拭着
繁花开在枝头
碧草映上窗棂
春天

在思想的长卷里
伸展着无边无际的美丽

打开窗子
让思想穿行
目光端坐在菩提树下
命运之神
于阳光灿烂中
发布
秋天的消息

我深信
最无私的奉献
活在最伟大的热爱里
最圣洁的灵魂
活在最平凡的日子里

永远不要感慨
知音难觅
总有一天
有人读懂额头上纵横沟壑的高高低低
双手上银灰洒满的浅浅深深

大地说
在思想的每一片绿叶里
有你

蓝天说
在思想的每一次飞翔里
有你

高山说
在思想的每一次攀登里
有你

大海说
在思想的每一次搏击里
有你

春天说
在思想的每一个春天里
有你

后　记

孝不可等，爱不可迟，悔不可晚。

父母在，人生尚有来处；父母不在，人生只剩归途。

年少无知，不懂时光，不信岁月无常，不懂父母艰辛苦难。一路欢笑，一路芳华。为人母之后，方知父母恩，才解其中味，才悟个中辛酸。只有等到物是人非，才懂得珍惜，才懂得怀念。

慈乌尚反哺，羔羊犹跪足。

有一种痛叫永远无法弥补，有一种悔叫子欲养而亲不待。万般悔恨万行浊泪，千言万语江南莲语。

《江南莲语》这部分上下两册的纯文学作品精选集，于我而言，意义非凡。我从十三岁开始发表第一首小诗《少女的五月》，迄今已在《诗刊》《女子文学》《诗潮》《香港文学报》《中国海洋石油报》《江西文献》《江西工人报》《九江日报》等报刊发表文章百余篇（首），共计百余万字。此书精选其中一部分，共计十六个小章节，每个小章节用短诗领起，作为一种尝试。入选作品多为怀念父母之作。记得当年做老师时曾参加高三语文优质课大赛，拿了国家级大奖，就是课堂上朗诵了专门为早逝父母创作的一首配乐散文诗，评委和学生顷刻潸然泪下。专家含泪点评："胡老师才情横溢，真情涌动，声音饱满，富于穿透力。"

人生几度秋凉，世事一场大梦，唯有真情不可负。

宋代禅宗大师青原行思提出参禅的三重境界：参禅之初，看山是山，看水是水；禅有悟时，看山不是山，看水不是水；禅中彻悟，看山仍然山，看水仍然是水。意思是说，初识人世，眼睛与心灵纯净透明，看见什么就是什么。涉世渐深，发现红尘俗世乃黑白颠倒、是非不分之混浊世界，看山不是山，看水亦不是水，也就是看什么不是什么。再后来，阅尽人世沧桑，看尽是非恩怨，顿悟、大悟、彻悟之"一蓑烟雨任平生，也无风雨也无晴"的豁达、旷达与阔达。

人生是一场修行，写作亦是。比之起来，文字的生命更为长久。在今天这样的社会，毫无杂念地几十年如一日去完成一部纯粹的文学作品，不为名不为利，只为情，且更多为亲情。同时，希望人们通过这份情，得到美的享受，得到人生启迪，是件很有意义的事情。

纯文学作品最典型的表达方式是以第一人称为主，以写实的手法，以散文或诗歌等形式，写出自己的真情实感。很庆幸的是，我一直这么做且坚持下来了，并得到了亲朋好友一直以来的大力支持、厚爱与陪伴！

在此，我万分感谢人民日报社编审、中国散文学会名誉会长、中国诗歌学会理事、著名诗人、散文家、编辑家、传记家、小说家、剧作家、国家特殊贡献专家，八十六岁高龄仍精神矍铄、笔耕不辍、被誉为"文学常青树"的石英老师为该书作序；特别感谢为此书出版付出辛勤劳动的师友及责编老师。

我还要特别感谢我的小哥胡帆，著名传记家、诗人、学者、社会活动家、陶渊明诗社创始人，乃经天纬地之才、气吞山河之志、上知天文下知地理、博晓古今学贯中西超凡脱俗之人，给予全部无私的爱并引领我走上文学创作的道路。无论人生遭遇多狂大的风、多狂暴的雨，为我遮风挡雨，让我健健康康、平平安安、快快乐乐，一切的担子都是小哥去挑、去背、去扛！

我要真诚感谢贤惠细腻、温婉柔顺、勤俭节约、忍辱负重的姐姐胡月英；兢兢业业、勤勤恳恳、踏踏实实、任劳任怨的大弟胡凯；才华超群、足智多谋、胆大心细、扶犁耙田的小妹胡美兰；玉树临风、温文儒雅、内敛含蓄极具绅士风度的小弟胡冀；秀外慧中、孝顺懂事、才貌双全、才情横溢的著名新闻主播、主持人、记者编辑的女儿邹畅。我的至亲至爱，是你们为我摆脱尘世所有的烦扰与卑微，让我分分秒秒濯洗于如水的温柔。特别感谢小哥胡帆、小弟胡冀的摄影，还有著名记者编审胡美兰小妹严谨周密、一丝不苟的审稿校对。同时感谢所有的同喜同悲同欢同乐，感谢每一个在我生命里留下了感情的人！

陪伴是最长情的告白，铭记是最沉默的守望。

也许是诗和远方，也许是风吹故乡。我用我仅有的文笔，以朝圣者的虔诚，以多情者的视觉，以思想者的深沉，只为记住乡愁，记住老父母的音容、怀念与追忆。

离歌恰如春草，更行更远还生，归去来兮。

胡玢

2020 年 7 月于家中